Rebecca Zanetti est l'autrice de plus de cinquante ouvrages de suspense romantique et de romance paranormale qui apparaissent régulièrement sur les listes de best-sellers. Elle vit dans un coin sauvage du Nord-Ouest Pacifique avec son propre héros Alpha, deux enfants, des chiens, un chat un peu fêlé et une famille innombrable. Ce qu'elle préfère dans le métier d'écrivain, c'est que, contrairement à lorsqu'elle était avocate, elle peut laisser sa fantaisie et son petit grain de folie s'exprimer.

De la même autrice :

Dark Protectors :
1. *Talen*
2. *Dage*
3. *Conn*
4. *Jordan*
5. *Kane*
6. *Jase*
7. *Zane*
8. *Ronan*
9. *Logan*
10. *Ivar*

Rebecca Zanetti

Ivar

Dark Protectors – 10

Traduit de l'anglais (États-Unis) par Frédéric Grut

Milady

Milady est un label des éditions Bragelonne

Titre original : *Alpha's Promise*

ISBN : 978-2-8112-2994-8

Bragelonne – Milady
60-62, rue d'Hauteville – 75010 Paris

E-mail : info@milady.fr
Site Internet : www.milady.fr

Cette histoire est dédiée à toutes les filles qui ont croisé
un mec sexy avec un petit truc en plus
et qui se sont demandé s'il n'était pas un vampire.
Allons. Admettez que vous vous reconnaissez.

Chapitre premier

De l'autre côté du cimetière venteux, au-delà des rangées de pierres tombales, un homme adossé à un sapin l'observait. Malgré la distance, le bleu de ses yeux était frappant. Il mesurait au moins deux mètres, son torse était large et ses jambes longues. Son regard pesant avait un côté déstabilisant. Un picotement dont elle n'avait jamais pu comprendre la cause apparut à la base de sa nuque et dégénéra presque aussitôt en mal de tête.

Le docteur Promise Williams frissonna et détourna les yeux pour regarder le cercueil qu'on mettait en terre. En ce mois de septembre automnal, seul un mince rayon de soleil perçait les nuages. La pluie avait enfin cessé. Promise ferma son parapluie et le rangea dans son immense sac. Des brins d'herbe étaient collés à ses chaussures élégantes.

— C'était une belle cérémonie, dit son voisin, le docteur Mark Brookes, en essuyant ses lunettes avec un mouchoir.

Il portait un costume noir et une cravate sobre, et les quelques cheveux qui lui restaient étaient trempés. Promise hocha la tête, mal à l'aise. L'assistance était muette, quelques reniflements ponctuant le silence. Elle connaissait toutes les personnes présentes. Six professeurs, le doyen et deux doctorants. La cérémonie officielle s'était déroulée devant une foule bien plus importante, composée d'autres membres de l'université et d'étudiants, sous le regard de la presse locale. L'enterrement, en revanche, était réservé à la famille.

Le docteur Victory Rashad n'avait pas eu d'autre famille que l'université.

Le vent se leva et Promise frissonna en pensant à sa propre vie. Si elle mourait le lendemain, qui assisterait à la cérémonie privée ? Elle tourna involontairement les yeux vers le sapin.

L'inconnu avait disparu.

Cela n'avait rien d'étonnant. Il était certainement venu visiter une tombe et les avait observés en passant, sans la regarder en particulier. Elle secoua la tête, toujours hantée par l'angoisse qui l'avait saisie lorsque la police avait retrouvé le corps mutilé de Victory, trois jours après sa disparition.

Qui avait bien pu commettre une telle horreur ?

Le palan cessa de grincer. La mise en terre était terminée. Mark lui présenta son bras et elle y passa sa main gantée.

— Tu veux qu'on aille manger un bout ? proposa-t-il en l'accompagnant jusqu'aux voitures garées le long de la route déserte.

— C'est gentil, merci, mais je vais rentrer.

Une fois, elle avait assisté à une veillée funéraire irlandaise. La famille du défunt avait passé la nuit à boire et à honorer sa mémoire en racontant des histoires dans l'amour et la bonne humeur. Elle aurait largement préféré cela à cette cérémonie digne, certes, mais froide.

Ils arrivèrent à sa petite voiture neuve et Mark attendit qu'elle déverrouille la portière.

— Je ne savais pas que Victory et toi étiez si proches.

— On ne l'était pas.

Victory avait rejoint le département de physique au cours de l'été et même si plusieurs mois s'étaient écoulés depuis son arrivée, les deux femmes s'étaient saluées poliment lors de réunions, rien de plus. Elles avaient aussi déjeuné une ou deux fois ensemble à la cafétéria, mais Promise n'en avait gardé aucun souvenir marquant.

— Parmi nous tous, y a-t-il des personnes qui puissent affirmer avoir de réels proches ? demanda-t-elle.

Mark se gratta le menton.

— Oui, moi. J'ai deux frères, mariés avec des enfants. D'ailleurs, Mike organise un barbecue le week-end prochain, probablement le dernier avant l'hiver. Je voulais justement t'y inviter.

— Merci, mais j'ai trop de travail.

Elle n'avait pas la force de passer une journée avec une famille heureuse. Qu'est-ce qui ne tournait pas rond chez elle ? Promise s'assit au volant et Mark se pencha par la portière.

— D'accord. Après deux rendez-vous, je ne sais toujours pas où on en est, toi et moi.

Il l'étudia de ses yeux intelligents et elle sentit son eau de Cologne, un peu trop musquée, lui envahir les narines.

— J'ai trente-cinq ans et je n'ai plus de temps à perdre avec ces petits jeux, Promise. Tu veux qu'on sorte encore une fois ensemble ou pas ?

Elle se força à lui sourire. Mark était très gentil, mais elle préférait la supersymétrie ou l'inflation cosmique à sa compagnie. Ce qui était tout à fait normal de son point de vue.

— Non. Je crois qu'on ferait mieux de s'en tenir à l'amitié.

— Je vois… j'apprécie ta franchise. (Il se redressa, le ton de sa voix en contradiction avec ses mots.) À lundi.

Il claqua sa portière avec force et Promise se demanda si elle n'aurait pas dû adoucir un peu ses paroles. Comme toujours.

Elle démarra et s'engagea dans les allées sinueuses du cimetière. Ses pensées revenaient à sa collègue. La police ne semblait avoir aucun indice, mais Promise sentait qu'elle devait agir. Lundi, elle contacterait peut-être le commissariat pour demander où ils en étaient.

Elle accéléra et ses portières se verrouillèrent automatiquement. Elle se détendit un peu. Le docteur Gary Fissure, un collègue de Grande-Bretagne avec qui elle avait collaboré pour un article quelques années plus tôt, était lui aussi porté disparu, mais cela ne pouvait être qu'une coïncidence.

Le vent se renforçait et des gouttes de pluie s'écrasaient sur le pare-brise. Elle arriva à un croisement. Regrettant de ne pas avoir fait attention à la route en arrivant, elle prit la première à gauche et continua entre les tombes. Elle enclencha les essuie-glaces et tourna à un nouvel embranchement de l'immense cimetière.

Soudain, quelqu'un força la portière côté passager. Le verrou sauta dans un grand craquement et un homme s'assit à côté d'elle avant de refermer. Des gouttes de pluie dégoulinaient de ses vêtements sur le cuir du siège.

Promise réagit au ralenti. Comment était-ce possible ? Comment avait-il réussi à ouvrir la portière ? Elle tourna la tête vers lui, les yeux ronds. Un regard lui suffit pour le reconnaître.

— C'est vous qui m'observiez tout à l'heure.

— Très juste.

Sa voix était grave et masculine, plus rauque qu'elle l'aurait cru possible. Quant à ses yeux bleus, ils étaient encore plus sombres dans l'habitacle de la voiture. Enfin, elle retrouva ses esprits, pila et tenta de s'enfuir. Sa ceinture de sécurité la gênait, mais elle faisait de son mieux pour échapper à son agresseur. L'inconnu lui saisit le bras et la plaqua contre son siège avec une force hallucinante.

— Redémarre.

Elle heurta violemment le siège et hurla. Son mal de tête se transforma aussitôt en migraine. L'homme lui enfonça le canon de son pistolet dans les côtes et elle se tut, tournant la tête de tous les côtés dans l'espoir de trouver de l'aide. Mais devant comme derrière, l'allée était déserte.

— Redémarre, j'ai dit, insista-t-il avec lassitude.

Promise déglutit, terrorisée, et poussa un gémissement craintif.

— Mon sac à main est à vos pieds. Prenez ce que vous voulez et partez.

Sa voix tremblait encore plus que ses mains sur le volant.

— J'ai ce que je veux. Démarre.

Mercy sentait toujours le pistolet enfoncé dans ses côtes. Le siège était trop petit pour lui, et ses bras et son torse semblaient n'être faits qu'en muscles. Son visage, dur et anguleux, paraissait presque irréel. Quant aux mots qu'il venait de prononcer, ils la glaçaient. Comment allait-elle se débarrasser de lui ? Elle appuya sur l'accélérateur, longea plusieurs tombes récentes et aperçut enfin la sortie au loin. Son cœur battait si fort qu'elle en avait mal.

— Qu'est-ce que vous me voulez ?

— Ton cerveau, rien de plus.

Elle sursauta et le regarda.

— Pour le manger ? balbutia-t-elle.

Il cligna des yeux, une fois, puis deux.

— Hein ? Mais non. (Il grimaça, ce qui souleva ses joues et abaissa ses sourcils sombres.) Pourquoi j'aurais envie de te manger le cerveau ? Beurk.

Son ravisseur venait de dire « beurk » et la regardait comme si elle était folle. Elle l'étudia du coin de l'œil pour pouvoir le décrire à la police… si elle survivait à cet enlèvement. Il mesurait dans les deux mètres. Ses longs cheveux blonds étaient sillonnés de mèches plus sombres, et il avait un beau visage, viril. Son cou portait des marques de brûlure.

Quant à ses yeux, on y lisait de l'expérience et des blessures. Il avait dû connaître l'enfer. Un enfer dans lequel elle se retrouvait plongée à son tour.

Elle se figea alors, frappée par ce qu'il demandait.

— Vous vouliez aussi le cerveau de Victory Rashad ?

— Oui.

Promise frissonna. Il allait la tuer, comme il avait tué Victory. Paniquée, elle enfonça la pédale de l'accélérateur.

— Du calme, dit-il en lui reprenant le bras. Je ne te veux aucun mal. Je suis là pour t'aider.

Mais bien sûr. S'il la menaçait d'une arme, c'était pour l'aider. Promise baissa la tête et accéléra à fond. La voiture sortit en trombe du cimetière et s'engagea sur la route tranquille.

— Ralentis, ordonna-t-il en crispant les doigts sur son biceps.

Au lieu d'obéir, elle s'engagea à toute vitesse dans le trafic. L'inconnu jura, puis voulut saisir la clé, mais la voiture de Promise était équipée d'un démarrage mains libres. Elle doubla une camionnette et aperçut une voiture de police un peu plus loin. Elle donna une claque à son ravisseur. Elle savait pertinemment que s'il parvenait à la faire sortir de la voiture, c'était la mort assurée pour elle. Pour tenter de retrouver sa liberté, Promise préférait prendre le risque qu'il lui tire dessus.

Avec un cri, elle percuta la voiture de police. Tout s'arrêta brusquement, puis la suite se déroula en accéléré. Le choc fut très violent. Son passager hurla et passa à travers le pare-brise. L'airbag de Promise se déploya dans son visage et la plaqua contre son siège. Il se dégonfla presque aussitôt dans un nuage de poussière et elle cligna des yeux, les oreilles bourdonnantes.

Un agent arriva en courant et ouvrit la portière.

— Mais à quoi vous jouez ? maugréa-t-il, le menton en sang.

Promise toussa et repoussa l'airbag.

— Il est où ? demanda-t-elle essoufflée et le regard flou.

Son agresseur était allongé sur la chaussée. Le sang coulait de son visage jusqu'au bitume, où la pluie le diluait. L'autre agent était agenouillé à ses côtés et parlait dans la radio qu'il portait à l'épaule.

Soudain, l'inconnu rouvrit les yeux et se releva d'un bond. Il avait le visage et le cou en sang, et son bras gauche semblait cassé. Il dépassait le policier d'une bonne tête.

— Qu'est-ce que tu as fait ? rugit-il.

Ses yeux étaient si sombres qu'ils paraissaient noirs et son regard était perçant.

Promise hurla.

Le policier tenta de saisir l'homme, mais ce dernier le repoussa contre la voiture et s'enfuit en courant avant que son collègue ait eu le temps de sortir son arme. Les deux agents se lancèrent à sa poursuite, et Promise, le souffle court, abasourdie, le corps perclus de douleur, les regarda disparaître à ses trousses.

Ils ne tardèrent pas à revenir, tête baissée.

L'homme leur avait échappé.

Chapitre 2

Ivar Kjeidsen gravissait tant bien que mal l'escalier du gratte-ciel. Il saignait au visage, au cou et à un bras après être passé à travers le pare-brise. Jamais il n'aurait cru que cette physicienne, en apparence inoffensive, se défendrait aussi bien. Les cellules régénératrices qu'il avait concentrées sur ses blessures fonctionnaient, mais lentement. Bien trop lentement. Les cicatrices qui ornaient déjà son cou entravaient leur efficacité. Il allait peut-être même avoir besoin d'un bandage, comme un misérable humain.

Le bruit de ses pas résonnait dans la cage d'escalier. Il était le seul occupant de l'immeuble assez fou pour gravir les trente étages à pied. Les murs étaient bien trop rapprochés à son goût, mais c'était tout de même mieux que l'ascenseur, qu'il évitait à tout prix.

Il avait dû revenir à pied du lieu de l'accident car le choc l'avait privé de sa capacité à se téléporter. Cette fragilité temporaire lui était très pénible. Il ouvrit la porte du dernier étage et étudia le long couloir élégant qui s'étendait devant lui. Le sol et les murs étaient carrelés en un camaïeu de blanc, de gris et de beige qui menait jusqu'à une réception aux parois de verre, avec une baie vitrée donnant sur l'extérieur.

Tout ici n'était que verre et chrome. Des matériaux censés être rassurants.

Il détestait ce bureau luxueux situé au dernier étage de l'immeuble. Le vaste espace sentait l'air recyclé et le détergeant bio. Sans lever la tête, il traversa la réception et entra dans une salle de réunion. Les lumières étaient trop vives, l'atmosphère trop légère, l'altitude trop élevée à son goût.

Oubliant la douleur qui le comprimait toujours, il entra dans la pièce et attendit l'explosion.

Qui n'arriva pas. Ronan Kayrs, qui semblait être seul, leva le nez des cartes étalées sur la magnifique table de réunion.

— Salut, Viking. Les infos parlent déjà de ta tentative d'enlèvement. Tu n'as pas pu t'en empêcher, hein ?

Ivar ressentit un soupçon de culpabilité, un sentiment qui ne lui était que trop familier. D'une main tremblante, il tira une chaise en matériaux recyclés et s'assit.

— Je n'avais pas l'intention de l'enlever.

Mais parfois, son instinct prenait le dessus sur sa cervelle.

Les yeux bleu-vert de Ronan s'assombrirent un instant. Ils étaient étranges, même pour un hybride vampire-démon.

— Tu étais en mission de reconnaissance. Tu devais seulement observer. Vu la teneur de certains de ses articles, ce n'est peut-être même pas la physicienne qu'il nous faut.

— Oui, je sais.

Les flammes auxquelles il devait ces cicatrices au cou lui avaient également définitivement endommagé les cordes vocales. Sa voix resterait rauque à jamais, pas autant que celle d'un pur démon, mais presque. Comme il était à moitié démon, il s'en fichait. En revanche, il ne voulait pas que sa voix passe pour une marque de faiblesse.

— J'ai vu une ouverture et j'en ai profité, ajouta-t-il.

— Et tu as échoué.

Ronan s'appuya contre le dossier de sa chaise, qui craqua sous son poids. Il croisa ses bras musclés. Dans cette position, il avait l'air aussi dangereux que le reste des Kayrs, même avec la coupe de cheveux très sage qu'il avait adoptée pour cette mission dans le but de ressembler à un banal homme d'affaires.

Ivar rougit et il sentit que sa peau le tirait. Il était rare qu'un hybride garde des cicatrices, et lorsque c'était le cas, elles étaient toujours très douloureuses. La plupart de ses brûlures avaient disparu, mais la peau de son cou et de son larynx restait endommagée, ainsi que ses cordes vocales, comme si le souvenir de l'enfer qu'il avait vécu voulait rester imprimé en lui.

— J'ai fait une connerie.

Une de plus. Quand son cerveau reprendrait-il le pas sur son instinct de survie ? Il faisait de son mieux, pourtant.

Ronan hocha la tête. Ses lèvres pincées accentuaient la fatigue dans ses yeux.

— On va avoir encore plus de mal à l'enlever, maintenant.

Ivar hocha la tête, puis se figea, envahi par une sensation de légèreté inattendue. C'était loin de la bonne humeur qui lui était auparavant coutumière, mais cela le changeait de sa douleur et de ses remords.

— Elle est plus futée que je le pensais. Elle sait improviser, en tout cas.

Pendant qu'il retrouvait, plus ou moins, sa stabilité mentale, il avait passé beaucoup de temps à étudier le docteur Promise Williams. Elle était intelligente, bien sûr, mais jamais il ne se serait attendu à ce qu'elle percute volontairement une voiture de police.

— Elle est en danger. On doit la mettre à l'abri, annonça-t-il.

Ronan se pinça l'arête du nez.

— Il faudrait qu'on arrête d'enlever des gens.

Ivar haussa les épaules.

— Je sais pas trop. Dans ton cas, ça a plutôt bien marché.

En effet, Ronan avait enlevé une neurologue, qui était devenue sa compagne et qu'il adorait.

— Où est Faith, au fait ? demanda Ivar.

Elle n'était pas généraliste, mais elle saurait peut-être quand même recoudre la plaie qu'il sentait saigner sous son tee-shirt.

— Dans la salle informatique avec sa sœur. Elle essaie d'identifier le prochain physicien humain dont nous aurons besoin.

— La prochaine, c'est Promise Williams.

Dans plusieurs de ses articles, elle disait clairement qu'il valait mieux ne pas jouer avec les lois de la physique, ce qui était exactement ce que faisaient Ivar et les Sept. Mais juste avant qu'elle cherche à le tuer, il avait senti un étrange picotement.

— Ah oui, et elle a des capacités amplifiées, ajouta-t-il.

Il avait été le premier à l'approcher d'assez près pour les percevoir, même s'il n'était pas parvenu à les identifier.

— Et merde. Il y a quelques années, j'aurais pensé que ça la protégerait de la cruauté des Kurjans, mais les derniers événements nous ont prouvé le contraire.

À l'instar des vampires, leurs ennemis, immortels eux aussi, prenaient ces humaines aux capacités améliorées comme compagnes.

— Les Kurjans ont perdu la tête, maugréa Ivar. Il faut qu'on s'empare d'elle avant eux.

La scientifique que l'on avait enterrée dans l'après-midi avait elle aussi des capacités améliorées et les Kurjans l'avaient massacrée. Ou plutôt les Cysts, leur faction religieuse. Une nouvelle fois, Ivar se sentait tiraillé entre son devoir et son instinct protecteur.

— Elle a peut-être échappé à leur détection jusque-là.

— Tu rêves. Elle fait partie des meilleurs spécialistes de son domaine et elle est la prochaine sur leur liste. Mais on les devancera.

Voir aux infos ce que les Kurjans avaient fait subir au docteur Victory Rashad lui avait donné la nausée, malgré toutes les horreurs qu'il avait lui-même vécues et qui hantaient toujours ses cauchemars.

— C'est aussi important pour toi que pour moi. Elle est notre seul moyen de sauver Quade. Ton frère, ajouta-t-il.

Ronan poussa un soupir torturé.

— Il est ton frère à toi aussi. Vous êtes liés par le sang et les os.

Ivar hocha la tête. Ils étaient sept hybrides vampire-démon dans leur confrérie, unis par des liens bien plus puissants que ceux de la simple génétique.

— On doit récupérer Quade et j'en ai assez d'attendre. J'ai le sentiment que cette femme nous apportera les réponses que nous cherchons.

Ce désir de sauver son frère de la dimension dans laquelle il s'était volontairement enfermé était une véritable obsession qui ne lui laissait pas un instant de repos. Sa jambe se mit à trembler et il posa la main sur sa cuisse pour l'immobiliser. *Calme. Reste calme, bordel!* Le désespoir était le seul sentiment qu'il était capable d'éprouver depuis plusieurs mois et il s'y accrochait comme à une bouée.

Ils entendirent la petite sonnerie de l'ascenseur et une puissance étouffante envahit l'air ambiant. Ivar se leva de son siège, mais Ronan lui fit signe de se rasseoir.

— Ah, Logan et Garrett, enfin. Reste pour leur débrief.

Les deux membres les plus récents des Sept revenaient d'une longue mission d'un mois. Ils avaient manqué à Ivar, car ils étaient aussi ses frères désormais. Logan lui avait sauvé la vie et il était prêt à tout pour lui. Cinq de ses frères, qui avaient enduré comme lui les souffrances du rituel, l'avaient caché, protégé et aidé depuis trois mois qu'il était revenu de l'enfer.

— Tu veux que je participe à une réunion ? Avec des gens ?

— Ce ne sont pas « des gens », répliqua Ronan en regardant les deux hommes entrer dans la pièce. La famille, ça ne compte pas.

— Bienvenue, les salua Ivar.

Logan lui répondit avec un sourire provocateur tout en se laissant tomber sur une chaise.

— Alors, Viking, toujours aussi déjanté ?

— Eh oui.

Comme il regrettait le Moyen Âge, l'époque où il était vraiment un Viking, avant que le monde change… Il sourit à Logan par réflexe, même s'il avait oublié ce qu'était vraiment un sourire.

— Tu peux parler, d'ailleurs, rétorqua-t-il. Tu as vu ta compagne ?

Mercy O'Malley était plus dingue qu'eux tous réunis, comme l'étaient la plupart des fées. Quant à la mère de Logan… peut-être ce dernier était-il attiré par les femmes avec un grain de folie.

— Mais non, elle n'est pas dingue, rétorqua Logan en riant. Elle déborde d'énergie, c'est tout.

Garrett s'assit à son tour et poussa un soupir de soulagement. Il était chargé des négociations avec le Royaume, la coalition d'immortels dirigée par sa famille. Sa famille génétique. Le jeune Kayrs se tourna vers Ronan.

— Salut, l'ancêtre.

Ronan leva les yeux au ciel.

— Je pensais qu'on en avait fini avec ces conneries. Il y a trois mois, tu ne savais même pas que j'existais, alors ferme-la.

— Je sais, mais quand je t'appelle comme ça, tu te sens vieux et ça me ravit. J'ai un côté taquin, que veux-tu.

Malgré son ton enjoué, son regard était sérieux, ce qui n'échappa pas à Ivar. Garrett était censé jouer les diplomates avec le roi des vampires et le Royaume en général. La confrérie des Sept était restée secrète pendant mille ans, jusqu'à ce que la mort de quelques membres les force à en recruter de nouveaux. Les leaders des différentes nations avaient alors découvert leur existence.

— Vu ta tête, j'en déduis que tu as rencontré quelques difficultés ?

Garrett se renfrogna.

— C'est rien de le dire. Le roi est légèrement contrarié de devoir encore démêler tout ce… euh…

— Ce merdier ? proposa Logan.

Garrett se racla la gorge, ses yeux gris métallique brillant d'intelligence.

— Oui. Ou, selon ses mots, la situation que nous avons créée par notre simple… euh…

— Existence, termina Logan. Ou plutôt en violant les lois de la nature et celles des sorcières, en soudant nos torses pour en faire des boucliers impénétrables et en créant une force qui a pour nom les Sept.

Garrett le fusilla du regard.

— Tu ne m'aides pas vraiment, là.

— Ce n'était pas mon intention.

— Bref, je viens de passer un mois à me faire réprimander par mes oncles, mes tantes et ma mère. J'en ai bavé et contrairement à toi, je n'ai pas de nouvelle compagne pour m'accueillir à mon retour. Certains d'entre nous sont encore célibataires, je te rappelle.

Logan leva les yeux au ciel.

— Je sais de source sûre que tu as passé le week-end avec deux métamorphes félines. Pas une, mais deux. Les félines sont très, comment dire, souples, alors ne me dis pas que tu te sens frustré. (Garrett lui sourit et Logan passa à autre chose.) Moi, j'étais chez les Faes, pour essayer d'en apprendre le plus possible sur leurs capacités de téléportation. Malheureusement, ils n'ont pas étudié la question plus que nous. J'ai beaucoup discuté avec Kane Kayrs, qui est en train de se pencher sur les aspects scientifiques de la téléportation.

Ivar se tourna vers Garrett.

— Ton oncle accepte de nous aider ?

— Ouais. Kane est très intrigué par le sujet. Vu qu'il est l'être le plus intelligent de la planète, je pense qu'on devrait tout lui dire. Il faut qu'on trouve les meilleurs physiciens et qu'on les persuade de collaborer avec lui. C'est la solution idéale, Ivar.

— Je suis d'accord.

Il devait retourner dans ce monde infernal et sauver Quade Kayrs. Il croisa les yeux de Ronan, remplis de douleur et de culpabilité. Ronan avait pu s'échapper de la dimension dans laquelle il était resté enfermé pendant des siècles, mais Quade se trouvait toujours prisonnier de la sienne.

— On va le sauver, Ronan, finit-il par dire.

Plus qu'une affirmation, c'était une promesse à laquelle il croyait fermement. Garrett se passa les mains sur le visage.

— Je ne pense pas être un très bon diplomate. Frapper les gens, c'est quand même bien plus facile.

— Il me rappelle son père, ce gamin, dit Ivar à Ronan. Il n'a pas tort, remarque. Tout était tellement plus simple quand personne ne connaissait l'existence des Sept.

— Oui, notre marge de manœuvre était plus grande, mais désormais, nous ne sommes plus seuls à affronter les problèmes.

Garrett leva la main.

— Seuls les leaders des différentes nations sont au courant de l'existence des Sept. Ils ne veulent surtout pas éventer le secret. Pas encore, en tout cas.

— Kane a dit autre chose ? demanda Ivar, curieux.

Si le petit génie de la fratrie Kayrs était sur le coup, peut-être pourraient-ils se passer de l'aide des humains pour retrouver Quade.

Garrett pianota sur la table.

— Il étudie la cosmologie des autres dimensions, l'inflation cosmique, la baryogénèse et la matière noire. Bref, toutes les connaissances accumulées par les différentes espèces, y compris les humains, qui ont beaucoup plus creusé ces questions que les immortels.

— Mais est-ce qu'il a trouvé un moyen d'atteindre Quade ? insista Ivar.

— Pas encore. Même les Faes ignorent comment localiser son monde. Le Viking est le seul à avoir pu s'y rendre. En créant les bulles-prison, nous avons déstabilisé l'univers et fait apparaître de nouvelles lois de la physique que même ceux qui peuvent se téléporter sont incapables de suivre.

— Nous avons fait ce que nous pensions nécessaire à l'époque, expliqua Ronan.

Garrett hocha lentement la tête.

— Oui, je sais. Il y a mille quatre cents ans, vous en saviez bien moins qu'aujourd'hui et même si Logan et moi ne faisons partie des Sept que depuis quelques mois, nous assumons l'entière responsabilité de vos actions, au même titre que les membres d'origine. C'est peut-être ce qui met le roi en rogne, d'ailleurs.

Ivar comprenait la colère de Dage Kayrs. Les Sept originaux avaient créé trois mondes pour enfermer l'être le plus maléfique qui soit, un Cyst du nom d'Ulric. Ronan et Quade s'étaient installés dans les mondes extérieurs pour le garder et s'assurer qu'il ne s'échappe pas de la bulle centrale. Celle de Ronan avait récemment explosé et il était revenu dans cette dimension. Il était temps de ramener Quade.

— Nous savons tous que les bulles de Quade et d'Ulric sont condamnées à plus ou moins court terme, reprit Ivar. Le mieux serait que nous les fassions exploser nous-mêmes.

Garrett releva la tête.

— Selon Kane, il y a un vrai risque que nous détruisions cette dimension si nous nous attaquons à celle que vous avez créée pour Ulric et Quade. Après tout, on ne comprend rien aux dimensions ou aux univers parallèles, si c'est le nom qu'on peut leur donner.

Ivar posa la main sur la table et son pouls s'accéléra. Au fond de lui, même s'il refusait de l'admettre, il pensait que si cela offrait à Quade une chance de survie, ce risque en valait la peine. Ce qui faisait probablement de lui un sacré psychopathe.

— Dans ce cas, plus tôt on mettra les experts au travail, mieux ça vaudra. On a besoin d'aller chercher le docteur Promise Williams sur-le-champ.

Ronan soupira.

— Tu as raison. (Il regarda sa montre, puis se tourna vers Ivar.) Elle sera ici demain à 9 heures.

CHAPITRE 3

La nuit était tombée et l'humidité ambiante exaltait l'odeur des sapins. La pluie tombait à grosses gouttes qui giclaient sur le sol tapissé de feuilles. Adossé à un arbre pour profiter de la protection relative des branches, Ivar grignotait des cacahouètes tout en surveillant le bungalow au bout de la rue résidentielle. Il se glissa derrière le tronc en voyant arriver une voiture de police qui s'engagea dans le cul-de-sac avant de faire demi-tour. En patrouille, elle passait toutes les heures devant le domicile de Promise. Soit la police locale manquait de personnel, ce qui était probable, soit elle pensait que sa ridicule tentative d'enlèvement était le fait du hasard.

Promise souleva le rideau de sa fenêtre et fit un signe à l'agent, qui lui répondit de la même manière avant de repartir.

Et de la laisser seule.

Il était près de minuit, et elle avait enfilé un pantalon de jogging gris et un tee-shirt de la même couleur. Elle avait relevé ses cheveux et il voyait sa main trembler légèrement sur le rideau. Promise avait de longs cheveux noirs très bouclés, des pommettes saillantes et une peau couleur caramel. Ses origines étaient difficiles à déterminer, mais sa beauté sautait aux yeux.

Il avait été soulagé de la voir rentrer chez elle. Lorsqu'elle était sortie de la voiture de police qui l'avait raccompagnée, elle lui avait paru parfaitement calme. Il ne l'avait pas blessée, contrairement à ce qu'il craignait. Le rideau retomba et elle disparut de sa vue. Ivar en ressentit une surprenante sensation de solitude.

Le bungalow, bâti sur une falaise, surplombait le Pacifique, dont les vagues venaient s'écraser sur les rochers en contrebas. De là où il se trouvait, Ivar ne voyait pas l'océan, caché par la végétation, mais cela lui était égal, car c'était Promise qui l'intéressait. S'il l'avait trouvée, cela voulait dire que leurs ennemis n'auraient aucun mal à en faire autant. Il s'assit, étendit les jambes et appuya la tête contre la rude écorce de l'arbre.

Il savait qu'il aurait dû se contenter de la protéger de loin, mais pendant l'enterrement, quelque chose en elle l'avait interpellé. Elle semblait triste et seule. C'était ce qui l'avait poussé à tenter de l'enlever. Il se cogna la tête contre l'arbre et absorba la douleur causée par l'écorce qui s'enfonçait dans son crâne. Il était peut-être à moitié fou, mais ce n'était pas une raison pour se conduire comme un crétin.

Il ferma les yeux et se laissa bercer par le bruit de la pluie, du vent et des vagues. Il était revenu chez lui, dans son monde d'origine, et il était en sécurité, pour l'heure tout du moins. Il laissa son esprit divaguer et retourner en enfer.

Il passait de monde en monde grâce à des portails qu'il faisait apparaître par la force de son esprit. La plupart menaient dans des endroits plus cauchemardesques les uns que les autres et ils les quittaient aussitôt. Le temps se mouvait différemment. Une minute passait comme un siècle de tortures et de douleur. Il avait perdu tout espoir lorsqu'il arriva à la dimension de son frère. Quade était l'un des membres des Sept, sa deuxième famille.

Quade l'avait tiré des flammes et mis à l'abri dans une grotte au sol jonché de feuilles décomposées et de vieux os. Dehors, le vent, coupant comme des éclats de verre et brûlant comme un brasier, soufflait en tempête. Le corps de Quade n'était qu'une accumulation de cicatrices, mais son nez était le même que celui de Ronan.

Malgré la douleur qui le tenaillait, Ivar comprit enfin pourquoi il avait traversé tant d'enfers.

— Le monde de Ronan a explosé et il est de retour sur Terre. Il est temps que tu rentres toi aussi. Je vais prendre ta place.

Dans l'obscurité de la caverne, les pupilles bleu-vert sombres de Quade étaient presque invisibles.

— C'est bientôt terminé, mon frère.

— Dis-moi ce que je dois faire.

Ses souvenirs s'estompaient déjà, mais Ronan n'avait-il pas dit qu'ils devaient déplacer des pierres pour équilibrer les pôles magnétiques et assurer l'intégrité de la prison d'Ulric ? Si c'était le cas, que pouvait être le quotidien de Quade dans cet environnement dont l'horreur défiait l'entendement ?

Un sourire factice apparut sur les lèvres déchirées de Quade.

— C'est à moi de nourrir le dragon, Viking. Pas à toi.

— Le dragon ?

Ces créatures mythiques existaient donc dans d'autres dimensions ?

— N'insiste pas, reprit Quade. C'est de plus en plus dur et très bientôt, ce sera terminé. Tout. Même moi.

Il grogna ces derniers mots sur un ton non pas résigné, mais plein d'espoir. Ivar chercha à le raisonner. Quade était-il fou ? Comment ne pas l'être, d'ailleurs, après des siècles dans cet endroit ?

— Tu seras libre, Quade. Ronan a survécu à la fin de son monde et tu survivras aussi. Tu guériras et tu entameras une nouvelle vie.

Quade ferma à moitié les paupières.

— Déjà mort… Viking. (Il se leva et mit Ivar debout. Malgré son état, sa force était phénoménale.) Va-t'en. Des portails vont s'ouvrir. Suis-les. Peut-être que tu pourras rentrer. Raconte tout à Ronan. Raconte à mes frères…

Ivar lui agrippa les bras et tenta de résister au vent surnaturel qui lui perçait la peau et les os.

— Viens avec moi, le supplia-t-il.

— Dis-leur adieu pour moi.

Quade le poussa dans un portail qui l'avala dans un bruit exultant. Il hurla, mais aucun son n'était possible dans le vide. Il tomba sur la glace d'une nouvelle dimension et se redressa d'un bond, prêt à se battre.

Portail après portail, enfer après enfer, il gardait les dernières paroles de Quade en mémoire. Bientôt, elles furent même tout ce qui subsistait. C'était à peine s'il se rappelait qui il avait été, mais Quade était gravé en lui. Le sauver était la seule pensée qui lui permettait de rester en vie.

Puis, un jour, il se rematérialisa sur Terre, au bord d'un lac paisible, entouré de ses frères.

Le passage de la voiture de police le ramena à la réalité. Elle ralentit au bout du cul-de-sac. L'agent parlait au téléphone, mais son regard était vif. C'était rassurant pour Promise.

Ivar, qui se sentait en manque de sel, avala une poignée de cacahouètes. Comme chaque fois qu'il se replongeait dans les souvenirs de cette époque où il n'avait plus été qu'un animal, il avait un goût métallique dans la bouche. Du sang, de l'adrénaline, voire tout simplement de la peur, il n'était pas sûr de savoir ce que c'était. En tout cas, les cacahouètes lui faisaient du bien.

La voiture repartit et il vit la lumière s'éteindre tout au bout de la maison. Le docteur Promise Williams était allée se coucher. Qu'est-ce qu'une jolie physicienne comme elle pouvait bien porter pour dormir ? Un déshabillé de soie qu'elle réservait à son intimité ? Ou bien un vieux tee-shirt, pratique et confortable ? Dans tous les cas, le vêtement devait mettre en valeur ses courbes parfaites.

Il changea de position, mal à l'aise dans son jean qui lui paraissait soudain trop serré. Il n'avait pas touché une femme depuis bien longtemps et vu qu'il avait tenté d'enlever Promise, elle ne lui laisserait certainement aucune chance. Il ne pouvait pas le lui reprocher, d'ailleurs. Il suçota le sel de ses cacahouètes pour tenter de faire disparaître le goût désagréable qui pénétrait jusqu'à son âme.

Soudain, alerté par un bruit, il se releva et s'approcha de la falaise sans quitter le couvert de la végétation, puis il s'arrêta net. Promise était sortie sur son porche, derrière la maison, et regardait la mer en se frottant les bras.

Ivar eut un pincement au cœur. La mélancolie de la jeune femme réveillait en lui des émotions qu'il avait oubliées depuis longtemps. Le souffle court, il leva la tête et renifla.

Aucune odeur de peur n'émanait de Promise. Elle se sentait seule, rien de plus. Son parfum de bruyère sauvage arriva jusqu'à lui. Il inspira à fond, comme pour s'en enivrer. La peau lisse et les longues boucles de Promise étaient très visibles dans la lumière qui sortait de la maison. Ses yeux en amande lui donnaient un air mystérieux et la nuit masquait la couleur mate de sa peau.

Il fit un pas sur le côté pour mieux voir et une feuille craqua sous son pied.

Promise sursauta et se tourna dans sa direction. Ivar se figea et retint son souffle. Il était caché par les arbres, mais en bon prédateur, il savait que les proies percevaient le danger. Et pour son espèce, les humains étaient des proies.

Promise scruta la lisière des yeux, puis rentra dans la maison et referma la baie vitrée, qu'elle verrouilla avant de tirer les rideaux et masquer la lumière.

Ivar souffla. Il n'avait pas eu l'intention lui faire peur et s'en voulait. Il enfourna une énorme poignée de cacahouètes sans même les décortiquer. S'il s'étouffait, ce serait bien fait pour lui. Il brisa les coquilles avec les dents, les recracha et avala les fruits, puis s'assit dans l'herbe et étudia l'arrière de la maison, laissant la façade à la police.

S'il n'avait pas tenté de l'enlever, et s'il avait encore été l'Ivar d'avant son errance interdimensionnelle, est-ce qu'il aurait eu une chance de plaire à Promise ? Autrefois, il avait été la cheville ouvrière des Sept. Il veillait à ce que ses frères ne dépassent pas les bornes et il avait la charge des logements et des QG. C'était même lui qui s'occupait de fournir à Benny ses bonbons préférés.

Mais du jour au lendemain, il avait cessé d'être lui-même. Il ferma les yeux, se demandant comment il avait pu survivre. La seule conclusion possible était que le destin l'avait préservé pour un autre dessein. Même avec son torse fusionné en bouclier impénétrable après le rituel des Sept, il aurait dû mourir. Jamais il n'oublierait la joie de ses frères lorsqu'il était réapparu devant eux. Ils l'avaient tous serré dans leurs bras. Benny et Adare lui avaient donné les plus longues étreintes, car de tout le groupe, c'était eux qu'il connaissait depuis le plus longtemps.

Il avait supporté leur contact aussi longtemps que possible, puis s'était dégagé. La tête baissée, ravagé par une douleur qui ne laissait la place à aucune autre sensation, il avait essayé de leur échapper. De plonger dans le lac et de s'y noyer.

Mais ils l'en avaient empêché.

Depuis ce jour, ils s'abstenaient de le toucher, mais ils étaient toujours présents. Benny lui racontait des blagues et Adare lui parlait de tout et de rien, ce qui était en soi une forme de torture. Logan et Garrett, les plus jeunes des Sept, le traitaient avec égards et l'avaient accueilli comme s'ils le connaissaient depuis toujours.

Restait Ronan, qui comprenait ce qu'Ivar ressentait, parce qu'il avait traversé les mêmes tortures, et qui savait qu'ils devaient à tout prix sauver Quade.

Il lui avait fallu un mois pour réapprendre à parler, tout d'abord en suédois, puis en anglais. Pour que ses cordes vocales parviennent à émettre des sons cohérents. Son corps était entièrement remis, à l'exception des marques de brûlure sur son cou et à l'intérieur de sa gorge.

Son esprit, cependant, était encore en convalescence. Il parvenait généralement à prendre des décisions lucides, mais il lui arrivait de commettre des erreurs. Comme essayer d'enlever Promise Williams.

Le soutien inconditionnel de ses frères l'avait aidé à retrouver un certain équilibre mental et son cerveau avait retrouvé toute son efficacité. Il pouvait feindre la bonne humeur et toutes les autres émotions, mais ses amis étaient-ils dupes ?

Quant à son âme… au cours de sa première vie, il n'y avait jamais vraiment prêté attention, jusqu'à ce qu'elle lui soit arrachée par des forces inconnues dans cette dimension. Même sous la pluie de cette nuit paisible, une partie de son âme restait hantée par les éclats de glace et les flammes qu'il avait affrontés durant son exil. Malgré tous ses doutes, une chose était sûre.

Jamais il ne se remettrait vraiment.

Chapitre 4

Assise à son bureau face à l'inspecteur Jones, Promise termina son café. En ce samedi, les couloirs de la fac étaient silencieux, comme elle les aimait.

— C'est tout ce dont je me souviens, répéta-t-elle. J'ai déjà dit tout cela aux agents qui m'ont interrogée hier soir.

Elle n'avait quasiment pas fermé l'œil de la nuit, malgré les patrouilles régulières de la police. Elle avait tout de même rêvé qu'elle courait dans la forêt pour échapper à son ravisseur et à ses yeux bleus perçants. Même dans ses rêves, il gardait un côté intrigant. Comment était-ce possible ?

L'inspecteur, un homme noir d'une soixantaine d'années au regard rassurant, était assis dans le seul fauteuil de la pièce à ne pas crouler sous les livres et les papiers. Il tourna une page de son carnet.

— Le seul lien que nous avons pu trouver entre Victory Rashad et vous, c'est que vous étiez collègues. (Il releva la tête et la scruta de ses yeux perçants.) Vous n'aviez rien d'autre en commun : ni l'âge, ni l'origine, ni la religion, ni quoi que ce soit d'autre. Bref, selon notre profileur, votre enlèvement n'a rien à voir avec son meurtre.

— Mais le ravisseur a dit…

— Il devait être sous l'influence de la drogue. Et pour traîner dans les cimetières, il faut déjà avoir une case en moins, l'interrompit Jones de sa voix douce. Rien de ce qu'il vous a dit dans la voiture ne tient debout et le fait qu'il ait pu s'enfuir en courant après être passé à travers votre pare-brise prouve qu'il était sous l'influence d'un hallucinogène puissant. Après un tel choc, il n'aurait même pas dû pouvoir se relever.

Promise jeta le gobelet dans la poubelle, qui débordait déjà de feuilles froissées. Des particules de poussières voletaient dans l'air, révélées par la lumière qui filtrait à travers les fenêtres.

— Donc selon vous, je ne cours aucun danger ?

Jones referma son carnet.

— Ce que je dis, c'est qu'on n'en sait rien. Le type vous a repérée et a essayé de vous enlever, mais il n'a rien dit de spécial sur vous, n'est-ce pas ?

Elle fit « non » de la tête. Son ravisseur n'avait pas indiqué qu'il la connaissait personnellement. Certes, il avait dit vouloir son cerveau, mais n'était-ce pas imputable à l'influence de la drogue ? C'était elle qui avait parlé de Victory Rashad et il s'était contenté d'acquiescer.

— Il avait quand même quelque chose de spécial.

Quelque chose qu'elle ne parvenait pas à définir et encore moins à décrire au policier. Jones se leva et posa sa carte de visite sur les tas de papiers et de livres qui encombraient le bureau.

— Nous pensons que son acte n'était pas prémédité et qu'il a juste profité de l'occasion.

— Et le docteur Fissure ? demanda-t-elle, le cœur battant.

Il était toujours porté disparu. Sur un autre continent, certes, mais la coïncidence était troublante, même si cela n'avait probablement rien à voir avec elle.

— Nous avons contacté Scotland Yard et pour l'instant, tout indique que Fissure est parti en Écosse avec l'une de ses étudiantes. À première vue, il n'y a aucun lien avec votre mésaventure.

Promise savait que Gary était un dragueur impénitent, mais tout de même. Elle se frotta le bras, qui portait un petit hématome causé par l'airbag. Elle avait encore mal partout après l'accident. Son ravisseur devait souffrir encore plus qu'elle. Bien fait pour lui.

L'inspecteur Jones, dont l'eau de toilette avait un parfum citronné, lui adressa un sourire rassurant.

— Notre effectif est très réduit et les faits ne paraissent pas assez graves pour que nous vous fournissions une protection. L'université peut sûrement prendre les dispositions nécessaires ?

— Aucune idée, mais je vais me renseigner.

Le service de sécurité de l'université était constitué de trois retraités de la police dépassant largement les quatre-vingts ans. Les organisations syndicales proposaient des services d'escorte et des chauffeurs sur demande.

— Très bien. Si un détail vous revient ou si vous le revoyez, contactez-nous immédiatement.

Il repoussa sa chaise et enjamba les différentes piles de livres et de dossiers qui jonchaient le sol. Il dut même faire un petit bond pour éviter deux diagrammes conçus pour montrer aux étudiants que la supersymétrie était cohérente avec la théorie du tout ainsi qu'avec la cosmologie branaire. Diagrammes qu'elle devait terminer avant son prochain cours, d'ailleurs.

— Vous travaillez sur la matière noire et les planètes, n'est-ce pas ? demanda-t-il. Ma nièce joue à des jeux vidéo avec des trucs comme ça.

— Je m'intéresse aux particules élémentaires, aux forces fondamentales et aux dimensions supplémentaires de l'espace.

— Ah, d'accord, dit-il en atteignant enfin la porte. Je vous contacte si j'ai du nouveau sur votre affaire ou sur le meurtre du docteur Rashad. Deux dossiers sans liens apparents, j'insiste.

Cela n'avait rien de très encourageant. Elle le regarda sortir, songeuse. Contrairement à ce que pensait la police, la tentative d'enlèvement lui avait paru préméditée. Elle se tourna vers la fenêtre pour admirer les couleurs de l'automne. Les arbres et le sol n'étaient qu'une symphonie de jaunes et de rouges. Une feuille se détacha de sa branche et Promise calcula automatiquement le déplacement d'air nécessaire pour qu'elle atterrisse au milieu de ses congénères.

— Tu es prête ? demanda Mark en passant la tête par la porte. On est déjà en retard.

Ah oui, la commission de financement. Comment avait-elle pu lui sortir de la tête ?

— Oui, j'arrive.

Elle prit son attaché-case et son manteau, puis le suivit dans les couloirs déserts. Ils sortirent dans l'air doux et venteux de cette belle journée et se rendirent au parking du personnel, au coin du bâtiment.

— On a une chance sérieuse d'obtenir au moins l'une des bourses, déclara-t-elle pour rompre le silence tandis qu'elle s'installait dans la voiture de Mark.

Il s'agissait de financements d'une ampleur inédite réservés aux travaux sur l'étude des multivers et de la physique quantique.

Mark démarra et quitta tranquillement le parking.

— Peut-être. C'est vrai que les sommes en jeu sont impressionnantes.

Tandis qu'il conduisait, elle peaufinait l'argumentaire qu'elle allait présenter à la commission.

— Si on décroche une subvention, on aura plus de ressources que le MIT, Caltech, Montana Tech et Harvard réunis.

Elle avait étudié dans toutes ces institutions mais avait préféré revenir enseigner dans son université d'origine. Le fait que ses parents y aient eux aussi été professeurs n'était qu'une coïncidence. Parfois, lorsqu'elle travaillait tard le soir, elle se rappelait cependant qu'ils en avaient fait de même au même endroit. C'était idiot, mais dans ces moments-là, elle se sentait plus proche d'eux. Depuis quand n'était-elle pas allée mettre des fleurs sur leur tombe ? Les convenances l'exigeaient et les fleurs embellissaient la pierre tombale, mais cette tradition lui paraissait hypocrite. Ses parents étaient morts depuis longtemps et il ne restait plus d'eux que des ossements qui deviendraient bientôt poussière. Ses parents n'étaient pas là.

— Tu es prête ? demanda Mark en manœuvrant la voiture sous les arches de la faculté.

— Oui, je pense, répondit-elle en tapotant la mallette dans ses jambes. Ils ont étudié notre dossier et ils veulent nous entendre plaider notre cause. C'est un peu comme une soutenance de thèse, ça n'a rien de bien difficile.

— Ça dépend pour qui, maugréa Mark.

Contemplant le paysage, elle répétait les arguments en faveur de son projet. La pression montait en elle et son cœur s'accélérait. Un souvenir du collège lui revint inopinément. Le jour où elle avait ramené un 18/20 en maths qui lui avait valu trois mois sans sortie.

Les genoux tremblants dans son uniforme, elle se força à entrer dans le bureau de son père. Contrairement à celui de sa mère, qui était clair et plein de livres, cette pièce était méticuleusement organisée et bordée d'étagères épaisses en acajou. Son père avait les cheveux noirs et courts et la barbe bien taillée. Il leva les yeux de ses papiers et la regarda derrière ses lunettes impeccables.

— Qu'y a-t-il, Promise ?

Elle fit un pas de plus et vomit sur le tapis persan.

— Non ? dit Mark d'une voix insistante qui la ramena à la réalité.

Elle toussa, émue par le souvenir de son père, un brillant mathématicien.

— Pardon. J'étais perdue dans mes pensées. Je suis désolée si je t'ai vexé hier. Je ne suis pas très douée pour les rapports humains.

Elle ne l'avait jamais été. La science et la recherche étaient tellement plus simples à appréhender !

Mark soupira.

— J'ai dit ou j'ai fait un truc qu'il ne fallait pas ?

Elle se mordit la lèvre.

— Non.

La supersymétrie la fascinait. Mark, en revanche, n'était qu'une personne avec qui passer une soirée de temps en temps. Croiserait-elle un jour un être humain qui ferait autant battre son cœur que la matière noire ?

— J'ai toutes les caractéristiques d'une sociopathe, ajouta-t-elle.

— Mais non, la rassura Mark en riant. Je t'ai déjà vue triste et tu as beaucoup d'empathie pour tes étudiants. De la compassion, même.

C'était vrai. Et elle avait pleuré à la mort de son poisson rouge, quand elle était au lycée. C'était forcément un point en sa faveur.

— Merci de ne plus être fâché.

— Je t'en prie. (Il entra dans un parking souterrain et se gara à côté d'un ascenseur.) Euh, peut-être que tu devrais t'installer chez moi le temps qu'on retrouve le type qui t'a agressée. Aucune pression, hein ? C'est juste pour ta protection.

C'était très gentil de sa part.

— La police pense que ce n'était pas prémédité.

— Et s'ils se trompent ? répliqua Mark en coupant le contact.

Excellente remarque. Elle avait rêvé de son ravisseur la nuit précédente, mais dans son rêve, l'inconnu lui tenait la main et lui montrait des fleurs des champs violettes au bord de la mer. Peut-être s'était-elle cogné la tête durant l'accident. Elle sourit à Mark.

— Je vais y réfléchir. Merci pour le bout de conduite, en tout cas.

Elle sortit de la voiture et remarqua que le parking privé était rempli de SUV noirs flambant neufs.

— De rien. Bonne chance pour tout à l'heure.

Il verrouilla les portières et se mit à marcher à côté d'elle.

— Toi aussi.

Par chance, ils ne postulaient pas pour la même subvention. S'ils avaient été en compétition, cela les aurait placés dans une situation très désagréable. Elle haussa les épaules et se dirigea vers l'ascenseur. Les portes s'ouvrirent et elle appuya sur le bouton du dernier étage.

— Je me suis renseigné sur ce groupe. Il finance beaucoup de recherches, mais je n'arrive pas à cerner son secteur d'activité, dit-elle.

Ils fabriquaient, semble-t-il, des composants pour l'aérospatiale, mais elle n'en était pas sûre. Tandis que l'ascenseur se mettait en marche, Mark resserra sa cravate beige. Avec sa chemise blanche, sa veste bleue et son pantalon marron, il était une véritable caricature d'universitaire.

— Tant qu'ils nous donnent leurs millions, je me fiche de ce qu'ils trafiquent.

Promise fit de son mieux pour étouffer l'excitation qui montait en elle.

— Je suis sûre qu'on est en concurrence avec les facs qui ont un département maths ou physique.

— Sans aucun doute, mais on n'a pas à rougir. On est les meilleurs, même.

Il sourit enfin et cela rappela à Promise pourquoi il lui avait plu la première fois. Enfin, outre le fait qu'il comprenait la supersymétrie et que la relativité générale n'avait aucun secret pour lui.

L'ascenseur s'ouvrit et ils entrèrent dans un salon de réception bien éclairé, aux couleurs douces. La décoration semblait neuve et la pièce sentait la peinture fraîche et les travaux récents.

La réceptionniste, une rousse d'une vingtaine d'années, avec un œil bleu et l'autre vert, leur sourit depuis le comptoir en bambou. Menue et pâle, elle ressemblait à une espèce de lutin avec son tailleur vert pomme et ses bijoux en topaze.

— Bonjour ! Je m'appelle Mercy O'Malley. Vous devez être les docteurs Williams et Brookes.

Une douleur fulgurante perça la nuque de Promise. Son regard se voila et elle vacilla. La réceptionniste s'en aperçut et se précipita pour la rattraper.

La douleur augmenta encore et des flammes rouges explosèrent dans ses yeux, suivies par une obscurité totale. Elle s'écroula et eut le temps, avant de perdre connaissance, de se dire que la gravité n'était pas une force aussi faible que le pensaient les astrophysiciens.

Elle sombra dans l'inconscience et sa douleur disparut.

Chapitre 5

Promise reprit connaissance et ouvrit lentement les yeux. La douleur s'était dissipée. Elle était couchée sur une surface dure, sous une sorte de lustre en bambou fixé à un haut plafond. Où était-elle donc ? Elle déglutit et se redressa un peu, puis vit où elle se trouvait et se figea.

On l'avait allongée sur une table de réunion en bois recyclé. Mark se tenait devant elle, à côté d'un autre homme, un colosse aux yeux d'un bleu-vert très profond. Mark lui tendit la main pour l'aider à s'asseoir sur le rebord de la table.

— Tu vas bien ?

Elle rougit et tira sur sa jupe pour ne pas leur exposer sa petite culotte blanche.

— Je vous présente toutes mes excuses, déclara-t-elle en repoussant les boucles noires qui cascadaient sur son visage. C'est la première fois que cela m'arrive.

La perte de connaissance, en tout cas. Elle avait déjà ressenti ce genre de douleur. Elle posa ses pieds chaussés de talons presque plats sur une chaise et elle serra les genoux.

— Ma, euh, femme sera là dans quelques minutes, dit l'inconnu, dont les yeux n'exprimaient que de l'inquiétude, et peut-être aussi un peu de curiosité. Elle est médecin.

— Je n'ai pas besoin d'assistance médicale. Mais merci quand même.

Elle s'appuya sur la table pour se lever. Qu'avait-il bien pu se passer ? Avait-elle une tumeur ? Ou peut-être un caillot sanguin dû à l'accident ? Ce genre de problème pouvait aussi être dû à une pression sanguine trop élevée. De toute évidence, il était plus que temps qu'elle se fasse examiner.

— J'ai eu un accident de voiture hier. C'est peut-être une réaction résiduelle. (Elle tourna lentement la nuque. Pas la moindre douleur.) Mais je me sens beaucoup mieux.

Elle regarda son interlocuteur. Il mesurait au moins deux mètres et son corps très musclé était moulé dans son costume noir sur mesure. Il lui tendit une main vaste comme une poêle à frire. Voire deux.

— Ronan Kayrs.

— Docteur Promise Williams, répondit-elle en la lui serrant. (La douleur avait disparu, mais elle tremblait encore de la tête aux pieds.) Je m'excuse une nouvelle fois de ce qui m'est arrivé. Je suis vraiment désolée.

Le sourire qu'il lui adressa transforma son visage et lui donna une beauté très virile. Il lâcha rapidement sa main. Sa paume paraissait rugueuse, enflée. Des cicatrices, peut-être ?

— Inutile de vous excuser. J'ai l'habitude que les femmes s'évanouissent en ma présence.

— N'importe quoi.

Un autre homme entra dans la pièce. Il était aussi imposant que Ronan, avec les mêmes cheveux noirs. Son costume bleu, tout aussi coûteux que celui de son collègue, était agrémenté d'une cravate d'un rose éclatant.

— Il faut vraiment que tu changes de méthode de drague, toi, ajouta-t-il. Docteur Kane Kayrs. Enchanté.

Encore un Kayrs… ils se serrèrent la main et Kane retira la sienne aussi vite que l'avait fait Ronan. Pour des hommes d'affaires, ils étaient bien timides. Et sa paume avait quelque chose d'étrange, elle aussi, comme si elle avait été marquée au fer rouge. Elle ne pouvait pas décemment demander à la voir, cela ne se faisait pas.

— Vous êtes frères ?

Ils se ressemblaient, tant au niveau de leur visage et que de leur corps, mais Kane portait des lunettes réfléchissantes et elle ne pouvait donc pas voir si ses yeux étaient du même vert-bleu.

Kane ricana.

— Non. Nous sommes de lointains parents, rien de plus.

— Très lointain, renchérit Ronan avec un nouveau sourire.

— Au fait, vous auriez pu m'appeler à un autre moment qu'au milieu de la nuit pour me demander de venir non ? Ah la famille, je vous jure.

Elle regarda ces deux beaux mâles tour à tour, intriguée. Une grande connivence semblait régner entre eux. Jamais elle n'avait connu une telle complicité. Cela lui donnait presque envie d'avoir à nouveau une famille, même si elle devait bien avouer qu'elle n'avait que très peu d'expérience en ce domaine.

— J'espère que mon évanouissement n'influera pas sur votre décision, dit-elle.

— Non, ne craignez rien. (Kane la mena à une chaise et attendit qu'elle soit assise. Cette galanterie généra en elle un émoi très féminin.) Vous vous sentez mieux ?

— Oui, merci. (Elle fronça les sourcils et se frotta la nuque, sous sa natte.) Je vais très bien, mais je ne comprends pas ce qui m'est arrivé.

La réceptionniste passa la tête par la porte.

— Docteur Brookes ? Comme le docteur Williams semble aller mieux, voulez-vous m'accompagner ? Nous allons procéder à votre audition pour le financement de vos recherches sur les équations différentielles ordinaires.

Un nouveau pic de douleur traversa le cou de Promise et elle se mordit les lèvres pour ne pas crier. S'il s'agissait d'une tumeur, pourquoi n'explosait-elle pas une bonne fois pour toutes ? Dès cette réunion terminée, elle prendrait rendez-vous auprès d'un neurologue.

— Très bien.

Sans paraître remarquer son malaise, Mark lui tapota l'épaule et sortit. La douleur s'atténuait lentement. Quelle pouvait être son origine ? Promise expira lentement et détendit les épaules. Elle devait se concentrer sur la discussion à venir. Ses problèmes de santé passeraient plus tard.

— Vous vous sentez bien ? s'enquit Ronan.

Elle hocha la tête, même si elle se demandait pourquoi la douleur venait et repartait aussi brutalement.

— Oui. Je viens d'avoir une nouvelle crise, mais c'est passé.

— Vous ne ressentez plus aucune douleur ? demanda Kane, le regard tourné vers la porte.

— Non.

Elle inspira à fond, puis expira encore plus lentement. Si elle venait de gâcher ses chances d'obtenir cette bourse, autant que sa cervelle explose sans attendre. Grâce à cette somme, l'université pourrait faire de grandes avancées. Elle devait absolument se reprendre.

— Je vais très bien, messieurs, je vous assure. Nous commençons ?

Les deux hommes se regardèrent, puis s'assirent en face d'elle et Ronan entama la discussion.

— Comme nous n'avons pas de temps à perdre, j'entre dans le vif du sujet. Vous faites partie des finalistes pour l'obtention de cette bourse. Nous nous intéressons à l'étude des dimensions. Plus précisément, à la possibilité du voyage interdimensionnel.

Promise cligna des yeux. Jamais il n'en avait été mention dans le dossier. Parlait-il sérieusement ?

— En pratique plutôt qu'en théorie, vous voulez dire ?

— Oui, répondit Kane en posant les coudes sur la table.

Elle soupira. Quel dommage d'être aussi beau mais d'être à ce point dénué de cervelle...

— Bon. Pour commencer, nous allons devoir clarifier quelques notions de base. Une dimension se réfère à une distance, dont il est impossible de se rendre dans une autre dimension. Impossible pour l'être humain, en tout cas. Nous sommes des créatures tridimensionnelles, ce qui signifie que nous évoluons dans la troisième dimension. S'il en existe d'autres, comme je le pense, nous ne pouvons pas nous y rendre. Ou plutôt, ces dimensions nous entourent au moment où je vous parle et nous ne nous en rendons même pas compte, parce qu'elles sont invisibles. Un peu comme la troisième dimension le serait pour un être bidimensionnel.

C'était l'explication la plus simple qu'elle avait trouvée.

— On n'aurait jamais dû apprendre ce mot aux humains, soupira Kane. Jamais.

— Ils l'ont perverti, acquiesça Ronan. Le terme de dimension n'a même plus le même sens qu'au départ. C'est à cause de ce satané Einstein. Il en a fait un fourre-tout sans queue ni tête.

Promise les regarda tour à tour, le cœur battant de plus en plus vite.

— Euh, pardon ?

— Non, rien. Une référence à un bouquin de science-fiction que j'ai lu quand j'étais petit. Bon, reprenons. Mettons que nous parvenions à traverser l'espace, ou le temps, comme vous voulez, et que nous atterrissions dans un autre monde tridimensionnel, très loin du nôtre.

Qui étaient ces types ? Des milliardaires qui regardaient trop la télé ?

— Vous voulez parler du multivers ?

— Non, pas si vous l'entendez dans le sens d'univers identiques avec différents chemins d'accès. Ce n'est pas ça du tout. Je parle d'univers distincts, voire d'autres endroits dans cet univers-ci, même si, personnellement, je n'y crois pas trop. Des univers auxquels on ne peut accéder qu'en traversant les dimensions. Par le biais des trous noirs, par exemple, ou des trous de ver.

Elle haussa les sourcils.

— Vous faites référence à la théorie selon laquelle notre univers n'est qu'une bulle parmi une infinité d'autres bulles ?

— Exactement. Le multivers expliquerait la matière noire, donc c'est possible.

Promise hocha la tête.

— Oui, c'est l'une des nombreuses théories pour la matière noire, en effet.

— Tout à fait, dit Ronan. C'est le genre de recherches qui nous intéressent. Comment se rendre directement en un autre endroit de l'univers, ou dans un autre univers, un autre monde, une autre bulle. Pas un univers parallèle, mais un univers différent du nôtre.

Il existait forcément un moyen d'obtenir la bourse sans vexer ces deux illuminés. Petite fille, elle avait souvent rêvé de traverser les dimensions, jusqu'à ce que ses parents la forcent à regarder la réalité en face.

— Je comprends l'attrait d'une telle théorie, croyez-moi, commença-t-elle, hésitante. Si vous adhérez à la théorie des supercordes, cela veut dire que vous croyez que les D-branes s'étendent sur les trois dimensions spatiales. Mais ces dernières ne pouvant évoluer à angle droit, il est impossible d'explorer l'univers en dehors des branes.

Comprenaient-ils quoi que ce soit à la théorie des cordes, d'ailleurs ?

— Nous cherchons plutôt une théorie alternative concernant les D-branes, expliqua Kane. Une explication qui sortirait des sentiers battus.

Une théorie alternative ?

— Euh, la physique a des lois immuables, vous savez ?

Le regard de Ronan se fit plus vert que bleu.

— Vraiment ? ironisa-t-il. Selon la théorie la plus populaire du moment, l'univers est constitué de cordes que nous n'avons jamais vues. Les lois de la physique sont contraintes par les limites de notre compréhension de l'univers et il est fort probable que nous nous trompions sur tout.

Elle sourit, car au fond, elle pensait elle aussi que la gravité pouvait déformer le temps.

— On croirait entendre l'un de ces groupes conspirationnistes qui étaient persuadés que la mise en marche du LHC déclencherait l'ouverture d'un trou noir qui engloutirait la Terre.

Cette catastrophe ne s'était pas produite, bien entendu. Au départ, elle avait eu quelques craintes, mais la solidité scientifique du concept l'avait vite rassurée.

Kane sourit.

— Nous avons peut-être eu de la chance que l'espace-temps et la gravité réagissent comme nous l'espérions.

Ce n'était pas faux et elle se détendit enfin un peu.

— Bon, vous avez l'air de comprendre à peu près de quoi vous parlez.

Ronan commença à pianoter sur la table.

— Merci. J'aimerais aussi que nous discutions certains de vos articles.

C'était logique, vu leurs centres d'intérêt.

— J'imagine que c'est celui sur la fracturation hydraulique qui vous inquiète ? Celui où je dis que les bénéfices potentiels ne valent pas toujours les risques encourus ?

— Entre autres, oui, expliqua Kane. Je ne m'oppose pas à votre analyse, mais j'aimerais que nous discutions de votre conclusion.

— C'est-à-dire ?

— Cet équilibre entre risques et résultats potentiels, précisa Ronan. S'il existe un moyen d'altérer le temps et la gravité pour traverser les dimensions, cela entraînera probablement des risques non négligeables.

Elle ne put s'empêcher de rire et s'autorisa à se fondre un instant dans leur fantaisie.

— Certes. Mettons que nous trouvions le moyen de faire ce que vous voulez. Aujourd'hui, pas dans deux cents ans. En effet, il faudrait étudier les risques de très près du point de vue mathématique et scientifique, en prenant en compte des possibilités qu'il est encore impossible d'envisager dans leur totalité. Nous ne savons même pas si ces autres dimensions existent vraiment.

— Vous êtes spécialisée en physique théorique, répliqua tranquillement Ronan. La théorie, c'est merveilleux, surtout lorsque cela permet de prouver l'existence d'une chose en se basant sur l'absence d'une autre chose. Mais ce que nous cherchons, c'est une personne qui accepterait de réaliser des expériences pratiques en lien avec les théories concernées. Qui accepterait de courir le risque.

Seuls les imbéciles prenaient des risques. En tant que scientifique, son devoir était de protéger la vie sous toutes ses formes. D'un autre côté, à ce point des recherches, ces risques eux-mêmes étaient encore théoriques. Elle continua à sourire. Ces deux types devaient être des fans de *Star Trek* en manque d'émotions fortes, avec des millions à distribuer aux causes qui leur tenaient à cœur. Leurs regards brillaient d'intelligence et leurs connaissances semblaient très solides, mais ils se faisaient d'énormes illusions.

— Toute théorie, quelle qu'elle soit, devrait prendre en considération les risques de modifier les lois actuelles de la physique. Ne pas en tenir compte serait irresponsable.

Ronan sourit.

— Allons, vous êtes l'un des cerveaux les plus brillants de ce siècle, ayez un peu confiance. Mettez au point une théorie qui tient la route et nous offrirons cinq cents millions de dollars à votre université pour la concrétiser. Vous avez une semaine.

Chapitre 6

Dans la salle de contrôle, Ivar regardait l'entretien sur l'un des nombreux écrans posés sur la table. La pièce, aveugle et silencieuse, lui convenait à merveille. Dans son tailleur gris et son chemisier rose, Promise Williams était encore plus jolie que la veille. Elle avait noué ses boucles noires en une tresse stricte qui mettait en valeur ses traits délicats, ses pommettes saillantes et sa peau mate et lisse.

Le tailleur était près du corps sans être vulgaire. Les chaussures, en revanche, gâchaient l'ensemble. Elles étaient trop ternes, avec leurs talons carrés et leur ligne sage. Ses chevilles minces étaient faites pour des escarpins scintillants. Quelque chose lui disait que jusque-là, l'existence de Promise avait eu peu d'éclat.

Tout comme la sienne, d'ailleurs.

Promise. Quel étrange prénom. Une promesse pour les contributions qu'elle apporterait à la science, probablement, grâce à son intelligence supérieure. Il avait fait des recherches sur elle. Ses parents étaient des enseignants, plus intéressés par leur travail que par leur couple. Les photos de Promise petite fille, maigrichonne et mal à l'aise, l'avaient fasciné. Enfant, elle avait multiplié les stages d'été à vocation scientifique : maths, aérospatiale, échecs… mais rien d'amusant comme le camping ou le poney. Rien que des livres, de grands yeux marron écarquillés et une sensation de solitude qui transperçait l'âme d'Ivar. Cette solitude, c'était son propre quotidien. Les parents de Promise avaient trouvé la mort lorsqu'elle était en deuxième année à Harvard, mais elle semblait déjà seule avant leur décès. Bien avant.

L'envie de la rejoindre dans la salle de réunion le démangeait. Même son sang lui semblait plus vif depuis qu'elle était entrée dans l'immeuble. Sur l'écran voisin, Mark Brookes débitait son baratin lénifiant. Ivar sortit son téléphone et appela Mercy, à la réception.

— Oui ?

Il l'entendait s'activer sur son clavier. Tout en jouant les réceptionnistes pour cette semaine d'attribution de financements, elle devait être en train de manipuler les devises sur les bourses mondiales. Mercy était passionnée par la finance.

— Tu veux bien me rendre un service ? Passe la tête dans la salle de réunion et demande s'ils veulent boire quelque chose, dit-il avec une excitation qu'il ne s'expliquait pas.

Mercy soupira.

— S'ils veulent un café, ils n'ont qu'à se le faire eux-mêmes.

Ivar se retint d'exploser. Il n'avait vraiment pas besoin d'une fée en rogne sur les bras et Mercy pouvait être féroce lorsqu'on la contrariait. Logan, son compagnon, et Garrett étaient partis tôt ce matin pour sécuriser une planque et elle était déjà de mauvaise humeur. Il choisit donc ses mots avec soin, même s'ils lui brûlaient la gorge.

— Je sais, mais fais-le pour moi, s'il te plaît. Tu ouvres la porte, tu leur demandes et tu ressors.

— Bon, d'accord, grogna-t-elle en raccrochant violemment le téléphone.

Le bruit résonna dans le tympan d'Ivar et le fit grimacer. Il se pencha vers le moniteur, tous les sens en éveil. Il devait fournir un effort surhumain pour rester assis, pour ne pas quitter la pièce, pour rester loin de cette femme. *Promise.* Même son nom éveillait des émotions en lui. Mercy apparut à l'écran, superbe dans son tailleur vert. Elle ouvrit la porte et demanda poliment si quelqu'un voulait à boire.

Promise pâlit et se crispa, les yeux écarquillés, le souffle court. Elle secoua la tête, tout comme Ronan. Mercy ressortit, leva la tête vers l'une des caméras de sécurité et tira la langue. Ivar reporta son attention sur Promise, qui retrouvait des couleurs et se détendait. Elle se massa la nuque, comme si elle avait été piquée par un insecte. Pourquoi la proximité de Mercy lui donnait-elle la migraine? Trois fois sur trois, il ne pouvait s'agir d'une coïncidence et cela n'était pas lié à son accident de la veille. C'était un poids en moins pour sa conscience. Pour l'instant, tout du moins.

Était-ce parce que Mercy était une Fae? Promise, humaine aux capacités amplifiées, était-elle allergique à cette espèce? Était-ce possible? Où pourrait-il trouver un autre Fae pour confirmer cette hypothèse? Ils étaient très rares et, pour la plupart, n'appréciaient pas les Sept. Mercy était l'exception à cette règle, et il n'était même pas sûr qu'elle l'apprécie tant que cela.

La porte de service claqua et Ivar se tourna vers un autre écran. Benny était de retour. Parfait. Benny était généralement de son côté et il comprendrait les raisons qui l'avaient poussé à tenter d'enlever la physicienne. Il ne ménagerait pas ses moqueries quant à l'échec de l'opération, mais au moins, il lui apporterait son soutien. Il était presque aussi déséquilibré qu'Ivar, ce qui n'était pas peu dire. D'un autre côté, la réalité était parfois si cruelle qu'en être déconnecté n'était pas forcément si mal.

Benny tapa dans la main de Mercy pour la saluer, puis entra dans la salle de réunion. Ivar appuya sur un bouton pour augmenter le volume. La rencontre entre cette femme cérébrale et Benjamin Reese promettait d'être fascinante. Benny était un véritable colosse avec un ego au diapason de son physique. Il avait les cheveux noirs, des yeux indéterminés aux reflets métalliques et un rire gargantuesque. Et il venait d'arriver avec le tee-shirt déchiré, la bouche en sang et un paquet de petits bonbons à la main.

Ronan se figea en le voyant entrer, avec l'air pincé qu'il prenait lorsqu'il était contrarié. Il se leva à moitié et le présenta à Promise tout en le fusillant du regard.

— Pourquoi saignes-tu ? demanda-t-il avec un calme de mauvais augure.

— Oh, je m'entraînais avec mon cousin, là, tu sais ? Le démon qui a conseillé sa psy à Ivar, répondit-il en grignotant un bonbon.

Ivar poussa un grognement excédé. Ils devaient faire sortir Benny de la pièce avant qu'il dise une nouvelle bêtise. Avec un peu de chance, Promise ne prendrait pas le terme « démon » au sens littéral. Elle se dirait peut-être que Benny avait une case en moins, ce qui était vrai, d'ailleurs.

— Et si tu allais voir Ivar pour lui parler de la psy, justement ?

Benny s'appuya contre le chambranle.

— Je suis obligé ? Je fais partie de la boîte, après tout, et j'aime bien les réunions, dit-il en adressant un clin d'œil à la caméra de surveillance.

Ivar posa la main sur le téléphone pour appeler Benny et lui ordonner de sortir, mais il vit alors que Promise avait pâli. Les yeux ronds, elle agrippait les bras de son fauteuil, les doigts blanchis tellement ils étaient serrés, et vacillait.

— Dégage, Benny, grogna Ronan.

Ce dernier leva les yeux au ciel et sortit en direction de la salle informatique. Promise décrispa lentement les doigts et sa respiration s'apaisa. Elle sourit à Ronan, les lèvres tremblantes.

— Je suis désolée. Je crois que ma migraine revient, dit-elle d'une voix douce, mais claire.

La situation était de plus en plus étrange. Benny entra, renversant des bonbons dans l'entrée.

— Salut, toi. Il paraît que t'es même pas fichu d'enlever une simple humaine ?

— Comme tu dis.

Ivar gardait les yeux rivés sur l'écran pour observer les réactions de Promise dans leurs moindres détails. Un sentiment étrange lui réchauffait tout le torse. Une envie de la protéger qu'il ne comprenait pas. Quel était le sens de ces crises qui la prenaient toutes les cinq minutes ?

— Qu'est-ce que Mercy et toi avez en commun ?

Benny s'assit sur le seul siège disponible, encore l'une de ces chaises pourries en matériaux recyclés. Elle était bien trop petite pour lui et craqua sous son poids.

— Euh, on est tous les deux au sommet d'un immeuble alors qu'on serait plus en sécurité dans un QG souterrain ?

— Certes, murmura Ivar.

Il avait toujours installé les différents QG des Sept en pleine montagne pour une protection maximale. Deux de ces repaires avaient été démolis par les Kurjans avant qu'il entame son errance entre les dimensions. Et aujourd'hui, où se retrouvaient-ils ? Dans un bâtiment humain, bien trop loin du sol à son goût. Selon lui, se mêler à la foule était la pire manière de se cacher, mais pour l'heure, il devait jouer le jeu et tout tenter pour trouver les physiciens humains à même de les aider. Son instinct lui disait que Promise Williams en faisait partie.

— Quoi d'autre Benny ? Vous avez plus de points communs qu'on le pense.

— Hier, elle m'a donné un coup de poing dans le nez parce que j'avais dit « fée » au lieu de « Fae ». Elle a dû sauter pour y arriver, mais je l'ai quand même senti passer. Franchement, ces deux noms sont aussi ridicules l'un que l'autre et ils veulent dire la même chose, non ? Elle est dingue, cette fée, conclut-il en secouant la tête.

Tout comme Benny lui-même. Peut-être Promise était-elle capable de détecter la folie ? Il pouvait s'agir d'un don comme un autre, après tout. Iva se mordit la lèvre pour ne pas sourire.

— Quoi d'autre ?

— Rien, répondit Benny en mâchant pensivement ses bonbons. C'est une Fae et son truc, c'est les chiffres. Moi, c'est la bagarre. (Il tendit le paquet à Ivar, qui refusa d'un signe de tête.) On n'aime pas les fraises, mais hier, quand elle a dit qu'elle était allergique aux brocolis, c'était un mensonge. C'est juste qu'elle n'aime pas la salade que Faith prépare tout le temps et qu'elle ne voulait pas la vexer. Moi aussi, j'ai horreur des brocolis, mais je n'ai pas hésité à le dire à Faith. Elle m'a frappée elle aussi, tiens. Je me demande pourquoi toutes les femmes que je connais prennent tant de plaisir à me taper dessus.

Faith, la compagne de Ronan, était neurologue et aurait peut-être une explication à tout cela.

— Et où est Faith, justement ?

— Comment tu veux que je le sache ? Je viens d'arriver. (Il vida le reste du sachet dans sa bouche.) Et Kayne, il est arrivé quand ?

— Hier soir.

Benny essuya un filet de sang au coin de ses lèvres.

— Ben voyons. Le Royaume pourrait pas nous laisser faire notre boulot en paix, non ?

Sur l'écran, Promise semblait s'être remise et parlait avec animation à Ronan.

— Kane est très intelligent.

D'un autre côté, Benny avait raison. Dage, le frère de Kane et le dirigeant du Royaume, se mêlait toujours de ce qui ne le regardait pas.

— Je pense qu'on devrait dire toute la vérité à Promise. Comme ça, elle pourra commencer ses calculs sur des bases saines, ajouta-t-il.

— Non. On a convenu qu'on ne dirait rien aux humains tant qu'on n'aurait pas choisi quelles équipes de recherche on finançait. Elle fait partie des candidats, rien de plus. Elle est mignonne, remarque. Ses yeux sont de quelle couleur ? demanda-t-il en se rapprochant de l'écran.

— Marron clair, avec des petits éclats dorés. Et elle a un parfum de brise marine et de bruyère sauvage. (La fleur de son enfance. Il ne pouvait plus attendre.) Bon, j'en ai marre.

Il se leva et se dirigea vers la porte. Benny fit pivoter son fauteuil, mais l'une des roulettes se détacha et il faillit tomber. Il poussa un juron et retrouva l'équilibre.

— Tu fais quoi, là ?

— Une connerie, répondit Ivar, d'un ton grave, en s'engageant dans le couloir.

— Ne la fais pas à moitié, au moins, l'encouragea Benny en se tournant à nouveau vers les moniteurs pour ne rien manquer du spectacle.

Ivar se massa le poignet. L'os s'était ressoudé une heure après l'accident, mais une douleur diffuse palpitait encore jusqu'à son coude. Ses pouvoirs régénérateurs revenaient petit à petit, mais, trois mois après son retour, il n'était toujours pas au top de sa forme. Comme si l'enfer, ou les enfers qu'il avait traversés se refusaient toujours à le lâcher. Il avançait sans bruit dans le couloir, d'instinct. Pendant son errance, il avait appris à se mouvoir silencieusement. Un jour, peut-être, il pourrait utiliser cette compétence non plus pour survivre, mais pour s'amuser.

Il entra dans la salle de réunion sans laisser à Ronan ou à Kane le temps de réagir. Promise se leva à moitié et porta la main à sa gorge. Ivar lui adressa un sourire qui devait plutôt ressembler à une grimace. Il avait oublié comment sourire. Ou plutôt, les sensations derrière un sourire.

— Bonjour.

Elle hurla.

Chapitre 7

Promise bondit et s'adossa à la table. Que se passait-il ? Affolée, elle se tourna vers Ronan Kayrs, qui lui-même regardait son agresseur avec ce qui ressemblait fort à de l'agacement.

— Mais vous êtes qui ?

Elle n'avait pas pris son sac à main et ne voyait aucun objet dont elle aurait pu se servir pour se défendre. Même son stylo en caoutchouc était inoffensif.

Ronan se leva.

— Vous n'avez rien à craindre, docteur Williams. Je vous le promets.

Rien à craindre ? Mais bien sûr. Rien à craindre face à l'homme qui avait tenté de l'enlever. Il lui bloquait la porte et les deux autres hommes ne bougeaient plus, comme s'ils ne voulaient pas l'effrayer davantage.

— Qu'est-ce qui se passe ici ? demanda-t-elle d'une voix tremblante.

Son kidnappeur s'adossa au chambranle, comme s'il cherchait, sans le moindre succès, à paraître inoffensif.

— Ce n'est pas ce que vous croyez, dit-il d'une voix encore plus rauque que la veille. Je m'excuse pour hier.

— Vous vous excusez ? s'étouffa-t-elle. Vous m'avez enfoncé un pistolet entre les côtes, je vous signale.

Elle se tourna vers Kane, qui les observait avec attention, détendu. Il paraissait être le plus rationnel du lot et le voir aussi calme avait quelque chose de rassurant.

— Euh, oui, désolé, s'excusa-t-il en grimaçant. Je m'appelle Ivar. Ivar Kjeidsen. (Il se racla la gorge, mais s'abstint de lui tendre la main.) On me surnomme le Viking, ou Vike. Appelez-moi comme vous voulez.

Elle devait halluciner. Elle avait laissé son téléphone dans la voiture. Si elle criait, est-ce qu'on viendrait à son secours ? Peut-être son premier cri n'avait-il pas été assez puissant. Mark Brookes devait être dans les environs. Elle prit une inspiration, mais Ivar leva les mains pour l'interrompre.

— Ne criez pas, je vous en prie. J'ai fait une erreur hier et je vous présente toutes mes excuses.

Ses yeux étaient si bleus qu'ils étaient presque douloureux à regarder. Sa chemise noire ne s'accordait pas du tout à son jean déchiré. Cette négligence aurait dû avoir quelque chose de mignon, mais c'était tout le contraire. Il faisait peur à voir.

Il portait de grosses chaussures noires et il avait noué ses longs cheveux blonds à mèches noires en une queue-de-cheval, révélant les cicatrices qui défiguraient le côté droit de son cou. Des marques de brûlure. Était-ce pour cela que sa voix était si rauque ? Il la dépassait d'une bonne trentaine de centimètres et devait peser cinquante kilos de plus qu'elle. Cinquante kilos de muscles. S'il voulait lui bloquer la sortie, elle devrait demander l'aide des deux autres hommes pour s'échapper. Mais ni Kane, ni Ronan n'avaient bougé.

— Je veux qu'on m'explique, ordonna-t-elle sur le ton qu'elle réservait à ses étudiants. Tout de suite.

— Je suis votre, euh, garde du corps, déclara Ivar. Le pistolet, ce n'était pas pour vous menacer, mais je pensais que vous étiez en danger au cimetière et j'essayais de vous convaincre de partir vite.

Son garde du corps ? Était-elle censée croire à un tel mensonge ? Ivar adressa un signe de tête à Ronan, dont la mâchoire était crispée à se rompre.

— Bon, maugréa-t-il en regardant Kane. Je vous explique. Vous n'êtes plus que six à pouvoir prétendre à notre bourse. L'une des candidates a été assassinée et un autre est porté disparu.

— Pardon ?

Le ventre de Promise se noua et un muscle se mit à battre sur sa tempe, signe flagrant d'une montée d'adrénaline. Elle se sentait acculée et son instinct lui criait de fuir, mais le colosse se tenait toujours devant la porte.

— Donc vous êtes en train de me dire que vous m'avez assigné un garde du corps à cause d'une bourse que je n'ai pas encore reçue, et que ce garde, c'était ce maniaque du pistolet ?

Quelqu'un éclata de rire dans le couloir. Elle crut reconnaître la voix de Benjamin Reese. Qu'est-ce qui clochait chez ces mâles stéroïdés ? Pourquoi étaient-ils tous plus colossaux et plus virils les uns que les autres ?

Des étincelles traversèrent le regard d'Ivar, qui s'adoucit enfin.

— Oui. La somme que nous offrons s'élève à cent millions de dollars et cela vous a mise en danger. Nous prenons votre sécurité très à cœur.

Il semblait sincère, mais cela ne tenait pas debout.

— Et Mark ? Personne n'a essayé de l'enlever, lui.

— La bourse réservée aux mathématiques est beaucoup moins importante et il n'a rien à craindre, contrairement à vous. Le Viking n'était pas censé vous approcher.

Le Viking. Il en avait bien l'allure, en effet. Elle l'imaginait à la barre d'un drakkar. Un étrange picotement gagna son abdomen et elle fronça les sourcils. De quoi s'agissait-il encore ? Décidément, son corps avait des réactions bien étranges. Il fallait vraiment qu'elle consulte un médecin.

— Je n'ai pas besoin de garde du corps et je pense que je ferais mieux d'y aller.

Ivar se redressa.

— Nous vous protégerons jusqu'à ce que la subvention soit attribuée et transférée, que cela vous plaise ou non.

Ronan claqua les lèvres et Kane poussa un petit grognement. Dans le couloir, Benny éclata à nouveau de rire. Promise mit les mains sur ses hanches. Rien de tout cela ne tenait debout.

— C'est insensé.

Ivar glissa les pouces dans les poches de son jean. Si c'était une tentative pour paraître innocent, c'était complètement loupé.

— Tout le monde m'en veut, on dirait.

— Vous disiez que j'étais en danger, reprit Promise, que ces jérémiades n'apitoyaient pas le moins du monde. Vous pouvez développer ?

Il baissa la tête, mais cela lui donna encore plus l'air d'un prédateur qui avait repéré une proie et qui faisait son possible pour se fondre dans le décor.

— C'était une fausse alerte, expliqua-t-il. Encore une fois, je suis désolé.

Ronan crispa les doigts sur le dossier de sa chaise.

— Nous pouvons vous assigner un autre garde, docteur Williams.

— Non, répliqua sèchement Ivar. Sa sécurité, c'est moi qui m'en charge. Point barre.

Les poils de Promise se dressèrent sur sa nuque et son ventre connut le même chamboulement qu'auparavant. Sa peau, rougie, lui paraissait hypersensible. Que lui arrivait-il ? Elle reconnaissait les symptômes de l'attirance physique, mais il était impossible qu'elle ressente quoi que ce soit pour ce Viking sorti tout droit du Moyen Âge. Biologiquement parlant, bien sûr, ce n'était pas totalement incongru. Ces hommes lui disaient qu'elle était en danger et il semblait plus que capable de la protéger. Le corps de

Promise réagissait à cela de manière positive, même si son cerveau restait indifférent. Bon, d'accord, peut-être pas si indifférent que cela…

— Je peux engager mes propres gardes du corps, rétorqua-t-elle.

— Ils ne seront pas aussi efficaces que moi.

C'était probablement la vérité. Ivar semblait capable d'arrêter un camion en marche.

— Peut-être, mais je n'ai besoin de personne.

— Si.

Il inclina la tête et l'observa avec attention. Ses yeux, aux innombrables nuances de bleu, brillaient d'intelligence. Promise se força à lui sourire.

— Si vous me suivez ou si vous me harcelez, j'appellerai la police.

— Vraiment ?

— Ivar…, l'avertit Ronan.

Elle hocha la tête.

— Oui. Je connais votre nom et l'adresse de vos bureaux. Je pourrais vous faire arrêter pour tentative d'enlèvement. Et hier, en prenant la fuite, je pense que vous avez agressé un policier.

Cette réponse semblait la meilleure à lui apporter. Malgré son cœur qui tambourinait, elle s'efforça de conserver une voix calme.

— Je vous conseille de me laisser tranquille si vous ne voulez pas mettre votre entreprise en danger, ajouta-t-elle en se tournant vers Ronan. Je n'aurai aucun scrupule à vous faire un procès.

— La vache, elle me plaît ! s'écria Benny depuis le couloir. C'est une perle, cette fille !

Elle sursauta. Mais qui étaient donc ces types ?

— Je peux savoir dans quel domaine vous travaillez, d'ailleurs ?

Ivar se redressa.

— Nous fabriquons des pièces détachées pour l'aéronautique et l'aérospatiale.

C'était la conclusion à laquelle elle était arrivée. Si leurs activités étaient nimbées d'un tel secret, c'était probablement dû à des contrats passés avec le gouvernement. Ces hommes ressemblaient à des soldats. Des marines qui avaient troqué leur treillis pour un costume-cravate, peut-être ?

— Et quoi d'autre ?

Ronan soupira.

— Nous sommes d'anciens militaires et nous proposons des services de sécurité aux gouvernements et aux personnes privées aux quatre coins de la planète. Nos activités sont légales, mais confidentielles. Si vous avez besoin de protection, vous ne trouverez pas meilleurs que nous.

Elle le croyait sur parole, car, pour la première fois, ce qu'il disait tenait vraiment debout.

— Bon, je vais retrouver mon collègue et rentrer à l'université.

Ivar lui adressa un sourire qu'elle trouva étonnamment plaisant. Ses traits étaient fermes et bien taillés. Quant aux mèches noires de sa chevelure, elles l'intriguaient beaucoup.

— Le docteur Brookes est parti voici un quart d'heure visiter l'une de nos usines. Nous lui avons dit que nous vous raccompagnerions au campus.

Si la bourse réservée à la modélisation mathématique se chiffrait elle aussi en millions de dollars, la décision de Mark n'avait rien de surprenant, car il ne savait pas que le ravisseur de Promise travaillait ici.

— Je vois.

— Je vais demander à mon chauffeur de vous reconduire, déclara Ronan en faisant un geste vers la porte. Je ne saurais trop vous recommander de faire appel à un service de sécurité en attendant l'attribution de la bourse.

Une semaine. Elle disposait d'une semaine pour mettre au point une théorie susceptible de leur plaire. Cela semblait impossible, mais si ses concurrents étaient eux aussi soumis aux mêmes contraintes, une approche théorique suffirait. Elle aurait ensuite des années devant elle pour en démontrer la faisabilité.

— Très bien.

— Je suis disponible, annonça Ivar avant de lever les mains pour l'empêcher de l'interrompre. Je suis expert en armes à feu, en armes blanches et en défense stratégique. Je maîtrise également le combat à mains nues et plusieurs arts martiaux. Je suis un ancien soldat et je suis spécialisé dans la protection des personnes visées par des assassinats. Et je n'ai pas une seule victime à déplorer.

Promise avait du mal à imaginer qu'une simple bourse puisse la placer en danger de mort.

— Vous m'avez menacée avec une arme.

— J'en suis vraiment désolé et je vous assure que cela ne se reproduira pas.

Quelque chose chez lui la déstabilisait, mais elle n'aurait pu dire quoi. Certes, il était beau et sexy, dans le genre mauvais garçon qui plaisait à tant de femmes. Promise trouvait cela inquiétant. Pourquoi son horloge biologique perdait-elle soudainement les pédales ?

— Je vous remercie pour votre proposition.

Trois téléphones sonnèrent à l'unisson et Ronan fut le premier à sortir le sien.

— Et merde.

— C'est pas vrai, soupira Kane en frappant du poing sur la table.

Ivar regarda à son tour son portable. Il ne bougea pas et ne changea pas d'expression, mais lorsqu'il releva les yeux vers elle, ils semblaient avoir pris une teinte bleue plus sombre.

— Le corps du docteur Fissure a été retrouvé à Londres il y a une heure. Il a été démembré. Sa mort remonte à au moins une semaine.

Promise vacilla. *Pas Gary ! Oh, mon Dieu, non !* Il la prit par le bras.

— La scène de crime est presque identique à celle de votre amie le docteur Rashad poursuivit-il.

— Nous n'étions pas vraiment proches, corrigea Promise, qui ne parvenait pas à digérer la nouvelle. Vous êtes en train de me dire que quelqu'un massacre tous les chercheurs qui se sont portés candidats à cette bourse ? Comment ? Pourquoi ? Pour éliminer des concurrents ?

C'était absurde. Ivar jeta un coup d'œil à Ronan avant de répondre.

— Un autre meurtre a eu lieu en Suède ce matin. Un certain docteur Polantski, qui a été enlevé et dont on a déjà retrouvé le cadavre. Ce n'est qu'aujourd'hui qu'on a établi un lien entre tous ces meurtres. La police soupçonne un tueur en série. Toutes les victimes étaient des chercheurs de renom.

Étrange point commun… elle passa en revue toutes les possibilités. Un tueur en série n'obéissait qu'à sa propre logique. Elle avait étudié la question en cours de psychologie, une option, lors de ses premières années d'études.

— Tous des physiciens ?

— Oui. Vous avez tout à fait le profil, non ?

— Donc ce n'est pas pour l'argent, conclut-elle en arrachant son regard du bleu impossible de celui d'Ivar pour se tourner vers Ronan, qui secoua la tête.

— Probablement pas. D'un autre côté, la publicité que nous avons faite autour de ces subventions vous met peut-être en danger et nous en assumons l'entière responsabilité.

Mais Promise savait qu'un tueur en série n'avait pas besoin de raison pour agir.

— Je ne vois aucune logique à tout cela.

Ivar se massa la nuque.

— Je comprends, mais vous admettez tout de même être en danger, j'espère ?

Trois collègues travaillant sur les mêmes questions qu'elle étaient morts ? En effet, il ne pouvait s'agir d'une coïncidence et ces trois hommes n'avaient pas eu le temps d'aller en Suède ce matin et d'en revenir, ce qui voulait dire qu'aucun des trois n'était l'assassin. Pas celui du docteur Polantski, en tout cas.

— Certes, mais cela n'engage en rien votre responsabilité.

Ivar fronça les sourcils et un pli se creusa au-dessus de son nez. Elle inspira à fond pour évacuer ses émotions. Selon les recherches qu'elle avait faites sur eux, ces hommes étaient à la tête de leur entreprise depuis des années. Ils ne mentaient pas et elle comprenait désormais pourquoi elle n'avait pas pu trouver plus de détails sur eux.

— Néanmoins, j'accepte de vous embaucher le temps qu'on trouve le tueur, dit-elle.

Promise était un peu désarçonnée par les événements, mais elle n'était pas bête. Ivar Kjeidsen était bien plus qualifié que tous les gardes du corps à qui elle aurait pu faire appel dans cette petite ville universitaire. Il serait stupide de refuser son aide alors qu'un tueur en série s'en prenait à des personnes au profil similaire au sien.

— Mais je veux consulter votre dossier personnel avant de prendre ma décision, ajouta-t-elle.

Ivar se détendit et un sourire sexy se dessina sur ses lèvres.

— Je suis sûr qu'on peut vous trouver ça.

Chapitre 8

Ivar, les sens aux aguets, observait les alentours en mâchant quelques noix de cajou salées. Aucun bruit dans la rue de ce lotissement paisible, à part le craquement des feuilles rouge et doré qui tombaient des arbres et le grondement lointain de l'océan. Il suivit Promise jusqu'à sa porte et lui prit sa clé.

— Je passe le premier, dans toutes les circonstances. C'est clair ?

— Oui.

Promise semblait nerveuse depuis qu'elle avait appris que deux autres de ses collègues avaient été tués. Vu la manière dont s'était déroulée leur première rencontre, accepter sa protection avait dû être une décision difficile à prendre, mais il appréciait sa capacité à mettre ses émotions de côté pour ne répondre qu'à la logique.

Lui-même était devenu totalement étranger aux émotions.

Il déverrouilla la porte et entra, les yeux fermés pour mieux écouter. Pas un son, pas une signature énergétique. Il n'en fouilla pas moins le salon, la chambre, la salle de bains et la cuisine immaculée. La seule odeur perceptible était celle du parfum naturel de Promise, une douce fragrance de bruyère sauvage.

Promise le suivit et referma la porte derrière elle. Laissant échapper un petit sifflement, il se tourna vers la porte vitrée. Elle donnait sur un petit jardin privatif, lequel menait à une falaise surplombant le Pacifique. En cette fin septembre, les vagues gris et blanc annonçaient déjà l'hiver. Cela lui rappelait sa jeunesse, sur les flots, aux côtés de sa famille. Autrefois, le Royaume avait eu un QG dans les falaises de l'Oregon et il se dit qu'il devrait essayer de retrouver l'endroit, juste au cas où. Bien entendu, ce QG avait été détruit. Pourquoi explosaient-ils tous les uns après les autres ? Louer des bureaux dans un immeuble n'était peut-être pas une si mauvaise idée, après tout.

— C'est magnifique.

Elle jeta sa veste sur le dossier d'une chaise et tira plusieurs carnets de sa mallette.

— Oui. Bon, j'ai du boulot.

— Euh, et pour le repas ?

Il l'observa discrètement. Son chemisier en soie légère soulignait ses formes tandis qu'elle posait les carnets sur la table et il se mit à saliver, mais pas de faim. Il se reprit et admira la pièce. Les coloris étaient discrets et la décoration sobre et de bon goût. Il s'en était déjà fait la remarque en fouillant la chambre.

— Il y a des menus de traiteurs dans le tiroir de droite, de l'autre côté de l'îlot, répondit-elle en s'installant dans le canapé.

Il entra dans la cuisine.

— Vous voulez vous faire livrer ? Vous ne préférez pas que je prépare quelque chose ?

Elle leva la tête et cligna plusieurs fois des yeux.

— Vous cuisinez ?

— Ouais.

Ce nouveau hobby faisait partie de son processus de convalescence. Depuis trois mois, il s'était pris de passion pour la précision de l'art culinaire. Et comme il était gourmand, cela lui permettait de joindre l'utile à l'agréable.

— Je n'ai pas grand-chose en stock, répondit-elle sans que cela semble la déranger.

Il ouvrit le réfrigérateur vieillot et y trouva plusieurs sortes de légumes prélavés. Promise les mangeait probablement crus à son travail.

— Je m'occupe de tout.

Il fit bouillir de l'eau et commença à couper les légumes.

— Vous êtes très rapide, commenta Promise en levant le nez de son carnet.

Il ralentit ses gestes pour reprendre une vitesse humaine.

— Non, je fais beaucoup de bruit, c'est tout.

Il sourit et passa sa maison en revue. Outre quelques photos de Promise avec ses parents ou jeune fille entourée d'autres enfants, l'endroit était assez impersonnel.

— Qu'est-ce qu'il y a ? demanda-t-elle en lui accordant enfin toute son attention.

— Je sais pas. Je pensais que chez vous, ce serait plus gai, avec des tableaux très colorés.

Elle sourit et fit tournoyer un surligneur entre ses doigts.

— L'opposé de l'image que je projette, en quelque sorte ?

— Oui.

Il s'abstint de lui dire qu'il l'avait aussi imaginée en sous-vêtements rouge vif, car il se doutait qu'elle n'apprécierait pas cet aveu. Son chemisier était trop opaque pour qu'il voie la couleur de son soutien-gorge, mais il se doutait qu'il n'était pas rouge. Ni noir.

— Eh bien non. Je n'ai rien d'extravagant à cacher. J'ai fait appel à une décoratrice quand je me suis installée et c'est elle qui a tout acheté. Elle voulait créer une atmosphère apaisante qui s'accordait bien avec l'océan tout proche.

Des rangées de livres étaient alignées sur les murs et Promise ne semblait pas avoir de télévision. Ivar ne comprenait pas pourquoi elle l'attirait tant. Ils étaient trop semblables pour qu'il puisse s'agir d'un phénomène hormonal de contraires qui s'attirent. D'un autre côté, sa vocation professionnelle annulait peut-être cette théorie.

La personnalité de Promise était plus riche que ce qu'elle voulait bien montrer. Il en était persuadé.

— Et pour vous détendre, vous faites quoi ? demanda-t-il en versant les légumes dans l'eau.

Elle ôta ses chaussures.

— Je travaille. Mes collègues sont mes seuls amis, je crois. Nous faisons plein d'expériences ensemble. (Elle réfléchit un instant.) Ah oui, parfois, je joue à des jeux vidéo multijoueur en réalité virtuelle.

Il sourit.

— Des jeux scientifiques ?

— Bien sûr.

Elle haussa les épaules et se délassa les chevilles. Ivar déglutit, fasciné. Il se mit en quête d'herbes aromatiques et en trouva une boîte qui n'avait jamais été ouverte. Un cadeau, probablement.

— Je vois.

— J'imagine que ça vous paraît barbant, dit-elle en rougissant. Froid et logique.

— Non.

Il saupoudra la casserole d'herbes et se détendit pour la première fois de la journée. Son cerveau venait enfin d'établir le lien.

— Vous êtes une romantique, Promise Williams. Vous le cachez bien, voilà tout.

Elle répondit par un petit rire très féminin qui le secoua jusqu'aux testicules.

— Une romantique ? Non, loin de là.

Comment pouvait-elle si mal se connaître ? C'était très curieux.

— Au contraire. Pour étudier les dimensions, la supersymétrie et la matière noire, il faut avoir l'âme romantique. Les grands chercheurs sont tous des rêveurs.

Elle se frotta le nez et le regarda droit dans les yeux.

— C'est la première fois qu'on me qualifie de romantique. Ou de rêveuse.

— C'est que personne ne voit qui vous êtes vraiment.

Il ouvrit le congélateur et en sortit un morceau de viande qui ferait l'affaire pour son ragoût. Il le décongela au micro-ondes et reporta son attention sur Promise. Qu'avait-elle donc de si fascinant ?

— Loin de moi l'idée de profiter de la situation, dit-elle sans lever les yeux de son carnet, mais j'aimerais vraiment que ce soit mon université qui décroche cette bourse.

Qu'elle était mignonne…

— Vous nous prenez pour des dingues ?

Elle grimaça.

— Pas des dingues, non, mais des personnes mal informées. Ou des rêveurs, pour reprendre votre terme. Jamais nous ne trouverons une autre dimension ou un moyen de nous rendre dans un autre univers. Pas dans cette vie, en tout cas, ni dans les suivantes.

Pas avec les lois de la physique telle qu'elle les connaissait, en effet. Il mourait d'envie de lui révéler tout ce que les humains ignoraient.

— Ne vous en faites pas pour nous. Trouvez-nous la meilleure théorie possible et je croise les doigts pour que vous obteniez la subvention. (Il attendit jusqu'à ce qu'elle le regarde.) Je ferai tout pour cela, même.

Il était assez riche pour lui donner cinq cents millions de dollars sans que cela l'appauvrisse.

— Vous imaginez ? soupira-t-elle. Les dangers insondables que nous entraînerions si nous tentions d'influer sur le temps ? Ce serait une erreur inconcevable.

Ce n'était pas ce qu'il voulait entendre. Pas du tout. Il vit les yeux de Promise se porter sur son cou couvert de cicatrices.

— Vous pouvez me poser la question qui vous démange, murmura-t-il sans relever ce qu'elle venait de dire. Ça ne me dérange pas.

Elle haussa ses frêles épaules.

— Ça ne me regarde pas.

Pourtant, il voulait lui en parler. Au retour de son expérience cauchemardesque à travers les dimensions, il avait dû réapprendre à parler, même s'il n'en avait aucune envie. Ensuite, il s'était forcé à aller voir une psy pour exprimer tout ce qu'il ressentait. Là encore, cela lui avait demandé un effort surhumain. Pour la première fois, il avait envie de dire la vérité, mais il ne le pouvait pas.

— J'étais en mission, ça a mal tourné et j'ai été brûlé.

— C'est bien ce que je me disais. Je suis heureuse que vous ayez survécu.

Mais avait-il vraiment survécu ? Parfois, aux premières lueurs de l'aube, après une nuit blanche, il se posait la question. Peut-être se trouvait-il toujours en enfer, en train de rêver qu'il s'était échappé.

— J'ai encore du mal avec beaucoup de choses et je commets des erreurs stupides.

Son QI dépassait toutes les mesures, mais cela faisait très longtemps qu'il n'en avait pas donné la preuve.

— Je suis désolé de vous avoir fait si peur hier, dit-il.

— « Peur » ? Vous m'avez terrorisée, plutôt !

Ces paroles le transpercèrent comme un poignard.

— Je suis désolé.

Peut-être n'était-il pas encore prêt à fréquenter des humains. Promise soupira.

— Je vous pardonne, mais ne recommencez pas. Ni avec moi, ni avec personne d'autre. Plus jamais.

— Je vous le promets.

C'était sincère. Le kidnapping n'était pas son style. Avait-il seulement un style, d'ailleurs ? La facilité avec laquelle Promise l'avait absous lui faisait un bien fou. Il appréciait son intelligence et commençait à entrevoir son cœur.

— Vous voulez que je vous aide à préparer le repas ? demanda-t-elle avec autant d'entrain que si elle prenait un rendez-vous chez le dentiste.

— Je vais m'en sortir, merci, répondit-il en effectuant des gestes rapides et efficaces. J'adore cuisiner. Ça demande une grande précision.

Elle sourit.

— C'est ce que je constate, même si je n'y comprends rien. Ça n'a jamais été une passion pour moi.

Passion. Ce mot flotta un instant entre eux.

— Je pourrais vous initier, si vous voulez.

Pourquoi avait-il dit cela ? Elle se racla la gorge sans relever cette proposition.

— Vous avez déjà accepté de ne plus enlever personne. Et si vous arrêtiez aussi les armes à feu ?

— Aucune chance. Désolé.

Si elle savait ce qui la menaçait, Promise réclamerait une arme pour elle-même. Elle tapa du pied et le regarda droit dans les yeux.

— Vous en avez une sur vous ?

En guise de réponse, il sortit son arme de son dos et la posa sur l'îlot. Promise fronça les sourcils.

— Je n'y connais rien en armes à feu, dit-elle. Je vois qu'elle est d'une sorte de vert métallisé, mais c'est tout ce que je peux dire. Qu'est-ce que c'est ?

Ce pistolet, inconnu des humains, tirait un laser vert qui se muait en projectile au contact du corps d'un immortel.

— C'est un prototype. Top secret.

— Vos collègues et vous semblez avoir d'excellentes connexions. Je n'ai pas trouvé grand-chose sur vous, d'ailleurs.

Il hocha la tête. Promise n'avait aucune idée de qui ils étaient vraiment. Il remit l'arme à sa place, ce qui eut pour effet de le détendre encore plus. Dans le genre tordu…

— Vous allez mieux, au fait ? Plus de vertiges ?

Elle mordilla son stylo. Elle était adorable.

— Non, mais je passerai une IRM la semaine prochaine, juste au cas où. Les évanouissements m'inquiètent un peu.

Il ne pouvait pas lui dire que ses malaises avaient été causés par la présence de Mercy et de Benny.

— Ça vous était déjà arrivé ? demanda-t-il en remuant son ragoût.

Elle baissa la tête.

— Non.

Elle mentait, cela ne faisait aucun doute.

— Très bien. Il semblerait que nous ayons l'un comme l'autre des sujets tabous. Je commence, alors. (Il posa les mains sur le granit tandis que le contenu de la casserole commençait à bouillir.) Parfois, mes cauchemars sont si insupportables que je n'ose pas m'endormir.

Elle releva le menton et il hocha la tête.

— À vous.

— Cette conversation est très étrange, murmura-t-elle en l'étudiant attentivement avant de soupirer. Bon, d'accord. Oui, j'ai déjà ressenti à quelques reprises une sorte de picotement à la nuque qui s'est mué en douleur. Ça ne dure jamais longtemps. Je l'ai même un peu senti lors de votre tentative d'enlèvement, mais ça a été fugace.

Il se raidit.

— Et maintenant ?

— Plus rien. Je me suis dit que c'était dû à l'adrénaline ou à la panique. À cause du pistolet enfoncé dans mes côtes.

Cette pique fit grimacer Ivar.

— Je me suis excusé.

À plusieurs reprises, même. Que voulait-elle donc ?

— C'est moi qui ai traversé le pare-brise et qui me suis écrasé sur la route, je vous rappelle.

— Ah oui, à ce propos, vous ne devriez pas être plus blessé que ça ?

Comme toutes les personnes cérébrales, Promise ne croyait que ce qu'elle voyait et cherchait une explication logique à tout. D'un autre côté, s'il lui avouait son véritable patrimoine génétique, elle l'accepterait probablement sans mal, car elle travaillait dans un domaine où les théories improbables foisonnaient.

— Non, j'ai réussi à faire une roulade. J'ai quelques coupures, mais rien de cassé. Si vous voulez vérifier, vous êtes la bienvenue, ajouta-t-il avec un grand sourire.

Il n'en revenait pas. Comment avait-il osé dire cela ?

— Selon la police, vous étiez sous l'influence de drogues dures.

Il remua le contenu de la casserole, qui commençait à sentir très bon.

— Je vous assure que non. Je ne me drogue pas et j'ai l'entraînement nécessaire pour survivre à ce genre de situation.

— Je n'ai aucune intention de m'excuser, si c'est ce que vous attendez.

— Et vous avez parfaitement raison. Vous avez réagi vite et intelligemment face à ce que vous considériez comme une menace.

Il était même encore impressionné par sa réaction, ainsi que par la facilité avec laquelle elle l'avait détourné de leur sujet de conversation d'origine.

— Ces moments où vous avez ressenti ce picotement et ces maux de tête, c'était dans quelles circonstances ?

— Je ne sais plus trop. Une fois dans un train, une autre au milieu de la foule, lors d'une conférence à New York, et aussi dans un restaurant à Harvard. Mais je n'avais encore jamais perdu connaissance. C'est bizarre. Demain, il ne faut pas que j'oublie de prendre rendez-vous à l'hôpital. (Elle rit et ses beaux yeux s'illuminèrent.) Vous pouvez plaisanter sur le sujet, si ça vous chante.

— Je ne plaisante jamais.

— Vraiment ?

— Oui. Même avant cette mission qui a mal tourné, j'étais toujours le rabat-joie, celui qui faisait en sorte que tout se passe au mieux. C'était mon rôle et il n'y avait aucune place pour les plaisanteries.

Même dans sa jeunesse, lors des raids Vikings sur les mers d'Europe du Nord, l'ambiance n'avait presque jamais été à la rigolade. Cela n'était pas son genre.

— Il est très rare que je trouve matière à rire, avoua-t-il franchement.

Promise croisa les jambes sous sa jupe serrée.

— Moi aussi. La plupart du temps, je ne comprends même pas les blagues. J'imagine que j'interprète les mots de manière trop littérale. Les sous-entendus, le sarcasme, même l'humour, ce sont des choses qui m'échappent.

Elle semblait plus songeuse que navrée. Ivar la trouvait de plus en plus mignonne. Intelligente et sexy, la combinaison fatale pour un ancien Viking traumatisé qui pensait ne pas survivre à sa prochaine bataille et qui s'en accommodait très bien. Mais pour l'heure, le sang coulait avec vigueur dans ses veines. Il aurait voulu pouvoir choisir ses mots avec soin, mais après plus de mille ans passés à parler avec franchise, voire brutalité, il était probablement trop tard pour cela.

— Vous m'intriguez, Promise Williams.

Elle haussa les sourcils.

— Vous aussi. Pas à cause de cet enlèvement loupé, mais plutôt la combinaison gros dur et cordon bleu. Et vous êtes plutôt bel homme, ajouta-t-elle en regardant son torse.

Bel homme ? Avec ses cicatrices ?

— Que voulez-vous dire ?

Promise se cala au fond du canapé. Pour la première fois, elle ne semblait plus très sûre d'elle.

— Et vous ?

Qu'elle était mignonne… Ils étaient tous les deux tendus et il connaissait le moyen idéal pour remédier à cela. Tant que cela n'éveillait aucune attente à long terme, bien entendu. Il n'était pas en état d'avoir une compagne, ni même une petite amie.

— Je cherchais un moyen délicat de voir si vous vouliez, euh…

— Coucher avec vous ?

Surpris, il éclata de rire. Un vrai rire.

— Oui.

Il retint son souffle et regarda son plat, qui bouillait si fort qu'il commençait à déborder de la casserole. Enfin, elle répondit.

— Oui. Je crois que ça me plairait beaucoup.

Chapitre 9

Promise terminait la vaisselle pendant que le Viking faisait une ronde autour de la maison. Il lui avait préparé un plat succulent. Qui aurait cru que ce colosse bodybuildé était un si bon cuisinier ? Le repas avait été très agréable. Ils avaient discuté politique, cinéma et religion dans une ambiance très détendue. De temps à autre, il l'étudiait de ses yeux bleus si intenses qui avaient le don de mettre toutes ses hormones en alerte.

Elle était heureuse qu'ils aient décidé d'entamer une relation sexuelle pendant qu'il lui servirait de garde du corps. Ce n'était peut-être pas très moral, mais elle s'en fichait. Cela faisait bien trop longtemps qu'elle n'avait pas eu un orgasme digne de ce nom. Ce genre de phénomène était purement physique et les émotions n'entraient pas en ligne de compte.

Il ouvrit la porte coulissante et le vent s'engouffra dans la maison.

— Tout va bien.

Elle s'essuya les mains et pendit le torchon à son crochet.

— Je m'en doutais, dit-elle avant d'attendre qu'il ait refermé la baie vitrée. Tu penses vraiment que je suis en danger ?

Vu la situation financière de son entreprise, Ivar n'avait pas besoin d'argent et ce n'était donc pas l'appât du gain qui l'avait motivé à lui offrir ses services.

Il s'installa dans la petite alcôve, qu'il dominait de toute sa taille. Une feuille rouge était perchée sur son épaule. Un pan de sa chemise noire sortait de son jean déchiré.

— Oui. Et toi, tu en penses quoi ?

Elle analysa une nouvelle fois les faits.

— Je ne sais pas trop. Il semble en effet y avoir un tueur qui s'en prend aux physiciens, aussi bizarre que cela paraisse. D'un autre côté, le simple fait de tuer est bizarre en soi, donc cela se tient. (Elle y réfléchit un instant sous le poids de son incroyable regard bleu.) Mon instinct, que j'écoute rarement, me dit que la situation est préoccupante et que je suis en danger.

Mais avec un peu de chance, le tueur serait bientôt appréhendé. Ivar hocha la tête.

— Bien. Si tu admets que tu es en danger, alors tu prendras des précautions.

— T'engager, par exemple ? À ce sujet, nous devrions négocier un contrat.

En effet, mieux valait régler les questions délicates avant de faire des galipettes. Ivar eut un sourire amusé.

— Ah, Missy. Disons que mon service est inclus dans l'attribution de la subvention. Je n'ai pas besoin de ton argent.

Non, en effet.

— Missy ?

— Ah, oui, désolé. C'est sorti tout seul. Un surnom pour Promise.

Cela lui fit chaud au cœur.

— J'ai essayé d'utiliser un surnom au lycée, mais mes parents l'ont interdit.

Ils avaient trouvé cela trop vulgaire, probablement.

— Mais vu qu'on a l'intention de devenir plus intimes, pourquoi pas ? dit-elle.

Un éclair de joie traversa le regard d'Ivar. Promise était ravie de le voir aussi heureux, même l'espace d'un instant. Elle se racla la gorge et annonça :

— Je pense que dans nos relations, on devrait séparer le personnel du professionnel.

— D'accord.

Décidément, Ivar était très arrangeant. Elle traversa la cuisine, la respiration plus hachée. Ils s'étaient mis d'accord pour coucher ensemble et elle s'était épilé les jambes le matin même, donc elle n'avait aucune raison de s'inquiéter. Ce qu'ils s'apprêtaient à faire était on ne peut plus naturel.

— Tu es fatigué ? demanda-t-elle en se dirigeant vers la chambre.

— Non.

Il la suivait de si près qu'elle sentait la chaleur que dégageait son corps. Il avait le sang chaud, cela ne faisait aucun doute.

— Je ne sais pas pourquoi, mais ça me rend très nerveuse, avoua-t-elle en rougissant.

Il s'arrêta au pied du lit et regarda autour de lui.

— Tu veux des bougies et de la musique ? proposa-t-il en passant une main dans ses cheveux. Je n'ai pas une grande expérience en matière de séduction.

Séduction ? Elle n'avait nul besoin d'être séduite et avec un corps comme le sien, Ivar devait crouler sous les propositions. Les cicatrices sur son cou rehaussaient la beauté et le danger de ses traits. Si l'on ajoutait à cela son impressionnant regard bleu, les femmes devaient se jeter à ses pieds. Il n'avait probablement jamais eu le moindre effort à fournir pour séduire. Elle soupira et s'approcha de sa table de nuit.

— Ne t'en fais pas pour ça.

— Oh, je ne m'en fais pas, répondit-il assez sèchement.

Elle ouvrit le tiroir, en sortit deux préservatifs. Le paquet était un peu poussiéreux, car elle n'avait pas reçu d'homme chez elle depuis un certain temps. Elle posa ensuite un tube de lubrifiant et son vibromasseur sur la table, referma le tiroir et se tourna vers lui. Ivar inclina la tête sur le côté, presque au ralenti, intrigué par l'étroit cylindre rose.

— C'est quoi, ça ?

Un picotement parcourut les bras de Promise et elle se sentit rougir. Pourquoi, elle l'ignorait.

— Un masseur personnel. Pour la stimulation clitoridienne.

Elle ne voulait pas prendre le risque qu'il soit le seul à avoir un orgasme et avec le stress des derniers jours, se détendre lui ferait le plus grand bien. Ivar la regarda longuement.

— Ah, ma belle, tu n'en auras pas besoin.

Elle déglutit. Comment pouvait-il en être sûr ?

Une lueur mystérieuse scintilla dans les yeux d'Ivar, puis il s'approcha lentement d'elle, tout en grâce musclée. Une fois près d'elle, entouré de son odeur très masculine, il attrapa l'appareil rose, l'alluma et le plaça entre eux. Elle retint sa respiration, le regarda en tentant de déchiffrer son expression. L'avait-elle insulté sans le vouloir ? Pour que les deux partenaires soient satisfaits, il fallait aborder le sexe en adulte, avec un sens pratique.

— Tu n'étais pas censé le mettre en marche aussi tôt, murmura-t-elle, de plus en plus gênée.

Il regarda le cylindre, la noyant dans une nouvelle vague de chaleur.

— Ah ? Quand ça, alors ?

Sans attendre de réponse, il porta le jouet au cou de Promise et l'en caressa. La jeune femme frissonna sous l'effet des vibrations.

— Quand je serai près de l'orgasme.

— « Près de l'orgasme ? » répéta-t-il d'une voix encore plus grave et plus rauque qui lui fit l'effet d'une brûlure. Tu veux dire quand je serai en toi jusqu'aux couilles et que je te baiserai à en faire trembler les murs ?

Ces mots étaient encore plus déstabilisants que les vibrations.

— Je n'ai rien contre les vulgarités, mais je peux m'en passer, déclara-t-elle en jouant une nouvelle fois la carte de la franchise.

Il continua son exploration et atteignit sa clavicule.

— D'accord. Tu n'as rien contre quoi d'autre ?

Elle cligna plusieurs fois des yeux et les vibrations pénétrèrent sous sa peau pour descendre dans sa poitrine, jusqu'à ses seins, même si Ivar appuyait toujours l'appareil près de son cou. Quelle était sa question ? Ah, oui. Elle s'efforça de se reconcentrer sur les yeux scintillants qui l'observaient si attentivement.

— Euh, et toi, qu'est-ce qui te plaît ? Je suis ouverte à différentes positions. Il, euh, me semble que les hommes apprécient souvent celle qu'on appelle la levrette.

Il poussa une sorte de grognement étranglé.

— Ma belle, si je te prends par-derrière, je peux te dire que tu n'auras rien du tout contre, crois-moi sur parole.

Elle l'avait vexé, cela ne faisait plus aucun doute.

— J'aurais dû attendre qu'on soit au lit pour sortir le matériel, s'excusa-t-elle en le regardant droit dans les yeux. Je suis désolée, Ivar.

Il lui adressa un sourire inattendu, qui lui donnait l'air à la fois jeune et mortellement dangereux.

— Ce que tu peux être mignonne.

Elle l'amusait ? C'était toujours mieux que le contrarier. Son corps musclé l'intriguait beaucoup et elle était soulagée de ne pas avoir gâché sa chance de l'explorer.

— Bon, euh, d'accord. On va au lit ?

Ivar se crispa de la tête aux pieds, puis tourna la tête, baissa les yeux et tendit l'oreille. Ses narines se gonflèrent, comme celle d'un chasseur repérant une proie. Il éteignit l'appareil, le jeta sur le lit et la prit par le bras.

— Ils sont là. Il faut qu'on parte, et vite.

Une onde de puissance submergea Ivar. Tous les sens en éveil, il entraîna Promise hors de la chambre. Le vibromasseur et le lubrifiant l'avaient pris par surprise, sans même parler de l'envie qu'elle avait exprimée de coucher avec lui, et il avait été déconcentré pendant quelques minutes. Des signatures énergétiques se rapprochaient dans la rue et éveillaient le guerrier en lui.

L'ennemi était proche.

Son sang s'échauffa dans ses veines, lui fournissant l'oxygène nécessaire pour la bataille. Il reconnaissait la signature des Kurjans, des monstres albinos aux dents acérées, qui buvaient du sang et prenaient plaisir à tuer. On disait qu'ils étaient des cousins des vampires, ce qui n'était pas improbable, à la seule différence que les vampires étaient capables d'évoluer en plein soleil. La lumière du jour tuait les Kurjans, qui attendaient toujours la nuit pour attaquer.

Et lui qui était en train de jouer avec Promise et son jouet intime… sans la lâcher, il traversa le salon et s'arrêta devant la baie vitrée. Dehors, l'orage se déchaînait et l'herbe était déjà saturée d'eau. Quand s'était-il mis à pleuvoir si fort ?

— Qu'est-ce que tu fais ? demanda-t-elle en lui résistant.

Elle planta comme elle le put ses petits pieds sur le carrelage glissant et tira en arrière, mais sans résultat.

Il ouvrit la porte, et la pluie, poussée par le vent glacial, s'engouffra à l'intérieur. Ils n'avaient pas le temps de prendre des chaussures ou un manteau pour Promise, mais par chance, il ne faisait pas trop froid.

— Ils arrivent par la rue. Il faut qu'on se sauve par là.

Elle s'arc-bouta et tenta de dégager son bras.

— Mais de quoi tu parles ? Je n'ai rien entendu.

Lui non plus, en fait. Il sentit la panique monter en lui, mais la repoussa. La sécurité de Promise passait avant tout le reste.

— Je les ai sentis, maugréa-t-il.

La sonnette retentit et ils se figèrent.

— Le tueur sonne à ma porte ? murmura-t-elle, incrédule.

Ivar en déduisait qu'ils ignoraient sa présence. Si c'était le cas, ils ne tarderaient pas à le repérer. Il devait la mettre à l'abri au plus vite.

— On dirait.

Sans attendre de réponse, il la força à sortir dans l'orage et à traverser le jardin clôturé menant à la falaise qui surplombait l'océan. La pluie battante s'immisçait dans ses yeux et le vent semblait s'acharner à les repousser dans la maison. Il secoua la tête et, malgré l'herbe glissante qui se collait à ses chaussures, il arriva au bord de la falaise.

— Il y a un chemin pour descendre ? lui murmura-t-il à l'oreille.

Promise lui assena un coup de coude dans les côtes et écarta ses cheveux mouillés de son visage.

— Non, espèce de malade.

Son chemisier rose était détrempé et le tissu lui moulait les seins. Des seins ronds et fermes, idéalement proportionnés à ses hanches généreuses. Non sans mal, il détacha les yeux de ce spectacle fascinant et étudia les alentours. Ils ne pouvaient pas sortir par-devant et les Kurjans devaient surveiller toute la rue. Il s'approcha du bord et regarda vers le bas, dans l'obscurité. La marée était haute et les vagues martelaient les rochers de la rive.

— Il y a forcément un chemin menant à la plage.

Promise tendit le doigt vers l'ouest.

— Oui, un sentier à plus d'un kilomètre. Vas-y si ça te chante. Moi, je vais ouvrir la porte.

Ils ne pouvaient fuir en longeant la falaise. Les Kurjans étaient trop près. L'orage étouffait leurs signatures, mais il venait de passer une éternité à traquer et à fuir des prédateurs trop inimaginables pour cette dimension. Même s'il ne lui restait plus rien d'autre, jamais il ne baissait les bras. Promise, en revanche, était humaine. Faible et fragile.

Comme elle lui résistait toujours, il donna un coup sec pour l'attirer contre lui, sortit son téléphone et enclencha un numéro préenregistré.

— Oui ? répondit Ronan, qui semblait mâcher quelque chose.

— Je suis chez Promise et les Kurjans sont à la porte. Rendez-vous sur la plage en dessous de chez elle, aussi vite que possible.

Promise lui donna une tape sur la main.

— Mais t'es complètement dingue ! J'aurais dû suivre mon instinct, mais je ne l'ai pas écouté, comme d'habitude. Je me suis laissé embobiner par vos jolis costumes et par les millions que vous m'avez fait miroiter.

Il la tira jusqu'à la palissade séparant le jardin de celui des voisins et se retourna à temps pour voir un Kurjan entrer sur le terrain par l'autre côté.

— Merde !

Promise lui mordit la main. Sans prêter attention à la douleur, Ivar la ramena jusqu'à la falaise. Elle cessa de résister, à bout de souffle.

— Mais qu'est-ce que tu fous ? haleta-t-elle.

Cela n'allait pas lui plaire. Pas du tout. Il se tourna vers elle et la regarda, la voyant clairement malgré l'obscurité.

— Tu as confiance en moi, Missy ?

— Non. Lâche-moi, espèce de malade !

Elle lui décocha un coup de pied au tibia, mais grimaça, car elle n'avait pas de chaussures. Ce regain de défiance faisait de la peine à Ivar. C'était curieux, car en règle générale, rien ne le touchait, mais ils étaient passés à deux doigts de coucher ensemble.

— Tu ne devrais pas fricoter avec des types en qui tu n'as pas confiance.

Il inclina la tête pour mieux voir, mais même pour ses yeux surnaturels, le pied de la falaise était bien trop sombre.

— On n'a rien fait, je te signale, répliqua-t-elle avec un nouveau coup de pied, cette fois au genou. Lâche-moi. Je n'appellerai pas les flics. Disparais, c'est tout ce que je te demande.

Un éclair blanc attira son regard au coin de la maison.

— Toutes mes excuses.

Il la souleva et la plaqua contre son torse. Promise se figea, puis inspira à fond avant de hurler.

— Non !

Elle lui griffa le cou et il sauta dans le vide, s'enroulant de son mieux autour d'elle avant de s'abandonner à la pesanteur.

Chapitre 10

Malgré la chaleur mâle qui l'entourait, Promise était glacée par l'air froid et ses cris se perdaient dans la tempête. Elle ferma les yeux et bourra Ivar de coups. Ils atterrirent sur le sable et le dos de son compagnon encaissa le plus gros du choc. Il parvint à ne pas la lâcher, mais au moment de l'impact, Promise eut tout de même le souffle coupé. Ils rebondirent une fois puis retombèrent, s'enfonçant dans le sable mouillé.

Promise ouvrit la bouche, inspira, pantelante, mais une vague s'engouffra entre ses lèvres et faillit l'étouffer. Elle se mit tant bien que mal à quatre pattes sur le corps d'Ivar.

— Ivar, dit-elle d'une voix rauque avant de le secouer violemment.

Il était impossible qu'il ait survécu à une telle chute. Elle se leva à moitié et l'agrippa par son tee-shirt. Elle profita de la vague suivante pour le tirer plus loin sur la plage, hors de l'eau, puis elle se remit à genoux pour voir s'il respirait.

La pluie battante se mêlait aux éclats de l'écume et aux grains de sable soulevés par le vent. Elle recracha des cheveux alourdis de sable et tenta de mieux voir. Respirait-il ? Elle allait devoir le ranimer. Elle posa la main sur son torse et le sentit se soulever sous sa paume. C'était un véritable miracle. Un crépitement attira son attention. Elle remonta son tee-shirt et passa la main sur son ventre très musclé, puis sur sa cage thoracique. Sa peau était lisse sur ses muscles surpuissants et durs comme l'acier. Comment était-ce possible ? Il aurait dû avoir plusieurs côtes cassées, mais elle ne sentait pas la moindre lésion. Si l'une de ses côtes s'était cassée, elle risquait de lui perforer le poumon. C'était peut-être déjà fait. Elle tourna la tête dans tous les sens. Où pourrait-elle trouver de l'aide ? Elle n'avait aucune envie de l'abandonner sur cette plage, sans défense face aux éléments, mais sa seule chance de le sauver était de remonter sur le chemin de randonnée, à près de deux kilomètres de là.

Ses mains tremblaient et elle inspira plusieurs fois à fond pour retrouver son calme. La vie d'Ivar dépendait d'elle.

Il toussa et reprit brutalement connaissance avant de se lever d'un bond et de se mettre en garde. Promise tomba sur les fesses et ouvrit grand les yeux pour mieux voir dans la tempête. Mais qui était donc ce type ? Il aurait dû être mort. Terrorisée, elle commença à s'éloigner à reculons.

Il regarda autour de lui, secoua la tête, puis l'aperçut. Promise se figea, hypnotisée. Les yeux bleus d'Ivar transperçaient l'obscurité et son corps gigantesque semblait se fondre dans la falaise. Il saignait abondamment près de l'œil et son bras gauche pendait à un angle qui n'avait rien de naturel. Le même bras qu'il s'était déjà endommagé l'autre jour. Elle avait oublié que son avant-bras semblait cassé lorsqu'il s'était enfui après l'accident de voiture.

— Comment tu peux être debout ?

La situation n'avait ni queue ni tête. Il aurait dû être terrassé par la douleur, ou même en état de choc. Elle leva la tête, mais le sommet de la falaise était invisible dans la nuit pluvieuse. Elle fit un rapide calcul, mais le résultat n'était pas logique. Leur poids, la vitesse de leur chute, l'angle de l'impact, la dureté du sable compact… en toute logique, ils auraient dû mourir, à commencer par Ivar. Elle-même avait une minuscule chance de survie, mais pas sans fracture ou hémorragie interne. Mais contre toute attente, elle ne souffrait que d'un léger mal de tête.

Il se retourna, comme s'il cherchait un danger inexistant. La seule menace dans les parages, c'était lui. Ce type était fou à lier. Un fou qui tenait debout malgré des blessures spectaculaires.

— Mais avec quoi tu te drogues ? hurla-t-elle pour se faire entendre dans la tempête.

Elle n'avait pas de grandes connaissances en pharmacologie, mais il devait forcément exister un produit permettant d'expliquer pourquoi il avait pu se relever.

— Tu dois avoir une hémorragie interne, dit-elle.

Elle se releva malgré le vent et essuya le sable collé sur ses lèvres. Ivar lui prit la main.

— On ne peut pas rester là.

Que voulait-il donc fuir ? Cette tempête infernale ? Elle hésita à lui résister, mais sa poigne était toujours aussi ferme et rester sur la plage dans cette tempête aurait été stupide. Ivar souffrait de graves problèmes mentaux et en ce moment, Promise se sentait elle-même très vulnérable. Le suivre jusqu'à ce qu'ils soient à l'abri était donc la solution la plus judicieuse.

Et ensuite, elle prendrait la fuite.

Tête baissée pour se protéger les yeux des rafales de sable, elle lui emboîta le pas, soulagée malgré tout qu'il lui tienne la main. Comment il parvenait à se diriger dans l'obscurité et la tempête, elle n'en avait aucune idée. Grâce à sa formation militaire, probablement.

Les pieds nus de Promise s'enfonçaient dans le sable humide et elle avait du mal à tenir debout. Dans cet environnement hostile, le cœur et les poumons en feu, seule l'adrénaline la soutenait encore.

Elle frissonna et tenta d'accélérer le pas pour lutter contre le froid. Une lumière apparut dans le ciel au-dessus de l'océan. Ivar s'arrêta et elle se cogna contre son vaste dos. Il se retourna et la saisit par les bras.

— Tu peux courir ?

Hors d'haleine, elle hocha la tête.

— Et toi ?

Il se tourna vers la lumière qui approchait.

— Ce sont peut-être des alliés.

Promise déglutit et regarda son visage, qui saignait toujours. Des alliés ? Se croyait-il revenu à sa période militaire ?

— Tout va bien, Ivar. Remontons jusqu'au sentier.

L'orage grondait si fort qu'elle dût se hisser sur la pointe des pieds pour lui hurler ces mots dans l'oreille. Un éclair déchira le ciel, aussi beau qu'effrayant, illuminant un hélicoptère qui volait dans leur direction.

— Mais qui est assez dingue pour voler par un temps pareil ? s'exclama-t-elle.

— C'est l'un de nos appareils, répondit-il en se détendant. J'ai vu le logo sur le flanc.

L'hélicoptère semblait bondir dans les airs, balancé par la violence du vent.

— Ils n'ont nulle part où se poser !

Une rafale la déséquilibra et elle percuta Ivar avant de reculer aussitôt. Lui avait-elle fait mal ?

Il la prit par les épaules et la colla contre lui pour la protéger des éléments et du sable, mais Promise craignait d'aggraver ses éventuelles hémorragies internes. Elle se tenait aussi droite que possible et s'efforçait de ne pas le toucher.

L'hélicoptère braqua son phare sur eux et on fit descendre une corde. Promise, qui tenta de se dégager, paniqua.

— Tout va bien.

Il la saisit par le bras et la fit basculer sur son dos. Promise poussa un cri et serra les bras autour du cou d'Ivar et les genoux sur ses côtes avec une violence qui aurait dû le terrasser, mais il se contenta de lui emprisonner les poignets d'une seule main pour attraper la corde avec l'autre.

Blessé comme il l'était, il était impossible qu'il parvienne à se hisser avec Promise sur son dos. Il le fit néanmoins, utilisant alternativement ses jambes et son bras libre.

Ils allaient mourir.

Tous ses muscles étaient tendus à se rompre et les os cassés de son bras s'entrechoquaient et lui perçaient la peau. Le vent menaçait de lui faire lâcher prise et la pluie semblait les fouetter de tous les côtés à la fois. Sur la plage, il avait essayé à plusieurs reprises de téléporter Promise pour la mettre en sécurité, mais il n'avait ressenti qu'un faible crachotement, noyé par la douleur intenable de ses fractures.

Il avait perdu sa capacité à se téléporter avant qu'elle ait eu le temps de se renforcer suffisamment pour devenir utilisable.

Promise enfouissait le nez dans sa nuque et remuait les lèvres, probablement pour marmonner une prière. Elle était raide comme un piquet et devait être en train de calculer la vitesse de leur chute si jamais il lâchait prise.

Ivar cligna des yeux pour en évacuer l'eau, puis évalua la distance qui les séparait encore de l'hélico. Soudain, l'appareil fit un écart violent qui les fit basculer. Promise poussa un cri strident et enfonça les ongles dans sa clavicule tout en passant le pied sur son fémur, le long de ce qui semblait être une autre fracture. Il poussa un grognement sourd mais continua son ascension. Son genou droit commençait à s'ankyloser et il y dirigea des cellules thérapeutiques. Son seul objectif était d'installer l'humaine à l'abri dans la cabine. Ensuite, il pourrait perdre connaissance.

Son front saignait toujours et le sang lui brûlait l'œil. L'entaille était très profonde et ses cellules régénératrices travaillaient trop lentement pour être efficaces. Depuis son retour des dimensions cauchemardesques, il n'avait pas recouvré toutes ses forces et l'accident de voiture avait encore retardé le processus, en particulier sa capacité à se téléporter.

L'hélico fit un nouvel écart et sa main glissa le long de la corde. Au prix d'un gros effort et malgré sa paume brûlée, il parvint à stopper la chute. Promise se colla encore plus à lui en poussant des petits gémissements.

— Tout va bien, la rassura-t-il.

Il tourna la tête et lui frôla le front avec les lèvres. Ses muscles étaient si tendus qu'il les sentait se désagréger sous sa peau. Promise frissonna et il se concentra pour mobiliser ce qui lui restait de force.

— Ce n'est rien, ajouta-t-il.

Il recommença à grimper. Après l'enfer qu'il avait connu, cette mésaventure n'avait rien d'insurmontable, mais l'humaine qu'il portait sur son dos ne devait probablement pas s'en rendre compte.

D'un autre côté, elle était bien plus fragile que lui. Seule une décapitation pouvait le tuer et ses cellules thérapeutiques étaient capables de tout guérir, de l'entorse à la commotion cérébrale. Au moins, il avait pu la protéger lors de leur chute.

— Avec moi, tu ne risques rien, Promise. Accroche-toi.

Sa voix, déjà rauque au naturel, était encore plus rocailleuse avec tout le sable qu'il avait avalé. Il se rendit compte que ses tympans étaient eux aussi endommagés et y envoya un nouveau contingent de cellules.

Promise n'avait d'autre choix que de s'accrocher de toutes ses forces, mais il gardait les doigts crispés sur ses poignets.

Une grosse main émergea de l'hélicoptère. On l'attrapa avant de le hisser avec vigueur. Ivar leva la tête et vit Adare penché par la porte, le visage tendu par la concentration. Quand le Highlander était-il revenu ? Ivar l'aida de son mieux et parvint à pénétrer à moitié dans la cabine pour s'y allonger à plat ventre.

— Occupe-toi d'elle, ordonna-t-il sans relever la tête.

Adare souleva Promise et l'assit sur la banquette, puis en fit de même avec son compagnon et referma la porte coulissante.

— C'est grave ? demanda-t-il, son accent écossais encore plus prononcé qu'à l'accoutumée sous l'effet du stress.

Ivar ouvrit les yeux et vit Ronan lui faire un signe de la tête depuis le siège du pilote. Il vira sur la gauche et l'appareil s'éloigna de l'océan.

— Ça ira, répondit Ivar.

Ses cellules thérapeutiques travaillaient plus lentement qu'avant son cauchemar interdimensionnel, mais au moins, elles fonctionnaient. Il se tourna vers Promise, qui écarquillait les yeux, le visage, les cheveux et les vêtements maculés de sable.

— Tu as mal où, ma belle ?

Elle ouvrit la bouche, puis la referma. Ses lèvres charnues bleuissaient et elle tremblait si fort que ses épaules cognaient contre la paroi métallique de l'hélico. Une chose rassurait Ivar : il ne voyait ni sang, ni fracture apparente.

Il pencha la tête en arrière pour soulager la pression de son crâne, mais ne la lâcha pas des yeux. Elle semblait en état de choc, mais en bon état physique.

— Promise ? Je te présente Adare, un collègue, ancien soldat lui aussi.

Elle regarda le Highlander de la tête aux pieds. Il était en noir, armé jusqu'aux dents, avec entre autres un pistolet sur chaque cuisse et un couteau à la ceinture. Son tee-shirt moulait son torse musclé et il avait noué ses cheveux rebelles en une queue-de-cheval.

— Salut, dit-il en lui tendant la main.

Promise la lui serra en tremblant. Dès qu'ils se touchèrent, elle grimaça et se dégagea en hâte pour appuyer la paume contre sa tempe.

— Ça va ? s'enquit Ivar, inquiet.

— C'est ma migraine qui recommence.

Adare l'observait de ses yeux noirs. Il tendit lentement la main et lui toucha le bras du bout du doigt. Promise toussa et recula, le visage exsangue et déformé par la douleur.

— Adare ? intervint Ivar, crispé. Et si tu allais t'asseoir à côté de Ronan ?

Adare hocha la tête.

— OK, dans une seconde. (Il ôta son tee-shirt et le tendit à la jeune femme.) Il est sec.

Il se releva et entra dans la cabine. Aussitôt, Promise retrouva des couleurs et une respiration plus constante, ce qu'Ivar ne manqua pas de remarquer.

— Tu vas mieux, Missy ?

Décidément, ce surnom lui plaisait de plus en plus. Elle se frotta la nuque et regarda le cockpit.

— Oui, merci. Il a un sacré tatouage dans le dos, ton copain.

Ce n'était pas un tatouage. La fusion des côtes et du torse, résultat du rituel des Sept, faisait apparaître un bouclier sombre sous lequel les côtes restaient visibles.

— Promise, dit-il avant d'attendre qu'elle lui accorde à nouveau toute son attention. Il faut vraiment que je sache si tu n'es pas blessée, ma puce.

Elle enfila le tee-shirt d'Adare et se frotta les bras avec des mouvements saccadés, puis se balança d'avant en arrière, les lèvres tremblantes.

— Je vais bien, mais je n'y comprends rien. (Elle garda le silence pendant de longues secondes.) Rien du tout. Comment est-ce que tu peux encore être en vie ? La chute aurait dû te tuer. Ça défie la logique.

Ivar aurait voulu répondre, mais il ne savait que répondre. L'hélico vira sur la droite et se mit à tournoyer violemment, secoué par l'orage. Promise se cogna l'arrière du crâne contre la paroi.

— On va y rester, c'est sûr, dit-elle.

Chapitre 11

C'était une énigme comme une autre et Promise comptait bien la résoudre. Elle émergea de la salle de bains en terminant de se sécher les cheveux. Elle se trouvait dans un appartement de l'immeuble où elle avait passé son entretien, quelques étages en dessous des bureaux. L'hélicoptère s'était posé sur le toit malgré la tempête.

Ronan lui avait expliqué qu'en attendant mieux, c'était ici qu'ils allaient la mettre à l'abri. En quelques heures, sa vie s'était retrouvée bouleversée. Elle avait enfilé un legging et un tee-shirt sur lequel Snoopy méditait devant un cerveau humain rempli de chaussures. Qui pouvait bien porter une telle horreur ? Au moins, le tissu jaune était doux et propre.

Elle regarda son bras droit égratigné par le sable. Sur la plage, l'adrénaline l'avait empêchée de sentir la douleur, qui s'était éveillée dans l'hélicoptère.

L'ameublement était luxueux, à commencer par le lit king size couvert d'une couette bleu roi. La chambre n'était meublée que d'une commode et de deux tables de nuit, sans aucune décoration, aucun objet personnel. Le lit attirait son regard. Il était immense.

Elle s'attacha les cheveux avec un élastique trouvé dans la trousse de toilette bien fournie qu'on avait déposée à son attention dans la salle de bains.

Des hommes parlaient dans le salon voisin et elle reconnut le bourdonnement rauque d'Ivar. Étaient-ils en train de se disputer ? Elle s'apprêtait à poser l'oreille contre la porte lorsqu'on y frappa. Elle poussa un petit cri de surprise et fit un bond en arrière.

— Euh, entrez.

C'était une femme qu'elle ne connaissait pas et qui portait une sacoche de médecin.

— Bonjour. Je m'appelle Faith. Il paraît que vous avez besoin d'un docteur ?

Elle était assez grande et ses yeux marron brillaient d'intelligence. Ses cheveux bruns étaient coiffés en chignon et elle portait un charmant petit chemisier en soie rouge, un jean bien repassé et des bottines stylées. Elle referma la porte et scruta Promise de la tête aux pieds.

— C'est quoi, votre spécialité ? demanda Promise en reculant encore.

Mais qui étaient donc ces gens ?

Faith sourit, ce qui creusa une fossette sur sa joue droite.

— La neurologie. Docteur Faith Cooper, pour vous servir.

Une minute. Faith Cooper ? Promise fronça les sourcils et se remémora cette pétillante jeune femme telle qu'elle l'avait vue sur une photo en noir et blanc dans un magazine.

— J'ai lu votre article de l'an dernier sur les neurosciences quantiques et les limites de la conscience. Je l'ai trouvé fascinant.

— Merci, répondit Faith, dont les yeux pétillaient. On s'est amusés comme des petits fous pendant nos recherches, en manipulant les théories existantes pour vérifier s'il pouvait exister des matrices temporelles de champs électromagnétiques capables d'affecter le cerveau à différents niveaux.

Bon, c'était bien la Faith Cooper.

— Qu'est-ce que vous faites ici ? demanda Promise, dont le corps était perclus de douleurs après sa chute.

— C'est une longue histoire. Pour faire court, je suis fiancée à Ronan Kayrs et je me suis mise en congé de l'hôpital pour aider ma sœur, qui sort de deux ans de coma.

Promise mourait d'envie de connaître tous les détails de cette histoire, mais ce n'était pas le moment. Comme elle avait trop mal à la cheville gauche pour rester debout, elle recula jusqu'au lit et s'y assit.

— C'est vous que je dois remercier pour les vêtements ?

— Oui, répondit Faith, plus souriante que jamais. C'est ma tenue de yoga et comme je ne savais pas à quel point vous étiez blessée, je me suis dit qu'il valait mieux des vêtements assez amples.

— C'est parfait, merci, l'assura Promise, décontenancée. Où est Ivar ?

— Dans la pièce voisine. Je me suis dit que je devais venir voir comment vous vous portiez avant qu'on aille manger. Il est bien plus de minuit et je meurs de faim, pas vous ?

Manger ? Comment Faith pouvait-elle penser à cela dans ces circonstances ?

— Comment avons-nous pu survivre à une telle chute ? demanda-t-elle franchement, lasse de tous ces secrets sans queue ni tête.

Faith étudia les égratignures sur les bras de la jeune femme et sortit une crème de sa sacoche.

— Oh, il est entraîné à ce genre de choses.

— J'ai du mal à y croire. Personne, même pas un soldat d'élite, ne peut survivre à une chute pareille. (Elle prit le tube et étala la crème sur son bras. La douleur s'apaisa aussitôt.) J'essaie de comprendre. Votre entreprise baigne dans les secrets militaires et semble disposer de fonds illimités. Quel est votre champ de recherche ? Vous avez réussi à modifier la génétique humaine ?

Cette notion était une chimère réservée aux auteurs de science-fiction, mais c'était la seule solution logique.

— Non, il n'y a eu aucune manipulation génétique, répondit gaiement Faith. Vous avez d'autres endroits douloureux ?

— J'ai mal partout, en fait, mais rien de très grave. Si Ivar est un humain lambda, pourquoi n'est-il pas à l'hôpital, sur une table d'opération ? Il devrait avoir des côtes cassées, les poumons perforés, et je ne parle même pas de sa plaie à la tête. Il a besoin de points de suture, au grand minimum.

Faith referma sa sacoche.

— Il se remet très vite, même lorsque ses blessures sont graves. Je suis désolée, mais je ne peux pas vous en dire plus. Ce sont des informations que je ne suis pas autorisée à divulguer. Enfin, vous voyez le genre.

Promise se redressa.

— J'imagine que ça ne vous plaît pas de devoir garder des secrets ?

— En règle générale, non, et encore moins quand quelqu'un est en danger, répondit gravement Faith. Vous êtes désormais impliquée jusqu'au cou, même si c'est contre votre gré, et je pense qu'on devrait tout vous dire, mais c'est à Ivar que revient cette décision et je fais de mon mieux pour ne pas marcher sur ses plates-bandes. Remarquez, ça fait plaisir de le voir retrouver une attitude rationnelle. Enfin, à peu près.

La curiosité de Promise prit le dessus sur son agacement.

— Parce qu'il n'était plus rationnel après la mission où il a récolté ses brûlures ?

— Attendez, il appelle ça une mission ? s'exclama Faith. À son retour, il n'a plus prononcé un seul mot pendant un mois. C'était comme s'il devait réapprendre à vivre sans avoir à lutter à chaque seconde pour sa survie.

Promise sentit un tiraillement dans sa poitrine et il lui fallut quelques secondes pour identifier ce qu'elle ressentait. De la compassion et de l'inquiétude. Commençait-elle à s'attacher au Viking ? Comment était-ce possible ? Il ne s'était même pas montré honnête avec elle.

— En tout cas, il semble aller beaucoup mieux.

Elle était encore toute retournée en se souvenant de la volonté dont il avait fait preuve en la hissant jusqu'à l'hélicoptère malgré toutes ses fractures. Elle prit quelques secondes pour réfléchir à sa réaction.

— Ivar m'a parlé de vos maux de tête.

Promise releva les yeux. Faith était l'une des plus grandes neurologues de la planète.

— Oui. Je ne sens plus rien, mais j'ai eu une nouvelle crise dans l'hélicoptère.

— Quand Adare était à côté de vous. Maos lorsqu'il est retourné dans le cockpit, votre douleur s'est estompée. (Faith se pencha pour examiner ses yeux.) Suivez mes doigts.

Elle en leva deux qu'elle fit bouger de gauche à droite.

— Qu'est-ce qu'Adare a à voir avec mes migraines ? (Elle fronça les sourcils, comme si un souvenir lui revenait.) Je sais que ça ne tient pas debout, mais ça m'a fait la même chose hier avec la réceptionniste. J'ai eu mal à la tête dès que je suis entrée dans vos locaux et j'ai perdu connaissance. Ensuite, dans la salle de conférences, tout allait très bien, mais la douleur est revenue quand elle est entrée pour me demander si je voulais un verre d'eau. Je n'y comprends rien.

Le même phénomène s'était produit avec l'homme nommé Benjamin. Quel était le rapport entre ces personnes et son cerveau ? Cela avait tout d'une coïncidence, mais elle ne croyait pas en cette notion. Il existait une explication rationnelle à tout.

— Moi non plus, je vous jure, dit Faith en laissant retomber sa main.

— Et si on tentait une expérience ?

— Volontiers. (Faith se tourna vers la porte.) Vous êtes sûre ?

— Tout à fait. Allons-y.

— Excellent ! (Faith applaudit, puis s'assit sur le lit, une jambe repliée sous l'autre.) Mettez-vous en face de moi.

Promise l'imita, ravie. Elle adorait les expériences.

— Et maintenant ?

Faith posa les doigts sur le poignet de Promise, au niveau de son pouls.

— Regardez-moi bien dans les yeux pour que je puisse voir les réactions de vos pupilles. (Elle attendit que Promise l'ait fait, puis releva à peine la tête.) Adare ? Tu peux venir une seconde ?

La porte s'ouvrit, mais Promise se retint de se retourner. Elle ne sentait rien du tout, ni à la nuque, ni au cerveau. Elle soupira. Cette idée avait été ridicule.

— Que se passe-t-il ? demanda Ivar dans son dos.

Promise sentit son espoir renaître.

— Rien du tout. Tu veux bien demander à Adare de venir ?

Ivar soupira.

— Adare ? Amène-toi.

Une douleur vive vrilla le cou de Promise avant même qu'elle entende les pas du colosse.

— Quoi ? grogna-t-il.

Décidément, le géant écossais n'était pas commode. Les larmes aux yeux, elle grimaça et finit par fermer les paupières. Elle avait l'impression que sa tête allait éclater.

— Sors d'ici, ordonna Faith.

La douleur s'estompa et Promise rouvrit les yeux. Faith semblait très inquiète.

— C'était très concluant.

— *Res ipsa loquitur,* acquiesça Promise.

— « La chose parle d'elle-même », traduisit Ivar.

Elle sursauta et se tourna vers lui.

— Tu parles latin ?

— Je ne suis pas qu'un gros tas de muscles, ma belle.

Elle rougit, car c'était à peu près en ces termes qu'elle le définissait. Il était courageux, fort et musclé au-delà de l'entendement. Tout cela faisait qu'elle n'avait pas cherché l'intelligence en lui. Jusque-là, elle l'avait désiré physiquement, mais si elle commençait en plus à s'intéresser à son cerveau, cela risquait de lui être fatal.

— Adare porte de l'eau de Cologne ?

— Cela va plus loin que l'odorat, dit Faith. Vous voulez bien recommencer ?

Promise déglutit. Elle était prête à tout pour résoudre cette énigme.

— Oui, répondit-elle, les mains tremblantes.

— Allez me chercher Mercy ! cria Faith.

Promise grimaça. Elle était lasse de tout ce bruit.

— Qu'avez-vous observé ?

Faith la regarda à nouveau.

— Quand Adare s'est approché, vos battements de cœur se sont accélérés et vos pupilles se sont dilatées, puis contractées, surtout celle de l'œil gauche. Vous avez plus mal de ce côté ?

— Oui, un peu.

Elle se massa la nuque, qui était encore un peu douloureuse.

— Donc le déficit pupillaire en écho est plus marqué du côté le plus affecté, conclut Ivar.

Bon. Il avait dû suivre des études de médecine. Promise le regarda et eut le souffle coupé. Il s'était douché et ses cheveux humides paraissaient plus foncés. Il était mal rasé, ce qui lui donnait un aspect encore plus viril, et ses yeux bleus étaient clairs et directs. Jamais il n'avait tant eu l'air d'un Viking. Soudain, elle cligna des yeux, incrédule.

— Ton front… la plaie a disparu.

Il ne restait même pas une cicatrice. Elle s'éloigna de Faith.

— Je n'y comprends rien, ajouta-t-elle. Je n'ai pas toutes les données.

Que se passait-il donc ? Rien de tout cela ne tenait la route, à commencer par Ivar qui s'exprimait comme s'il avait un QI stratosphérique.

— Tu voulais me voir ? demanda Mercy qui entra vigoureusement dans la chambre.

La douleur perça la nuque de Promise avec une telle violence qu'elle cessa de respirer, le cœur en suspens. Elle toussa et tout son corps se paralysa.

— Allongez-vous, ordonna Faith en l'aidant à se coucher. Mercy, sors d'ici, vite !

Promise ferma les yeux. Les convulsions étaient de plus en plus fortes, comme autant de mini-explosions qui lui déchiraient le crâne. Elle avait l'impression que sa cervelle palpitait et le sang commençait à couler de son nez et de ses oreilles. Elle gémit et un voile rouge s'abattit devant ses yeux, qui se révulsèrent.

Cette fois, elle se laissa glisser avec soulagement dans l'inconscience.

Chapitre 12

Alors que la pluie battait sur les carreaux, aux premières lueurs de l'aube, Ivar serrait Promise contre lui et lui caressait le bras, elle sous les couvertures, lui dessus. Le rythme cardiaque de la jeune femme était revenu à la normale, elle ne générait plus aucune onde de douleur. Comme son contact semblait l'apaiser, il lui caressait le bras, pour lui faire savoir qu'il était là.

Où avait-il donc eu la tête ? Il connaissait la cause des migraines de Promise et il avait tout de même laissé Faith tenter cette expérience. Promise lui avait demandé de la protéger et jusque-là, il s'était montré en dessous de tout. Il l'avait menacée avec une arme, jetée d'une falaise, forcée à monter dans un hélicoptère ballotté par la tempête et, dernier exploit en date, n'avait pas réagi lorsque son cerveau était passé à deux doigts d'exploser. En voyant le sang couler de son oreille, il avait failli perdre la tête. Avant qu'il entre dans sa vie, elle avait probablement dû mener une existence sans risque. Il avait raison de la protéger des Kurjans, mais il aurait dû le faire de loin.

— Tu penses si fort que je t'entends presque, marmonna-t-elle en ouvrant les yeux.

Il cessa de lui caresser le bras et écarta les boucles noires qui tombaient sur son visage.

— Je suis désolé. Pour tout. Vraiment.

Elle bâilla et s'étira en clignant paresseusement des yeux.

— Il faut que tu arrêtes de t'excuser. Que s'est-il passé ?

Il savait qu'il ferait mieux de partir, mais son corps refusait de bouger.

— Mercy est entrée, tu as fait une crise et tu as perdu connaissance. (Une nouvelle fois.) Tu viens de dormir pendant trois heures. J'imagine que ton cerveau avait besoin de se régénérer.

— Ce n'est pas comme ça que ça marche, murmura-t-elle avec un petit sourire.

Promise se trompait probablement. Si la douleur était liée à ses capacités spéciales, ce dont il ne doutait pas, cela signifiait qu'elle avait des dons qu'elle ignorait. Elle passa les doigts sur le front d'Ivar, à l'endroit où la plaie aurait dû être.

— Bon, tu peux m'expliquer ce miracle ?

Sa caresse était douce et lui apportait un immense apaisement.

— Je cicatrise vite ? suggéra-t-il.

— Non, il y a autre chose. Et pendant que tu y es, tu peux m'expliquer les points communs entre Mercy, Adare et le type qui parle si fort, là, Benjamin ? Pourquoi est-ce qu'ils ont un tel effet sur mon cerveau ? Il est plus que temps que tu me dises tout.

Promise était très intelligente et lui mentir ne servirait à rien. Dès le moment où elle s'était dressée contre lui si courageusement et l'avait fait passer par le pare-brise de sa voiture, il avait voulu mieux la connaître et aussi lui faire découvrir qui il était vraiment.

— D'accord, écoute bien. Nous sommes sept associés et nous prenons toutes nos décisions ensemble. Je vais tout te dire, ne t'en fais pas, mais avant cela, j'aimerais avoir l'accord de tous mes collègues. Ronan, Benny et Adare n'y voient aucun inconvénient et j'ai contacté les deux autres qui sont en mission. Par respect pour eux, je préférerais attendre d'avoir leur accord, si cela ne t'embête pas.

C'était la moindre des choses après tous les efforts qu'ils avaient fournis au cours des trois derniers mois pour l'aider à redevenir lui-même. Sans ses frères, il serait mort. Sans le moindre regret. Ils lui avaient redonné goût à la vie.

Du bout du doigt, Promise explorait les reliefs de son visage.

— Vu que tu m'as forcée à sauter d'une falaise, je crois que tu devrais tout me dire maintenant, au contraire. Je n'ai vu aucune menace chez moi et tu me demandes une confiance que je ne suis pas sûre d'être prête à t'accorder. Et avec toi, ça ne fait que six personnes. Tu disais que vous étiez sept associés.

— Le septième n'est, euh, pas joignable en ce moment, répondit-il, le corps tendu par la douce caresse de Promise. C'est l'un des sujets que j'aimerais aborder avec toi. Demain.

S'il n'avait aucune réponse de Garrett ou de Logan à midi, il lui dirait tout. Promise ôta sa main. Ses yeux étaient désormais parfaitement alertes.

— Il est possible que des hautes fréquences causent des migraines dévastatrices qui peuvent même entraîner des convulsions. Une surcharge du système nerveux central peut entraîner une perte de connaissance.

Cette tendance à chercher une explication rationnelle à tous les problèmes la rendait adorable. Il se dressa sur le coude pour mieux la voir dans l'obscurité.

— Et l'entaille au-dessus de mon œil ?

— Et aussi ton bras cassé, ajouta-t-elle en posant le doigt sur cet endroit, où la peau était immaculée. (Il grimaça de douleur et elle retira aussitôt le doigt.) Eh bien. Ce n'est plus cassé, mais tu as encore mal. C'est impossible.

Il dirigea des cellules thérapeutiques dans son bras pour terminer le travail, au cas où elle recommencerait.

— Il faut croire que non. Selon vous, professeur, qu'est-ce qui peut entraîner une guérison aussi rapide ?

Il avait très envie de voir le cerveau de Promise s'attaquer à ce problème. Il avait toujours été attiré par les femmes intelligentes et la magnifique créature couchée dans son lit était un modèle du genre.

Elle secoua la tête et quelques-unes de ses boucles noires se frottèrent sur l'oreiller.

— Je n'en sais rien. Je dirais que votre fondation, celle qui distribue des millions de dollars pour la recherche, pratique ce genre d'expériences depuis des années. Je sais que des chercheurs travaillent sur la protéine MG53, que le corps produit naturellement pour réparer les blessures, dit-elle avec une moue pensive. L'article que j'ai lu à ce sujet parlait d'une protéine de cytokine qui réparait elle aussi les lésions, mais trop vite. En combinant les deux de manière à ralentir la cytokine tout en augmentant les effets de la MG53, on pourrait arriver à des résultats probants.

— Réparer une fracture en quelques heures, par exemple ?

Il voulait qu'elle recommence à le toucher. Tout de suite.

— Oui. Si la théorie est assez avancée pour que l'on commence les essais sur l'homme, ce qui est le cas, on dirait, alors vous devez publier vos données. Vous ne pouvez pas garder pour vous une découverte de cette importance.

C'en était presque touchant. Elle avait trouvé des réponses rationnelles à presque toutes les questions en se basant sur la science et la logique. Une fois qu'il lui aurait ouvert en grand les portes de leurs connaissances avancées, peut-être parviendrait-elle à trouver le moyen de ramener Quade. Il devait à tout prix sauver son frère.

— Je vois.

Elle fronça les sourcils, ce qui lui donna l'air d'une prof de maths contrariée.

— D'ailleurs, même si vous avez ces connaissances, ça ne fait pas de vous des types bien. Tout ce que je sais, c'est qu'un inconnu a sonné à ma porte au milieu de la nuit et que tu nous as jetés du haut d'une falaise en m'affirmant qu'on allait être attaqués. (Elle cligna plusieurs fois des yeux, puis fixa son doux regard sur lui.) Est-ce que je suis libre de quitter cet appartement ou est-ce que je suis prisonnière ?

Promise attendait une réponse et se demandait si Ivar lui dirait la vérité. Le lit était confortable et l'homme très agréable à regarder. Ses doigts picotaient encore après qu'elle avait exploré son visage viril. En toute logique, s'il lui avait voulu du mal, il ne l'aurait pas protégée pendant la chute pour encaisser toute la violence de l'impact, pas plus qu'il ne l'aurait hissée jusqu'à l'hélicoptère malgré son bras cassé.

Mais elle ne comprenait pas ce qui se passait. Pourquoi avaient-ils besoin d'elle et pas de n'importe quel autre physicien ?

— Ivar ? Une réponse serait la bienvenue.

— J'essaie d'en trouver une qui te plairait, Missy, répondit-il.

Il était hors de question qu'il utilise ce petit nom pour l'amadouer. Elle inspira son odeur, mélange de sel marin et de senteurs boisées, le tout rehaussé par son haleine mentholée avec une pointe de whisky.

— Est-ce que tu sais pourquoi j'ai si mal à la tête quand ces personnes m'approchent ?

— Oui. On pense avoir trouvé.

Il lui écarta une nouvelle fois les cheveux et regarda ses doigts jouer avec les spirales soyeuses. Le claquement de la pluie sur les vitres donnait une atmosphère intime à la scène.

— Parmi toutes les disciplines que tu aurais pu choisir, pourquoi t'es-tu spécialisée dans la matière noire, la cosmologie des autres dimensions et l'inflation cosmologique ? demanda-t-il.

— Parce que tous ces domaines m'intéressaient, répondit-elle laconique.

Puisqu'il ne voulait rien lui dire, elle en ferait de même. Enfant, elle avait rêvé qu'elle voyagerait un jour à travers les dimensions, mais c'était aussi sérieux que de croire au père Noël. Personnage au sujet duquel ses parents ne lui avaient jamais laissé aucune illusion, d'ailleurs.

— Mais réponds-moi. Est-ce que je suis libre de partir ou pas ?

Il soupira et ôta la main de ses cheveux.

— Non.

C'était bien ce qu'elle pensait.

— Donc tu as finalement réussi à m'enlever.

Il sourit.

— Oui. Ça m'a demandé plusieurs essais et un hélicoptère, mais ça a fini par marcher.

Cela n'amusait pas Promise. D'un autre côté, elle appréciait la sécurité qu'Ivar lui offrait. L'ambivalence de ses sentiments lui donnait le tournis. Elle tenta d'invoquer sa colère, mais elle n'en avait pas l'énergie.

— Je te signale que j'ai cours à 9 heures demain matin, donc l'enlèvement devra avoir pris fin d'ici là.

Si elle n'assurait pas son séminaire de première année en physique des particules, son absence serait forcément remarquée. Puisqu'elle ne parvenait pas à se mettre en colère, elle devait mobiliser la logique.

— Personne ne peut te remplacer ?

— Non. C'est le dernier cours magistral avant l'examen et les étudiants sont déjà assez angoissés comme ça. Je suis la seule à pouvoir donner ce cours.

Elle prit un air aussi sévère que possible. Il l'avait écoutée jusque-là et elle espérait qu'il continuerait.

— Très bien. On trouvera une solution.

— Tant mieux.

Elle ressentait une étrange envie d'avoir le dessus et cela n'avait rien à voir avec sa sécurité. Ivar regarda autour de lui, visiblement tendu, et pas parce qu'il était contrarié.

— Bon. Là, on est au lit. Tu as quelque chose en tête ?

— Je n'ai pas mon vibromasseur, répliqua-t-elle nerveusement.

— Tu n'en auras pas besoin, assura Ivar en crispant la mâchoire, comme pour lui montrer que lui aussi pouvait s'énerver.

Une fois encore, Promise eut le souffle coupé. Décidément, elle avait une réaction physique à… à quoi, au juste ? À sa démonstration de virilité ? Elle avait lu un article sur ce sujet dans un magazine, chez le dentiste. Selon son auteur, un homme avec une attitude assurée, voire bravache, générait une réaction sexuelle chez les femmes, liée à des dizaines de milliers d'années d'évolution et à la nécessité d'assurer l'avenir de l'espèce. Sa connaissance du sujet ne l'empêchait pourtant pas d'avoir des papillons dans l'estomac, mais elle refusait de coucher avec lui tant qu'elle n'aurait pas résolu tous les mystères qui l'entouraient.

— Ce n'est plus à l'ordre du jour, assena-t-elle en serrant les dents.

— C'est bien ce que je pensais, mais ça ne coûtait rien de poser la question.

Il sortit du lit et Promise sentit une vague de froid l'envahir.

— Faith et Ronan sont installés dans un appartement voisin, mais le reste du bâtiment est vide, poursuivit-il. On vient à peine de l'acheter et Mercy n'a pas encore réussi à le rentabiliser.

Il était donc le seul obstacle l'empêchant de partir.

— Et les autres, ils sont où ?

— Dans différentes planques. Celle-ci est temporaire. Je n'aime pas dormir en pleine ville et on partira au matin, quand le soleil sera bien brillant. Ou au moins haut dans le ciel, pour illuminer la Terre.

Quelle étrange phrase… Promise n'aimait pas qu'on lui cache la vérité, mais elle détestait encore plus ne pas comprendre. Elle ne pensait pas qu'Ivar et ses amis représentaient un danger pour elle, mais leurs secrets semblaient de taille. Ils lui avaient dit que leur bourse était destinée à l'étude des voyages interdimensionnels, mais s'agissait-il d'un prétexte ? Si c'était vrai, pourquoi avaient-ils besoin d'elle ? Et si c'était faux… pourquoi l'enfermer ici ?

— Je n'aime pas les mystères, maugréa-t-elle.

— Oui, c'est ce que j'avais cru comprendre, répondit-il en se dirigeant vers la porte. J'ai une excellente ouïe, alors ne songe même pas à t'en aller. Sans compter que ta chambre sera fermée à clé.

Il ajouta ces derniers mots sur un ton presque enjoué et referma la porte en la verrouillant comme pour confirmer ses propos.

Promise inspira plusieurs fois à fond en écoutant la pluie tomber. Enfin, elle s'appuya sur la table de nuit et se leva avec prudence. Ses forces étaient revenues. Parfait. Elle se dirigea vers la fenêtre, qui ne s'ouvrit pas, puis avança jusqu'à la porte.

Un verrou était engagé juste au-dessus de la poignée, mais ce n'était pas pour rien qu'elle était titulaire de trois doctorats. Sur la pointe des pieds, elle entra dans la salle de bains, fouilla dans sa trousse de toilette pour en sortir deux épingles à cheveux. Elle déplia complètement la première et écarta un peu la seconde. Pourquoi si peu de gens savaient-ils comment forcer une serrure ? Ce n'était qu'une simple question de mécanique, après tout.

Elle inséra les deux éléments dans la serrure et les remua à l'intérieur pendant plusieurs secondes, mais sans résultat. Dépitée, elle les ressortit, puis recommença en posant l'oreille sur la porte. Au bout d'une petite heure, après une multitude d'essais infructueux, les épingles glissèrent enfin dans les encoches. Sans forcer, elle poussa vers la droite pour désengager le verrou. Elle connut un véritable moment de triomphe, comme si elle venait de résoudre une formule diabolique. Mais c'était surtout une victoire sur Ivar. Il était si mâle, si fort, et, cerise sur le gâteau, visiblement intelligent. Elle ouvrit la porte avec lenteur et passa la tête dans l'obscurité du salon.

— Je pensais que ça te prendrait quinze minutes de moins, observa Ivar depuis le canapé sur lequel il était allongé.

Chapitre 13

Promise, malgré sa petite taille, se tenait très droit. Peu de femmes savaient forcer un verrou, mais après tout, elle n'avait rien d'une femme ordinaire. Qu'allait-elle faire maintenant ? Il était prêt à parier qu'au lieu de claquer la porte et de retourner se coucher, elle n'hésiterait pas à aller à la confrontation.

En effet, elle se dirigea vers lui. Décidément, Promise était une personne très complexe, mais il commençait lentement à la découvrir. Chaque nouvelle facette de sa personnalité, de son intelligence, de sa maladresse dans les rapports humains ne faisait que l'intriguer davantage.

— Tu sais, murmura-t-il, la plupart du temps, les gens ont peur de moi.

C'était avant tout parce que ces personnes l'avaient croisé quand il était au paroxysme de sa folie. Mais même en temps normal, les gens avaient tendance à l'éviter.

Promise s'approcha, dégageant des effluves de ce parfum de bruyère qu'il aimait tant. Elle s'assit sur le bras du canapé, à côté de ses pieds. Dans son tee-shirt Snoopy, elle avait l'air si jeune, si fragile… si humaine.

— Ce n'est pas étonnant. Si on devait se battre, ma seule chance serait de t'assommer avant que tu puisses me donner un coup. Mais je ne sais pas vraiment comment je m'y prendrais, ajouta-t-elle en se mordant la lèvre.

Vu son intelligence, elle trouverait vite une solution. Si jamais elle mettait la main sur un club de golf, Ivar savait qu'il serait bien avisé de la garder à l'œil. D'un autre côté, si elle l'attaquait, cela lui donnerait une excuse pour la toucher de nouveau, ce dont il mourait d'envie, mais il préférait être honnête avec elle.

— Je te déconseille d'essayer, ma belle. Le résultat ne te plairait pas.

Elle leva les yeux au ciel en une mimique si féminine qu'il en resta bouche bée, fasciné. Sous son masque de logique implacable, elle cachait des trésors inattendus de passion et d'humour. S'en rendait-elle seulement compte ? Parviendrait-il à déchaîner cette passion ? Pour lui ? Ou bien Promise serait-elle dégoûtée par la violence avec laquelle sa nature le poussait à affronter ses ennemis ? Il vivait dans un monde qu'elle ne pouvait pas appréhender.

Promise se frotta les mains sur son legging.

— Tu ne dors pas beaucoup, on dirait.

— Non, pas trop. Je fais des cauchemars.

Elle lui tapota la cheville.

— Je comprends. À une époque, quand j'étais plus jeune, j'avais d'horribles terreurs nocturnes. Je pensais que je voyageais dans d'autres mondes. Certains étaient terrifiants, d'autres très agréables. J'étais même convaincue qu'une partie de mon corps était partie pendant la nuit, mais j'ai consulté un psy qui m'a enseigné la différence entre l'imaginaire et la réalité. Ensuite, ça s'est vite arrangé.

L'imaginaire et la réalité… il redressa les épaules.

— Parle-moi de ton imagination.

— Je… (Elle s'interrompit et se tourna vers la baie vitrée, par laquelle filtrait une lumière vive.) C'est quoi ce truc ?

Ivar bondit du canapé et courut à la fenêtre. Un hélicoptère flottait en vol stationnaire au-dessus du bâtiment.

— Les enfoirés !

Promise se leva à son tour.

— Qu'est-ce qui se passe ?

Il baissa la tête et réfléchit rapidement.

— À la place des Kurjans, je fouillerais la banlieue pour localiser l'hélico qui nous a récupérés sur la plage. Et ensuite, je chercherais au centre-ville.

Il se parlait à lui-même. Les Kurjans avaient probablement passé la nuit à fouiller minutieusement la région, mais il pensait qu'ils mettraient plus de temps à réagir.

— Tu crois qu'ils ont repéré l'hélico sur le toit ?

Lui qui pensait être en lieu sûr… les membres du Royaume avaient tous tendance à vivre sous terre ou dans les montagnes et jamais il n'aurait cru que les Kurjans penseraient à les chercher en ville, dans une zone aussi densément peuplée. Un gratte-ciel paraissait si incongru pour les Sept et pour le Royaume qu'il s'était cru en sécurité pour une nuit.

— Et merde.

— Ivar ?

Il revint jusqu'à elle.

— Il fera jour dans combien de temps, trente minutes ?

— Et alors ?

Il sentit le bras de Promise se crisper sous ses doigts. La lumière disparut et l'hélicoptère s'éloigna. Avaient-ils senti l'approche de l'aube ? Il prit le pistolet posé sur la table basse et le rangea à sa ceinture.

— Tu es sûr qu'on nous poursuit ? C'était peut-être juste un hélicoptère médical.

Si cela avait été le cas, l'appareil n'aurait pas braqué son phare sur les immeubles. Les Kurjans s'étaient repliés par peur du soleil levant, mais ils reviendraient dès la nuit tombée. Il devait lui révéler toute la vérité pour qu'elle comprenne le danger qu'ils couraient et la convaincre de fuir dès que le soleil serait levé.

— Aucun doute, mais je pense qu'on ne craint rien pour l'instant.

À peine avait-il parlé que de nouvelles lumières apparurent par les baies vitrées donnant au nord et à l'est. Des soldats, pendus à des cordes, pénétrèrent dans l'appartement en brisant les vitres. Promise se plia en deux et se protégea la tête en poussant un cri de terreur.

Promise maîtrisa sa panique et rouvrit les yeux pour évaluer la menace. Les deux hommes qui venaient d'entrer par les baies vitrées se détachèrent de leurs cordes, qui disparurent dans la tempête. Leur apparence l'estomaqua. Ils avaient la peau très blanche et les yeux injectés de sang. Ils paraissaient même rouges dans la pénombre. Ils étaient chauves, à l'exception d'une longue tresse blanche qui partait du milieu de leur crâne.

Elle recula d'un pas, le ventre noué et les poils des bras dressés. Ivar pivota et se plaça entre elle et les deux monstres.

— Vous n'êtes que deux ? demanda-t-il, tout le dos tendu.

— Nos collègues arrivent par le couloir, répondit le premier avec un petit sourire sur ses lèvres rouge sang. Mais on n'aura pas besoin d'eux.

Qui étaient ces types ? Ils étaient tout de noir vêtus et portaient des gilets pare-balles. Promise frissonna et se tourna vers la porte menant au couloir. D'autres soldats allaient les rejoindre ?

Le deuxième se cala sur ses jambes et écrasa des éclats de verre sous ses semelles.

— Ce n'est pas toi qui nous intéresses aujourd'hui, Viking. Donne-nous l'humaine et on te laissera en vie.

Où était-elle tombée ? Dans un mauvais film de série B ? Elle s'écarta de l'ombre d'Ivar.

— Qu'est-ce que vous me voulez ?

Le soldat ne la regarda même pas et tapota le manche de son couteau.

— Alors ?

Ivar fit craquer sa nuque.

— Viens la chercher.

Sans attendre, il sortit son arme, bondit par-dessus la table basse et tira des rayons laser verts en direction de son adversaire. Celui-ci, malgré le sang qui se mit à jaillir de son cou, parvint tout de même à se jeter sur lui. Les deux hommes se percutèrent en l'air en un choc assourdissant.

Promise hurla et chercha un objet pouvant faire office d'arme. Elle empoigna un bougeoir et le lança de toutes ses forces sur le deuxième soldat, qui s'était précipité sur elle. Il écarta ce projectile improvisé d'un revers de la main et le bougeoir tomba sur le parquet et roula sous le canapé. De sa main immense et gantée, il lui saisit l'épaule et l'attira contre lui. Il la serrait si fort qu'il lui faisait mal.

Malgré Ivar qui se battait près de la fenêtre et les bruits d'une autre altercation dans le couloir, Promise resta concentrée sur l'homme qui l'immobilisait d'une seule main. Elle sentait sa respiration se couper et l'adrénaline envahir tout son corps. Elle prit un coussin et le frappa au visage dans l'espoir de lui toucher les yeux avec les pompons. Le soldat grogna et tourna la tête. Il serra encore plus les doigts et la douleur retourna l'estomac de Promise.

Soudain, Ivar le souleva par-derrière et le jeta en direction de la fenêtre. Promise tituba en arrière, tentant de reprendre son souffle. Ivar frappa son adversaire au niveau du cou au moment même où ce dernier lançait son poing, qui toucha le Viking à la joue, dont l'os se brisa dans un bruit effrayant.

Promise chercha l'autre soldat du regard. Il était couché sur le ventre, au milieu des éclats de verre, immobile. Sa tête était cachée par le rideau et du sang coulait à flots de son cou. Elle essuya ses larmes et chercha à reprendre son souffle. L'arme verte d'Ivar était par terre, près de la porte de la cuisine. Tandis que les deux hommes échangeaient des coups à assommer un bœuf, elle courut la ramasser, puis revint vers eux, sur le plancher trempé par la pluie, pour la pointer sur eux. Elle s'immobilisa et essaya de comprendre ce qu'elle voyait.

Leurs mouvements étaient si rapides que ses yeux ne parvenaient pas à les suivre. Comment était-ce possible ? Sous le choc, les jambes vacillantes, elle n'entendait plus rien.

Le soldat frappa Ivar au ventre puis poussa un cri de douleur et leva la main. Plusieurs de ses doigts étaient cassés. Promise n'y comprenait rien. Ivar portait-il une sorte de bouclier sous son tee-shirt moulant ? Elle ne voyait pourtant rien.

Elle pointa à nouveau l'arme et fit le tour du canapé, mais sa main tremblait tant que son doigt glissa de la gâchette. Elle s'aida de son autre main pour stabiliser sa visée, mais à cause du frémissement de ses épaules, le canon de l'arme sautait dans tous les sens.

Le soldat décocha un coup de pied sous le menton d'Ivar et lui propulsa la tête en arrière. Le Viking poussa un grognement de fureur, se pencha et le martela de coups de poing si rapides que le son en était décalé. Enfin, il lui démolit le genou et son ennemi s'écroula.

Promise leur tournait autour et essayait de pointer son arme sur l'albinos. Ivar le saisit par sa tresse et le mordit au cou, faisant jaillir du sang, de la peau et du cartilage. Il venait de lui trancher la gorge.

Avec. Les. Dents.

Ivar se tourna vers elle et lâcha le cadavre. Des canines émergeaient de sa bouche, leurs pointes acérées rouges de sang. Ses yeux avaient pris une teinte verte trop intense pour être qualifiée d'émeraude. Presque translucides, très métalliques, ils luisaient et un cercle bleu foncé entourait les iris.

Bouche bée, les narines saturées de pluie, de sang et de mort, elle recula en titubant et pointa l'arme sur la tête d'Ivar.

C'était impossible. Elle était en train de faire un cauchemar. Elle ne pouvait pas être éveillée.

Il se redressa de toute sa taille et ses canines se rétractèrent. Sa bouche sensuelle et ses cheveux étaient maculés de sang. Il l'observait avec le regard dur d'un animal sauvage.

— Le pistolet. Baisse-le, ordonna-t-il d'une voix rauque.

Les mains de Promise tremblaient sur la crosse et elle rapprocha son doigt de la gâchette.

— Tu n'es pas humain, murmura-t-elle, la gorge en feu.

— Non, pas du tout.

Il subtilisa un pistolet et deux couteaux au cadavre et les glissa dans sa ceinture. La porte du couloir s'ouvrit brutalement derrière Promise, qui poussa un cri de surprise et appuya sur la gâchette sans le vouloir. Le rayon vert foncé toucha Ivar en plein torse et se matérialisa aussitôt en projectiles métalliques qui tombèrent sur le sol, autour de la tête du cadavre.

Incrédule, elle se tourna de manière à voir à la fois Ivar et la porte. Son corps, en état de choc, était sans réaction. Ronan, torse nu, entra en courant, une blessure sanguinolente à l'épaule droite. Faith arriva derrière lui dans un pyjama rose décoré de stéthoscopes rose fluo, les yeux écarquillés, un pistolet à la main.

Ivar enjamba le corps, le visage noir de colère.

— Alors ?

— Deux morts dans le couloir, d'autres Kurjans probablement en train d'arriver par le toit, répondit Ronan. On descend par l'escalier. C'est le seul chemin.

Ivar confisqua son arme à Promise et lui prit la main.

— Il faut qu'on parte. Tout de suite.

Chapitre 14

Ivar terminait de camoufler le SUV sous un tas de branches Il s'était garé sous deux pins au branchage dense de manière à ce que personne ne remarque le véhicule depuis le ciel. Une rivière coulait à proximité. Il s'y était lavé en hâte avant d'enfiler les vêtements empruntés à Benny, arrivé la veille.

Ivar se retourna et observa les chalets sécurisés répartis sur les rives. Il aurait préféré offrir plus de confort à Promise. Ce camping était déserté pour la mauvaise saison et la tristesse de ce paysage automnal le déprimait plus que le vent glacé qui soufflait sur le cours d'eau.

Ils avaient roulé pendant une heure afin de s'éloigner de la ville et le soleil filtrait à travers les nuages. La luminosité était suffisante pour que les Kurjans et leurs soldats albinos, connus sous le nom de Cysts, ne puissent pas sortir.

Pourtant, il ne parvenait pas à se détendre. Le trajet s'était déroulé dans un silence crispé. Il secoua les bras et entra dans le chalet d'Adare en tapotant ses chaussures sur le seuil pour détacher les épines de pin collées aux semelles.

Adare était en train d'alimenter le feu qui crépitait dans l'âtre. Il se releva et s'épousseta les mains. À part le coin cuisine et un grand lit dans le coin opposé, l'intérieur était vide.

— Hé, tu vas bien ?

— Oui, merci. (Il se tourna vers la jolie brune silencieuse qui achevait de faire le lit.) Je suis content que tu sois là, Grace.

Grace Cooper se redressa, son beau visage fermé.

— C'est gentil, Ivar, mais je ne vais pas rester.

Adare ne la regarda même pas.

— Oh que si, et ce n'est même pas la peine d'en discuter, dit-il avec le rugueux accent écossais qu'il retrouvait toujours sous le signe de la colère.

Grace et sa sœur Faith partageaient les mêmes traits. Et le même caractère têtu.

— Ivar ? Maintenant que ta physicienne est à l'abri, j'aimerais, comme tu me l'avais promis, que tu me conduises au QG du Royaume pour qu'on m'inocule le virus qui annulera notre union débile et qui me débarrassera de ce crétin. (Elle se tourna vers Adare avec un sourire aussi provocateur que mignon.) Rien de personnel, Adare, hein ? Je ne te remercierai jamais assez de m'avoir sauvé la vie.

Adare refusait toujours de regarder sa petite compagne.

— Tout le plaisir était pour moi. Maintenant, réfléchis un peu. Nous ne sommes unis que depuis quatre mois et jamais le virus ne prendra, surtout après tes deux ans de coma. La discussion est close.

— Comme tu veux. Je ne te demandais pas ton avis de toute façon. (Grace traversa la pièce et s'arrêta devant la porte, à côté d'Ivar.) On en reparlera plus tard.

— Je peux savoir où tu vas ? grogna Adare.

Ivar regarda la porte avec envie. Pourquoi avait-il mis les pieds ici ?

— Ça ne te regarde pas, mais je vais voir ma sœur, si tu tiens vraiment à le savoir.

Sur ces mots très secs, elle sortit en claquant la porte. Adare releva la tête, le regard noir, et Ivar se sentit encore plus gêné qu'auparavant. Son ami s'était uni à la jeune humaine pour lui sauver la vie. En règle générale, une union nécessitait un amour réciproque, un rapport sexuel et une morsure, mais comme Grace était un cas spécial, la morsure avait suffi.

—Ta vie domestique est agitée, on dirait.

C'était un euphémisme. Adare ricana.

—Elle n'a pas l'air de comprendre qu'une union, c'est pour toujours. On pourrait croire que l'immortalité, ça lui plairait, mais non, ce n'est pas au goût de Sa Majesté.

Cette réaction étonnait Ivar. Il était rare qu'Adare se laisse démonter.

—Et si tu essayais de la séduire ?

Adare se tourna vers lui, les yeux écarquillés.

—Tu rigoles, ou quoi ? Je ne veux aucun contact avec les humains, pas même avec celle qui est devenue ma compagne. Dès que les Sept auront concrétisé leur destin, nous nous séparerons.

Le destin ? Existait-il vraiment ?

—Tuer Ulric, ça risque de nous prendre des dizaines, voire des centaines d'années. Son monde, ou sa dimension, bref, l'endroit où il se trouve actuellement, peut très bien tenir le coup pendant encore des années.

Adare avait donc tout intérêt à apprendre à connaître sa compagne. Et si c'était justement ce fameux destin qui les avait poussés à se rencontrer ?

—Tu devrais peut-être donner une chance à votre couple, tu ne crois pas ?

Adare plissa ses yeux noirs.

—Depuis quand tu fais dans le romantisme, toi ?

—Moi ? Mais non.

—Mais si.

—Non.

Dans sa jeunesse, il avait perdu une sœur dans la fleur de l'adolescence et depuis, il était incapable de résister à une femme en détresse. Il avait réussi à identifier cette faille, ce qui, selon sa psy, l'aiderait à l'accepter.

— Je veux juste protéger Promise jusqu'à ce qu'on ait éliminé les Kurjans, expliqua-t-il. Et les Cysts. Tous ceux qui veulent l'exploiter ou lui faire du mal méritent la mort.

Voilà, il l'avait dit. Exprimé ainsi, c'était parfaitement logique. Adare haussa les sourcils et poussa un petit sifflement.

— Eh ben dis donc, t'es vraiment mordu, toi.

Cette expression dans la bouche du Highlander le détendit et lui fit oublier momentanément son envie de tuer. Il était dans une colère noire depuis l'attaque des Cysts. Il ne cessait de revoir Promise tenter de repousser son adversaire avec un coussin. Et pour la mettre à l'abri, il n'avait rien trouvé de mieux qu'un chalet miteux dans lequel l'électricité fonctionnait à peine.

— Je veux la protéger, c'est tout. Ne te fais pas de fausses idées.

Il n'était pas assez stable pour entamer une relation amoureuse et comme il comptait retourner chercher Quade dans son enfer, il n'avait rien à offrir à une femme.

À part sa protection.

Adare sourit enfin.

— Bon, je vais aller me disputer un petit coup avec ma compagne. Et toi, ça fait trop longtemps que tu recules l'échéance avec la jolie Promise. Sois un homme.

Ivar aurait bien voulu prendre la mouche, mais au fond, il savait que son ami avait raison.

— Très bien.

Il ressortit et entra dans le troisième chalet, celui qu'il espérait partager avec Promise, car il n'avait aucune envie de passer la nuit dehors. Il ouvrit la porte, entra et focalisa tous ses sens sur elle.

Promise était assise sur le canapé défoncé, emmitouflée dans une couverture tricotée fournie par Benny, les yeux rivés sur le feu qui crépitait dans la vieille cheminée. Les reflets des flammes dansaient sur son visage harmonieux et mettaient en valeur l'éclat de ses cheveux noirs. Elle avait étendu les jambes sur une table basse branlante. Son visage était fermé et ses beaux yeux laissaient filtrer différentes expressions. Elle ne se tourna même pas vers lui.

— Qu'est-ce que tu es ? demanda-t-elle d'une voix calme.

Promise se ferma à toutes les sensations, en particulier aux picotements qui lui gratouillaient les poumons. Le corps avait de bien étranges manières de gérer le stress.

Ivar ferma la porte et aussitôt, la pièce se réchauffa.

— Je suis un hybride.

Elle se tourna vers lui et constata avec surprise que ses cheveux étaient mouillés et qu'il s'était changé. S'était-il lavé dans la rivière ? Il portait un tee-shirt noir sur son torse musclé et un jean délavé couvrait ses longues jambes. Quant à ses yeux, ils avaient repris leur teinte vert-bleu habituelle.

— En partie humain et en partie quoi ?

Elle avait aperçu ses canines proéminentes, ainsi que celles du monstre à peau blanche. Les vampires existaient donc vraiment.

— Je n'ai rien d'humain. Je suis un hybride vampire-démon.

Promise déglutit plusieurs fois avant de répondre.

— Tu viens de l'enfer ?

Pour une agnostique comme elle, c'était un gros choc. Il avança vers elle d'un pas gracieux et posé.

— Non. Je suis de ce monde. Les vampires et les démons sont juste deux espèces différentes des humains. (Il s'assit et sous son poids, le bout du canapé où elle était installée pencha vers lui.) Les humains ont vingt-trois paires de chromosomes, d'accord ?

Elle hocha la tête et il étendit les jambes. À côté de ses grosses chaussures, ses propres pieds semblaient minuscules.

— Les démons en ont trente-deux, les vampires et les Kurjans trente, les sorcières vingt-neuf, les métamorphes vingt-huit et les compagnes de toutes ces espèces, vingt-sept.

Elle replia les jambes, en glissa une sous ses fesses et se tourna vers lui.

— Quoi ?

Il sourit.

— C'est la liste de toutes les différentes espèces. Ces variations génétiques n'ont été découvertes que récemment. Un point pour les généticiens humains.

Promise secoua la tête.

— Attends une minute. Des sorcières ? Des métamorphes ?

La réalité se désagrégeait sous ses yeux de la pire manière possible. Ivar la regarda droit dans les yeux.

— Oui. Les sorcières mobilisent les éléments pour générer des flammes. Elles ne changent pas les gens en crapauds, rassure-toi. (Sa voix était douce et apaisante, tout du moins autant que le lui permettait sa nature rauque.) Les métamorphes peuvent se transformer en canins, en félins ou en ours. Ah oui, et en dragons, mais c'est un secret.

Parce que le reste n'avait rien de secret, peut-être ? Promise était abasourdie. Comment tout cela était-il possible ?

— Une minute. Tu parlais de compagnes ?

Il se détendit la nuque et se tourna vers l'âtre.

— Oui. Des humains aux dons spéciaux, surtout des femmes, peuvent s'unir à des immortels. Lorsque cela arrive, l'humaine en question voit son nombre de paires de chromosomes augmenter jusqu'à vingt-sept, ce qui lui offre l'immortalité. (Il leva la main pour lui épargner la question qu'il sentait arriver.) Et non, les compagnes ne sont pas transformées, ni en vampire, ni en démon, ni en rien d'autre.

Pour la première fois depuis des années, Promise se trouvait face à un problème dont la seule solution envisageable défiait toute logique. Une solution bizarre, presque incompréhensible. Mais elle avait vu ses canines et sa manière de se battre.

— Les légendes urbaines ont du vrai, donc, murmura-t-elle.

— Elles ont souvent un fond de vérité, même si les vampires ne sont pas du tout gênés par le soleil et préfèrent se nourrir d'un bon steak que d'une gorgée de sang. Nous ne buvons du sang que dans des situations extrêmes, comme une bataille ou un rapport sexuel. (Il soupira très fort avant de continuer.) Et toi, ma belle, tu as des capacités spéciales. Tu es peut-être médium, ou empathe, ou tu as un don de télékinésie.

Elle ne croyait en aucune de ces pseudosciences.

— Tu plaisantes, j'espère.

— Non.

— Je ne suis pas médium.

Loin de là, même.

— Non, en effet, ce n'est pas ton don.

Elle se redressa. S'il continuait à tourner autour du pot, elle allait le frapper. Elle n'avait jamais attaqué personne de toute sa vie, mais avec lui, elle était prête à faire une exception.

— Tu vas me le dire, oui ou non ?

Il lui emprisonna les mains dans les siennes, bien plus vastes. Et chaudes. Très chaudes. Comme elle avait froid, elle les lui abandonna. Pour une minute, pas plus.

— Nous pensons que tu peux identifier les immortels capables de se téléporter.

Se téléporter ? Qu'est-ce que c'était encore que cette histoire ?

— Adare, Benny et Mercy ont ce don. Adare et Benny, comme beaucoup de démons, peuvent traverser l'espace-temps pour se rematérialiser sur Terre. Avant d'être blessé, je pouvais le faire moi aussi. Je pensais que ma capacité revenait, mais on dirait qu'elle est repartie.

Se téléporter. Traverser les dimensions, ou d'autres plans encore inconnus, pour se rendre là où on voulait ? Comment était-ce possible ? Ses rêves d'enfants avaient-ils été fondés ? En grandissant, avait-elle trouvé malgré elle le moyen de les bloquer ? Son cerveau se mit à bâtir divers scénarios. Tout cela dépassait l'entendement.

— Quant à Mercy, reprit-il, c'est une fée, une espèce capable de se téléporter dans d'autres mondes. Ils sont les seuls à pouvoir le faire, a priori. Elle est donc plus puissante que les autres dans ce domaine et je pense que c'est pour ça que c'est face à elle que tes migraines sont les plus graves.

Promise cligna des yeux.

— Et les fées ont combien de paires de chromosomes ?

— Je ne sais même pas si on les a testées. Elles ne sont revenues sur Terre que récemment. Ah oui, au fait, avec Mercy, utilise le terme Fae. Pour une raison qui m'échappe, ils trouvent que ça fait plus sérieux.

Ses pensées s'enchaînaient si vite que Promise en avait la tête qui tournait. Elle n'avait pas encore eu le temps d'y réfléchir, mais les explications tenaient à peu près la route, si elle mettait de côté la réalité telle qu'elle l'admettait depuis toujours.

— Pourquoi as-tu besoin de moi, Ivar ? Si, comme tu le dis, vous savez déjà vous téléporter, à quoi est-ce qu'une physicienne humaine pourrait bien vous servir ?

Il grimaça et des ridules apparurent au coin de ses yeux, ce qui lui donna un aspect plus abordable. Plus humain, peut-être, même si cela semblait impossible. Il croisa les chevilles et ses chaussures cognèrent lourdement la table.

— Parce qu'on ne comprend pas vraiment quels principes physiques entrent en jeu. La science est l'apanage des humains. Nous avons toujours accepté nos capacités sans nous poser de questions, peut-être parce que nous sommes souvent en guerre.

— Vous êtes immortels et vous vous faites la guerre ? s'étonna-t-elle.

— Oui. Tout le temps, même.

L'immortalité ne semblait donc pas rendre plus sage.

— Mais c'est débile !

Il lui caressa le côté de la main avec le pouce.

— Oui, probablement. Mais le mal existe et nous devons l'affronter. Pour nous, se téléporter, générer des flammes à partir de l'air ou manipuler les éléments, c'est aussi naturel que respirer. Ou même se changer en ours. Enfin, pour les métamorphes.

— Toutes ces choses sont extraordinaires.

— Pour les humains, oui, mais pas pour nous. (Il inclina la tête sur le côté et la regarda à nouveau.) Pourquoi toi ? Parce que tu peux nous aider à comprendre ce que nous faisons. Et plus important encore, parce que tu peux m'apporter la chose dont j'ai le plus besoin.

Ces paroles firent fondre le cœur de Promise.

— Et de quoi as-tu besoin ? murmura-t-elle.

Il lui lâcha la main, lui caressa la joue et lui saisit le menton avec douceur.

— Que tu me renvoies en enfer. Dès que possible.

Chapitre 15

Après une journée passée à sécuriser le périmètre, Ivar termina sa ronde de la zone située de l'autre côté de la rivière et revint aux chalets, entre lesquels brûlait un grand feu de camp. Tous ses frères, à l'exception de Quade, étaient assis en cercle. Il s'installa auprès d'eux et attrapa au vol la bière que Garrett lui lança. Il la décapsula et en avala plusieurs gorgées.

— L'endroit est sécurisé, déclara-t-il une fois sa soif étanchée.

Adare étendit les jambes et approcha ses chaussures si près du feu que ses semelles commencèrent à fondre. Il les recula de quelques centimètres.

— Les Kurjans ne penseront jamais à venir nous chercher ici.

Ivar but une nouvelle gorgée et admira la pleine lune qui illuminait le ciel. Une fois n'était pas coutume, la nuit était claire, ce qui était un avantage lorsque l'on guettait l'arrivée de l'ennemi.

— Je ne pensais pas non plus qu'ils viendraient nous chercher en pleine ville.

Ronan écrasa sa canette et la lança dans le sac-poubelle.

— Ah oui, Logan, il vaut mieux que je t'avertisse avant que ta compagne l'apprenne. Les Kurjans ont fait sauter tout l'immeuble. Enfin non, ils ont mis le feu à tous les étages et ils ont brisé toutes les vitres.

Logan jeta la tête en arrière et ferma les yeux.

— Et merde, Mercy va être furax. Elle était persuadée que la location des bureaux nous rapporterait des millions.

Cela fit rire tout le monde, à part Ivar qui, malgré ses efforts, ne trouvait rien de drôle à ces paroles. Avait-il jamais connu la joie ? Il en avait un très vague souvenir. Et par moments, il trouvait Promise amusante. Peut-être l'humour lui revenait-il… ou peut-être était-ce dû uniquement au docteur Promise Williams. En sa présence, il se sentait plus vivant qu'il ne l'avait été depuis des siècles, même avant qu'il soit exilé dans les dimensions infernales. Il regrettait de ne pouvoir explorer davantage cette attirance.

— Où est ta compagne, Logan ?

— En train de discuter avec Faith et Grace, répondit Logan, dont le corps gigantesque était étalé sur une chaise longue. Elle sortira quand elles iront voir Promise. Au fait, tu devrais lui apprendre à bloquer ses pensées, parce qu'elle ne pourra pas s'empêcher d'interroger toutes les personnes qu'elle croisera capables de se téléporter.

— Je m'en occupe, si tu veux, proposa Garrett avec un petit sourire.

Des points rouges se mirent à danser devant les yeux d'Ivar.

— Non, je le ferai.

Il serrait tellement les dents qu'il en avait mal à la mâchoire et se força à se détendre.

— Il n'y aurait pas quelque chose entre vous, par hasard ? demanda Ronan avant de détourner la tête et de camoufler son rire sous une toux factice.

— Non.

Ivar croisa les bras. Ses oreilles commençaient à brûler et il grogna. Garrett jeta sa canette vide à la poubelle et sortit une boisson violette de la glacière.

— Désolé, Ivar. Je voulais juste un peu t'embêter c'est tout.

— C'est du jus de raisin ?

— Ouais. C'est fou ce que ça peut être addictif, ce truc. J'en ai volé quelques-unes à mon oncle Dage le mois dernier et du jour au lendemain, je ne pouvais plus m'en passer.

— J'espère que tu vas prendre dix kilos, tiens, rétorqua Ivar, un peu plus détendu.

Il avait oublié ces conversations amicales et ne s'y sentait pas encore très à l'aise. Un jour, peut-être, il ressentirait de l'amusement. Il voulait y croire, en tout cas.

— J'enseignerai à Missy tout ce qu'elle doit savoir.

— « Missy » ? répéta Adare, surpris.

Ivar se redressa.

— Oui, c'est un surnom, mais je suis le seul à pouvoir l'appeler comme ça, se hâta-t-il d'ajouter.

Ce petit nom était spécial, juste pour lui. Il ne voulait surtout pas analyser pourquoi cela comptait tant pour lui. Garrett ricana et but une longue gorgée.

— Bon, sérieusement. Ma tante Amber, celle qui est en couple avec Kane, peut se protéger d'une attaque mentale de démon et elle y arrivait déjà quand elle était humaine. Nous avons étudié cette capacité, mais nous ne pouvons pas encore vraiment l'expliquer. Elle pourra peut-être t'aider avec… Promise.

Ivar s'étendit sur sa chaise longue, mais en prenant soin de ne pas s'approcher du feu. Il n'avait été que trop brûlé au cours de sa vie.

— Je ne lui ai pas encore parlé de ces attaques mentales.

Il n'avait pas voulu l'effrayer plus que nécessaire. Elle avait pourtant gardé tout son calme et posé une myriade de questions, mais il avait senti une peur compréhensible derrière sa curiosité.

— Comme elle l'a déjà vécu en direct, je me suis dit que je pouvais sauter ce chapitre, ajouta-t-il.

— Pas bête, acquiesça Benny, ce qui voulait probablement dire que cette idée était complètement déjantée. (Il frotta son ventre musclé, les yeux fixés sur les flammes dansantes.) C'est un truc qu'on devrait faire plus souvent. Se détendre entre nous sans parler de la fin du monde.

Il gratta son menton mal rasé et ses yeux métallisés prirent leur couleur secondaire, un vert très foncé. Chez la plupart des immortels, les yeux ne changeaient de couleur qu'en cas de situation extrême, mais pas chez Benny. Chez lui, c'était le contentement qui amenait cette mutation.

— J'aime bien passer du temps avec vous autrement que pour décapiter des ennemis, dit-il.

— C'est vrai, ajouta Ronan, c'est très sympa de nous retrouver tous les six au même endroit. (Sa voix se fit plus rauque.) Et un jour, mon frère, je veux dire notre frère, sera à nos côtés. Quade survivra et nous l'aiderons à entamer une nouvelle vie. Pas vrai, Viking ?

Ivar hocha la tête. Se retrouver à nouveau auprès de ses frères était très agréable. Ils étaient presque tous là. Les plus âgés avaient mille quatre cents ans, les plus jeunes, Garrett et Logan, à peine vingt-cinq, mais tous avaient survécu aux rigueurs indescriptibles du rituel. Ni l'âge, ni les lignées ne comptaient, car ils partageaient désormais le même sang qui faisait d'eux des frères. Pour la première fois depuis son retour, Ivar percevait une lueur d'espoir. Ils étaient assez forts pour sauver Quade et tuer Ulric. Ils n'avaient pas le choix.

— Je, euh, voulais vous remercier. Pour ces trois derniers mois.

Adare lui décocha une tape dans le dos qui lui fit claquer les dents.

— Bien sûr. On forme une famille.

C'était la vérité. Ivar regarda le feu. Il ne ressentait plus le besoin de fuir les flammes. Contrairement à lui, Promise ne disposait pas d'un tel soutien. Au fond de lui, il avait envie de la faire entrer dans leur groupe. De la mettre à l'abri.

Mais cette décision ne lui appartenait pas. Pas s'il s'apprêtait à vivre le reste de son existence dans la dimension cauchemardesque de Quade.

Il regarda Adare, le dernier O'Cearbhaill de la planète. Son clan avait été l'un des plus dangereux des Highlands et il avait certainement l'intention de perpétuer sa lignée.

— Ta compagne m'a demandé de la conduire au QG du Royaume, où elle compte se faire infecter par le nouveau virus.

Adare la laisserait-il faire ?

— Non, répondit sèchement le Highlander en attrapant une autre bière. Le virus ne fonctionne que sur des hommes ou des femmes qui ont des siècles de veuvage derrière eux. Un lien aussi récent que le nôtre doit être très puissant et elle n'y survivrait pas. Cette satanée bonne femme doit être protégée contre elle-même.

Ivar jeta un regard à Ronan, qui haussa les épaules. Pendant des siècles, Ivar s'était évertué à tirer Adare de situations plus suicidaires les unes que les autres. Il cherchait la mort pour oublier la métamorphe qui l'avait abandonné pour un autre. Éprouvait-il encore des sentiments pour elle ?

— C'est ta décision ?

— Grace est ma compagne. Tout ce qui la concerne est de mon ressort.

Ivar n'était pas certain que Grace Cooper soit du même avis. Grace était une enfant du vingt et unième siècle, même si elle se retrouvait plongée dans une guerre entre races immortelles. Adare gardait-il ses distances parce que le rituel final risquait de tous les tuer ? Même les humaines connues sous le nom de Clés, dont le sang serait nécessaire pour éliminer Ulric ? Ivar ne comprenait rien aux femmes et encore moins aux relations amoureuses, mais il avait l'impression qu'Adare était en train de tout gâcher.

— Et si tu essayais une vraie union ?

— Avec une humaine ? Hors de question. Elles sont trop fragiles.

Ronan secoua la tête.

— Elle est immortelle, crétin. Et elle est aussi une Clé, ce que les Kurjans savent parfaitement. Sans elle et les deux autres Clés, Ulric ne pourra pas être détruit.

— Bref, elle court un danger constant et elle ne peut pas se passer de ma protection, répliqua Adare. Le sujet est clos.

— Comme tu veux. Bon, quelqu'un peut me dire où en sont les Cysts ? Ceux d'hier soir se battaient bien.

Les monstres albinos étaient censés faire partie d'une sorte de secte au sein du monde kurjan, mais ils étaient aussi des guerriers redoutables déterminés à libérer Ulric de son monde-prison.

— Ils continuent d'enlever des humaines aux quatre coins du globe, probablement pour les forcer à s'unir à eux et à leur donner des enfants, expliqua Garrett d'une voix sombre. Le Royaume enquête sur chaque disparition, mais jusque-là, on n'a toujours pas réussi à empêcher les enlèvements.

Ivar secoua la tête, navré. Ils devaient éliminer les Kurjans et les Cysts une bonne fois pour toutes.

Mercy sortit du chalet et s'approcha de Logan, qui la renversa sur ses genoux et l'attira contre lui. La jeune Fae se colla contre lui avec un soupir satisfait et ses longs cheveux lui chatouillèrent le bras.

Ivar les regardait. Était-ce cela, le bonheur ? Cela y ressemblait fort, en tout cas. Logan tendit sa bière à sa compagne et elle but, les yeux attirés par les flammes. Ses jambes étaient si courtes que ses pieds n'arrivaient qu'aux mollets de Logan. Elle se tourna vers Ivar et lui sourit.

— Faith et Grace vont rendre visite à ta dame. J'aimerais pouvoir les accompagner, ajouta-t-elle avec une moue de regret.

— Je vais lui apprendre comment protéger son cerveau, la rassura Ivar. Comme ça, vous pourrez faire connaissance. Ça lui fera du bien.

Il voulait que Promise se fasse le plus d'amis possible avant qu'il l'abandonne.

— C'est très gentil de ta part, Ivar, déclara Mercy, les yeux pétillants.

Gentil ? Il n'avait jamais été gentil, pas même dans sa première vie. Quand il savait ce qu'il faisait et qu'il organisait la bonne marche du QG des Sept. L'ancien Ivar n'aurait jamais installé Promise dans un gratte-ciel du centre-ville en pensant qu'elle y serait à l'abri.

— Euh, merci, répondit-il.

Logan rit et enfouit son visage dans le cou de Mercy.

— Je suis sûr qu'Ivar lui apprendra tout ce qu'elle doit savoir. Ensuite, tu pourras l'emmener se balader entre les dimensions, ma puce.

— Non, intervint aussitôt Ivar. Missy, euh, Promise, je veux dire, peut étudier tous les sujets qui lui chantent, mais personne ne la transporte où que ce soit. Ce n'est pas négociable.

La tête rentrée dans les épaules, il regarda le feu sans prêter attention aux petits rires mal dissimulés de l'assemblée. Que savaient-ils, après tout ?

Chapitre 16

Noyée sous les papiers, Promise achevait l'ébauche d'une équation interminable. Elle avait beaucoup de travail devant elle. La lune illuminait la pièce à travers les fenêtres et dehors, un petit vent soufflait. Plus tôt dans la journée, Ivar avait installé un générateur puissant pour qu'ils aient l'électricité. Elle naviguait sur Internet grâce à son téléphone Comme ses locaux de l'université lui manquaient !

On frappa à la porte. C'était probablement Ivar. Elle avait de nombreuses questions à lui poser.

— Waouh ! s'exclama Grace en enjambant les feuilles qui jonchaient le plancher.

Elle portait un gros pull vert, un jean et des chaussures de marche. Ses cheveux relevés lui donnaient une classe naturelle.

— Une scientifique obstinée en plein travail, ajouta-t-elle.

Elle fit trois pas sur la droite et prit quelques photos de la scène. Promise cligna des yeux. Elle avait fait la connaissance de la jeune femme plus tôt dans la journée, avant qu'elle parte se promener pour photographier la nature.

— Salut.

Grace lui sourit et ses yeux noisette pétillèrent. Sa sœur entra dans son sillage avec une bouteille de vin rouge et trois verres en plastique. Elle avait lâché ses longs cheveux et portait un pull gris clair, un jean gris foncé et des magnifiques bottes couleur crème. Combien en avait-elle de paires ? Elle regarda les feuilles qui tapissaient le sol.

— En plein travail, à ce que je vois ?

Promise se rendit alors compte de l'état dans lequel elle avait mis la pièce. Même le lit était couvert de feuilles noircies de théories et de calculs.

— Mon grand tableau me manque beaucoup.

Grace ricana et rassembla les feuilles éparpillées sur le canapé pour les poser en tas sur la table. Elle s'approcha ensuite de la cheminée et prit plusieurs nouvelles photos.

— J'aimerais beaucoup pouvoir te prendre en train de gribouiller sur ton tableau, les cheveux pleins de craie.

Par réflexe, Promise se mit à calculer la dimension de la pièce et la lumière disponible.

— Tu t'intéresses à la lumière fractale ?

Grace abaissa son appareil.

— Pardon ?

— La position que tu as choisie pour prendre tes photos, expliqua Promise, curieuse. Tu as trouvé l'utilisation optimale de la lumière et de l'espace.

— Je suis photographe. C'est mon métier.

Un métier qu'elle semblait faire instinctivement. C'était fascinant. Faith posa la bouteille sur la table basse branlante et remplit les trois verres.

— C'est un petit vin australien tout à fait honnête. Pas de quoi sauter au plafond, mais pour ce soir, il fera l'affaire.

Elle fit signe à Promise, qui était assise par terre, de la rejoindre. La jeune femme se leva en éparpillant les feuilles posées sur son genou, puis s'étira. Elle s'était changée au profit du jean noir et du chemisier en soie rouge qu'Ivar avait récupéré chez elle. Elle était deux fois plus plantureuse que les sœurs Cooper réunies, mais ses formes ne l'avaient jamais complexée. Elle était en bonne santé et son cerveau fonctionnait à merveille. La vie était belle. Par contre, elle avait la nuque endolorie. Combien de temps venait-elle de passer assise par terre ? Quelle heure était-il, d'ailleurs ?

Faith lui fit signe d'approcher.

— Causons un peu.

Promise hésita, puis navigua entre les papiers pour arriver jusqu'au canapé. Une discussion entre filles. Génial. Cela n'avait jamais été son fort, sauf si la conversation portait sur la gravité entropique ou un autre sujet du même calibre. Mais Faith était une neurologue de renommée mondiale, ce qui la rassurait.

— Je pensais à la possibilité de traverser l'espace-temps et je me demandais pourquoi les fonctions motrices du sujet ne semblent pas affectées après coup.

— Probablement parce que l'étude qui a été faite sur le voyage vers Mars ne concernait que des humains, répondit Faith en lui tendant un verre. Mais je pensais commencer plus doucement, juste en faisant connaissance. Par exemple, qu'est-ce que tu fais pour t'amuser, à part étudier la baryogénèse ?

— Je sens que je ne vais rien comprendre à votre conversation, plaisanta Grace en s'asseyant par terre à côté du feu, les jambes étendues. Tu as des hobbies, Promise ?

Cette dernière regarda le vin dans son verre.

— Ma passion, c'est mon travail.

Elle cherchait désespérément à établir une connexion, n'importe laquelle. Les deux sœurs faisaient de leur mieux pour l'accueillir et le désir de leur plaire lui tordait l'estomac.

— Remarque, pour me détendre, j'ai un peu étudié la supersymétrie.

— Rien de tel pour se changer les idées, commenta Faith en soufflant dans son verre.

Parfait, le lien était créé. Promise goûta le vin. Il avait du corps et un goût délicieux.

— J'ai envisagé de me mettre au yoga ou au Pilate, mais une équipe de recherche a dit avoir découvert une nouvelle ligne spectrale avec une énergie de 3,5 KeV dans les rayons X, en provenant d'amas de galaxies lointains, et je me suis aussitôt replongée dans la matière noire.

Grace leva son verre.

— C'est exactement pour ça que j'ai arrêté le sport moi aussi.

Promise resta un instant interdite, puis éclata de rire. Elle but une nouvelle gorgée et sentit ses épaules se détendre. Ces deux femmes étaient sympathiques et avaient envie de passer du temps avec elle.

— Et vous, c'est quoi, vos passions ?

— Autrefois, dit Grace en jouant avec son appareil photo, je voyageais et je prenais des photos, mais je suis restée deux ans dans le coma et seul un accouplement avec un vampire-démon m'a permis d'en sortir. Je suis encore en train de trouver mes marques.

Une émotion inhabituelle traversa Promise. C'était là un sujet qu'elle n'avait pas encore osé aborder avec Ivar.

— Et cet, euh, accouplement… (*quel terme barbare !*) ça implique quoi ?

Une rougeur charmante envahit les joues de Faith.

— En règle générale, une partie de jambes en l'air à couper le souffle. J'emprunte l'expression à une reine vampire parce qu'elle résume très bien l'expérience. Tu y ajoutes une morsure profonde et un marquage. Une marque apparaît sur la paume du mâle, enfin, chez les démons, en tout cas, et il l'applique sur le corps de sa compagne.

Elle se tourna et dénuda son épaule pour lui montrer un motif qui ressemblait à un gros tatouage, un « K » complexe entouré de lignes magnifiques.

— La lettre dépend du nom de famille du mâle en question, expliqua-t-elle.

Promise faillit en lâcher son verre.

— Ils marquent les femmes comme du bétail ?

— C'est leur coutume, répondit Faith en haussant les épaules.

Promise se tourna vers Grace.

— Adare a couché avec toi quand…

Grace leva la main pour l'interrompre.

— Non, pas du tout. Il m'a mordue et il m'a marquée, mais rien de plus. Je suis unique en mon genre. L'une des trois Clés, pour mon malheur.

Cela faisait trop d'informations d'un coup. Promise prit quelques secondes pour les digérer.

— Si j'ai bien compris, cette union vous a rendues immortelles ?

— À peu près, répondit Faith. On peut encore mourir par décapitation. Ah oui, et les immortels qui sont en couple ne peuvent pas toucher de membre du sexe opposé pendant plus d'une minute sans être victime d'une réaction physique extrême, une espèce d'allergie atroce.

Promise était abasourdie. Face à tout cela, aucune solution mathématique ne pouvait lui venir en aide. La science commençait à peine à percer les premiers mystères des chromosomes. Ce domaine de recherche pourrait peut-être devenir son nouveau passe-temps ? Les changements génétiques entraînés par cet accouplement dépassaient tous les savoirs humains actuels.

— Elle recommence à faire cette tête, soupira Grace.

Faith sourit.

— Je connais. J'ai la même quand je sens que je suis tout près d'arriver à une solution, ou quand je découvre une voie que personne n'a encore explorée.

Promise la regarda attentivement.

— Je n'y comprends rien. Les Sept sont tous des hybrides vampire-démon, soit, mais Logan se qualifie de démon et Ronan de vampire.

— Exactement, confirma Faith en faisant tourner le vin dans son verre. Il semblerait que chaque hybride a un trait dominant. Logan est bien plus démon que vampire et inversement pour Logan. Même si leur ADN affirme le contraire, ils sont presque toujours soit l'un, soit l'autre. C'est ce qui place Adare si à part.

— Adare est à part parce que c'est un crétin psychorigide, grogna Grace.

— Un crétin qui t'a sauvé la vie, lui rappela sa sœur.

Grace croisa les jambes en faisant de son mieux pour ne pas froisser les papiers épars de Grace.

— Je sais. Adare a les yeux noirs et la voix rauque d'un démon à sang pur, mais ses cheveux sont noirs, pas blond clair. Il dispose aussi de capacités propres aux deux espèces. Des Sept, c'est peut-être lui qui est l'hybride le plus véritable.

Grace avait donc réfléchi à la question. Éprouvait-elle donc pour Adare plus que de l'agacement ? Ne sachant comment interpréter la situation, Promise revint sur son terrain de prédilection : la science.

— Tu disais que tu étais spéciale, l'une des trois Clés. Qu'est-ce que cela implique ?

Grace grimaça, puis abaissa son tee-shirt pour dévoiler une marque en forme de clé au-dessus de son sein.

— Pour faire court, Ulric peut être détruit grâce à un rituel qui nécessite la présence des trois Clés, qui sont des femmes aux pouvoirs spéciaux, ainsi que le sang d'un Verrou. Je suis l'une de ces Clés.

Cela ressemblait à de la science-fiction, mais pas plus que tout ce dont elle avait été témoin récemment.

— J'imagine que tu étudies la composition génétique des Clés ? demanda Promise.

— Oui, avec la Reine. Elle était généticienne dans sa vie humaine et elle se passionne pour les recherches sur la génétique des immortels. Malheureusement, jusqu'ici, on n'a rien trouvé.

Cela signifiait donc que tout dépendait du Verrou.

— Et ce Verrou, c'est quoi ? Ou qui ?

Si les Clés étaient des humaines, le Verrou l'était peut-être aussi, en toute logique. Faith soupira.

— Le Verrou, c'est une petite fille de sept ans du nom de Hope Kayrs-Kyllwood. (Elle secoua la tête.) Mais vu que les vampires et les démons sont impliqués dans cette histoire et que la plupart d'entre eux sont plus ou moins de sa famille, j'ai peur que rien ne se passe jamais comme prévu.

— Tout repose sur une petite fille, donc ?

Faith acquiesça d'un signe de tête et but une nouvelle gorgée de vin.

Mais qui était donc cette petite Hope Kayrs-Kyllwood ?

Chapitre 17

Hope tournait devant son miroir pour admirer sa belle robe, un arc-en-ciel de verts, de violets et de rose chatoyants. L'ourlet cachait le pansement sur son genou, qu'elle s'était éraflé la veille en tombant d'un arbre. Ses petites chaussures vertes scintillantes s'accordaient aux rubans de ses cheveux.

— Je la trouve plus belle que la jaune, commenta Libby depuis le lit.

Elle-même avait remis la robe qu'elle portait pour sa fête d'anniversaire la semaine précédente. Elle était orange vif, la couleur préférée de la petite métamorphe féline, probablement parce qu'elle espérait être un couguar orange lorsqu'elle serait enfin en âge de se transformer, à l'adolescence. Mais comme elle avait les cheveux blonds, il y avait de grande chance que sa fourrure soit de la même couleur.

— Je t'ai fait un scrapbook pour ton anniversaire, dit Libby.

Hope, ravie, se tourna vers elle.

— Oh, c'est trop gentil, j'adore tes scrapbooks !

Elle s'était doutée que son amie ne pourrait pas se retenir de lui révéler quel était son cadeau. Libby ne savait pas garder un secret. On frappa à la porte et Paxton entra. Il avait lissé ses cheveux noirs en arrière et essayait de rentrer sa chemise dans son jean déchiré et, une fois n'était pas coutume, presque propre.

— Joyeux anniversaire, dit-il en lui tendant timidement un paquet enveloppé dans du papier journal.

Hope le prit et lui adressa un grand sourire.

— Merci, Paxton. (Elle regarda ses deux meilleurs amis. Enfin, avec Drake, qu'elle rencontrait en rêves.) La semaine prochaine, on organisera une fête pour tes neuf ans, que tu le veuilles ou non.

Il avait refusé qu'elles le fassent l'année précédente et comme son père ne se préoccupait pas de ce genre d'événements, il n'avait pas eu de fête d'anniversaire. Paxton rougit et s'assit à côté de Libby sur la couette violette ornée de papillons.

— Mon père dit que les fêtes, c'est pour les lavettes. Enfin, si t'es un garçon. C'est normal que les filles aiment les fêtes.

Hope se retint de lui dire que son père était un abruti. Depuis la mort de la mère de Pax, une démone très gentille, son père, qui était un soldat vampire, n'était pas à la hauteur.

— Mais oui, Pax, répondit-elle gentiment.

— Ouvre ton cadeau, l'encouragea-t-il avec un grand sourire.

Hope arracha le papier, puis ouvrit la boîte, dont elle sortit une bague argentée couronnée de papillons brillants.

— Oh, Pax, c'est trop joli !

Elle la glissa à son annulaire, puis à son majeur.

— Tes doigts grossiront vite, dit-il, les yeux pétillants.

— Comment tu as réussi à acheter ça ?

Il avait dû sacrifier toutes ses économies pour payer cette bague.

— Oh, je voulais juste que tu aies un bel anniversaire, bougonna-t-il en rougissant.

Hope lui sourit, aussi gênée que lui.

— C'est réussi. Mais j'avais un truc à vous demander, à Libby et à toi. (Elle retint son souffle et attendit qu'ils hochent la tête.) On a quelques heures avant la fête et j'aimerais que vous rencontriez Drake dans la vraie vie. Mais j'ai besoin de vous pour y aller.

Libby bondit sur le lit, ce qui fit sauter ses couettes.

— Attends, t'es sérieuse ? En vrai ?

Pax fronça les sourcils et secoua la tête.

— Tu rigoles ou quoi ? C'est un Kurjan. Tes parents ne voudront jamais. Et qu'est-ce qu'il fait par ici, d'ailleurs ? Les Kurjans ne vivent pas dans l'Idaho. Aux dernières nouvelles, ils sont dans un coin très froid, au Canada.

Hope joignit les mains et s'efforça de prendre l'air calme des enfants à la télévision lorsqu'ils s'apprêtaient à se lancer à l'aventure.

— Je sais, mais je lui ai parlé en rêve la nuit dernière.

Pax se renfrogna encore plus. Avec cet air sévère, il ressemblait comme deux gouttes d'eau à son père.

— Tu avais dit que tu avais arrêté de le voir.

Hope serra la boîte de la bague contre sa poitrine.

— Je n'ai jamais vraiment dit ça. Mais j'ai besoin de votre aide.

— D'accord, dit Libby en rebondissant une nouvelle fois, mais Pax secoua la tête.

— Non. Pas question. (Il gratta une croûte sur son coude. Plus son visage rougissait et plus l'éclat argenté de ses yeux bleus ressortait.) Les Kurjans ne sont pas censés savoir où on vit. Notre QG est secret, comme le leur. Comment est-ce que tu as pu le lui dire ?

— Je lui ai rien dit, Pax, je te jure. (Mal à l'aise, elle attendit qu'il la regarde avant de recommencer ses explications.) Il a deviné au fil de notre conversation. Il m'a confié qu'il savait depuis longtemps qu'on vivait au bord de ce lac. Les Kurjans veulent être nos amis et je crois que c'est à nous de faire le premier pas vers la paix.

Hope avait toujours su que là était son destin. Elle frotta la marque bleue incrustée dans sa peau. Elle partait de son cou et se prolongeait jusque sur les côtes. C'était la preuve qu'elle était l'un des trois prophètes choisis par le destin.

Pax regarda Libby, puis à nouveau Hope.

— Euh, vous vous rendez compte qu'on n'est que des gosses ? On est juste censés s'entraîner et rien d'autre.

L'entraînement était assommant et Hope était loin d'être aussi douée que Libby. Tout comme Pax, d'ailleurs, qui passait son temps à trébucher avec ses grands pieds. Hope était une hybride, le seul vampire de sexe féminin de toute l'histoire. Avant sa naissance, tous les vampires, même hybrides, étaient de sexe masculin. Elle était peut-être nulle en combat, mais elle avait forcément quelque chose de spécial. Selon elle, il devait s'agir de sa capacité à rencontrer Drake dans ses rêves. Drake était un Kurjan, mais ils étaient amis.

— Tu sais que mes parents se sont rencontrés en rêve et que quand ils se sont mariés, ils ont sauvé le monde.

Pourquoi était-elle obligée de le lui rappeler ?

Pax serra tant les lèvres qu'elles blanchirent.

— C'est pas une bonne idée.

Elle comprit alors qu'il cédait et qu'elle obtiendrait ce qu'elle désirait le plus au monde pour son anniversaire.

— Bon, j'ai un plan. Le plus dur, ça va être de ne pas salir nos robes, Libby.

Ivar frappa à la porte, puis entra et s'arrêta net en voyant les feuilles qui jonchaient le sol. Promise était assise par terre et, comme possédée, rédigeait une équation sur un bloc-notes, un verre de vin vide à côté d'elle. Il avait rarement vu un spectacle aussi sexy. Elle leva les yeux, l'air concentré.

— Il me faut plus de données.

Ivar vivait au quotidien avec une obsession semblable à celle de Promise et en reconnaissait tous les signes. Ce côté de la personnalité de la jeune femme était beaucoup trop attirant à son goût. Il referma la porte et s'agenouilla devant elle.

— Pas de problème. Faith et Grace sont parties depuis longtemps ?

— Aucune idée.

Elle baissa les yeux et fouilla dans ses papiers. Son odeur de bruyère emplissait tous les sens du Viking.

— J'ai besoin de vivre une expérience de téléportation, annonça-t-elle.

— D'accord, répondit-il en écartant ses papiers.

Promise cligna des yeux, surprise.

— Comment ça, d'accord ?

— Tout le monde s'est moqué de moi tout à l'heure et j'en ai conclu que je n'abordais pas le problème sous le bon angle. Dès que j'aurai retrouvé ma capacité de téléportation, je t'emmènerai.

Il essayait de se persuader que ce plan était viable. Depuis son retour, il trouvait peu de plaisir à vivre, pourtant, cette perspective lui paraissait presque amusante, à condition que Promise s'en sorte indemne.

— Si je savais comment contrôler mes migraines, je pourrais le faire dès maintenant avec Mercy.

— Non. C'est moi ou personne.

Il se tut et chercha ses mots. Si près de Promise, avec le feu qui crépitait doucement et la lune qui illuminait le ciel, l'ambiance était si intime qu'il sentait son sang bouillir. Cela faisait trop longtemps qu'il n'avait pas partagé sa couche avec une femme. Ce terme devait d'ailleurs être très daté. Il se reconcentra.

— Mais tu as raison sur un point : nous devons t'apprendre à te protéger contre les ondes cérébrales qui te font tant de mal.

— Pourquoi toi ou personne ?

— Parce que comme ça, je pourrai contrôler ce qui t'arrivera.

Cela paraissait évident, non ?

— Bon, écoute-moi bien, Viking. Je sais que je suis très distraite pour les choses du quotidien, comme beaucoup de mes collègues, mais là, ton autoritarisme dépasse les bornes.

Vraiment ? Il y réfléchit un instant.

— Je pense que tu as tort. Si tu es dans cette situation, c'est à cause de moi. (Elle voulut répondre, mais il leva la main.) Oui, les Kurjans auraient peut-être fini par s'en prendre à toi à plus ou moins long terme, mais on ne peut pas en être sûrs.

— Je suis l'une des physiciennes les plus en vue. Bien sûr qu'ils s'en seraient pris à moi.

L'avait-il vexée ? Si c'était le cas, c'était involontaire.

— Je pense que j'aurais pu te protéger de loin. Faire en sorte que tu reçoives le financement et te laisser réfléchir au problème sans avoir à chambouler ta vision du monde.

Elle baissa la tête.

— C'est la phrase la plus condescendante que j'ai entendue aujourd'hui, et ce n'est pas peu dire.

« Condescendante » ? De mieux en mieux.

— Et c'est complètement idiot, ajouta-t-elle comme si de rien n'était.

Ivar était à la fois agacé et excité, au point que le bruit de sa circulation sanguine l'assourdissait.

— Comment ça ? demanda-t-il en feignant le calme.

Promise leva les yeux au ciel comme une ado excédée.

— Cette équation ne peut être résolue sans une connaissance parfaite des données sur la téléportation et sur toutes les possibilités offertes par cette capacité. On trouvera peut-être la solution en étudiant ce qui différencie les Faes des démons. Les deux espèces peuvent se téléporter, mais seuls les Faes sont capables de se rendre dans d'autres dimensions.

Lorsque Promise commençait à utiliser un jargon scientifique, cela l'excitait encore plus.

— Soit, mais en te disant la vérité, nous avons déjà enfreint de nombreuses règles.

— Et depuis quand ça te gêne ?

Il se redressa.

— Tu me cherches ?

Elle réfléchit un instant sans le lâcher des yeux.

— Non, mais je ne suis pas d'accord avec ta supposition, selon laquelle tu as un quelconque contrôle sur ce que je fais ou ne fais pas.

C'était trop mignon.

— On dirait du Shakespeare. Que j'ai rencontré, soit dit en passant.

Promise écarquilla les yeux avec une mimique adorable.

— Tu as rencontré Shakespeare ?

— Oui. Il buvait comme un trou. (Il se pencha pour murmurer la suite à son oreille.) Et j'ai aussi connu Einstein.

Elle poussa un cri de surprise qui le plongea dans l'extase.

— Il était comment ? demanda-t-elle avec respect.

— Gentil, attentionné, intelligent... bref, très agréable, expliqua Ivar, qui avait apprécié le grand physicien au premier regard. Kane Kayrs et lui étaient en très bons termes. On te mettra en relation avec Kane pour que vous collaboriez. Il a dû rentrer au QG, mais il trouvera le moyen de revenir. (Il sourit en voyant l'expression de plaisir sur le visage de Promise.) Bon, il est très tard. Et si tu dormais un peu pour être en état de donner ton cours demain matin ?

— Tu ne vas pas m'en empêcher ? s'étonna-t-elle.

Il ne releva pas le sous-entendu, selon lequel il ne pourrait rien faire pour la retenir si elle désirait partir.

— Non. On a tout organisé pour que tu puisses donner ton cours, puis récupérer tout ce dont tu as besoin dans ton bureau. En revanche, il faudra que tu obtiennes un congé. Tu pourrais peut-être dire qu'après la mort du docteur Rashad, tu as besoin de vacances.

C'était un sujet sur lequel il ne céderait pas, même si elle protestait.

— On ne peut pas protéger tes étudiants, Missy. Si les Kurjans s'en prennent à toi, ils se moqueront des dommages collatéraux éventuels.

Elle déglutit.

— Bon, d'accord, présenté sous cet angle…

En effet, il avait beaucoup réfléchi à cet argument.

— J'espère que tu comprends.

— Oui. Je demanderai à mes doctorants de me remplacer jusqu'à la fin du semestre. (Elle regarda les feuilles éparpillées autour d'eux.) De toute façon, ce problème m'obsède. Je veux aller jusqu'au bout de mes calculs.

Il se leva et l'aida à en faire de même. Elle lui arrivait à peine au menton et il se demanda une nouvelle fois comment il allait bien pouvoir protéger la vie de cette humaine fragile dans son univers si violent.

— Nous sommes d'accord, donc. Je vais te laisser dormir.

Elle le regarda droit dans les yeux et ses joues prirent une jolie teinte rose.

— Et si tu restais avec moi ?

Le sang quitta la tête d'Ivar et se précipita dans son entrejambe. Il jeta un coup d'œil au sofa, puis la regarda à nouveau. Promise serra les lèvres pour contenir un sourire.

— Je veux dire dans le lit. Avec moi. (Elle posa les mains sur son torse et étendit les doigts en ronronnant.) Tu es si dur, j'adore.

Se rendait-elle compte de ce qu'elle disait ? Il déglutit.

— Je sais que l'accouplement se fait par le sexe, ajouta-t-elle.

— Tu n'as pas à te faire de souci pour ça. C'est un phénomène qu'on contrôle.

Il faisait de son mieux pour retrouver son calme, mais la douceur des mains de Promise le mettait dans tous ses états.

— Sauf si tu veux qu'on le fasse, bien entendu, plaisanta-t-il.

Elle ne répondit pas et crispa les lèvres, comme si elle réfléchissait à cette possibilité. Surpris, il faillit reculer d'un pas.

— Je plaisantais, bien sûr. Une union, c'est éternel.

— Il me faudra peut-être l'éternité pour résoudre les théories que vous m'avez présentées. J'imagine que tu n'es pas du genre sentimental ou romantique, n'est-ce pas ?

— Non.

Elle sourit.

— La logique et la biologie peuvent tout expliquer. Nous sommes sur la même longueur d'onde. (Elle libéra le tee-shirt d'Ivar de son pantalon et passa la main sur ses abdos.) Et tu m'as donné mon premier surnom. Ça compte. On devrait déjà voir si on est compatibles. Ensuite, on discutera du fond du problème.

Le sexe d'Ivar frottait si fort contre sa braguette qu'il grimaça.

— Je crois qu'un élément t'échappe, dit-il d'une voix rauque qui lui donnait presque un accent russe. La logique et l'union immortelle n'appartiennent pas au même univers.

Elle ne comprenait rien. Rien du tout.

— La logique a sa place partout, rétorqua-t-elle en se dressant sur la pointe des pieds pour lui embrasser le cou. Alors, tu restes ou pas ?

Chapitre 18

Promise savait parfaitement ce qu'elle faisait. Cet homme l'intriguait déjà avant qu'elle sache qu'il était un vampire-démon. Ils s'accordaient bien et étaient peut-être même en train de devenir amis. Cerise sur le gâteau, le petit nom très féminin qu'il était le seul à utiliser lui plaisait beaucoup. Missy. Cela ne lui allait pas du tout mais elle l'aimait malgré tout. De plus, ce qu'elle lui proposait était le moyen idéal d'évacuer le stress qui pesait sur eux. Lorsqu'il avait mentionné une union, Promise n'avait pas été choquée le moins du monde. Ils avaient le potentiel pour former un beau couple.

Tout d'abord, il avait accepté de rester. S'ils s'avéraient compatibles sur le plan sexuel, elle aborderait le sujet. L'immortalité l'attirait beaucoup par de nombreux côtés et elle appréciait Ivar, surtout depuis qu'il lui avait révélé sa vaste intelligence.

Il posa les mains sur ses épaules et la repoussa sans brusquerie, les yeux noirs.

— Je suis un hybride vampire-démon, dit-il sèchement.

Promise hocha la tête. Était-ce censé la déranger ?

— Je sais. Je ne risque pas d'attraper une maladie de l'une de ces deux espèces, j'espère ?

Elle n'avait pas emporté sa boîte de préservatifs et il ne lui semblait pas qu'Ivar l'avait prise lui non plus lorsqu'il avait rassemblé ses affaires.

— Non, répondit-il d'une voix étranglée. J'essaie de t'expliquer pour que tu comprennes bien, c'est tout. Nous n'abordons pas les unions, ou même le sexe, sous le biais de la logique.

Ah, la passion, donc… elle comprenait mieux. Les cerveaux humains et immortels partageaient-ils le même mode de fonctionnement ? Si oui, des niveaux élevés de dopamine, de noradrénaline et de sérotonine entraînaient la connexion physique entre l'amour et le corps.

— Je vois.

Ses yeux prirent leur étrange éclat vert iridescent. Cette couleur secondaire des immortels était fascinante.

— Non, je ne pense pas, mais on va faire en sorte que ça change.

La couleur hypnotique de ses yeux et l'intensité de son regard la clouaient sur place. Ou peut-être était-elle victime de sa curiosité. Elle retint son souffle en le voyant tendre la main pour lui prendre le menton. La tension qui émanait de lui était palpable. Elle inclina la tête. Comment était-ce possible ? Elle ouvrit la bouche pour le lui demander, mais il se pencha et l'embrassa. Au moment où leurs lèvres se touchèrent, Promise ressentit comme un choc électrique. Elle se figea et Ivar intensifia son baiser, enfonçant la langue dans son palais. Il posa la main en bas de son dos et l'attira contre lui, où l'attendait une érection impressionnante. Jamais elle n'avait ressenti un tel désir.

Il rompit le baiser mais garda les lèvres tout près des siennes.

— Tu réfléchis encore ?

Promise cligna des yeux et tenta de bâtir une hypothèse. Si seulement elle pouvait avoir accès à son bloc-notes…

— Il y a je ne sais quels principes chimiques en jeu.

— Bon, je crois que ça veut dire oui.

Il se colla contre elle et l'embrassa de plus belle, sans la moindre retenue, pliant le corps de Promise pour l'accorder au sien. Ivar poussa un grognement bestial et intensifia encore son baiser.

La tête de Promise partit en arrière et elle ferma les yeux, emportée par le tourbillon qu'il générait en elle. Ivar crut l'entendre gémir et il poussa un nouveau grognement qui se répercuta dans tout le corps de la jeune femme, éveillant des nerfs qu'elle pensait endormis depuis longtemps. Jamais personne ne l'avait embrassée ainsi. Cela dépassait l'entendement. Son sang bouillait dans ses veines et elle sentait ses tétons durcir et ses seins s'alourdir. Ses cuisses tremblaient et sa petite culotte s'humidifiait.

Il releva à nouveau la tête et le cercle bleu qui lui entourait les yeux fonça encore.

— Tu es toujours dans ta tête ?

Elle le regarda, perplexe. Que venait-il de lui demander ? Il lui adressa un sourire à la fois provocateur et arrogant.

— Ah, c'est déjà mieux.

Une rougeur sombre gagnait ses joues sculptées et lui donnait l'air d'un guerrier viking. Les jambes de Promise se mirent à trembler.

— Beaucoup mieux.

Il la souleva en un mouvement fluide et la porta jusqu'au lit. Surprise, Promise posa la main sur son torse pour s'équilibrer. C'était une expérience inédite pour elle. D'ordinaire, elle était attirée par les nouvelles expériences, mais cette fois, son instinct lui conseillait la méfiance, même si son corps semblait avoir une volonté propre. La présence enivrante d'Ivar affectait-elle son cerveau ?

— Tu recommences à réfléchir.

Il l'allongea sur le matelas et lui ôta son chemisier. Ses narines se dilatèrent, il passa le doigt sur le rebord de son soutien-gorge en coton.

— Magnifique, dit-il.

Promise déglutit. Elle comprenait parfaitement ce qui était en train de se passer. Elle avait toujours eu le contrôle dans ses relations précédentes, mais cette fois, son corps se soumettait aux désirs d'Ivar. Prise par l'envie de reprendre les commandes, elle lui ôta elle aussi son tee-shirt.

Ivar baissa la tête pour l'aider et elle découvrit enfin son torse nu, qui défiait l'entendement. Sculpté, musclé, la peau bien tendue… bref, la perfection masculine telle qu'elle n'avait jamais osé en rêver. Les mains tremblantes, elle explora ses pectoraux et descendit le long du relief de son abdomen.

— Tu existes pour de vrai ? murmura-t-elle.

Elle ne parvenait pas à y croire. Il détacha son soutien-gorge et en fit descendre les bretelles le long de ses bras.

— Tu as déjà essayé le bondage ?

Les poumons de Promise se contractèrent, suivis de son entrejambe.

— Non.

— Peut-être la prochaine fois, alors.

Il jeta le soutien-gorge par-dessus son épaule et posa ses vastes mains sur ses seins, puis caressa la vallée qui les séparait avec les pouces.

— Tu es belle, Promise. Je voulais que tu le saches.

Le contact de ses mains lui électrifiait la peau. Elle se frotta à lui, prise par un désir qu'elle ne pouvait définir. La bouche d'Ivar remplaça ses mains. Sa langue était brûlante sur sa peau. Elle glissa les mains dans son épaisse chevelure et s'y accrocha, les yeux écarquillés vers le plafond. Que lui arrivait-il donc ?

— Je vais te montrer pourquoi je suis meilleur qu'un vibromasseur.

Il souffla sur sa peau sensible et lui embrassa le clitoris. Aussitôt, des spasmes la secouèrent, trop faibles pour mener à un orgasme, mais générant toutefois une sensation inédite. Il la mordilla.

— Écarte les cuisses, ma puce.

Contre toute attente, ses jambes se crispèrent et son corps se rebella. Elle tenta de trouver un sens à ses paroles. De réfléchir. De redevenir elle-même.

— Maintenant, insista-t-il sur un ton sans réplique, avec un nouveau coup de langue.

Pour la première fois de sa vie, le corps de Promise réagit avant son cerveau et elle écarta les jambes. Avec un bourdonnement satisfait, Ivar recommença à la lécher, une fois, puis deux. À la troisième, il glissa un doigt en elle et elle explosa en poussant un cri pour ne pas se mordre la langue. Ivar lui offrit un excellent orgasme, puis se releva et ôta son pantalon. Promise cligna des yeux et lui sourit.

— C'était génial.

Bien mieux qu'un vibromasseur, sans aucun doute.

— Et encore, ce n'était rien.

Sa vantardise la laissa sans voix. Elle saisit son pénis, qui était d'une taille surprenante, épais, long et chaud. Excitée, elle le caressa sur toute sa longueur tandis qu'il s'installait sur elle.

— Attends, dit-elle en le lâchant. Préservatif.

Pourvu qu'il ne les ait pas oubliés !

Ivar l'embrassa avec ardeur, la baignant dans une chaleur irréelle.

— Inutile. Les immortels n'ont aucune maladie et sans union, tu ne peux pas tomber enceinte. Dans le genre sexe sans risque, on ne fait pas mieux.

Rien de tout cela ne paraissait sans risque à Promise et sa propre excitation la stupéfiait. Elle en voulait encore plus. Elle lui griffa le torse sans même réfléchir.

— D'accord.

Étalée sur le lit sous le corps massif d'Ivar, elle comprit alors les films romantiques qu'il lui arrivait de regarder seule. Il lui faudrait une bonne année pour analyser tout ce qu'elle ressentait, mais pour l'heure, elle ne désirait qu'une seule chose : aller encore plus loin.

Ivar s'appuyait sur ses coudes pour ne pas l'écraser mais parvenait à l'entourer de sa présence. Promise souleva les genoux et se colla contre ses hanches chaudes. De nouvelles sensations, toujours aussi profondes, l'envahirent.

— Tu t'amuses ? demanda-t-il en laissant glisser les lèvres de son front à sa joue, puis à son oreille, dont il mordilla le lobe.

— Oui, murmura-t-elle en lui caressant les côtes et le bas du dos, chaud comme un bloc de pierre baigné de soleil. Et toi ?

— Oui.

Il se mit en position et s'enfonça lentement en elle. Promise cessa de respirer et écarta les jambes. Du point de vue physique, son corps était conçu pour accepter le sexe d'Ivar, mais il était aussi énorme que rigide.

— Bon sang, ce que tu peux être étroite, marmonna-t-il.

Il se retenait tellement qu'une veine palpitait sur son cou.

— Ça fait un petit moment que je n'ai pas fait ça.

Elle ne se souvenait même pas de quand datait son dernier rapport sexuel. En ce moment, plus aucun homme n'existait à part celui qui était en elle. Son rythme, lent mais régulier, la dilatait et lui donnait de délicieux frissons.

— Jamais je n'ai rien ressenti de tel, ajouta Promise.

Il s'arrêta et braqua son regard noir sur elle.

— Ce que tu peux être mignonne.

Il recommença ses mouvements avec plus de vigueur et un soupçon de douleur se mêla au plaisir. Il lui encercla les poignets d'une seule main et la força à lever les bras. Le dos de Promise se cambra et ses seins frottèrent contre son torse. Elle tenta de se dégager, mais il était trop fort. Elle frissonna.

— Je, euh, n'aime pas trop ça.

— Tu en es sûre ? (Il entra enfin complètement en elle.) Tu viens de frissonner, tu es devenue encore plus humide et c'est presque toi qui m'as tiré pour que j'entre à fond.

Il la tenait toujours, avec douceur mais fermeté, ce qui excitait encore plus Promise.

— Lâche-moi, ordonna-t-elle sans la moindre conviction.

— Non.

Elle se crispa, le torse de plus en plus chaud, et Ivar lui adressa un regard plein de triomphe.

— Oh, je crois que nous avons des explorations à faire, professeur. Mais chaque chose en son temps.

Cette menace érotique obtint l'effet recherché : ses poumons se bloquèrent et des protons se propulsèrent dans son abdomen. Il se retira, attendit quelques secondes, puis revint en elle avec une telle force que le lit percuta le mur. Une nouvelle vague de plaisir la submergea.

— Encore, murmura-t-elle en croisant les chevilles sur son derrière musclé.

Elle n'avait pas l'usage de ses mains, mais ses jambes étaient libres et elle en profita pour le pousser encore plus en elle.

Ivar enfouit les doigts dans ses cheveux et reprit le contrôle et l'embrassa avec une ardeur renouvelée. Puis, leurs lèvres toujours collées, il recommença à bouger.

Promise était submergée par les sensations, qui s'enchaînaient trop vite pour qu'elle les identifie. La chaleur de sa bouche, son pénis long et dur en elle… Elle souleva les hanches pour mieux l'accueillir et adopta son rythme. Frénétique, elle lui rendit son baiser, s'abandonnant à une passion inédite pour elle.

Ivar intensifia encore ses coups de reins, le souffle court. Promise ferma les yeux pour mieux profiter de chaque sensation.

— Regarde-moi, ma belle.

— Non.

Il s'arrêta.

Promise rouvrit les yeux et resta bouche bée en voyant l'air possessif d'Ivar. L'intimité du moment, l'excitation de le voir la prendre, tout cela généra un éclair qui lui parcourut tout le corps pour terminer sa course à l'endroit où ils étaient unis, suivi par un soupçon de vulnérabilité inattendu.

— C'est mieux.

Il ressortit, puis repartit de plus belle, dans un rythme effréné qui lui permit d'atteindre un point qu'elle avait toujours pris pour une légende. Le pilonnage d'Ivar était au diapason de l'excitation qui s'était emparée de son corps.

Promise avait l'impression que des câbles haute tension se déchaînaient en elle. Elle avait de plus en plus de mal à respirer et une seule chose comptait encore : où menaient ces câbles. Elle sentait Ivar en elle, dur, palpitant, implacable.

Son corps se calma pendant quelques secondes, puis l'extase frappa. Elle se cambra contre lui et poussa un cri sauvage. Ses muscles internes se mirent à palpiter de plus en plus vite, générant des sensations violentes de plaisir dans tout son corps.

Ivar continuait son pilonnage et ses canines s'allongèrent. D'instinct, Promise tourna la tête. Elle ne calculait plus rien. Les dents d'Ivar lui percèrent la peau et la douleur s'immisça en elle et intensifia son orgasme au point qu'elle dut fermer les yeux pour qu'ils n'explosent pas. Les vagues l'emportèrent jusqu'à ce que, vaincue, elle soupire de satisfaction, vidée de corps et d'esprit.

Ivar se colla contre elle et jouit à son tour avec un grognement sourd. Ses canines se rétractèrent et il lui lécha le cou comme un chiot, puis lui libéra les poignets. Promise passa les mains sur ses muscles frissonnants. Malgré tous ses efforts, elle ne parvenait pas à reprendre ses esprits et un bourdonnement agréable résonnait dans ses oreilles.

— Ivar.

Elle avait sous-estimé, et de très loin, ce que coucher avec lui éveillerait en elle. Il l'embrassa sur la joue pour arriver jusqu'à son nez.

— Oui ?

— Je n'avais aucune idée de ce dont mon corps était capable.

Il leva la tête pour la regarder dans les yeux, puis éclata de rire. Cette réaction était aussi inattendue que charmante. Son sourire lui donnait un air incroyablement jeune. Il lui lécha la lèvre.

— Voyons si on peut le pousser encore plus loin, ma Missy.

Chapitre 19

Lorsque Ivar se réveilla, à l'aube, il avait une femme dans les bras. Il était couché sur le dos et elle s'était collée à son flanc et avait enfoui le nez dans son cou. Sa femme n'avait pas beaucoup bougé durant la nuit. Il cligna des yeux. Sa femme ? Comment était-ce possible ? Il n'avait pas le droit de se lier à qui que ce soit en ce moment pourtant, la présence de cette brillante scientifique à ses côtés semblait être la chose la plus naturelle qu'il avait expérimentée depuis des siècles.

Promise s'étira contre lui comme une chatte satisfaite.

— J'aimerais pouvoir traduire la nuit dernière en une équation.

Il sourit dans le noir.

— Je suis sûr que tu y arriverais.

— Sans aucun doute, mais je n'en aurai pas le temps avec toutes les théories de voyages interdimensionnels que je dois démontrer.

Ivar sentait son souffle chaud sur son cou et avait du mal à contenir son excitation.

— Et aujourd'hui, je dois commencer à apprendre à protéger mon cerveau, dit-elle.

— On va s'en occuper.

Il lui caressait les cheveux avec délectation. Il voulait tout savoir sur elle. Lui dévoilerait-elle ses secrets ? Cela faisait bien trop longtemps qu'il ne s'était pas senti aussi bien et il voulait s'accrocher à ce sentiment aussi longtemps que possible. Qui était cette femme ? Comment était-elle devenue ce qu'elle était aujourd'hui ?

— Parle-moi de tes parents.

Promise se crispa à peine.

— Ils étaient très bien. Ils m'ont transmis l'amour des maths et de la physique et je pense qu'ils formaient un couple uni.

Il la serra contre lui.

— C'est un peu froid, comme description.

Elle soupira.

— Ils ont fait leur travail de parents. Pour mon huitième anniversaire, je voulais un chiot, mais à la place, mon père m'a offert mon premier livre sur les trous noirs et sur les mystères de l'univers. Je n'ai pas à m'en plaindre. J'ai réussi ma vie.

Il imaginait sans mal la petite fille qu'elle avait dû être, découvrant le monde avec de beaux yeux écarquillés. Ses parents auraient dû lui offrir le livre et le chien.

— Et toi, tu es né en quelle année ?

— En l'an 1107.

Elle redressa la tête.

— C'est hallucinant. Tu as assisté à tellement de choses, l'exploration de la Lune, l'invention d'Internet… et je ne parle même pas de l'eau courante et de l'électricité. Et à part Einstein, tu as rencontré qui ?

Il nomma plusieurs scientifiques susceptibles de l'intéresser. Le soleil commençait à poindre derrière les persiennes.

— Et Van Gogh n'était pas aussi fou qu'on le dit. Il voyait le monde sous un autre angle, c'est tout.

— J'ai tellement de questions, dit-elle, rayonnante.

Ivar ne s'était pas senti aussi détendu depuis des siècles.

— Vas-y.

— Et ta famille ? Il te reste quelqu'un ?

— Non.

Une fois n'était pas coutume, discuter de sa vie personnelle ne le mettait pas mal à l'aise.

— Mes parents sont morts pendant la guerre il y a cent ans. Mon frère a été tué par les Kurjans et j'ai pris sa place au sein des Sept.

Leur disparition était toujours un sujet douloureux.

— J'avais aussi une sœur adoptive. L'homme qui la courtisait l'a tuée et j'ai vengé sa mort.

L'idée qu'on puisse faire du mal à une femme le mettait toujours hors de lui et il n'avait aucun scrupule à éliminer les hommes violents.

— Ça te fait peur ?

— Non, dit-elle en l'embrassant juste au-dessus du cœur. Je devrais avoir peur ?

Il fit « non » de la tête.

— J'ai cru entendre Logan dire qu'il s'était téléporté pendant le rituel. Pourtant, je n'ai pas mal à la tête à côté de lui. Tu peux m'expliquer ?

Ivar se tourna vers elle.

— Pas vraiment. Logan n'a pas cette capacité, mais pendant le rituel, nous avons tous vu d'autres dimensions, ou d'autres mondes. Notre corps restait dans le cercle mais notre conscience voyageait. C'est comme ça qu'il m'a sauvé alors qu'il était encore sur Terre.

Promise se mordit la lèvre, songeuse.

— Et toi, comment est-ce que tu as pu traverser toutes ces dimensions cauchemardesques ?

— Un Fae du nom de Niall m'a exilé et j'ai eu un mal de chien à revenir. Dire que cet enfoiré est toujours en vie…

— D'accord, je comprends mieux. Le rituel des Sept est intéressant, mais j'ai des théories plus prometteuses à étudier pour l'instant : la téléportation des démons et la capacité de saut interdimensionnel des fées.

— C'est comme ça qu'ils s'y prennent ? Ils sautent de dimension en dimension ?

— Aucune idée, répondit-elle avec un grand sourire qui le fit fondre. Mais j'ai bien l'intention de le découvrir, d'autant plus que quand j'étais petite, je rêvais de pouvoir me transporter dans un monde onirique. Ou plutôt, comme j'étais humaine, je rêvais que des immortels pouvaient en être capables.

Ivar, lui, rêvait de la garder auprès de lui. Comment, il ne le savait pas encore, surtout s'il prenait la place de Quade. Comme elle était bien réveillée, il décida de lui donner sa première leçon.

— Et si on commençait à protéger ton cerveau ?

Elle se tourna vers la cheminée, où rougeoyaient les dernières braises.

— Oui, on peut demander à Mercy.

— Non, tu ne peux pas commencer par elle. Elle est trop puissante.

— Adare, alors.

Sa petite moue était si adorable qu'il ne put s'empêcher de lui mordiller la lèvre, ce qui la fit rire.

— On se prépare ?

Ivar lui caressa le dos, puis pinça ses fesses affriolantes.

— Je suis un démon, professeur Williams, ce qui veut dire que je peux lancer des attaques mentales. La douleur est imaginaire, mais insoutenable.

Pourrait-il lui faire du mal ? C'était peu probable. Ils commenceraient par quelque chose de simple.

— Bon, j'y vais.

Il s'immisça sans mal dans son esprit et y fit apparaître des chiots et des papillons. Promise écarquilla les yeux.

— Incroyable !

Il ajouta un soupçon de douleur. Promise ferma les yeux et lui donna une tape sur le bras.

—Arrête.

—Non. Visualise des boucliers qui se mettent en place pour m'arrêter. Personne ne peut le faire pour toi. (Il maintenait la pression en prenant soin de ne pas aller trop loin.) Prends le contrôle de ton esprit.

Les parois se dressèrent si vite qu'il entendit l'écho du métal dans sa tête.

—Joli.

Elle ouvrit les yeux, les pupilles contractées, et son sourire illumina la pièce.

—C'était dingue ! Tu l'as senti ? Vraiment ?

Comme elle ne protestait pas, il laissa les mains sur ses fesses.

—Oui. Ton blocage était remarquable. Tu es sûre que c'est la première fois que tu le fais ?

Elle se tortilla contre lui.

—Oui. Je ne savais même pas que c'était possible. Maintenant que je le sais, je peux le faire. Enfin, je crois. Au moins au lit avec toi, où je sais que je n'ai rien à craindre. (Elle dessina des cercles sur son torse.) Je ne m'étais jamais rendu compte que je ne me sentais pas en sécurité.

Des paroles honnêtes, prononcées par une femme charmante.

—Jamais je ne laisserai quiconque te faire du mal, Promise Williams. (Il l'embrassa sur le nez et l'attira à nouveau contre lui.) Tu peux me faire confiance.

—Je te crois, murmura-t-elle en lui embrassant le menton. Tu attends le grand amour pour prendre une compagne ?

Elle avait retrouvé le mode de pensé ultrarationnel qui lui plaisait tant.

—Non. Si on ne parvient pas à briser le monde de Quade et à l'en faire sortir, je prendrai sa place.

Le dos de Promise se crispa.

— Tu vas te sacrifier ?

Il ne pouvait ni lui mentir, ni ignorer la réalité, car il savait très bien pourquoi elle avait abordé le sujet d'une union.

— Oui. Si tu t'unis à moi parce que tu veux devenir immortelle et avoir la chance de résoudre toutes les équations qui existent, tu risques de te retrouver seule pour l'éternité.

Il existait bien un virus permettant d'annihiler le lien d'accouplement, mais personne n'avait encore réussi à comprendre comment il fonctionnait. S'il était encore en vie, mais dans une autre dimension, il n'était pas impossible que ce virus tue sa compagne au lieu de la libérer.

— Et je pense aussi qu'une union ne peut pas être abordée sous le seul angle de la logique.

— Sous quel autre angle, alors ?

C'était une question à laquelle il ne pouvait pas répondre, car un sentiment qu'il n'osait définir était en train de grandir dans son cœur.

C'était la première fois de sa vie que Promise avait envie de se prélasser au lit alors qu'elle avait une équation à résoudre. Mais pelotonnée contre le Viking, le corps délicieusement endolori, elle ne parvenait pas à trouver de raison assez pressante pour se forcer à se lever et à s'habiller. La nuit avait été inoubliable. Elle avait découvert des versants inattendus de sa personnalité et ne savait pas comment intégrer ces nouvelles données.

La question qu'elle avait posée la veille au soir à propos d'une éventuelle union lui paraissait désormais très naïve. Une pensée abstraite, sans prise en compte de la réalité. En discutant avec Ivar, elle avait découvert qu'il était intelligent et avait des connaissances sur à peu près tous les sujets.

Bref, elle l'avait sous-estimé.

Même après la nuit qu'ils avaient vécue, elle en savait encore très peu sur lui. Ce n'était peut-être pas délibéré de sa part, mais elle devinait en lui des aspects qui lui échappaient. L'envie qu'elle ressentait de résoudre ce mystère l'attirait plus que n'importe quelle équation.

Il se leva pour mieux tirer le store. Son corps nu avait la perfection d'une statue antique. Promise s'assit à moitié, le drap sous le menton.

— Mon Dieu, souffla-t-elle, les yeux rivés sur son dos.

Ivar tourna la tête pour observer le bouclier sombre qui lui couvrait la cage thoracique.

— Les Sept ont le torse et le dos blindé pour protéger leurs organes internes. C'est le résultat du rituel, un moment qui était plus douloureux que tous les mondes de cauchemar que j'ai traversés.

— Comment est-ce possible ?

Aucune théorie scientifique ne pouvait expliquer un tel phénomène.

Ivar sourit, se recoucha sur le lit et posa la main sur sa hanche.

— Et si tu te concentrais sur nos problèmes les plus pressants ? Le voyage interdimensionnel passe avant tout le reste. (D'une pichenette, il la fit basculer sur lui.) Comment te sens-tu ?

— Ma douleur aux tempes n'est pas revenue, déclara-t-elle avec un entrain juvénile. J'ai vraiment réussi à te repousser ?

Ivar sourit, ce qui donna à ses yeux une teinte plus claire qui n'avait plus rien d'humaine.

— Oui. On refera quelques essais dans la journée, avant et après tes cours. Et ce soir, tu pourras essayer avec Adare.

Elle lui caressa la joue. Les poils de sa barbe lui chatouillèrent la paume. Ils étaient plus châtains que ses cheveux. Elle tira sur une mèche qui dépassait de son oreille.

— Tu as toujours eu ces mèches plus foncées ?

— Non, c'est récent, répondit-il sur un ton léger.

Encore un changement qu'il avait dû endurer…

— Elles te vont bien, commenta-t-elle en espérant que le sujet n'était pas tabou.

Il sourit et tira à son tour sur l'une des longues boucles de Promise, si fort qu'il lui fit un peu mal.

— Bon, d'accord.

Elle sourit et regarda leurs chevelures côte à côte. Le contraste entre les mèches sombres d'Ivar et sa propre blondeur était intrigant. Ils allaient bien ensemble. Cette pensée était-elle romantique ? Promise était bien avec lui. Elle avait vraiment apprécié la nuit qu'ils avaient vécue. Ils étaient désormais amants. Cela voulait-il dire qu'ils venaient d'entamer une relation ? Si c'était le cas, elle ne pourrait être que temporaire, car il avait l'intention de se sacrifier pour son frère.

— Je t'aime bien, murmura-t-elle.

— Moi aussi, répondit-il, le regard tendre, avant de prendre une expression pensive. Je le pense vraiment, tu sais. Cela faisait très longtemps que je n'avais pas éprouvé de tels sentiments.

Tout l'être de Promise s'illumina de l'intérieur, comme si elle n'était qu'une collégienne sans cervelle. C'était donc ça, le premier grand amour ? Elle avait eu de l'affection pour ses anciens petits amis et en avait gardé de bons souvenirs, mais jamais elle n'avait connu cet ouragan de chaleur, de passion débridée. Elle avait l'impression de pouvoir tout faire, sans avoir à se soucier des lois de l'univers. Pour l'heure, elle commencerait par être honnête envers lui.

— C'est gentil de ta part de me ramener à la fac.

D'autant plus que l'endroit était trop isolé pour qu'elle se commande à manger. Ivar lui caressa le dos d'une main chaude et ferme.

— Pas de souci. Le soleil est levé et les Kurjans ne nous causeront aucun problème. En revanche, ce sera ton dernier jour d'enseignement avant un bon bout de temps.

Le ton sur lequel il prononça ces mots la mit en éveil.

— D'accord. J'ai déjà dit que je voulais commencer à travailler sur les équations relatives à la téléportation.

L'attrait de ces recherches était d'ailleurs si fort qu'elle les poursuivrait de toute façon.

— Mais c'est ma décision, c'est clair ?

Il la regarda attentivement, perdant un peu de la décontraction dans laquelle il baignait depuis le réveil.

— Tu as fait le bon choix.

— Je préfère m'assurer qu'on se comprend bien, ajouta-t-elle en sentant la tension picoter sur ses bras.

— Je pense que c'est le cas.

— Je n'en suis pas si sûre.

Elle s'installa à califourchon sur lui. Ils étaient nus et le désir commença à palpiter entre ses cuisses, à l'endroit même où elle sentait Ivar durcir. Elle fit de son mieux pour reprendre ses esprits.

— Si je prends un congé, c'est parce que c'est la meilleure chose à faire.

— Tout à fait d'accord.

Il appuya sur son dos pour la forcer à s'allonger sur lui et Promise crut que ses yeux allaient se révulser.

— Attends. (Elle chercha la meilleure manière de s'expliquer malgré l'électricité qui lui parcourait tout le corps.) J'ai beaucoup apprécié la nuit dernière. Ta domination et ta virilité pendant les préliminaires et ensuite.

Le grand sourire d'Ivar la fit rougir encore plus.

— Mais ce n'était qu'une parenthèse. On jouait l'un comme l'autre un rôle, si tu préfères.

Il roula sur le côté et la coinça sous lui, la faisant frissonner de désir.

— Je ne jouais aucun rôle. Je t'ai montré qui j'étais vraiment.

Il la pénétra lentement et elle leva les genoux pour l'y aider, puis glissa les mains sur ses côtes, sur le bouclier impénétrable qui lui protégeait le dos. La question était importante, mais elle avait beaucoup de mal à conserver sa faculté de penser.

— Je ne suis pas ton raisonnement, articula-t-elle, tout le corps en feu.

Il l'embrassa et l'excitation de Promise monta encore, comme si elle était sous l'effet d'une drogue dure.

— Je vais t'aider. Si tu n'aimes pas être dominée, alors tu ferais mieux de te demander si tu as vraiment envie qu'on s'unisse.

Sur ces mots, il lui attrapa les hanches, ressortit, puis revint en elle, bougeant de plus en plus vite.

Promise s'agrippa à ses biceps et laissa retomber sa tête sur l'oreiller, submergée par le plaisir. Des petites explosions éclatèrent dans tout son corps et elle gémit. Elle résoudrait ce problème plus tard.

Chapitre 20

Ivar se retenait à grand-peine de sauter sur Promise pour la ramener aux chalets. Debout devant son bureau, elle était en train de compulser ses notes pendant que les étudiants s'installaient, sac au dos et ordinateurs portables sous le bras. La salle de classe, dominée par l'estrade, était conçue en paliers équipés de tables et de tableaux noirs. Promise saluaient ses étudiants avec un sourire décontracté. Dans son jean noir, son chemisier rose et son pull, elle avait l'air abordable et professionnelle.

Ivar savait ce que cachaient ces vêtements. Une femme sexy et énergique à la peau douce et aux tendres soupirs. Son bras portait encore quelques griffures de la nuit, qu'il avait délibérément gardées. Il aimait porter sa marque.

— L'entrée sud est déserte, dit Adare dans l'oreillette.

Ivar inspecta le couloir silencieux du regard. Les étudiants avaient presque tous pris place.

— Bien reçu. Benny ?

— La vache, certaines des profs sont canon ! commenta Benny. Bon, à part ça, rien à signaler à l'entrée est. Et le buffet de la salle des profs est très bien garni. Il y a une coach de volley brésilienne avec des jambes d'un kilomètre. Tu crois qu'elle aurait envie de sortir avec un gros dur de Chicago ?

— Tu n'es pas de Chicago, lui rappela Ivar, agacé.

— Ça, elle ne le sait pas. Pour elle, je peux très bien être de Chicago.

Ivar reporta son attention sur la jolie enseignante. Elle avait commencé son cours et même les équations qu'elle rédigeait au tableau de son écriture élégante paraissaient sexy. Il l'avait vraiment dans la peau. Elle se retourna pour répondre à une question et s'approcha de l'étudiant pour écrire une solution sur son tableau, puis leva les yeux et croisa le regard d'Ivar. Elle hésita un instant et replongea le nez dans ses notes. Cette réaction emplit le Viking de joie et il se força à ne plus penser à elle, même si cela ne durerait que quelques secondes.

Des étudiants sortirent d'une salle de classe à l'autre bout du couloir, devisant bruyamment à propos d'un film qu'ils venaient de réaliser. L'un des étudiants de Promise se leva pour fermer la porte et Ivar se redressa. S'il entrait, il dérangerait le cours. Il n'avait pas du tout l'allure d'un étudiant. Son pantalon de treillis et son tee-shirt noir cachaient ses couteaux et son pistolet. Le port d'armes sur un campus universitaire était interdit, mais il se doutait que le service de sécurité de la fac n'était pas du tout préparé à une attaque des Kurjans.

D'un autre côté, jamais les Kurjans ne pourraient sortir par une journée aussi ensoleillée. Il reprit sa ronde dans le couloir pour inspecter les sorties et les zones d'ombre, par simple acquit de conscience, sans toutefois trop s'éloigner de la salle de classe de Promise au cas où cette dernière activerait l'alarme.

— Je suis sur la pelouse, dit Benny dans l'oreillette. Il y a plein d'arbres, mais je ne vois aucun chemin complètement ombragé entre le parking et le bâtiment. Au fait, je te trouve étonnamment détendu ce matin, Viking. Ta copine et toi, vous n'auriez pas joué au docteur hier soir, par hasard ?

Ivar s'étrangla, outré. Comment était-il censé répondre à cela ?

— La ferme, maugréa-t-il.

Benny ricana.

— Je m'en doutais. Elle a l'air très relax elle aussi. Je ne l'avais encore jamais vue comme ça.

Ivar crispa le poing. Si Benny avait été en face de lui, il le lui aurait écrasé sur le nez.

— Allez, ne monte pas sur tes grands chevaux. Ça fait plaisir de te voir heureux, c'est tout. Ou moins furieux et abattu, en tout cas. Tu as droit à un peu de bon temps, Viking, sincèrement.

Juste au moment où Ivar était en train de se demander comment il allait lui faire payer ses provocations, il fallait qu'il dise quelque chose de gentil. Être calme était plus difficile que faire la guerre, mais il devait bien ça à ses frères.

— Merci. C'est vrai que je l'aime bien.

— Vous avez fini de soupirer comme des collégiennes ? grogna Adare. Vous allez me faire gerber.

Benny rit aux éclats.

— Tu as une compagne, Highlander. Si tu refuses de la revendiquer, tu ne peux t'en prendre qu'à toi.

Ivar se pinça le nez. Par moments, il lui arrivait de regretter la solitude de l'enfer.

La porte de la salle de classe s'ouvrit à toute volée et Promise sortit en trombe. Ivar sortit son pistolet et courut vers elle, affolé. Il la saisit par le bras et la cacha derrière lui.

— Qu'est-ce qu'il y a ? demanda-t-il. On t'a attaquée ?

Elle était indemne. Il inspecta les alentours puis avança prudemment vers la porte. Les étudiants le regardaient tous, bouche bée. Promise le força à se retourner.

— Ta tête. L'autre jour. Tu as dit que tu réapprenais à te téléporter mais que depuis l'accident dans ma voiture, tu n'y arrivais plus.

Elle haletait et une mèche s'était échappée de sa natte.

Benny arriva à toute allure du côté est et presque au même moment, Adare apparut à l'autre bout du couloir.

Ils avaient sorti leurs pistolets et Benny brandissait également un couteau. Leurs pas résonnaient dans le couloir et ils regardaient de tous les côtés pour se protéger mutuellement. Ivar secoua un peu le bras de Promise.

— Tu es en danger ?

Où était l'ennemi ? Il ne sentait rien. Promise secoua la tête et entrouvrit les lèvres avant de toussoter.

— Non. Pas du tout.

Ses frères arrivèrent près d'eux.

— Ce n'est rien. Fausse alerte.

Adare rangea aussitôt son arme sans cesser de scruter les alentours et Benny baissa les bras, dépité, tout en donnant un coup de pied dans un caillou.

— C'est vrai ? Pas de bagarre ? insista-t-il en passant la tête dans la salle de cours.

— Benny, grogna Ivar.

Son ami soupira et cacha à son tour ses armes avant de regarder Promise, minuscule à côté de lui.

— Qu'est-ce qui t'arrive ?

— J'ai eu une illumination, expliqua-t-elle, la main sur le cœur. Deux, en fait, et il fallait que je t'en parle.

Ses yeux se mirent à briller comme ceux d'une petite fille le matin de Noël et son débit de paroles trahissait son excitation.

— Les démons peuvent se téléporter n'importe où sur Terre, dit-elle.

Ivar grimaça.

— Parle moins fort.

— Ah oui, j'oubliais, murmura-t-elle. Bref, les démons le font sur Terre mais les fées, ou les Faes, plutôt, peuvent visiter d'autres dimensions. (Elle fronça les sourcils et réfléchit un instant.) Une minute. Les Sept ont tous vécu une expérience extracorporelle pendant le rituel. Ça tient la route…

Elle se tut et fixa le mur.

— Qu'est-ce qu'elle a ? demanda Adare à voix basse.

Ivar haussa les épaules.

— Missy ? Ma puce ?

Le surnom la ramena à la réalité.

— Ah oui. Pardon. (Elle rougit et lui prit les mains en frissonnant.) Nous partions du principe qu'il s'agissait de la même capacité, mais utilisée différemment. (Elle secoua la tête et de nouvelles mèches s'échappèrent de sa natte.) Et si c'était faux ? Et si cette capacité n'était pas la même pour les deux espèces ? Et si elle venait du cerveau ? Tout vient du cerveau, d'ailleurs. Si je veux bouger le bras, c'est le cerveau qui transmet l'ordre à mon bras.

Benny se tordait toujours le cou pour regarder dans la salle de classe.

— Doc ? Toutes tes étudiantes ont la vingtaine ? Tu n'aurais pas une ou deux mamans qui reprennent leurs études, par hasard ?

Ivar lui donna un coup dans le bras.

— Retourne patrouiller du côté est.

Benny poussa un soupir de mécontentement, mais obéit.

— Où veux-tu en venir ? demanda Adare.

— J'aimerais vous faire passer à tous des IRM pour voir quelles parties du cerveau s'activent lors de la téléportation. (Elle plaqua la main sur le cœur d'Ivar.) Et si tu avais subi un traumatisme au cerveau pendant notre accident de voiture ? Tu ne sais peut-être même pas que tu es blessé. Faith Cooper est une neurologue de renommée mondiale, conclut-elle, les yeux brillants. Ses théories seront plus solides que les miennes.

Un sentiment indescriptible gonflait le cœur d'Ivar. Était-ce de la fierté ? De l'affection ? Ou peut-être un mélange des deux ?

— Donc selon toi, j'avais une blessure au cerveau qui se remettait toute seule, mais qui s'est rouverte quand je suis passé à travers ton pare-brise ?

— Je suis désolée d'avoir freiné si fort. Voilà, t'es content ? soupira-t-elle en levant les yeux au ciel.

Cette réaction le fit sourire.

— Oui, merci. Bref, en résumé, j'ai une blessure au cerveau, c'est bien ça ?

— Tu ne comprends pas ? Si tu trouves cette blessure, tu pourras la guérir, comme tu l'as fait pour ta coupure à l'arcade ou ton bras cassé. Comment ça marche, au fait ?

— Ce sont des cellules régénératrices, expliqua Adare, qui la regardait pensivement. Nous en avons tous et nous pouvons les diriger où nous voulons. (Il se tourna vers Ivar.) Tu as l'impression d'avoir la cervelle endommagée ?

— Aucune idée.

Par moments, c'était à peine s'il se rappelait avoir été en bonne santé mentale et physique.

— C'est possible.

Il essaya de se concentrer sur son cerveau, mais aussitôt, la migraine le prit.

— L'IRM est probablement la meilleure solution. Si j'arrive à voir quelles zones de ton cerveau s'activent quand tu te téléportes, je pourrai te dire où diriger les cellules. C'est passionnant, tu ne trouves pas ? s'exclama-t-elle.

Ivar acquiesça d'un signe de tête, fasciné. Il devait lui trouver d'autres énigmes à résoudre pour que son visage reprenne cette expression. Soudain, il revint sur Terre. La résolution de la prochaine énigme aurait pour effet de le renvoyer en enfer, mais il l'avait accepté depuis longtemps. Ce n'était d'ailleurs pas plus mal. Il jouait à endosser ce rôle de gentil, ou même de soldat. Le vrai Ivar, l'animal qu'il conservait muselé en lui, ferait trop peur à Promise.

Ils n'auraient droit qu'à peu de temps ensemble et il voulait en profiter au maximum.

Elle écarquilla les yeux et se tourna vers sa classe.

— Zut, j'oubliais que j'avais cours, murmura-t-elle en rougissant. J'en ai pour une heure.

Sur ces mots, elle revint dans la salle et leur ferma la porte au nez.

— Elle est douée, dis donc, commenta Adare. Dans la lune, mais douée.

— J'ai remarqué, merci.

— Et toi, tu es plus calme quand elle est là. Plus naturel.

— Je fais semblant. Je suis celui dont elle a besoin pour l'instant, pour lui permettre de résoudre nos problèmes. Et j'ai très envie de lui plaire, admit-il, car il ne voyait aucune honte à être franc avec son frère.

— Tu penses qu'elle n'aimerait pas la personne que tu es vraiment ?

Ivar poussa un ricanement de dérision.

— Le soldat violent, furieux et déséquilibré qui a survécu à tous les enfers qu'il a traversés en devenant encore plus dangereux que son environnement ? Non, je ne pense pas que le docteur Promise Williams, douce et intelligente comme elle l'est, apprécierait ce monstre.

Adare gratta la petite barbe de son menton.

— Tu as probablement raison. (Il haussa les épaules et lui tourna le dos pour retourner à son poste.) Mais qui sait ? Les femmes sont pleines de surprises.

Ce n'était rien de le dire.

Chapitre 21

Avoir un garde du corps était étrange, surtout s'il s'agissait d'un homme si sexy que plusieurs de ses étudiantes la suivirent jusqu'à son bureau après le cours dans l'espoir d'engager la conversation avec lui. Promise les comprenait. Sa haute stature suffisait à le faire remarquer. Si l'on ajoutait à cela sa virilité imposante, ses incroyables yeux bleus et ses traits merveilleusement sculptés, Ivar était le stéréotype du mâle alpha. Pour la première fois de sa vie, elle comprenait l'attrait que ce genre d'homme exerçait sur les femmes.

Il lui avait donné quatre orgasmes la nuit précédente. Quatre ! C'était plus qu'un simple attrait.

Une fois dans son bureau, elle l'attira à l'intérieur et ferma la porte derrière eux, renversant une pile de livres avec son pied.

— Arrête de draguer mes étudiantes.

— Comment ça, draguer ? J'essayais de ne pas leur marcher dessus, si tu veux savoir !

Elle sourit, amusée.

— D'accord.

— Hé, Promise…

Mark Brookes ouvrit la porte et se figea en voyant Ivar. Il se redressa et prit une voix professorale.

— Bonjour. Docteur Mark Brookes, annonça-t-il.

Ivar haussa un sourcil et lui serra la main. Il le dépassait de vingt bons centimètres, et Mark était pourtant grand. Pour un humain.

— Enchanté. Vous entrez toujours sans frapper ?

Mark lui retira sa main.

— Promise et moi nous connaissons depuis très longtemps.

Un frisson parcourut la colonne vertébrale de Promise. Que se passait-il ? Pourquoi cette tension soudaine et palpable ? Elle en conclut qu'ils s'affrontaient comme deux coqs de basse-cour. Pour elle. Elle s'adossa à sa bibliothèque qui croulait sous les livres et profita du spectacle, inédit pour elle. Le sourire d'Ivar avait tout d'une menace.

— Vraiment ? Missy et moi, on profite du présent.

— Missy ? répéta Mark en rougissant.

— Juste un petit nom. Dont j'ai l'exclusivité.

La situation n'allait pas tarder à dégénérer, ce qui démolirait le chaos organisé qu'elle nommait son bureau et vaudrait à Mark un séjour plus ou moins long à l'hôpital. Elle se redressa.

— Euh, Mark, tu n'as pas un cours, là ?

Le professeur de mathématiques regarda sa montre.

— Si. Je passais juste te dire que je pouvais te remplacer pour ton cours de supersymétrie jusqu'à la fin du semestre, vu qu'on n'a pas de doctorant assez avancé pour le faire. (Il sourit à Ivar.) J'ai vu sa demande de congé au secrétariat.

— Je l'ai aidée à la rédiger.

De mieux en mieux… Promise se força à hocher la tête pour ne pas éclater de rire.

— C'est super. Merci, Mark.

Son collègue hésita.

— Si j'ai bien compris, tu as besoin de temps libre. Pour raisons personnelles, ajouta-t-il avec un regard pour Ivar.

Ce dernier grogna et Promise sursauta. Il se tourna vers elle avec étonnement.

— Quoi ?

Avait-elle imaginé ce grognement ? Ce n'était pas impossible.

— Il me faut quelques semaines de convalescence après mon accident de voiture, et je veux aussi travailler sur une théorie pour obtenir la bourse. Ça m'obsède et je veux m'y consacrer à plein temps. Je suis sûr que tu comprends.

— Le côté mathématique de la question, oui, répondit Mark en étudiant Ivar de la tête aux pieds.

— Je serais ravi de vous aider à comprendre le côté personnel, proposa Ivar en faisant un pas vers lui.

Promise leva la main.

— Mark ? J'accepte ta proposition et dès que ma théorie sera en place, je te demanderai d'évaluer mon travail, si tu veux bien.

Elle avait dit cela sur un ton sec pour lui signifier qu'il était temps pour lui de prendre congé. Mark hésita, puis hocha la tête et disparut dans le couloir. Promise croisa les bras et braqua les yeux sur Ivar.

— Quoi ? s'étonna-t-il, l'innocence même.

Pourquoi se sentait-elle si bien ? Ravie, même ? C'était une question à laquelle elle allait devoir réfléchir.

— Il me faut une heure pour me préparer et tu me déconcentres beaucoup trop. Tu crois que tu pourrais patrouiller dans les couloirs sans causer une émeute parmi les étudiantes ?

Qui devaient, pour la plupart, être retournée en classe.

Il lui répondit avec un sourire empreint d'arrogance.

— Alors comme ça, je te déconcentre ? (Il l'attira contre lui pour un baiser violent et possessif.) D'accord.

Sans un mot de plus, il sortit et referma la porte derrière lui.

Les lèvres de Promise picotaient, ainsi que le reste de son corps. Tout cela à cause d'un baiser. Un baiser qu'elle aurait volontiers qualifié de « propriétaire »… mais le seul moyen de savoir ce qu'il avait lui-même ressenti en l'embrassant était de le lui demander et Promise avait appris très jeune que beaucoup de gens rechignaient à parler de leurs sentiments. Ivar était peut-être une exception, mais elle ne voulait pas le mettre mal à l'aise alors que leur relation n'en était qu'à ses balbutiements.

Elle avait très envie de coucher à nouveau avec lui. Il était magnifique au lit et jamais elle n'avait rien ressenti de tel. Jamais.

Elle secoua la tête pour reprendre ses esprits et se tourna vers une étagère où elle pensait avoir posé un carnet noirci de notes sur une théorie à propos de l'existence d'une dimension supérieure. Elle l'avait délaissée depuis plusieurs mois pour s'intéresser aux calculs sur les phénomènes observables du modèle standard. De quoi d'autre aurait-elle besoin ? Elle serait absente pendant un bon mois. Voire plus.

Son bureau était très mal rangé. Elle savait où était chaque chose, mais les piles de livres, de feuilles et de carnets étaient si chaotiques qu'elles représentaient presque un risque d'incendie. Peut-être devait-elle ranger un minimum avant de partir.

La grille de ventilation du plafond s'ouvrit et un homme sauta à terre, éparpillant des livres et des papiers. Promise resta un instant paralysée, puis ouvrit la bouche pour appeler Ivar.

— Ne criez pas, dit l'inconnu en tirant un pistolet de sa ceinture.

Un pistolet vert. Promise cessa de respirer. L'intrus avait de longs cheveux noirs aux pointes rouges, des yeux d'un vert profond, la peau pâle et mesurait plus de deux mètres.

Il n'avait rien d'humain. Il tenait son arme avec nonchalance, pointée vers le sol.

— Je veux juste vous parler, c'est tout.

Promise tenait le carnet sur sa poitrine. Le bureau les séparait, mais le bois n'arrêterait pas une balle.

— Inutile de sortir votre arme, alors.

— Elle n'est pas pointée sur vous, dit-il en souriant de toutes ses dents blanches.

Promise s'était attendue à ce qu'il ait des canines, sans trop savoir pourquoi.

— Qui êtes-vous ?

Si Ivar défonçait la porte, l'inconnu lui tirerait dessus avec cette arme, conçue spécialement pour les immortels.

— Je m'appelle Dayne et je suis le leader des Kurjans. (Comme cette réponse ne la fit pas paniquer, il continua.) Je veux simplement vous parler, je vous jure. Je partirai dès la fin de notre conversation. Je préfère que cela se passe ici parce que je ne veux pas que l'hybride perçoive ma présence. Le conduit de ventilation était très inconfortable.

Promise regarda par la fenêtre. Le soleil brillait en cette belle journée d'automne. Son ventre se crispa et ses paumes étaient moites.

— Je croyais que le soleil vous était fatal.

— Oui. C'est pour ça que j'ai dû ramper dans la poussière de votre vieux système de ventilation.

Il épousseta sa chemise grise. Il portait un jean noir et ses chaussures étaient immenses.

— N'aimeriez-vous pas étudier la composition de notre peau, de nos muscles, même de nos os, pour comprendre pourquoi nous sommes si sensibles au soleil ?

— Si, beaucoup, admit-elle. Mais aux dernières nouvelles, les Kurjans se sont donné pour objectif de démembrer tous mes collègues.

Son cœur battait si vite qu'elle avait du mal à respirer.

—Ce n'est pas nous. Comme d'habitude, les vampires nous mettent tout sur le dos. C'est eux qui ont fait entrer le loup dans la bergerie et c'est nous qu'ils accusent. (Il baissa encore plus son arme.) Entre nous, cette étiquette de méchant absolu est très lourde à porter. Je devrais me laisser pousser la moustache pour avoir la tête de l'emploi, tiens.

Promise haussa un sourcil.

—Autant vous prévenir tout de suite. Le coup de charme, ça ne marche jamais avec moi.

Il la regarda avec curiosité.

—Vraiment?

—Oui.

Il jeta un regard circulaire sur le bureau sens dessus dessous.

—Quel dommage. Le charme, c'est mon plus gros atout.

—Ça ne marche toujours pas, désolée, répliqua-t-elle, le corps en alerte, prête à fuir.

Il la regarda plus attentivement.

—Vous êtes intelligente. J'aime ça.

—Que voulez-vous, Dayne?

Elle s'approcha de la fenêtre ouverte pour se placer en pleine lumière. Le soleil la réchauffait et lui donnait un petit sentiment de sécurité. Dayne attendit qu'elle cesse de bouger avant de répondre.

—Je vous demande de faire appel non à vos émotions, mais à votre logique. Ulric est le leader de notre secte cyst, notre bras religieux. Les Cysts sont des moines à l'aspect rébarbatif. Il y a mille ans, les Sept ont décrété qu'Ulric devenait trop puissant et ils l'ont enfermé dans une dimension de cauchemar, très loin d'ici.

—Personne ne peut habiter une dimension, l'interrompit-elle. Une dimension n'est pas un endroit physique. Ulric se trouve quelque part dans cet univers, ou dans un autre. Et aussi dans le même plan temporel que nous, même s'il est tout à fait possible que le temps ne soit pas une notion linéaire. Mais il n'est pas enfermé dans une dimension, en tout cas.

Dayne secoua la tête.

— Pourquoi avons-nous donné ce terme aux humains ? Nous l'utilisions bien avant vous. Il paraît que c'est la faute d'Einstein.

Promise déglutit. Cette conversation prenait un tour étrange.

— Vous devriez partir.

Dayne retrouva son sérieux.

— Nous avons besoin de votre aide pour le secourir et le mettre à l'abri. Le plus tôt sera le mieux.

— J'ai vu vos Cysts à l'œuvre, répliqua-t-elle. Ce sont des soldats, pas des moines.

— Si vous vous intéressez à l'histoire des religions, vous savez que très souvent, les moines étaient aussi des soldats. Ulric n'a rien fait de mal, mais les Sept en ont décidé autrement. Sans procès, sans lui laisser l'occasion de se défendre, ils l'ont exilé en enfer. Sa bulle ne va pas tarder à se briser de toute façon et nous voulons être sûrs qu'il survive au cataclysme. Aidez-nous, s'il vous plaît.

Promise carra les épaules.

— Avez-vous tué le docteur Rashad ?

— Non, répondit Dayne, qui gardait toujours le canon du pistolet pointé vers le sol. Je vous le répète, c'est le fait d'une autre faction, pas des Kurjans. De personnes appartenant au monde des vampires, au Royaume, qui ne veulent pas que les deux dernières bulles explosent. Qui refusent le retour d'Ulric, mais aussi celui de Quade Kayrs. Si les tous les membres des Sept sont réunis dans un seul endroit, leur pouvoir sera trop important. Si cela arrive, ce monde, que les humains cherchent encore à comprendre, implosera. Nous disparaîtrons tous jusqu'au dernier. Enfin, sauf les fées.

Elles peuvent aller où elles veulent. Bref, au bout du compte, seules ces dingues de fées survivront.

— Faes, corrigea-t-elle automatiquement.

— Je ne suis rien qu'un père célibataire qui essaie de sauver le monde, insista Dayne avec un nouveau sourire. Aidez-moi, je vous en prie.

Son charme était en effet son point fort, comme il l'avait dit.

— Vous avez des enfants ?

Il tira un portefeuille écaillé de sa poche et l'ouvrit pour lui montrer la photo d'un petit garçon très mignon, aux yeux d'un vert incroyable. Il paraissait bien plus humain que son père.

— Il s'appelle Drake, en hommage à un proche. Pour l'instant, il est en vacances en famille.

— Où est sa mère ?

— Elle est morte au cours de la dernière guerre. (Il déglutit et rangea son portefeuille.) Dites-moi juste que vous réfléchirez à ce que je vous ai dit.

— C'est tout réfléchi, répondit-elle en s'asseyant sur le rebord de fenêtre ensoleillé. Ivar ! Viens vite !

Chapitre 22

Ivar arriva en trombe et défonça la porte d'un coup de pied. Elle percuta une étagère croulant sous les livres qui s'effondra dans un fracas assourdissant. Il aperçut sa Promise et les battements de son cœur se calmèrent enfin. La fureur le prit et, pour la première fois depuis des mois, il se força à bannir toutes les émotions. Il avait l'impression que son sang bouillait dans ses veines.

— Tu n'as rien ?

Promise était assise sur le rebord de la fenêtre, un livre contre la poitrine.

— Il a poussé l'étagère devant la porte d'une seule main, dit-elle, les yeux écarquillés. D'une seule main, comme si elle ne pesait rien, et si vite que je n'ai rien vu. Et ensuite, il a sauté.

Ivar inspecta la pièce du regard, affolé, puis aperçut la grille de ventilation au plafond.

— Qui ça ?

— Dayne, le chef des Kurjans. Il…

Sans lui laisser le temps de terminer, Ivar bondit dans l'ouverture. Ses épaules étaient trop larges et il défonça les plaques du plafond. Il s'appuya sur le rebord. Le métal lui entailla les paumes, mais il ne s'en aperçut même pas.

— Alerte générale. Un Kurjan s'échappe par le système de ventilation.

Il regarda d'un côté du tunnel, puis de l'autre. Il ne pouvait pas laisser Promise sans protection et il était probablement trop lourd pour les conduits. Il tomberait dans une salle de classe et tuerait quelqu'un dans sa chute. Les Kurjans étaient grands, mais moins larges que les hybrides. Ivar ressentait un besoin physique de se lancer à sa poursuite, mais il se laissa retomber dans le bureau.

— Le réseau n'est pas le même que sur les plans.

Il observa Promise de la tête aux pieds. Elle semblait indemne et il mourait d'envie de la toucher et de la serrer contre lui.

— Il y a eu des rénovations dans les années cinquante, il me semble, et on peut aussi passer par des tunnels qui datent de la construction de l'université. Quand j'étais étudiante, on y descendait pour gribouiller des équations sur les murs. Certaines sont même passées à la postérité. (Elle se leva et lâcha son bloc-notes.) Viens, je vais te montrer.

Ivar la prit par la main et partit en courant dans le couloir. Par chance, il était désert, car tout le monde était en cours. Le contact de Promise le calmait et lui permettait de réfléchir. Il devait lancer tout le monde aux trousses du Kurjan, et vite.

— On a un fuyard, annonça-t-il dans son micro. Dirigez-vous vers le nord, au sous-sol.

Promise avait du mal à suivre son rythme et commençait à panteler.

— Ralentis. Au bout du couloir, il y a un escalier qui descend à la chaufferie. De là on peut accéder aux tunnels, mais seul le personnel est au courant. Quand j'étais étudiante, on devait sortir du campus pour entrer dans les souterrains. C'est un vrai labyrinthe.

Il ralentit le pas pour qu'elle ne trébuche pas.

— Et elle était où, votre entrée ?

— Derrière l'ancien parking, côté est. Il a été rasé pour faire place au centre de traitement des eaux.

Elle se pencha pour passer sous la porte verrouillée, face à la sortie menant à l'esplanade.

— Entrée du tunnel côté est, oubliez le nord, aboya Ivar. Grouillez-vous !

Il défonça la vieille porte métallique d'un coup de pied. Des marches étroites, souillées de poussière et de flaques d'huile, s'enfonçaient dans l'obscurité. Il devait mettre Promise en sécurité avant de poursuivre l'ennemi. La jeune femme passait avant tout le reste.

— Sors au soleil et n'en bouge pas. Au milieu de la pelouse, loin des arbres.

— Je peux te guider, argumenta-t-elle en se tordant le cou pour mieux voir.

Ivar perçut des signatures énergétiques et se crispa.

— Il y a trop de soldats là-dessous.

Il les sentait. Dayne était venu avec du renfort, ce qui était logique, car il était le leader des Kurjans, après tout. Et il s'était retrouvé seul avec Promise dans son bureau. Il aurait pu lui faire n'importe quoi. Un nouvel accès de rage le prit, mais il le contrôla tant bien que mal.

— Missy ? l'interpella-t-il en l'appelant délibérément par son petit nom. Va au soleil. Tout de suite.

— Mais tu auras besoin d'aide pour trouver ton chemin ! insista-t-elle.

— Je perçois leur présence. Ils sont quatre, voire plus. Sors.

Les muscles de ses cuisses étaient tendus par le besoin de s'élancer dans l'escalier. De se battre et de passer à l'offensive.

— Quatre ? Tu ne peux pas affronter quatre soldats à toi tout seul ! s'écria-t-elle en le tirant par le bras. Les tunnels partent dans toutes les directions et tu risques de tomber dans un piège. Attends les renforts. Même moi, je sais que c'est la chose à faire.

— Quatre, ce n'est rien. Fais ce que je te dis.

Elle se tourna vers la sortie, hésitante.

— Dayne m'a montré la photo d'un petit garçon très mignon.

— Il t'a parlé ? Pendant combien de temps ?

Si l'ennemi avait eu le temps d'engager une conversation avec elle, cela signifiait qu'il avait été en dessous de tout dans son rôle de protecteur. Promise haussa les épaules. Les couleurs revenaient petit à petit à son joli visage.

— Je sais pas, dix minutes ? Selon lui, c'est un vampire rebelle qui tue les physiciens. Il m'a demandé mon aide.

Mais malgré tout, elle avait appelé Ivar à la rescousse. C'était bon signe. Cela voulait dire qu'elle avait confiance en lui.

— Vas-y, dit-il en la poussant vigoureusement vers la porte.

— C'est un père célibataire. Tu ne devrais peut-être pas le tuer.

Elle obéit enfin et sortit. Dès le premier rayon de soleil, elle se sentit mieux. Un tout petit peu. Elle savait que si Ivar mettait la main sur Dayne, il lui arracherait la tête.

— Je peux t'assurer que son fils est aussi dangereux que lui, si ce n'est plus.

Sur ces mots, il s'engagea en courant dans l'escalier, descendant les marches quatre à quatre dans l'espoir que des ennemis l'attendent en bas.

Il avait vraiment besoin de se défouler sur quelqu'un.

Son vœu n'avait pu être exaucé, malgré plusieurs heures passées à fouiller les tunnels. Ivar s'efforçait de maîtriser sa mauvaise humeur, qui était sur le point d'exploser. Au moins, il ressentait quelque chose. Une nuit avec la scientifique sexy lui avait rendu cette capacité, mais il n'était pas sûr que cela soit une bonne chose.

— Tu vas bien ? lui demanda-t-il.

— Oui, merci. Ronan ne peut pas se téléporter et il ne me donne pas de migraine. J'ai eu un peu mal au début avec Benny, mais moins que la dernière fois. Je crois que je commence à contrôler le phénomène. Je n'ai pas du tout mal à la tête, conclut-elle en souriant.

La nuit commençait à tomber et le coucher du soleil avait rafraîchi l'atmosphère. Le froid annonçait l'hiver tout proche. Ivar se reposa sur l'appuie-tête, ferma les yeux et respira à fond. Les Kurjans connaissaient les plans des tunnels sous l'université et avaient pu s'échapper sans mal. Depuis quand étudiaient-ils les lieux ? L'idée qu'ils aient pu s'approcher à ce point de Promise lui faisait monter la bile dans la gorge. Jamais il n'avait eu autant besoin de grignoter ses cacahouètes. Ses canines s'allongèrent contre son gré et il les remit en place avant qu'elle ait eu le temps de les remarquer.

— Dis-moi tout ce que Dayne t'a raconté.

Promise soupira, lui prit le bras et s'installa à califourchon sur ses genoux. Il sursauta et rouvrit les yeux.

— Mais à quoi tu joues, bon sang ?

Benny et Ronan étaient à l'avant de la voiture, tout de même ! Décidément, Promise avait le chic pour le surprendre.

— J'essaie de te changer les idées.

Dans la pénombre du soir tombant, ses yeux prenaient une couleur ambrée de whisky. Ivar pencha la tête. Ses frères regardaient droit devant. Benny essayait de ne pas sourire, mais Ronan avait une moue irritée. Lui aussi regrettait ce combat qui n'avait pas pu avoir lieu. La route était dégagée et Adare les croisa une nouvelle fois. Il s'était porté volontaire pour patrouiller dans toutes les directions.

Puisque leur présence ne semblait pas déranger Promise, Ivar se laissa aller et la prit par les hanches pour la coller contre lui.

— C'est réussi. Je pense tout à fait à autre chose.

Son pénis palpitait sous son pantalon et Promise tenta de reculer.

— Quelle fougue ! Mais est-ce bien raisonnable ?

Cette réaction l'amusa beaucoup et il la tint plus fermement pour l'empêcher de bouger.

— Bon, je t'écoute. Répète-moi chaque mot, chaque mouvement, tout ce que tu as ressenti ou pensé.

Elle écarquilla les yeux et remua les hanches.

— Bon, d'accord.

Était-elle en train de flirter avec lui ? Il fronça les sourcils et Promise lui adressa un sourire provocateur. Pour la première fois depuis des heures, ses muscles se détendirent enfin un peu.

— Missy, murmura-t-il.

— D'accord, j'arrête, concéda-t-elle en rougissant.

Elle rejoua toute la scène, insistant sur le fait que Dayne lui avait affirmé qu'il ne lui voulait aucun mal et qu'il ne désirait que la paix. Elle ajouta que son fils lui avait semblé assez précoce sur la photo.

Ivar écoutait avec attention pour tenter de deviner quel était le plan de Dayne. Il manquait un élément, mais il ne pouvait dire quoi. Il repassa tout le dialogue dans sa tête. Même s'il avait essayé de l'entraîner dans les conduits, jamais le Kurjan n'aurait réussi à l'enlever. Pourquoi était-il venu, alors ? Pour tenter de semer le doute dans son esprit ? Pour la mettre en confiance et la pousser à lui parler lors de leur prochaine rencontre ? Un détail le frappa.

— Une minute. Il ne t'a pas fait mal et tu n'as pas eu peur. Pourquoi est-ce que tu m'as appelé à l'aide, alors ?

Elle glissa les mains sur ses épaules.

— Tu m'avais dit qu'il était méchant et c'est toi que j'ai décidé de croire.

Ses yeux étaient clairs et son expression franche. Il ouvrit la bouche, puis la referma. Une chaleur lui envahit le torse et s'immisça dans ce qui devait être son cœur. Elle lui avait fait confiance alors qu'elle n'était même pas en danger et qu'elle discutait avec un homme qui avait essayé de la charmer en lui montrant la photo de son fils. Elle avait crié son nom.

De toutes ses forces.

— Elle me plaît, murmura Benny à Ronan. Vachement beaucoup, même.

Ivar sourit. Elle lui plaisait beaucoup à lui aussi.

Ils arrivèrent au camp, à peu près certains de ne pas avoir été suivis. Il l'aida à sortir de la voiture, que Ronan camoufla sous les arbres, puis lui prit la main pour la mener à un chalet plus proche de la rivière que le leur.

— Où allons-nous ? demanda-t-elle en enjambant les racines et les herbes mouillées.

Il avait tout d'abord pensé à lui offrir des fleurs pour la remercier de la nuit qu'ils avaient passée ensemble, puis il avait eu une autre idée, qu'il avait demandé à Grace et à Faith de mettre en œuvre. Il ouvrit la porte du chalet et alluma la lumière.

— Benny va t'amener les affaires que tu as prises dans ton bureau.

Promise entra et poussa un petit cri de joie. Cinq tableaux blancs étaient alignés contre un mur devant une vaste table, sur laquelle était posé tout un stock de marqueurs, de brosses, de crayons et de cahiers.

— Oh, Ivar, murmura-t-elle.

Une femme normale aurait eu cette réaction devant une rivière de diamants ou une villa au bord de la mer, mais pas sa Promise. Du matériel de salle de classe suffisait à son bonheur. Elle lui sauta au cou et l'embrassa.

— Merci, merci, merci ! J'adore. Tu n'aurais pas pu me faire de plus beau cadeau. (Elle courut au tableau le plus proche et commença à y rédiger une équation inspirée par Einstein.) Je me disais… il faut faire venir Adare et

Mercy le plus vite possible. Je veux me téléporter et les interroger.

Ivar aurait préféré qu'elle procède plus lentement pour éviter d'avoir mal.

— D'accord, mais pas avant d'avoir mangé et dormi. Tu te mettras au travail demain.

Peut-être voulait-il se protéger lui-même. S'autoriser à vivre avec elle et profiter de sa présence, même pour seulement quelques jours.

Mais ce n'était pas possible. Il n'en avait pas le temps.

— Promise ? reprit-il. Est-ce que Dayne a dit où se trouvait son fils ?

Il ne savait même pas pourquoi il posait la question.

— Non, répondit-elle sans quitter le tableau des yeux. Il a juste dit qu'il était en vacances dans sa famille. C'est important ?

Ivar frotta son poignet endolori.

— Je ne sais pas.

Probablement pas. Mais dans ce cas, pourquoi sa nuque était-elle si raide ?

Chapitre 23

Hope Kayrs-Kyllwood rangea sa robe dans le sac à dos, à côté de celle de Libby. Elles avaient dit à leurs parents qu'elles allaient faire le tour du quartier dans leurs tenues de princesses. Personne ne pouvait soupçonner une princesse de vouloir faire une escapade à vélo.

Paxton, adossé à un sapin, secoua la tête.

— C'est une super mauvaise idée. Nos parents vont nous tuer. Mon père, en tout cas, ajouta-t-il sur un ton qui indiquait qu'il y croyait vraiment.

Ils se trouvaient sur les rives du lac. Hope éloigna son vélo des marches.

— On a juste à marcher jusqu'au quai. Ensuite, on pourra faire le reste du chemin à vélo.

La petite ville n'était qu'à quelques kilomètres de là et comme elle connaissait les horaires des patrouilles, ils n'auraient aucun mal à éviter les gardes.

Pax et Libby prirent leurs vélos et la suivirent.

— Le QG est protégé par des missiles, des mines et plein d'autres trucs, argumenta-t-il. Tu vas nous faire exploser avec tes âneries.

— Mais non, Pax, on va rester sur le chemin qui longe la route, c'est tout.

Il y avait probablement des mines aussi sur le sentier, mais elles n'étaient pas armées. Cela aurait été trop dangereux. Elles devaient être activées depuis une salle de contrôle, mais personne ne le ferait jamais, à moins d'une attaque imminente sur le QG. Pourquoi Pax s'inquiétait-il toujours autant ?

Le QG des démons et des vampires se trouvait au bord d'un très joli lac, dans l'Idaho, et elle prit la direction opposée. Si une patrouille les repérait, ils seraient arrêtés, mais par chance, personne ne s'attendrait à ce qu'ils partent seuls en ville sur leurs vélos. Hope avait presque huit ans et tout le monde la prenait pour un bébé. Une fois n'était pas coutume, cela l'arrangeait.

Tant qu'ils ne se faisaient pas attraper.

Pliés en deux, ils se glissèrent entre les arbres jusqu'au sentier. Très fière d'elle, Hope sauta sur son vélo et commença à pédaler, poussée par un petit vent. Libby prit la tête, incapable, comme toujours, de rouler lentement. Pax fermait la marche et son inquiétude ne sentait pas bon.

Pourquoi ne comprenait-il pas ?

Les parents de Hope s'étaient rencontrés dans un monde onirique et un jour, ils avaient sauvé le monde, puis ils s'étaient mariés et elle était née. Hope n'avait aucune envie de se marier – beurk ! – mais elle voulait être l'amie de Drake, qu'elle rencontrait souvent dans ses propres rêves. Ce monde imaginaire existait pour une raison bien précise et pas seulement pour servir d'écrin à un livre vert qui était à elle, ce qu'elle savait sans pouvoir l'expliquer. Drake et elle étaient destinés à établir la paix entre le Royaume et les Kurjans. C'était important. C'était pour cela qu'elle était une prophétesse. Enfin, probablement. Peut-être existait-il d'autres raisons.

Elle s'engagea dans la pente et accéléra. Le vent soufflait dans ses cheveux et elle éclata de rire. Aller en ville en cachette était une sottise, sans aucun doute, mais très amusante.

Ils arrivèrent en ville par le lac, loin du trafic, et roulèrent vers le parc équipé de balançoires, de bascules et de jeux divers. Hope abandonna son vélo et commença à gravir les marches en s'aidant de la corde. C'était là qu'elle avait donné rendez-vous à Drake.

Elle entra dans la petite cabane qui couronnait la structure. Le toit en chaume protégerait son ami du soleil. Un bâtiment, avec un porche pour abriter les toilettes et les tables de pique-nique, se trouvait entre l'aire de jeu et le parking. S'il arrivait par là, il pourrait profiter de l'ombre du porche. Elle regarda à l'intérieur de la cabane. Deux gros tunnels en plastique jaune partaient dans des directions opposées pour mener aux toboggans et aux autres jeux. Peut-être s'était-il perdu ?

Libby bondit sur l'un des tunnels et s'y percha comme un chat. Comment faisait-elle cela ? Paxton, le regard sombre, s'adossa à la balustrade. Quand il était de mauvais poil, rien ne parvenait à le dérider.

— On ferait mieux de partir, maugréa-t-il, les cheveux soulevés par la brise.

— Salut.

Drake émergea de l'autre tunnel et se redressa en époussetant son pantalon. Ses cheveux noirs étaient longs et raides et ses yeux étaient encore plus verts que dans ses rêves. Et son visage plus pâle. Elle remarqua qu'il prenait soin de rester à l'ombre.

Hope en resta sans voix. Elle rencontrait enfin son ami Drake dans la vraie vie. Le futur leader des Kurjans, le garçon avec qui Pax voulait en découdre. Affolée, elle regarda autour d'eux, mais aucun adulte n'était en vue. Elle ne percevait pas non plus la moindre signature énergétique immortelle dans les environs. Ils étaient seuls, pour le moment tout du moins.

— Salut, répondit-elle en lui tendant une main tremblante.

Il la serra. Sa peau était fraîche, mais moins froide qu'elle l'aurait cru.

— Tu vas avoir des ennuis avec tes parents ? demanda-t-il.

Sans le large cercle doré qui les entourait, ses yeux auraient presque pu passer pour des yeux humains. Elle n'avait jamais remarqué ce cercle dans ses rêves, pas plus que les mèches rouges qui sillonnaient ses cheveux noirs, à peine visibles, mais très nettes.

— Seulement si on se fait prendre, dit-elle d'une voix qui se voulait courageuse. Et toi ?

Il hocha la tête.

— Pareil. J'étais en famille, dans une vraie ferme, et j'ai emprunté une camionnette.

— Tu sais conduire ? s'étonna-t-elle.

Il haussa les épaules.

— J'ai juste rapproché le siège du volant. J'ai huit ans, tu sais. Et je suis grand.

Très grand, en effet, même plus que Libby. Hope se tourna vers ses amis.

— Je te présente Pax. Il va avoir neuf ans. Et elle, c'est Libby. Elle a huit ans.

Libby lui fit coucou, les yeux écarquillés et le visage si pâle que cela faisait ressortir ses taches de rousseur. Pax se contenta de lever la tête sans changer d'expression. Il ne souriait pas et avait tout du vampire en colère.

— Ils pensaient que c'était une mauvaise idée.

— Moi aussi. On risque d'avoir de très gros ennuis.

Pax s'approcha de lui.

— Le soleil ne te dérange pas ?

Drake resta sous l'auvent.

— Non. Je peux même rester en plein soleil pendant quelques secondes sans rien sentir, comme d'autres enfants de mon âge. C'est ce qu'on appelle la volution.

— L'évolution, corrigea Libby.

— Euh, oui, ça sonne mieux !

Hope sourit. Il était aussi gentil qu'elle l'espérait.

— C'est super qu'on se rencontre enfin, dit-elle en cherchant un sujet de conversation. J'aimerais qu'on trouve comment aider les adultes à faire la paix.

Pax s'approcha d'elle et lui frôla le coude. Drake l'observa avec un petit sourire. Les deux garçons échangèrent un regard indéchiffrable. Elle était même certaine qu'ils ne savaient pas pourquoi ils s'opposaient. Ou pourquoi ils se détestaient. S'ils prenaient le temps de faire connaissance, elle était persuadée qu'ils deviendraient amis. C'était d'ailleurs la seule solution pour que son plan fonctionne.

— C'est un GPS ? demanda Pax en désignant la montre noire au poignet du Kurjan.

— Non, une montre toute bête. Tu en as un, toi ?

— Oui, mais je l'ai enlevé avant qu'on parte pour éviter qu'on nous suive. Comment savais-tu où nous trouver, Drake ? demanda-t-il, hargneux.

Hope le fusilla du regard et Drake éclata de rire.

— Le monde n'est pas si grand que ça, démon. Ou vampire, comme tu veux.

— Hybride, ça ira très bien.

— D'accord. Tout le monde sait où se trouvent les QG des démons et des vampires. Comme on sait que les sorcières sont en Irlande et à Seattle, ou les métamorphes félins dans le Montana. On a tous nos propres défenses.

— Waouh, tu en sais des choses, Drake, s'étonna Libby.

— On nous force à suivre des cours de géographie. C'est super barbant. Je préfère le dessin.

Drake savait dessiner ? Hope sourit. Peut-être qu'un jour, il lui offrirait un dessin.

— Moi aussi.

Pax ricana. Bon, d'accord, elle dessinait comme un pied, mais elle y prenait beaucoup de plaisir.

— Ces derniers temps, j'apprends des choses sur les Sept. Tu sais, les types qui veulent faire sauter la planète ?

Pax regarda Hope. L'existence des Sept était un secret et elle ne l'avait appris que parce que le Destin le lui avait dit en rêve. Elle en avait ensuite parlé à ses deux amis. Hope rougit. Deux de ses oncles, Garrett et Logan, faisaient partie des Sept.

— Euh, non. Ils sont gentils. Ils essaient de protéger le monde d'un méchant.

— Ulric n'est pas méchant, rétorqua Drake en serrant les poings. Il était gentil et ce sont les Sept qui avaient tort. Tu ne t'en rends pas compte ?

— Mes oncles sont gentils, répliqua-t-elle sèchement.

Pax se plaça devant elle, mais elle le repoussa. Elle n'avait besoin de la protection de personne.

Drake inspira à fond.

— Ils sont peut-être gentils, mais ce qu'ils font est mal.

Hope voulait le convaincre, mais comment trouver les mots adéquats ? Elle ouvrit la bouche… et le monde explosa autour d'eux. Des hélicoptères arrivèrent en vrombissant et des SUV noirs se garèrent devant le parc.

— Et merde, soupira Pax.

Hope en resta bouche bée. Pax ne disait jamais de gros mots.

Drake, paniqué, plongea dans le tunnel.

Des soldats tout de noir vêtus se laissèrent glisser hors des hélicos et leurs grosses chaussures piétinèrent le bois des structures. Le père de Hope arriva le premier et la prit dans ses bras, puis remonta si vite dans l'appareil qu'elle dut fermer les yeux pour ne pas vomir. Quelques secondes plus tard, Pax et Libby la rejoignirent, ainsi que Drake, que l'on assit en face d'elle. Une fois le dernier soldat revenu, les hélicos repartirent.

Drake, encore plus pâle qu'à la normale, regardait autour de lui.

— Tout va bien, Drake, le rassura Hope malgré ses propres frissons.

Les yeux verts de son père étaient presque noirs et il avait l'air mortellement dangereux avec son pistolet accroché à sa cuisse et ses cheveux tirés en arrière.

— Qui es-tu ? demanda-t-il au jeune garçon.

— Drake, fils de Dayne, leader des Kurjans, répondit le prisonnier d'une voix déformée, mais il n'en releva pas moins la tête pour regarder Zane dans les yeux.

— Et merde, bougonna Max, assis de l'autre côté de Hope.

Max était son principal garde du corps et le meilleur joueur de sept familles de tout l'univers. Il faisait peur à voir mais il était toujours adorable avec elle.

— Manquait plus que ça, putain.

Son père le fusilla du regard, puis reporta son attention sur Drake.

— Nous ne te ferons aucun mal, tu as ma parole. Quant à vous, continua-t-il à l'attention des trois fugitifs, personne ne se doutait que vous pouviez aller en ville aussi facilement. Vous venez peut-être de déclencher une nouvelle guerre. Un accident international à votre âge, je vous tire mon chapeau.

Chapitre 24

Après une nouvelle nuit de folie avec Promise, Ivar choisit une nouvelle fois de ne pas effacer les griffures qu'elle lui avait faites sur les épaules. Il l'avait encore mordue en profondeur. Le sang de la jeune femme était aussi délicieux qu'un grand vin et il avait passé la journée à rêver de la mordre à nouveau.

Jamais il n'avait rien ressenti de tel. Leurs rapports sexuels étaient uniques en leur genre et il en voulait toujours plus.

Le repas du soir était terminé et il était assis face au feu, à côté d'Adare qui fixait les flammes d'un air boudeur. Mercy était à sa gauche et tenait à peine en place. Promise avait passé la journée à rédiger des équations et avait noirci tous ses tableaux. La regarder travailler était ce qu'il avait fait de plus amusant depuis des années. Elle l'avait bombardé de questions sur le rituel des Sept et sur celui qui avait exilé Ulric, Ronan et Quade dans d'autres dimensions.

Toutes les heures, il l'interrompait pour exercer sa défense mentale, face à Benny ou à lui. Elle n'avait pas tardé à comprendre comment bloquer la douleur. Benny pouvait se téléporter, mais il était nul et elle n'avait donc eu aucun mal à le bloquer. Elle allait désormais essayer avec Adare, puis Mercy. Ivar était justement en train de leur dire de ne pas aller trop loin.

—C'est toi qui commences, Adare.

Ce dernier resta vautré dans sa chaise longue.

— Si elle peut bloquer Benny, elle y arrivera aussi avec moi. Il vaudrait mieux passer directement à Mercy.

Ivar, surpris, se tourna vers lui. Il ne pouvait plus compter le nombre de fois où il avait sauvé la peau du Highlander et là, il refusait de l'aider ?

— C'est quoi ton problème ?

Adare se rattacha les cheveux.

— Vous n'avez pas besoin de moi.

Une nouvelle fois, ses semelles commencèrent à fondre, mais au lieu de reculer les pieds, il regarda le caoutchouc se ramollir, les yeux ternes et plus noirs qu'à l'ordinaire.

— Qu'est-ce que tu as ? insista Ivar.

— J'ai pas envie d'en parler, grommela Adare.

— Dommage pour toi. Soit tu t'expliques, soit je te balance dans le feu.

Adare soupira et baissa la tête, puis se tourna vers lui, l'air torturé.

— Elle m'attire.

Ivar se figea. C'était le moment qu'il choisissait pour parler de sa compagne ? Il perdait la tête, ou quoi ?

— Ben… vous êtes unis. Qu'est-ce que ça peut faire ?

— Pas Grace, répondit Adare sans lever les yeux. Enfin si, elle m'attire aussi, mais pas comme ça.

Ivar chercha de qui il voulait parler, puis cessa de respirer.

— Quoi ? Tu plaisantes, j'espère ?

Mercy les regarda tour à tour.

— Tu es attirée par Promise ?

Adare hocha la tête. Jamais Ivar ne l'avait vu aussi dépité.

— Oui. Je suis désolé.

Mercy bondit de sa chaise.

— Moi aussi, elle m'attire. Et pas qu'un peu.

— Quoi ? s'exclamèrent les deux hommes à l'unisson.

Mercy haussa les épaules, son œil bleu encore plus bleu qu'à l'ordinaire.

— Je ne sais pas comment l'expliquer. Quand elle est là, j'ai envie d'être près d'elle. Au départ, je pensais juste que je voulais une nouvelle amie, ou que je me sentais délaissée quand Faith ou Grace étaient avec elle, mais c'est plus que ça. J'ai besoin d'être près d'elle. Ça n'a rien de pervers, hein, mais c'est inexplicable. Comme quand on a soif et qu'on aperçoit un verre d'eau. Promise, c'est mon verre d'eau.

— Oui, c'est tout à fait ça, renchérit Adare, radieux.

Ivar les regarda, interdit, puis vit Benny revenir de son jogging, le torse nu et dégoulinant de sueur.

— Est-ce que Promise t'attire ? demanda-t-il de but en blanc.

Benny s'essuya le front avec l'avant-bras.

— Ça, oui, elle est hot. Pourquoi, elle me veut ?

Ivar se retint de lui sauter dessus.

— Bien sûr que non, mais est-ce que tu ressens le besoin d'être auprès d'elle ? Comme si elle t'attirait sans que tu saches pourquoi ?

Benny souffla et se pencha pour s'étirer.

— Oui, répondit-il sérieusement. Et je m'en veux, crois-moi. Pourquoi, ça se voit tant que ça ?

— Non.

Il se tourna vers la cabine de Ronan et de Faith. Il se doutait de la réponse, mais mieux valait confirmer.

— Hé, Ronan !

Quelques secondes plus tard, son ami sortit en mâchonnant un sandwich.

— Est-ce que Promise t'attire ?

Ronan avala sa bouchée, gêné.

— Hein ?

C'était bien ce qu'il pensait.

— D'accord. Donc toutes les personnes capables de se téléporter sont attirées par Promise.

Lui aussi, mais comme il ne pouvait pas se téléporter, c'était bon signe. Son sentiment était naturel. Il réfléchit à ces données, se remémorant des choses qu'il avait écartées un peu trop vite.

— Si c'est le cas avec vous, ça peut aussi arriver à d'autres personnes. Les migraines dont elle est victime de temps à autre venaient peut-être de fées ou de démons qui passaient par là ?

Adare soupira et se détendit.

— Dieu merci. Ce que je pouvais m'en vouloir ! avoua-t-il avec un grand sourire. Ce n'est pas physique. C'est autre chose. Enfin, euh, ce n'est pas qu'elle n'est pas attirante, hein. Au contraire, même. Elle est très jolie.

Ivar leva les yeux au ciel.

— Trop aimable.

Mercy lui tapota le bras.

— Résumons. Vu qu'elle est une sorte d'aimant et qu'elle peut identifier les personnes capables de se téléporter, et vu que tu as perdu cette capacité, tu penses qu'en t'unissant à elle, tu te remettras plus vite ?

Il fit comme si cette pensée ne l'avait jamais effleuré.

— J'en sais rien. Chaque membre d'un couple gagne généralement les capacités de l'autre, donc oui, c'est tout à fait possible.

Comment pouvait-il envisager de s'unir à une femme et de la quitter dès qu'il en aurait l'occasion ? Mais il avait fait cette promesse à Quade et il ne pouvait pas revenir dessus. D'un autre côté, Promise avait abordé le sujet avant lui…

Adare retira enfin ses chaussures des flammes.

— Et si vous vous unissez, elle protégera mieux son cerveau.

Très juste… Ivar se frotta l'œil droit pour tenter de contenir la migraine qui le menaçait. S'il abordait le sujet avec Promise, il était fort probable qu'elle accepte par simple sens pratique. Elle voulait l'immortalité et pour l'instant, elle se moquait de savoir si elle passerait l'éternité seule ou accompagnée.

Mais elle se sous-estimait. Promise avait besoin de chaleur humaine, d'amour, de protection. Elle l'ignorait, voilà tout.

Après une deuxième matinée passée à travailler sur ses équations, Promise cessa d'écrire et étudia son dernier modèle en date. Il ne valait rien. Rien du tout. Elle s'était inspirée de la théorie de la relativité pour réfléchir sur la matière noire et sur les effets mutuels du temps et de la gravitation.

Pour se détendre, elle se tourna vers l'ordinateur, sur lequel elle avait lancé une recherche à propos des mondes infernaux. Le résultat était risible. Sur l'écran défilaient des posters de films de série B, ainsi que des couvertures de livres tout aussi douteux. Elle laissa tout de même la recherche se poursuivre, juste au cas où.

— Prépare-toi, ma belle ! lui lança Mercy depuis l'extérieur.

Promise dressa ses boucliers.

— Entre.

Mercy ouvrit la porte et une douleur vive pénétra la tête de Promise. Elle cessa de respirer, les larmes aux yeux, et visualisa son bouclier qui se dressait. La douleur diminua un peu.

— Oh, tu es toute pâle. Ça ira pour cette fois, on recommencera plus tard. (Mercy recula, puis s'arrêta en voyant les ordinateurs qui moulinaient.) Tiens, qu'est-ce que tu fais ?

Promise cligna des yeux pour sécher ses larmes.

— Je fais des recherches dans la culture populaire à propos de tout ce qui a trait aux dimensions infernales. Là, c'est un livre. (Elle plissa les yeux pour mieux voir.)

Ah non, pardon, un tableau. Plusieurs, même. Ils sont magnifiques.

— L'artiste s'appelle Haven Daly.

Promise s'approcha de l'écran pour mieux voir les magnifiques paysages qui y défilaient. Elle n'en reconnaissait pas un seul et plusieurs semblaient même extraterrestres. L'artiste avait une imagination débordante. Une image, très différente des autres, se figea sur l'écran et Promise l'étudia avec attention.

— Qu'est-ce que c'est ? murmura Mercy.

Promise se mordit la lèvre. Elle discernait vaguement le contour d'un cerveau humain caché par une végétation qui lui était inconnue. Des vagues sortaient en cascade du centre du tableau et assombrissaient chaque niveau de la forêt, dont les derniers arbres gisaient à terre, morts.

— Aucune idée. La représentation d'une attaque cérébrale, peut-être ?

L'allégorie était belle et effrayante à la fois.

— Ouais, c'est ce que je vois moi aussi, acquiesça Mercy, qui avait pâli.

— Tu vas bien ?

La pression augmentait sur les tempes de Promise et elle grimaça. Le bouclier mental lui demandait de gros efforts.

— Non.

Mercy recula jusqu'à la porte et sortit son portable, les yeux ronds, abasourdie. Promise aurait voulu la suivre, mais elle avait l'impression que sa tête allait exploser.

— Tu te sens mal ?

— Non, j'ai un truc à faire, c'est tout.

Mercy referma la porte et disparut. Aussitôt, la douleur cessa. Promise souffla l'air qui s'était accumulé dans ses poumons sans qu'elle s'en rende compte. Elle jeta un dernier regard aux magnifiques peintures qui défilaient sur l'écran et se replongea dans ses équations.

Une heure plus tard, Ivar entra dans le chalet.

— Il est midi, je crois que c'est Mercy qui prépare le repas. Elle vient de passer une heure au téléphone avec les Faes et maintenant, elle a l'air furax. Je ne sais pas si on devrait manger ce qu'elle est en train de cuisiner, je crains bien qu'elle cherche à nous empoisonner. Et toi, ça va ?

Son visage était tendu. Les deux dernières nuits avaient été exceptionnelles, mais il semblait de plus en plus irritable.

Que pouvait-elle lui dire ? Elle était encore loin d'arriver à une conclusion et vu sa mauvaise humeur depuis qu'elle avait parlé à Dayne, ce n'était probablement pas le bon moment, mais elle ne pouvait pas lui cacher la vérité.

— Ça va prendre des années. Pour l'instant, même si le monde de Ronan a explosé, les deux autres sont encore intacts, a priori.

— Pour l'instant, comme tu dis.

— La première loi de Newton, murmura-t-elle en remarquant les taches de marqueurs sur ses mains.

Ivar s'approcha et elle sentit une chaleur électrique lui parcourir le dos.

— Qu'est-ce que tu entends par là ?

— Il est trop tôt pour que j'avance une conclusion, mais comme il ne s'est rien passé depuis la catastrophe du monde de Ronan, on peut en déduire que les deux derniers mondes ont trouvé un équilibre. Peut-être avec d'autres mondes, ou bien au milieu du vide spatial. Nous n'avons aucun moyen de le savoir.

Il réfléchit un instant, toujours aussi tendu.

— On finira par trouver.

Mercy se mordit la lèvre.

— J'aimerais pouvoir te dire ce que tu as envie d'entendre, mais mes calculs prennent une direction différente.

En d'autres termes, remplacer Quade serait une erreur.

— Je pense que quand les Sept ont lié ces trois mondes, ils ont utilisé la gravitation d'une manière qui a déstabilisé le temps. Ou vice versa. Ou bien ils se sont servis d'un outil dimensionnel qui dépasse les connaissances humaines actuelles. (Elle avait mal au ventre, comme ce jour où elle avait rapporté un 18 à la maison.) La composition de ces mondes artificiels risque d'être fatale à notre propre dimension.

Et à beaucoup d'autres.

— Mais ce n'est qu'une hypothèse, répliqua-t-il en regardant les tableaux noircis. Tu n'es sûre de rien, n'est-ce pas ?

— De rien du tout, en effet, admit-elle sans gêne. Comme je te le disais, ce genre de problème demande des siècles de travail et plusieurs générations de chercheurs. (Elle se tourna subitement vers lui.) Ces siècles, je les veux.

Elle grimaça après avoir prononcé ces mots trop directs. Ivar leva la tête et plissa les yeux.

— Ce n'est pas le moment.

Mais maintenant qu'elle avait cette idée en tête, elle ne pouvait plus qu'aller de l'avant.

— Si. C'est tout à fait le moment.

Le regard d'Ivar se durcit.

— Tu veux qu'on s'unisse.

Elle déglutit et passa outre l'avertissement qu'elle devinait dans sa voix.

— Du point de vue statistique, les mariages de convenance sont plus solides que ceux motivés par les hormones. Ou par l'amour. En toute logique, c'est la même chose pour les unions immortelles.

Mais le souvenir de la morsure d'Ivar, la nuit précédente, mettait à mal ce raisonnement. Ses tétons durcirent et elle baissa la tête pour vérifier que son soutien-gorge cachait bien la marque de son émotion. C'était le cas.

— Tu ne comprends pas.

Ivar ne bougeait pas mais son regard fusait de tous les côtés. Ses biceps se contractèrent et il enfonça les mains dans ses poches, comme s'il cherchait à les occuper.

Promise se tourna entièrement vers lui. Elle voulait être là quand son équation serait résolue, ne serait-ce que pour protéger le monde. Les principes scientifiques en jeu étaient mortellement dangereux.

— Je comprends parfaitement. Essaie d'adopter un point de vue rationnel.

Ivar se transforma devant ses yeux, comme si un élément qu'il contenait à peine venait de briser ses chaînes. Elle n'aurait pu dire de quoi il s'agissait, mais elle le sentit perdre le contrôle. Il la saisit par les bras et la colla à lui en lui coupant le souffle. Le visage très crispé, tout le corps vibrant de tension, il se pencha pour capturer son regard, les yeux pleins d'une fureur trop primitive pour être humaine.

— Tu crois que c'est grâce à la logique que les hybrides survivent depuis des siècles ?

Elle frissonna, puis le frappa sur le torse pour le repousser, mais elle savait qu'il était trop tard pour cela. Des étincelles lui parcoururent le corps. Sa propre excitation était encore plus déstabilisante que la colère noire du Viking.

— Ivar.

— C'est un nom, rien de plus. Un nom que j'ai abandonné en enfer. Je suis un démon, je suis un vampire, et je suis un Viking. (Son souffle lui brûlait la bouche et sa colère saturait l'air ambiant.) Les hybrides ne se contentent pas de signer un gentil petit contrat de mariage, professeur. On baise, on mord et on prend ce qu'on désire. (Il serra encore son emprise et la força à se lever.) Tu veux être à moi ? J'espère que tu comprends vraiment ce que ça implique.

Promise le regarda, stupéfaite. Qu'avait-elle dit pour déclencher ce cataclysme ? Que se passait-il donc ?

— Je… je ne…
— Non. Tu ne comprends pas.
— Je…

Il la fit taire en l'embrassant avec force, puis recula, la souleva et la posa sur la table. Promise retomba sur les coudes et grimaça, mais Ivar la maintint en place, dans cet équilibre précaire, l'embrassant avec une telle vigueur qu'elle ne parvenait plus à respirer.

Il glissa entre ses lèvres sa langue chaude et implacable. Promise ferma les yeux et ouvrit plus grand la bouche, conquise par le désir.

Ivar grogna et la saisit par les cheveux pour prendre le contrôle. De son autre main, il l'attira tout contre lui et la força à écarter les jambes pour y placer les hanches. Il lui caressa les fesses et la souleva contre son érection sans cesser de l'embrasser.

Soudain, il s'arrêta, recula et lui tira les cheveux en arrière. Incapable de lutter contre sa force colossale, Promise sentait son bas-ventre vibrer d'impatience. Il baissa la tête et une lueur métallique fit briller ses yeux verts bordés de bleu.

— Voilà ce que je suis vraiment. Voilà ce que tu auras si on s'unit. (Il lui assena un nouveau baiser sans fermer les yeux.) Il n'y aura pas de discussion logique, pas de partenariat rationnel. Tu te retrouveras avec le vrai moi, celui qui a toujours un pied en enfer. Je prendrai ce que je voudrai, sans jamais m'arrêter. Et si tu acceptes, tu me donneras tout ce que tu as. (Elle frissonna, mais pas de peur. Enfin, pas complètement. Le désir qu'il lui inspirait écrasait toutes les autres sensations. Toutes les autres pensées.) Je m'unirai à toi sans hésiter si c'est ce que tu veux. (Ses narines se gonflèrent, lui donnant l'allure d'un prédateur venant de repérer une proie.) Pour l'instant, tu en meurs d'envie, mais demain matin, quand tu seras moins excitée, regarde les choses bien en face et demande-toi si tu es prête à assumer cette décision.

Sur ces mots, il la lâcha. Promise retomba sur la table et s'appuya sur les coudes pour ne pas tomber. Elle cligna des yeux, abasourdie. Ivar tourna les talons et sortit sans se retourner.

Elle passa un doigt sur ses lèvres tuméfiées, toujours ravagée par le désir. Ces derniers jours, Ivar avait porté un masque, celui d'un beau soldat humain, presque facile à vivre, qui voulait se sacrifier pour son frère. Mais il n'était pas humain. Il avait cherché à le lui dire et elle n'avait pas compris. Les chromosomes en plus ne signifiaient pas qu'il était un humain plus évolué. Non, il était plus animal qu'humain.

Elle venait de rencontrer le véritable Viking.

Et pour son malheur, elle le désirait. Plus que tout.

Chapitre 25

Ivar sortit du chalet et partit au pas de course. Bientôt, il se mit à haleter et se rendit compte qu'une fée haute comme trois pommes courait derrière lui.

— Je croyais que tu préparais le repas.

— J'ai encore mis le feu à la cuisine, répondit-elle en accélérant pour se porter à sa hauteur.

— Qu'est-ce que tu fais là ?

Mercy s'était attaché les cheveux et avait passé des baskets qui lui permettaient de ne pas déraper sur la route mouillée.

— Tu as l'air d'un type qui a envie de tout démolir sur son passage. Je me demandais si tu n'aurais pas besoin d'aide.

Malgré son humeur sombre, Ivar ne put s'empêcher de sourire. Cette petite fée, spécialiste en finance internationale, qui lui proposait son renfort… cette idée était touchante.

— Tu es la petite sœur dont je n'ai jamais, mais vraiment jamais, voulu.

Elle sourit et ses yeux dépareillés s'illuminèrent.

— On me le dit souvent.

Il ralentit pour ne pas l'épuiser, mais elle semblait réussir à le suivre sans mal. Les fées devaient être taillées pour la course de fond. Ce n'était pas étonnant, d'ailleurs, vu le nombre d'explosions qu'elles causaient et qu'elles devaient fuir.

— Tu vas bien ?

— Pas vraiment, mais je ne suis pas prête à en discuter. Pas tant que Logan n'aura pas trouvé un peu de temps pour en parler avec moi. Et toi, c'est quoi le problème ?

— Je crois que je viens de terroriser Promise, avoua-t-il en sautant par-dessus un nid-de-poule.

— Je vois. Tu as fait ton troglodyte ?

— Pardon ?

Mercy évita un tas de branches et revint à côté de lui.

— Tu sais bien. « Moi hybride immortel alpha, moi ramener toi dans ma grotte pour dominer toi. Moi bien embrasser quand moi veux. »

— N'importe quoi !

— Si tu le dis, soupira-t-elle en recrachant un morceau de feuille.

Il redressa les épaules pour conserver son rythme.

— Remarque, après réflexion, je crois que c'est assez ressemblant.

— Allez, ne recommence pas à jouer les coincés, maugréa-t-elle en ôtant une aiguille de pin de ses cheveux. Tu es un hybride qui a résisté à des tortures inimaginables pour le commun des immortels. Pour survivre, tu as fait appel à la bête qui est au fond de toi, une bête que tu ne peux plus renier. Promise l'acceptera, ou pas, mais tu ne peux pas envisager une union entre vous si elle refuse ce pan de ta personnalité. Et toi, tu ne devrais pas avoir à te retenir et à faire semblant d'être quelqu'un d'autre, même si le vrai Ivar n'est pas franchement politiquement correct. Pas du tout, même.

Ivar accéléra le rythme et vit que la fée le suivait sans mal. Ses jambes bougeaient deux fois plus vite que les siennes, mais son visage elfique n'exprimait que du plaisir.

— Où est ton compagnon, au fait ?

— Garrett et lui sont en visioconférence avec le Royaume. Rasoir.

Ivar sourit.

— Sans blague.

Autrefois, il appréciait ces finasseries diplomatiques, mais depuis son retour, il préférait courir ou se bagarrer. D'un bond gracieux, Mercy effaça une flaque de boue.

— Ta copine comprend quelque chose à ce problème de dimensions ?

— Oui.

Enfin, peut-être. Ivar lui expliqua la théorie de Promise à propos du cerveau et des capacités de téléportation. Il avait vu Faith entrer dans le chalet juste après son départ et il se doutait que les deux femmes étaient en train de planifier une séance d'IRM.

— C'est fascinant, en tout cas.

Mercy, pensive, ne dit rien pendant un bon kilomètre.

— Si Promise a raison, finit-elle par répondre, et que les démons et les Faes mobilisent des talents différents pour faire la même chose, tu sais ce qu'il nous faudrait ?

— Un hybride fée-démon, plaisanta Ivar. Tu imagines le résultat ?

Le peuple des Faes ne comptait qu'une soixantaine d'individus, dont vingt créés en laboratoire vingt-cinq ans plus tôt. Mercy faisait partie de cette génération.

Elle trébucha et se rattrapa aussitôt en faisant gicler de la boue sur les chaussures du Viking. Ils continuèrent de courir, mais Ivar sentait que quelque chose ne tournait pas rond.

— Mercy ?

Elle baissa la tête et accéléra. Ivar l'imita, pris par une idée incongrue.

— Ne me dis pas que…

Elle ralentit puis s'arrêta, la tête basse et le souffle court.

— Bon, d'accord. Écoute, c'est très récent et je ne sais pas vraiment quoi en penser. Ta copine a trouvé sur Internet des tableaux d'une fille qui a vu ce que moi j'ai vu en voyageant à travers les dimensions, sauf qu'elle a peint ce qui ressemble fort à une attaque mentale de démon. En soi, ça ne m'aurait pas fait peur, mais le paysage qui entourait le cerveau est un endroit dans lequel je me suis téléportée à plusieurs reprises. Un endroit très loin de la Terre.

Ivar réfléchit à cet afflux de données.

— L'artiste doit être une fée qui s'est rendue là-bas, voilà tout.

Tous les immortels connaissaient l'existence des attaques mentales et elle avait certainement voulu reproduire sur la toile ce qu'elle ressentait.

— Oui, ça tient la route, sauf que je n'ai jamais entendu parler d'elle et que je connais toutes les Faes en vie actuellement.

Très bonne remarque.

— Bref, il y en aurait une que tu ne connaîtrais pas ? Peut-être une très vieille fée qui est revenue sur Terre, dit Ivar en reprenant son jogging.

— Oui, peut-être. J'y ai réfléchi et j'ai appelé la présidence.

— Des États-Unis ?

— Mais non, la présidente des Faes, Alyssa Dawn, quoi ! Et tu sais quoi ? Ma nouvelle ne l'a pas vraiment étonnée.

Il s'arrêta dans une flaque et fit gicler de la boue dans tous les sens.

— En gros, une fée s'est amusée à peindre d'autres dimensions. Qu'est-ce que ça peut faire ?

Mercy s'arrêta également et secoua la tête.

— Non, ce n'est pas le plus important. Je connais tous les membres de notre peuple et personne chez nous ne peint comme ça.

— Il faut croire que tu te trompes, si ces tableaux sont inspirés d'endroits réels.

Ivar sentait qu'un élément lui échappait, mais il ne savait pas quoi. Mercy réfléchit pendant de longues secondes.

— Tous les Faes purs étaient avec moi sur un autre monde jusqu'à récemment. Aucun d'entre eux n'a pu peindre ce que j'ai vu tout à l'heure.

Les Faes purs... ce terme restait comme suspendu en l'air.

— Attends, qu'est-ce que tu veux dire par là ?

Elle fit demi-tour et reprit sa course en sens inverse, mais il la rattrapa sans mal.

— Parle. Tout de suite.

— Ce serait de la trahison.

Et alors ?

— Mercy..., l'avertit-il.

Elle soupira puis accéléra au point que les mouvements de ses jambes n'étaient plus visibles.

— Bon, d'accord, soupira-t-elle sans le moindre essoufflement. La présidente a confirmé mes soupçons. Lorsque les anciens ont créé notre génération avec des restes d'échantillons génétiques, ils ont procédé à quelques expériences parallèles. La plupart de ces expériences ont échoué.

— Mais... ? l'encouragea-t-il, saisi par l'effroi.

Elle grimaça et reprit sa course.

— Ils ont combiné de l'ADN de Fae et de démon... et il faut croire que ça a marché.

Ils arrivèrent au camp et il la saisit par le bras pour la forcer à s'arrêter. Cette révélation l'avait laissé sous le choc.

— Répète ?

Elle frotta ses tennis sur l'herbe, puis secoua les pieds, lui maculant les semelles de boues.

— Nos anciens ont créé un hybride fae-démon. Une femelle, qui plus est. Tu sais à quel point les démones sont rares.

Très rares, en effet. Ivar sentit l'énergie ricocher en lui.

— Où est-elle ?

Ils devaient la trouver. Sur-le-champ.

— Tout le problème est là. Ils n'ont pas pu la téléporter dans l'autre monde avec nous. Sa nature hybride la rend trop volatile. Enfin, j'imagine. Donc ils l'ont abandonnée sur Terre.

Il la lâcha avant de lui faire un bleu sur le bras.

— Où ça ?

— La présidente a refusé de me le dire. Très franchement, je ne pense pas qu'elle le sache, d'ailleurs. Ils l'ont confiée à des humains, je crois.

— Des humains ? Une hybride comme elle ?

Mercy shoota dans une pierre qui percuta un tronc.

— Oui. La téléportation, ce n'est pas inné. Si elle a été élevée par des humains, elle ignore peut-être de quoi elle est capable. Enfin, en partant du principe qu'elle n'est pas morte durant son enfance. Les images qu'elle crée viennent peut-être de ses rêves. Ou bien elle a vraiment visité différentes dimensions et elle sait maîtriser les attaques mentales des démons. J'imagine que ça doit être possible.

Les Faes étaient complètement dingues. Si ces fameux anciens se trouvaient devant lui, il se ferait un plaisir de leur arracher la tête.

Soudain, ses amis émergèrent des différents chalets. Logan arriva le premier auprès d'eux, la mâchoire crispée.

— On doit aller au QG des démons. Il y a un problème de sécurité. Un gros.

Ronan, un pistolet à la main, faisait sortir Faith et Promise du chalet scientifique.

— Stop, dit Ivar en tendant la main vers Promise. Ne bouge pas.

Il ne voulait pas qu'elle fasse une crise si elle approchait trop de Mercy. Elle s'était déjà assez entraînée pour la journée. Promise hésita sur les marches et laissa Ronan et Faith avancer. Garrett arriva à son tour.

— Les démons veulent voir Promise parce qu'ils savent qu'elle a parlé à Dayne l'autre jour. Ils pensent que ça le calmera peut-être, vu que leur conversation a été très cordiale.

— Dayne ? répéta Ivar, qui se figea. Qu'est-ce qu'il a à voir là-dedans ?

— C'est une longue histoire, répondit Garrett, mais en gros, son fils est au QG. Il dit qu'il est parti en cachette pour rencontrer notre nièce, mais c'est peut-être un piège.

Ivar poussa un grognement et ses canines s'allongèrent.

— Pas question que Promise soit mêlée à tout ça.

— Elle l'est déjà, dit Logan en prenant Mercy par la taille pour la coller contre lui. Il s'agit de jeunes enfants, Ivar. On doit tout tenter pour éviter une nouvelle guerre.

Faith prit la main de son compagnon.

— On n'a qu'à tous y aller. Je connais un hôpital ultramoderne entre les QG du Royaume et des démons. C'est là que je voulais aller de toute façon pour les IRM.

— On n'a pas le temps d'attendre les hélicos, constata Ronan en rangeant son arme dans sa ceinture.

Ivar compta combien de personnes étaient capables de se téléporter dans leur groupe.

— Bon. Mercy, tu emmènes Grace et Logan, tu prends Garrett.

La fée était la plus forte de tous, mais Logan avait gagné un peu de sa puissance après leur union.

— Adare, tu te charges de Promise et de moi.

Promise avait passé la journée à s'entraîner à préserver son cerveau et elle devait être fatiguée. Il pourrait la protéger de l'effet qu'Adare avait sur elle, mais pas de Mercy, qui était bien trop puissante.

— Et Benny, tu emmènes Ronan et Faith.

Il se doutait que Ronan refuserait que sa compagne parte sans lui.

— Et merde, grommela Ronan.

Benny se frotta les mains.

— Je peux le faire, aucun souci.

— Grace vient avec moi, protesta Adare. Je suis assez fort pour trois.

Ivar refusait que Promise tente sa première téléportation sans lui et Adare avait le droit de protéger sa compagne. Trois personnes l'épuiseraient, mais cette décision lui appartenait.

— Je veux emmener quelqu'un, protesta Mercy. Sinon, ce n'est pas juste.

Ronan poussa sa compagne vers elle.

— Elle sera plus en sécurité avec toi. Et si Benny nous fait atterrir au milieu de l'Atlantique, j'espère que tu viendras me chercher.

Mercy sourit et passa le bras autour des épaules de Faith.

— Hé, Doc, et si on transitait par Paris pour une petite séance de shopping ?

Faith sourit et Ronan s'apprêtait à protester lorsque Benny se jeta sur lui pour le tacler. Ils roulèrent sur l'herbe, puis disparurent.

Promise poussa un cri de surprise et se laissa tomber sur les fesses. Ivar traversa la pelouse pour la rejoindre. Ils n'avaient pas de temps à perdre en explications. Promise le regarda approcher, le visage coloré, mais ni par la peur, ni même par la gêne. Ses yeux étaient intenses et elle se lécha la lèvre. Bon sang. Elle l'observait comme s'il était un tableau couvert d'équations. Comme s'il était une énigme qu'elle cherchait à résoudre. Elle aurait dû défaillir de peur, mais au lieu de cela, elle se leva. Ivar entendait son cœur battre la chamade. Il s'arrêta devant elle.

— Bon, tu vas découvrir la téléportation sans préparation préalable. Adare va nous emmener. Comme nous serons trois, ça risque de secouer un peu et ça durera plus longtemps que d'habitude, mais n'aie pas peur. Tu penses avoir l'énergie nécessaire pour te protéger le cerveau une nouvelle fois ?

Promise hocha la tête, les yeux brillant d'excitation. Adare sortait du chalet de Grace. La jeune femme passait une veste, l'air contrariée.

— Pourquoi je ne peux pas emmener mon appareil photo ?

— Seuls les Faes sont capables de téléporter du métal, expliqua-t-il. Promise ? Tu te sens bien ?

Elle se massa la tempe.

— Un petit mal de tête, mais rien de grave. J'ai passé la journée à m'entraîner et à réfléchir à mes équations.

Adare prit le bras de Grace et la fit basculer sur son dos.

— Accroche-toi, moustique, ordonna-t-il en la forçant à lui passer les bras autour du cou. Enroule les chevilles autour de ma taille.

Elle obéit, puis posa la tête sur son épaule et tourna le visage vers son cou. Les yeux d'Adare s'assombrirent et il expira fort.

— Tu n'as rien à craindre, Grace. Je te protégerai.

Ils formaient un beau couple. Comment le Highlander pouvait-il ne pas le voir ? Ivar plaça Promise face à lui et la colla contre son torse.

— Accroche-toi à mes cuisses, ma belle.

Elle enfonça les ongles dans le tissu de son treillis. Elle tremblait, mais plus d'anticipation que de peur.

— Qu'est-ce que je dois faire ? murmura-t-elle.

— Rien du tout. Une fois qu'on sera partis, tu ne pourras rien faire. Accroche-toi et fais-moi confiance, c'est tout. Tu es prêt ? ajouta-t-il à l'intention d'Adare.

Le Highlander hocha la tête.

— Autant que je peux l'être. Accrochez-vous.

Sur ces mots, il se jeta sur eux.

Chapitre 26

Adare percuta Ivar aux épaules, juste au-dessus de la tête de Promise, mais sans la toucher. En une fraction de seconde, ils se retrouvèrent dans le noir complet. Toutes les sensations disparurent, à l'exception d'une pression éphémère suivie d'une légèreté incroyable dans une lumière très pure.

Ce fut la vision qui revint en premier à Promise. Elle se trouvait sur une pelouse, devant un vaste feu de camp, au bord d'un lac bordé de montagnes. Adare s'écarta d'eux et secoua la tête, puis remua les lèvres, comme s'il parlait. Il se plia en deux, inspira à fond et laissa sa compagne descendre de son dos.

Enfin, son ouïe revint d'un seul coup et elle entendit des bruits de pas lourds, des cris et la respiration d'Ivar au-dessus d'elle. Promise cligna des yeux. Des soldats en tenue de combat et armés de fusils couraient dans tous les sens pour sécuriser le périmètre. Ivar la serra contre elle et la fit pivoter en direction du bâtiment, un vaste chalet dans le style de Frank Lloyd-Wright.

— Bienvenue au QG des démons, dit-il.

La porte s'ouvrit et un colosse tout de noir vêtu sortit. Il lança un pistolet à Ivar et à Adare, qui attrapèrent les armes au vol. Ses cheveux noirs étaient attachés et ses yeux verts grésillaient. Ses traits rappelaient quelqu'un à Promise. Il ressemblait beaucoup à Logan.

— Bonjour, la salua-t-il en lui tendant la main. Zane Kyllwood. J'ai besoin de votre aide.

Une douleur la prit aux tempes et Ivar la serra de plus près.

— Dresse tes boucliers Tu peux le faire. Prends-moi les mains et aspire ma force.

Elle obéit et imagina ses murailles qui se dressaient. Zane fronça les sourcils.

— Je n'ai rien fait.

Elle cligna des yeux et son cœur reprit son rythme normal. Enfin, à peu près.

— Vous pouvez vous téléporter ?

Zane hocha la tête.

Garrett et Logan se rematérialisèrent sur leur droite, puis Mercy et Faith apparurent sur leur gauche. Promise fit un petit bond de surprise et Mercy sourit.

— Tu vas bien ? Tes boucliers sont en place ?

— Oui.

Cela lui demandait même de moins en moins d'efforts.

— Tant mieux. Et la téléportation, alors ? Qu'est-ce que tu as pensé du néant ?

— J'aimerais le refaire, mais ce n'était pas le néant, corrigea-t-elle, étonnée qu'ils croient une chose pareille. Nous y étions, donc il y avait quelque chose. Et il y avait aussi un chemin, donc là encore, la définition littérale du néant n'est pas respectée.

Avoir la chance d'être immortel et ne pas en savoir plus que le commun des mortels sur la physique… pour Promise, c'était un énorme gâchis.

— Même à un niveau d'énergie réduit, des fluctuations se produisent dans le vide quantique de tout espace.

Zane haussa un sourcil et regarda Ivar, qui soupira.

— Chaque chose en son temps, Missy.

Ah oui, il avait raison.

— Vous disiez que vous aviez besoin de mon aide ? demanda-t-elle à contrecœur, regrettant de devoir abandonner son sujet de conversation favori.

— Où est Ronan ? interrogea alors Faith, qui regardait partout autour d'elle.

Comme s'ils attendaient cette question pour apparaître, Benny et Ronan s'écrasèrent sur l'asphalte qui entourait le feu de camp, assez fort pour fendiller le bitume. Ils avaient des glaçons dans les cheveux et sur les chaussures.

— D'où vous sortez ? s'exclama Faith, les yeux ronds.

Ronan repoussa Benny et commença à ôter la glace de sa chevelure.

— Du Groenland ? Du cercle polaire arctique ? De Sibérie ? Aucune idée, mais la prochaine fois, c'est quelqu'un d'autre qui ira avec Benny.

Zane plissa les yeux, ce qui lui donna un air encore plus impressionnant.

— Bon, pour faire court, nous détenons le fils du leader des Kurjans. On veut le rendre à son père, mais il y a de gros risques qu'on se fasse plutôt bombarder. Promise, j'aimerais que vous parliez à Dayne, vu que c'est vous qui avez eu le contact le plus récent avec lui. Si j'en crois mon frère, votre discussion s'est très bien déroulée.

Promise inspira à fond pour tenter de reprendre sa respiration.

— Je suis la seule à l'avoir rencontré ?

— Non, répondit Faith. J'ai déjà croisé son chemin et il a jugé bon de me livrer à un Cyst maboul qui voulait me disséquer pour m'étudier.

Promise en resta bouche bée.

— Et il t'a, je veux dire, tu…

— Je lui ai écrasé mon poing dans l'œil et ensuite, Ronan lui a arraché la tête, répondit la neurologiste avec un sourire nostalgique. C'est un bon souvenir.

Les jambes Promise fléchirent.

— D'accord. Donc c'est vraiment un monstre.

— Parce que tu en doutais ? Tu as appelé Ivar à l'aide quand Dayne était dans ton bureau, pourtant, non ?

Promise déglutit. Elle avait encore un peu mal à la tête.

— J'ai décidé de faire confiance à Ivar. Il m'avait dit que les Kurjans étaient nos ennemis et qu'ils étaient dangereux, donc oui, je l'ai appelé à la rescousse.

— Tu sais que tu me plais, toi ? intervint Zane.

— Oui, on le lui dit très souvent, dit Benny en secouant sa chemise pour en détacher la glace.

Le grognement d'Ivar ramena tout le monde à la réalité.

— Je serais ravie de lui parler, reprit Promise. Si je pouvais vérifier que l'enfant est sain et sauf, je crois que ce serait un plus.

Elle leva les yeux vers le ciel bleu. Quelle forme prendrait le bombardement ? Les Kurjans avaient-ils des missiles, ou bien enverraient-ils des avions ?

Benny tapota le bras de Garrett.

— Pendant qu'ils s'occupent de ça, et si on allait en vitesse au QG du Royaume ? Ta mère et mon neveu Chalton s'y trouvent justement, c'est l'occasion idéale de leur rendre une petite visite.

Zane resserra le velcro de son pistolet.

— Les mines sont activées sur les périmètres des deux QG. Vous ne ferez pas trois mètres sans exploser.

— Bon, ben on va se téléporter, alors, soupira Benny.

Garrett, dont les étranges yeux gris venaient de prendre une teinte métallique, lui prit l'épaule.

— C'est moi qui conduis, d'accord ?

— Nous venons avec vous, intervint Faith en prenant la main de Ronan. La reine et moi travaillons sur des questions génétiques et je souhaiterais la voir.

— C'est pas vrai, grogna Ronan. Bon, j'ai compris, c'est encore moi qui vais me coltiner Benny.

— Une seconde, dit Ivar. Le Royaume a le meilleur système informatique au monde. On doit localiser une hybride fae-démon née il y a environ vingt-cinq ans et probablement élevée par des humains. Demandez aux informaticiens de fouiller toutes les bases de données disponibles.

— Une hybride fée-démon ? répéta Benny. *Femelle* ?

— Oui, confirma Mercy. Nos leaders ont procédé à quelques petites expériences quand ils ont conçu ma génération. C'est tout ce que je sais.

Benny se frotta le menton.

— Où se sont-ils procuré du sperme de démon, à ton avis ?

— Le temps est compté, les coupa Zane en se dirigeant vers la porte. Si vous voulez bien me suivre…

Ivar glissa sa paume chaude dans celle de Promise, qui la serra. Le monde se transformait sous ses yeux, ou plutôt il se révélait dans toute sa complexité. Ses sens expérimentaient une surcharge qui jouait des tours à sa vision. La tête haute, prête à ce que chaque pas lui dévoile de nouveaux secrets, elle pénétra dans le quartier général de la nation démone.

Sans lâcher la main de Promise, Ivar admirait l'architecture des couloirs dans lesquels Zane les entraînait. Logan avait conçu les plans du QG en privilégiant les angles droits et des éléments tels que la pierre, le bois et les vitraux. Tout en marchant, Zane donnait des ordres dans son micro pour faire décoller des hélicoptères de combat. La situation était sérieuse.

Les vampires et les démons sortaient à peine d'une guerre totale et faisaient de leur mieux pour que la mission des Sept ne dégénère pas en nouveau conflit mondial. Si elle voyait le quotidien des immortels, peut-être Promise changerait-elle d'avis et refuserait de s'unir à lui. Ou bien elle trouverait un autre immortel plus à son goût…

Cette idée transperça Ivar comme un poignard et il poussa un nouveau grognement. Ses canines lui éraflèrent la lèvre.

Promise sursauta et tourna la tête vers lui. Il rétracta ses dents et lui sourit, mais la jeune femme écarquilla les yeux. Cela faisait bien trop longtemps qu'il ne s'était pas battu. S'ils survivaient à cette nouvelle crise, il demanderait à Benny de s'entraîner avec lui. Benny ne retenait jamais ses coups.

Zane s'arrêta devant une porte en bois, au bout du couloir.

— Le petit Kurjan se porte à merveille, mais je suis sûr qu'il retient tout ce qu'il voit.

— Tu crois qu'il s'est laissé prendre exprès ? demanda Ivar.

— Aucune idée, mais les Kurjans n'hésitent jamais à tirer avantage d'une situation, quelle qu'elle soit. Visiblement, ma fille et lui se rencontraient dans un monde onirique, ce dont je n'étais pas au courant. Si les Kurjans le savaient, eux…

Ivar secoua la tête.

— Je n'imagine pas un père exposer délibérément son petit garçon de huit ans à un tel danger.

D'un autre côté, les Kurjans, qui étaient le mal incarné, échappaient à toute logique.

— Tu l'as fouillé pour vérifier qu'il ne portait pas de micro ou de caméra sur lui ?

— Non, soupira Zane. On a ramené les gosses au QG à bord d'une camionnette. S'il enregistre quelque chose, tant pis. Je refuse de fouiller un enfant.

— Qu'est-ce que tu appelles un monde onirique ? demanda Promise.

Zane ouvrit la porte.

— Peut-être un autre univers auquel elle accède sans que son corps quitte cette dimension. Ça ressemble beaucoup au rituel des Sept et à ce que je faisais quand j'étais petit, mais Janie et moi pensions avoir démoli notre propre monde onirique. Ça va te faire un autre mystère à résoudre, on dirait.

Ivar n'était pas surpris que Zane soit autant renseigné sur Promise. Les démons disposaient toujours d'excellentes sources d'information.

Zane les introduisit dans une salle aux couleurs gaies avec des consoles de jeux, un petit putt de golf, des tables d'air hockey et des cibles de fléchettes à pointe plastique. Plusieurs poufs étaient posés à même le sol, devant des étagères croulant sous les livres. Dans un coin étaient pendues des robes de princesse, agrémentées de chaussures scintillantes et de tiares factices.

Un vampire massif aux yeux roses montait la garde au bout de la pièce, devant deux enfants pâles et immobiles.

— Voici ma fille Hope et son ami Drake, les présenta Zane. Nos deux autres petits fugitifs sont retournés auprès de leurs parents.

Hope était une petite poupée aux yeux bleus et aux cheveux châtains. Quant à Drake, malgré sa pâleur, il aurait pu passer pour un enfant humain. Son patrimoine génétique devait être très rare pour un Kurjan.

— Vous avez contacté mon père ? demanda-t-il en se levant.

— Pas encore. Je te présente le docteur Promise Williams, qui a rencontré ton père hier. Nous aimerions qu'elle lui parle pour voir si on peut éviter la guerre.

— Drake veut rentrer chez lui, Papa, argumenta Hope, les yeux pleins d'espoir. Il faut que tu l'aides.

— Je ne demande pas mieux, mais on doit d'abord contacter son père.

Promise tendit la main au jeune Kurjan.

— Enchantée de faire ta connaissance.

Drake la lui serra en baissant la tête. Était-il donc timide ?

— Moi aussi. Vous allez appeler mon père, alors ?

— Oui, répondit Zane en souriant. Reste jouer avec Hope. Max vous surveillera. J'imagine que ton père voudra s'assurer que tu n'as rien. Je vais d'abord lui parler, et ensuite on viendra te chercher. Ne t'en fais pas. Tu seras bientôt chez toi.

Ivar reprit la main de Promise, les nerfs en feu. Il venait de l'amener dans une zone de danger et il n'avait même pas la capacité de la téléporter si les choses tournaient mal. Pire encore, il ne connaissait pas le terrain qui entourait le QG des démons, ni leurs itinéraires de secours.

— Où est Logan ?

— Avec notre mère, probablement, répondit Zane tandis qu'ils descendaient un escalier.

Il tira une oreillette de sa poche et la donna à Ivar.

— J'ai fait recalibrer toutes les portes et tous les verrous pour qu'ils reconnaissent ta voix. Juste au cas où.

Ivar glissa l'appareil dans son oreille gauche. Comme cela, au moins, il pourrait suivre les événements en direct.

Promise semblait abasourdie. Elle devait avoir l'impression de nager en pleine série de science-fiction, mais elle résistait remarquablement bien à la pression. Mieux encore, malgré son air un peu stupéfait, elle semblait fascinée par toutes ces nouveautés.

Ils traversèrent une vaste salle informatique pour pénétrer dans une petite pièce équipée d'une caméra et d'un grand écran mural. Une toile verte était tendue sur le mur du fond.

— Installez-vous là, dit Zane. Les Kurjans connaissent déjà l'emplacement de notre QG, ce dont nous nous doutions depuis longtemps, mais Dayne essaiera sans doute de tirer d'autres informations lors de l'entretien, j'apprécierais donc que la conversation se borne au retour de son fils.

Ivar lui lâcha la main mais resta près de la porte, prêt à l'évacuer au moindre signe de danger. Promise se plaça devant la toile verte et croisa les mains.

— Je trouve la situation un peu étrange.

— Vous êtes humaine et vous n'avez aucune raison de lui mentir. Nous avons presque tous tué des personnes qui lui étaient proches et il en a fait de même de son côté. Considérez votre rôle comme celui d'une intermédiaire.

Il appuya sur un bouton et le chef des Kurjans apparut à l'écran. Il portait l'uniforme de sa race, noir avec des médailles argentées sur le cœur.

— Docteur Promise Williams, dit-il calmement. C'est… inattendu.

Promise regarda la caméra bien en face.

— Bonjour, Dayne. Je me trouve au QG des démons et je viens de parler à votre fils. Il est en bonne santé, il n'est pas blessé et il ne demande qu'à rentrer chez vous.

Les yeux de Dayne avaient pris une teinte violet foncé.

— Vous semblez sincère.

— Je le suis. Nous pouvons le faire venir dans cette pièce pour vous le montrer. J'imagine que Zane voulait s'assurer que vous étiez calme pour éviter d'effrayer le petit.

Ivar ne pouvait qu'admirer sa sagacité. Dayne sourit.

— Nos bombardiers sont prêts à décoller et nos missiles sont armés. Montrez-moi mon fils, puis livrez-le-moi en personne. Comme cela, nous éviterons peut-être la guerre.

— Non, intervint Zane en braquant la caméra sur lui. Je te montre ton fils, soit, mais en échange des trois humaines aux capacités spéciales que tu as enlevées récemment. Rappelle-moi quand elles seront libres.

Il appuya sur un bouton de sa télécommande et l'écran s'éteignit.

Promise se tourna vers lui, furieuse, et Ivar avança pour la retenir.

— Qu'est-ce que tu viens de faire ? s'exclama-t-elle, outrée.

Chapitre 27

Sa colère était telle qu'elle avait du mal à respirer.

— Vous êtes censés être les gentils de l'histoire !

Toute à sa fureur, elle oublia un instant ses boucliers et une douleur vive lui perça le crâne. Zane recula en voyant sa réaction.

— Je n'ai rien fait !

— Bouclier ! hurla Zane.

Elle visualisa la barrière métallique et la douleur se dissipa.

— C'était inacceptable.

Le leader démon la regarda sans émotion.

— Je sais que tu découvres notre monde, mais nous venons d'entrer en phase de négociations et je me suis servi de toi. Si cela te contrarie, tu m'en vois désolé.

— Ce n'est pas une excuse ! explosa-t-elle, prise d'une envie irrésistible de lui envoyer son poing dans la figure.

— Tu n'es pas la première à me le dire, répondit-il avec un grand sourire.

— Mais tu n'hésites pas à utiliser un enfant pour arriver à tes fins.

Elle était si outrée que ses mains en tremblaient.

— Jamais je ne lui ferai aucun mal et je pense que Dayne le sait. Sans cela, il nous aurait déjà bombardés. Mais les Kurjans enlèvent des humaines aux capacités améliorées pour les utiliser dans un rituel sur lequel nous avons trop peu d'informations et son fils m'offre l'occasion de les faire libérer. Je ne peux pas laisser passer une telle chance.

Promise se tourna vers Ivar.

— Alors ?

— Alors quoi ?

Elle n'avait pas de mots et mourait d'envie de passer ses nerfs sur lui.

— Trouve une solution ! (Une idée lui vint alors. Comment n'y avait-elle pas pensé plus tôt ?) Tu te doutais de ce que Zane allait faire.

Ivar ne nia pas et Zane se racla la gorge.

— Vos quartiers se trouvent dans l'aile sud, troisième porte à droite. C'est une jolie suite et le verrou est réglé sur ta voix, Ivar. Il y a deux chambres. (Il se dirigea vers la porte avec une grâce féline.) J'espère que votre arrivée ne nous portera pas la poisse. Je n'ai pas envie que mon QG connaisse le sort de tous ceux des Sept.

Sur ces mots, il disparut dans le couloir en donnant des ordres dans son micro. Promise se frotta la poitrine elle avait mal au cœur. C'était très étrange.

— Je n'arrive pas à croire que tu acceptes de jouer un rôle dans une telle opération.

Il encaissa cette remarque avec un petit hochement de tête.

— Tu vis dans un monde de théories où tu peux t'offrir le luxe d'être idéaliste. Pas nous. La violence et la ruse font partie de notre quotidien.

— Vous avez eu des siècles pour évoluer !

— Qui te dit que nous ne l'avons pas fait ? (C'était très juste, mais elle lui en voulait d'avoir raison. Ivar lui fit signe de la pièce.) Si je ne m'enfuis pas avec toi, c'est uniquement parce que les démons ont le meilleur système antimissile de toute la planète.

Elle trébucha puis se rattrapa et passa devant lui sans le regarder. Les pensées s'entrechoquaient dans sa tête et elle tenta de les ordonner. Ivar, qui semblait savoir où se trouvait le sud, prit la tête et la mena jusqu'à une suite spacieuse donnant sur le lac. Le salon était meublé avec goût, dans des tons apaisants.

— Pourquoi Zane a-t-il supposé que nous logions ensemble ?

— Si tu l'ignores, c'est que tu es moins intelligente que je le pensais, dit-il en fermant la porte pour s'y adosser.

Là encore, il avait raison.

— Je t'en veux beaucoup pour l'instant.

Il sourit.

— J'en suis conscient. Tu veux me jeter un truc à la figure ? L'une de ces assiettes hors de prix, par exemple ?

Elle tourna la tête pour regarder les étagères incrustées.

— Je préférerais qu'on discute jusqu'à ce je parvienne à te convaincre.

C'était de cette manière que les gens civilisés résolvaient leurs différends, mais de toute évidence, les immortels n'entraient pas dans cette catégorie et semblaient même s'enorgueillir de leurs mœurs primitives.

— Il faut qu'on parle de notre union.

Il haussa les sourcils et Promise ressentit un plaisir fort peu scientifique en constatant qu'elle l'avait déstabilisé.

— Tu es toujours d'accord ? Malgré ce qui s'est passé l'autre jour ?

Elle y avait longuement réfléchi en travaillant à ses équations et en avait conclu qu'elle désirait l'immortalité.

— Oui. Je n'ai jamais cru en une vie après la mort, donc rester en vie présente un attrait indéniable. Pense à toutes les découvertes scientifiques que je pourrais faire ! expliqua-t-elle, plus excitée qu'elle voulait le laisser paraître. Aujourd'hui mis à part, j'ai de l'affection pour toi et c'est réciproque.

Nous sommes compatibles du point de vue sexuel et mon étrange don pourrait t'être utile si tu repars dans ces mondes cauchemardesques.

Présenté ainsi, ils étaient tous deux gagnants.

— Et si je reviens ? Si la bulle se fend et que plus personne n'a à aligner les aimants, ou je ne sais quoi, je reviendrai et nous serons unis pour l'éternité.

Promise frissonna.

— Je comprends.

— Tu veux des enfants ?

Elle cligna des yeux, surprise.

— Oui et non.

Mieux valait avoir cette discussion dès le départ, en effet. Son cœur se mit à palpiter étrangement.

— Les enfants m'intéressent et l'idée de modeler un jeune esprit présente un attrait certain. (Elle visualisa un petit garçon combinant les yeux bleus d'Ivar et son propre teint mat. Cette douce image la fit sourire.) Mais je n'ai pas l'instinct maternel. Je ne sais pas comment m'occuper d'un enfant.

— Je pense que ça vient naturellement, répondit Ivar avec douceur. Regarde comme tu t'es montrée protectrice envers Drake.

Cette phrase la toucha. Il pensait qu'elle ferait une bonne mère ?

— Quand j'étais au lycée, mon poisson rouge est mort très jeune.

Pourtant, elle avait fait tout ce que conseillaient les manuels d'aquariophilie.

— Je suis sûr que ce n'était pas ta faute, la rassura-t-il, immense et imposant devant la porte. J'ai l'impression que tes parents étaient peut-être des génies dans leur domaine, mais qu'ils n'étaient pas très doués avec les enfants.

— Ils ont fait de leur mieux, protesta-t-elle aussitôt.

Le pensait-elle vraiment ?

— Si tu le dis… mais là encore, tu fais appel à ta raison. Comme je te l'ai dit, un accouplement d'immortels est un acte pendant lequel la nature primale du mâle prend le dessus. Il faut absolument que tu te rentres ça dans la tête.

C'était une leçon qu'elle avait intégrée lorsqu'il l'avait embrassée en laissant libre cours à sa sauvagerie. Et cela lui avait plu.

— Je comprends.

— Et tu es toujours sûre de vouloir t'unir à moi ? Ou à un autre immortel ?

— Non, toi et personne d'autre, se hâta-t-elle de corriger. J'ai confiance en toi.

Et elle le lui avait montré. Un éclair vert traversa les yeux bleus d'Ivar.

— Très bien. Ce soir ?

Promise hocha la tête, incapable de parler. C'était une décision colossale et elle venait de se jeter à l'eau.

— Parfait. (Il tapota son oreillette.) Je dois m'absenter pendant une heure. Profites-en pour t'installer.

Il l'attira contre lui et déposa un baiser d'une tendresse inattendue sur son nez, puis sortit de la pièce. Promise avala sa salive, éberluée. Elle venait de s'engager à s'unir à un hybride vampire-démon.

Il ne lui fallut que cinq minutes pour prendre possession des lieux. Ses tableaux lui manquaient déjà. Le lac scintillait sous le soleil automnal et les sapins qui bordaient la rive étaient nimbés d'une symphonie de couleurs. Elle admira le paysage pendant quelques secondes, sans pouvoir s'empêcher de calculer la vitesse à laquelle les feuilles tombaient.

Soudain, elle se figea. La solution était devant elle, d'une simplicité confondante. Il lui fallait des résultats, sur-le-champ. Si ses calculs étaient exacts, la vitesse de la chute, ou plutôt la vitesse à laquelle les portails se fermaient, était bien trop rapide. Elle n'avait pas une minute à perdre. Il était peut-être déjà trop tard.

Elle se précipita dans le couloir à la recherche de Mercy. Les théories se bousculaient dans sa tête et elle devait agir tout de suite.

La salle de jeu des enfants était déserte. Elle explora les pièces voisines sans que personne ne l'en empêche, puis entra dans une immense cuisine. Mercy était assise à l'îlot central devant un plat de nouilles instantanées. Promise dressa ses boucliers et s'avança prudemment vers elle.

— Tu te débrouilles de mieux en mieux, on dirait, la félicita Mercy.

Promise sentit un petit picotement sous l'oreille gauche et renforça aussitôt sa protection.

— Merci.

— Tu as faim ?

Elle était affamée, mais le temps pressait trop. Elle étudia la pièce, d'une propreté immaculée, puis repéra un bocal plein de cookies. Elle en prit deux aux pépites de chocolat qu'elle dévora coup sur coup.

— Hmm, délicieux. Ça me fera office de dîner.

Toutes les études sur les effets délétères du glucose devaient être fausses. Le sucre l'aidait toujours à se sentir beaucoup plus calme. Elle se tourna vers la jolie Fae et chercha ses mots.

— À quoi as-tu passé ta journée ?

Mercy termina ses nouilles.

— J'ai déplacé quelques capitaux et j'ai investi dans des start-up qui travaillent sur l'agriculture verte. C'est à peu près tout, pourquoi ?

Promise se mordit la lèvre, l'esprit rempli d'équations. Pour aller plus loin dans la théorie, elle devait procéder à une expérience pratique. C'était la seule solution.

— Est-ce que tu pourrais me trouver une boussole et un baromètre ?

Deux instruments rudimentaires, mais indispensables pour entamer les recherches pratiques.

— Sans problème.

Mercy disparut dans un souffle d'air qui renversa le bol qu'elle venait de reposer. Promise, époustouflée, recula de quelques pas. C'était impressionnant. Elle patienta quelques minutes dans la cuisine déserte, puis Mercy réapparut avec les appareils demandés.

— Ça n'a pas été facile, déclara-t-elle en souriant. J'en déduis qu'on va voyager ?

— Oui.

Promise sursauta en sentant une lame invisible lui entailler l'œil gauche et elle porta la main à son visage.

— Bouclier, bouclier, bouclier, marmonna-t-elle en visualisant une nouvelle protection, faite cette fois de diamants. (La douleur s'estompa et elle sourit.) « Diamonds are a girl's best friend », chantonna-t-elle en imitant la voix vaporeuse de Marylin Monroe.

— Euh, pardon ?

Promise était surexcitée. Elle allait enfin obtenir les réponses aux questions qu'elle se posait sur la téléportation.

— Rien. Tu veux bien te téléporter avec moi ? On a du pain sur la planche.

— Bien sûr, mais tu ne crois pas que tu devrais en parler à Ivar ? Il semble tenir à ce que tu ne te téléportes que lorsqu'il est là.

Promise la fusilla du regard.

— Tu vas demander la permission à ton compagnon, peut-être ?

Loin de se sentir insultée, Mercy écarquilla les yeux.

— Vous allez vous unir ? C'est sûr ?

— Nous avons trouvé un accord.

— Sérieusement ? s'exclama Mercy avec un petit rire de dérision. Vous avez trouvé un accord ? (Elle secoua la tête et ses cheveux roux volèrent dans tous les sens.) Tu n'as aucune idée de ce dans quoi tu mets les pieds. Un accord… il faut vraiment que tu arrêtes de tout envisager uniquement sous l'angle de la logique.

— Ivar m'a dit à peu près la même chose.

Mais la logique avait toujours été son seul outil de réflexion. Un point lui échappait, mais elle ne pouvait dire quoi.

— Une personne peut être illogique, mais tout acte de réflexion est intrinsèquement logique.

Mercy crispa les lèvres.

— Très bien. Allons-y, puisque tu insistes. On affrontera les conséquences plus tard.

— Les conséquences ? Mais de quoi est-ce que tu parles ?

Mercy se contenta de sourire.

— Où veux-tu aller ?

Promise réfléchit un instant. Mieux valait commencer par ce qu'elle connaissait, puis élargir le cercle des expériences.

— Tu connais des îles du Pacifique ? Désertes, si possible ?

— Euh, oui, répondit Promise en la regardant attentivement. Tu es sûre que tu vas bien ?

Promise hocha la tête et leva la main.

— Oui, je crois que je maîtrise la douleur, dit-elle en vérifiant que son bouclier de diamant était bien en place. Est-ce que tu as un moyen de te téléporter lentement ? Aussi lentement que possible ?

— Non. J'attire l'énergie ambiante, je l'aspire et j'ordonne à l'univers de me conduire là où je veux aller. Je veux bien essayer d'aller lentement, mais je ne l'ai jamais fait.

Elle lui prit la main. Une décharge électrique monta dans le bras de Promise, qui bloqua son cerveau. La pièce disparut. Obscurité, apesanteur, pression… puis la lumière revint, suivie du son. Elles se trouvaient sur une plage de sable blanc, devant une eau limpide parsemée de magnifiques récifs. Le soleil tapait très fort. L'îlot mesurait une quinzaine de mètres de circonférence, sans le moindre brin d'herbe. L'océan s'étendait à perte de vue dans toutes les directions.

— C'est fascinant, dit Promise.

— Ouais. On aurait dû prendre un pique-nique.

Promise se tourna vers sa nouvelle amie.

— Merci.

— Je t'en prie. On va où maintenant ?

Promise se sentait aussi guillerette que lorsqu'elle résolvait une équation complexe. Elle prit les appareils des mains de Mercy. Leur comportement était parfaitement normal.

— Sur un autre monde, dit-elle en les lui rendant. Loin d'ici. C'est possible ? S'il te plaît ?

Cette notion lui paraissait presque inimaginable.

— Je sais pas trop, hésita Mercy. C'est justement le genre de truc dont tu devrais discuter avec ton futur compagnon-associé, tu ne crois pas ?

Promise déglutit.

— Tu parles de tous tes voyages avec ton compagnon ?

— En règle générale, oui. Il n'aime pas que je saute de dimension en dimension sans lui.

Elle leva la main pour couper court aux protestations de Promise.

— Bon, d'accord. De monde en monde. On n'aurait jamais dû apprendre ce terme aux humains. Ils l'ont utilisé à tort et à travers et je ne peux même plus le prononcer avec toi.

Ce mot était dans le dictionnaire. Peut-être était-ce aux immortels de s'adapter à sa définition actuelle.

— Bon, merci pour le terme. Maintenant, emmène-moi dans un autre monde, je te prie.

Promise retenait son souffle. Jamais elle n'avait rien désiré à ce point.

— Très bien soupira Mercy, mais tu es prévenue.

Elle lui tendit la main et Promise la prit, les doigts tremblants.

— Comment est-ce que tu choisis où aller ?

— Certains mondes sont faciles à atteindre. Ils servent aussi d'étapes pour aller dans d'autres mondes. (Elle hésita un instant.) Il faut que tu saches que je ne suis pas appréciée de tous les Faes. L'un d'entre eux, notre ancien roi, a même emmené des soldats cysts à travers les dimensions pour m'attaquer.

— Tu es en train de me dire que ça peut être dangereux ?

— Probablement pas. Le roi a abdiqué et je n'ai aucune idée d'où il se trouve. Niall était un crétin, mais il se téléportait mieux que tout le monde, si tu veux tout savoir. Je ne pense pas que nous aurons des ennuis, mais je préfère quand même te prévenir.

La tentation était trop forte. Promise lui serra la main.

— Allons-y.

Chapitre 28

Ivar sortait d'une réunion très désagréable avec Zane Kyllwood. Ses oreilles sonnaient encore et il avait mal au ventre. Kyllwood n'était pas ravi que les Sept aient recruté son frère et il avait bien fait comprendre à Ivar qu'il l'éventrerait personnellement s'il laissait quoi que ce soit arriver à Logan. Par chance, Ivar accordait autant d'importance que Zane à la sécurité du petit dernier des Sept. Ainsi qu'à celle de tous ses frères d'arme, d'ailleurs.

Vu son humeur, ce n'était peut-être pas le bon soir pour s'unir à Promise. Il allait devoir la faire patienter en lui présentant le plan qu'il avait mis au point avec la reine pour que tous les immortels capables de se téléporter passent une IRM. Emma s'était montrée enthousiasmée par cette idée et il comprenait mieux pourquoi Emma et Faith s'entendaient si bien. Il souhaitait que Promise entre dans cette amitié au cas où il lui arriverait malheur lorsqu'il prendrait la place de Quade. S'il mourait, il préférait qu'elle ne reste pas seule.

Il entra dans leur suite et l'appela, mais elle ne répondit pas. Il fouilla toutes les pièces et constata qu'elle n'était pas là. Peut-être était-elle allée chercher à manger ? Il revint sur ses pas et trouva Logan dans la cuisine en train de mâchonner un cookie au chocolat.

— Salut.

— Salut, répondit Logan en levant la tête. Tu étais où ?

— Je me faisais enguirlander par ton frère. Enfin non, pas enguirlander. Disons plutôt qu'il m'a menacé d'une vengeance assez impressionnante, et impossible du point de vue anatomique, si jamais il t'arrivait malheur.

— C'était Zane, j'imagine ? Sam ne se fatigue pas à proférer des menaces. Il passe directement à l'acte.

Décidément, les deux frères biologiques de Logan plaisaient beaucoup à Ivar.

— Je vois.

Logan lui lança un cookie.

— Désolé pour ce que t'a dit Zane. Il lui arrive parfois de nous prendre pour des ados qui cherchent à échapper à l'ordure qui leur fait office d'oncle.

— T'inquiète pas pour ça. (Sa nuque recommençait à picoter et il la gratta.) Tu n'as pas vu Promise ?

— Non, et je viens de fouiller tout le bâtiment à la recherche de Mercy. Je n'ai trouvé ni l'une, ni l'autre. (Il se redressa.) Oh, bon sang. Ce n'est pas bon signe.

Ivar termina son cookie.

— Elles ne doivent pas être loin.

Promise ne serait pas partie sans l'avertir.

— Telles que je les connais, ça se trouve, elles sont déjà à l'autre bout du globe, dit-il en serrant les lèvres. Et il vaudrait mieux pour elles qu'elles soient encore sur cette planète, d'ailleurs. Il me semblait avoir demandé à ma compagne de ne jamais s'éloigner de moi depuis qu'on est en confinement. Le monde est dangereux et je suis sûr que Niall profiterait de la moindre occasion pour se venger d'elle.

Ivar ne voulait pas y croire.

— Elles n'ont quand même pas osé se téléporter sans nous en parler ?

Logan se contenta de hocher la tête et Ivar ferma les yeux pour compter à rebours depuis dix. Comme il n'était pas plus calme en arrivant à zéro, il les rouvrit. Des flammes lui parcouraient les veines, réduisant à néant le mince contrôle qu'il avait eu tant de mal à mettre en place au cours des trois derniers mois. Il donna un coup de poing sur la table, dont le marbre se fendit en deux.

— Dis-moi que tu peux parler par télépathie à ta compagne, comme le font beaucoup de couples immortels.

— Oui, je peux, et je viens d'essayer, mais elle ne répond pas. Tu sais ce que ça signifie ?

— Elle est en rogne et elle refuse de te parler ? suggéra Ivar, dont la main le lançait comme si elle avait été transpercée par une lame.

— Non. Elle est ailleurs. Dans une autre dimension. Si elle était sur Terre, je pourrais la joindre.

Il traversa la cuisine à grands pas pour s'approcher d'Ivar, qui était pris de sueurs froides. La dernière fois qu'il avait quitté la Terre, cela s'était traduit par un cauchemar qui avait duré une éternité. La bête qui vivait en lui et qu'il avait déjà du mal à maîtriser en temps normal ouvrit les yeux, impatiente de pouvoir enfin se déchaîner. Il secoua la main et sentit des flammes lui lécher le bras. Curieux, il la retourna pour regarder sa paume. Logan poussa un petit sifflement.

— D'accord, je vois.

Ivar regarda la marque qui mettait la chair de sa paume droite à vif. Sa main gauche était déjà sillonnée de cicatrices dues au rituel des Sept, mais cette marque était encore plus douloureuse, peut-être parce qu'elle palpitait, vive et brûlante, du désir d'être appliquée sur sa future compagne.

Logan s'approcha pour mieux l'observer.

— La marque des Kjeidsen. Je ne l'avais jamais vue. Elle est magnifique.

Malgré le fait accompli, le cerveau d'Ivar refusait l'évidence.

— Kallgren. C'est le nom de famille de ma mère. C'est d'elle que je tiens mon sang démon.

En effet, la marque d'accouplement était l'apanage des démons et pas des vampires.

— C'est vrai, j'oubliais. C'est pareil pour nous. Quand j'y pense, c'est bizarre que les noms de famille de mes deux parents commencent par un K. Comme les tiens, d'ailleurs.

Ivar était fasciné par cette marque. Le K noir était cerclé de nœuds sinueux qui s'élevaient comme des vagues, avec des lignes plus sombres et plus épaisses que celles de la marque des Kayrs. Le sang bouillonnait dans ses oreilles et assourdissait les battements de son cœur.

— Bon…

Logan lui assena une tape dans le dos.

— Ta compagne est en danger. Les émotions fortes font apparaître la marque. C'est bon à savoir, tu ne crois pas ?

Il parlait d'une voix calme pour aider Ivar à trouver l'équilibre, comme il l'avait fait à son retour de l'enfer, trois mois plus tôt.

— Qu'est-ce qui est bon à savoir ?

— Que Promise est bien ta compagne. Tu n'as pas eu à forcer la marque à apparaître. Et c'est une bonne chose, Viking, crois-moi.

Promise courait-elle un grand danger ? Elle était trop fragile, trop humaine, pour survivre à une dimension infernale. Ivar saisit le bras de son ami.

— Dis-moi que tu peux suivre Mercy à la trace à travers les dimensions.

Peu de démons en étaient capables, mais Logan n'avait-il pas gagné cette capacité après son union avec Mercy ? Ivar, submergé par les souvenirs de l'enfer, ne parvenait pas à réfléchir correctement.

— Bien sûr que je peux. Mercy est ma compagne.

Logan inspira à fond, expira… puis le monde disparut en un tourbillon.

Promise se rematérialisa dans une lumière vive et dans une odeur de cookies à la cannelle. Elle se trouvait dans une vaste prairie sillonnée de petits ruisseaux d'eau vive, sous les doux rayons de trois soleils. Elle s'écarta de Mercy, les yeux ronds et le cœur tambourinant.

— Où sommes-nous ?

Mercy lui sourit avec ravissement.

— Dans l'un de mes endroits préférés. Je l'ai surnommé le Pré aux Ruisseaux et je viens souvent m'y prélasser. Il n'y a pas d'animaux et pour une raison qui m'échappe, l'herbe ne pousse jamais plus haut que ça.

C'était incroyable. Submergée par l'émotion, Promise se laissa tomber dans l'herbe.

— Tu es déjà venue de nuit ?

Mercy s'assit face à elle en tailleur.

— Oui. Je ne reconnais aucune constellation.

Promise leva la tête vers les trois soleils.

— À quoi ressemble le ciel nocturne ?

Mercy ferma les yeux, comme si elle cherchait à stimuler sa mémoire.

— On voit peut-être des planètes lointaines, mais pas de lune. Enfin, rien qui ressemble à la nôtre.

C'était magnifique. Promise se força à réguler sa respiration.

— C'est quoi, cette odeur ?

— C'est l'herbe. Et l'air est un peu plus léger.

— La pesanteur aussi, constata Promise en levant la main. Je me sens moins lourde que chez nous.

Chez nous. Ces simples mots n'avaient plus le même sens. Elle regarda ses appareils, qui ne firent que confirmer ce que ses yeux constataient. Ils n'étaient plus sur Terre. C'était merveilleux, dans tous les sens du terme.

— Tu veux qu'on reparte ?

Mercy se leva et Promise l'imita.

— Oui. Le phénomène n'était pas le même que la première fois. Il faisait plus sombre et la pression était plus intense.

La première fois, elle avait eu une sensation d'apesanteur, mais cette fois, elle avait eu l'impression de se déplacer. Si elles se rendaient dans un autre monde, percevrait-elle une direction différente ? Chaque point d'un graphique avait forcément une localisation.

— Montre-moi.

— D'accord.

Mercy lui reprit la main et l'odeur de cookies s'évapora. L'obscurité était la même, mais Promise aurait pu jurer qu'elle avait tourné trois fois sur elle-même avant de se diriger plus ou moins vers la gauche. Elles atterrirent sur une coque verte posée au milieu d'un plan d'eau violette. Promise serra la main de son amie.

— Qu'est-ce qu'il y a dans l'eau ?

— Aucune idée. Je suis déjà venue des dizaines de fois, mais je n'ai jamais rien vu. Ce qui ne veut pas dire qu'il n'y a pas des monstres qui rôdent sous la surface, remarque, ajouta-t-elle avec un grand sourire.

Promise gloussa de rire, vérifia les aiguilles de ses appareils, puis étudia les alentours. Un soleil unique, orange vif, brillait dans le ciel de ce monde. Il se trouvait à la distance idéale pour donner de la chaleur sans tout brûler.

— Est-ce qu'il existe des endroits sans étoiles ?

— Oui, mais la plupart sont trop froids pour être habitables, même si quelques-uns conservent une certaine chaleur.

Mercy reprit les instruments et Promise se serra contre elle.

— Et maintenant, on va où ?

Soudain, l'air se mit à vibrer, puis deux corps apparurent du néant pour atterrir sur la coque, qui rebondit plusieurs fois avant de se stabiliser, générant des vagues qui submergèrent les coques voisines.

— Et merde, soupira Mercy.

Le sourire de Logan n'avait rien de tendre et des flammes vertes brûlaient dans ses yeux.

— Il me semblait t'avoir dit de ne pas quitter notre monde pour l'instant, compagne.

Ivar ne prononça pas un mot, mais ses yeux scintillaient et sa mâchoire semblait aussi dure que le bouclier en diamant qu'elle faisait apparaître pour protéger son cerveau. Une fois n'était pas coutume, Promise ne savait que dire. La prudence prenait le dessus sur la logique. En d'autres circonstances, elle aurait trouvé cela fascinant.

— Logan ? dit-il calmement tout en attirant Promise contre lui, si vite qu'elle n'eut pas le temps de protester.

— Oui. Ne bouge pas, Mercy. Je reviens tout de suite.

Logan bondit sur Ivar et l'obscurité les emporta. Le trajet secouait plus qu'auparavant et Promise constata que la téléportation de Mercy était bien plus fluide que celle de son compagnon. Ils réapparurent sur un affleurement rocheux, dans le soleil couchant. Elle frissonna et Logan les lâcha.

— À demain matin.

— Attends, dit Ivar en se tournant vers elle avec un regard brûlant comme de la braise. Promise ? Tu veux toujours qu'on s'unisse ?

Sa voix rauque résonnait dans le silence de la forêt. Pourquoi ces mots sonnaient-ils comme une menace ? Elle déglutit pour tenter de déloger la boule qui s'était formée dans sa gorge. *Vu la situation, autant être honnête.* Malgré la colère d'Ivar et la peur qu'il lui inspirait, elle avait déjà pris sa décision. C'était une voie dans laquelle elle s'engageait de son plein gré.

— Oui.

Ivar adressa un hochement de tête à Logan, qui sourit, puis disparut. Promise recula de quelques pas et inspira l'odeur prégnante des sapins qui les entouraient. La lune montait dans le ciel. Ils étaient bien de retour sur Terre.

— Où sommes-nous ?

— Près de mon chalet, répondit-il en le pointant du doigt.

Promise se retourna et aperçut en effet une bâtisse entre les rochers. Des montagnes culminaient à l'horizon. Un oiseau se mit à chanter près d'eux et un coyote hurla au loin. Elle frissonna.

— Je vois.

— Crois-tu vraiment ?

Il lui prit la main et s'engagea sur les marches taillées dans la roche. Promise n'eut d'autre choix que de le suivre. La main d'Ivar était brûlante et râpeuse. Pourtant, il s'agissait de sa bonne main.

— Tu t'es blessé ?

— Non, répondit-il sèchement.

Il la lâcha, se retourna et lui montra sa paume. Promise se figea devant le K entouré d'un réseau de lignes noires. Sa marque. Elle était d'une beauté à couper le souffle, à la fois effrayante et magnifique.

— Elle est apparue quand ?

Il lui reprit la main et se remit à monter.

— Quand j'ai découvert que tu étais partie.

Promise essaya de se calmer. Elle devait trouver le moyen de le raisonner. Une discussion ne pourrait leur faire que du bien.

— Si j'ai bien compris, pour cette union, trois facteurs sont nécessaires : on couche ensemble, tu me mords et tu appliques la marque sur moi.

Ivar s'arrêta devant la lourde porte métallique, peinte de manière à imiter le bois.

— Oui, ce serait la définition de l'accouplement si elle existait dans un dictionnaire.

Sa voix était calme, mais elle y décelait un soupçon de danger. Promise frissonna, comme si son corps comprenait une chose qui échappait à son cerveau.

— Oui, alors, euh, j'ai décidé que la marque sera au milieu de mon dos.

Elle n'avait pas de tatouage et à cet endroit, la marque serait facile à camoufler, même en maillot de bain. Ivar la fit pivoter si vite qu'elle poussa un petit cri de terreur.

— Je placerai la marque où je le voudrai, c'est compris ? Estime-toi heureuse que je ne te la colle pas sur le front.

Ses yeux avaient pris une teinte verte lumineuse, probablement pour se fondre dans la forêt, comme un vrai prédateur. Promise fit son possible pour calmer les tourbillons qui lui ravageaient le ventre. Malgré sa panique, elle sentait tout de même l'excitation monter en elle. Comment pouvait-elle trouver la fureur d'Ivar excitante ? C'était un point qu'elle allait devoir analyser… mais plus tard.

— Tu es fâché.

Il gonfla le torse et souffla par le nez.

— Ce n'est rien de le dire.

— Dans ce cas, rétorqua-t-elle en sentant sa propre colère apparaître, on devrait peut-être attendre que tu sois de meilleure humeur.

Ivar avança pour la coller contre la porte et baissa la tête pour la regarder droit dans les yeux.

— Oh, ma belle, il est bien trop tard pour ça.

Puis il l'embrassa.

Sans la moindre douceur.

Chapitre 29

Ivar déversa dans ce baiser toutes les émotions qu'il contenait jusque-là. Elle lui avait fichu une peur bleue en partant dans d'autres dimensions avec une fée déjantée et elle osait se draper dans sa logique ? Une union n'avait rien de logique, au contraire ! Si elle le voulait, elle l'aurait à cent pour cent. C'était pour cette raison qu'il l'embrassait sans la moindre retenue. Pour lui montrer le contrôle dont il avait fait preuve avec elle jusque-là.

Elle lui sillonna le torse avec les ongles et monta les mains jusqu'à son visage. Sans interrompre leur baiser, il lui prit les poignets et la plaqua encore plus contre la porte, puis enfonça la langue dans sa bouche. Sa douceur lui arracha un gémissement de plaisir. Il lui souleva les mains au-dessus de la tête et au même moment, Promise lui rendit son baiser, mais sans cesser de se débattre. Elle bougea les hanches, probablement pour lui décocher un coup de genou dans l'entrejambe.

Son côté rationnel, qu'il cultivait depuis trois mois pour tenter de sortir des ténèbres et de retrouver un semblant d'existence, lui disait de la relâcher, insistant sur le fait qu'une douce universitaire comme elle ne méritait pas d'être ainsi agressée par un animal. Mais alors qu'il allait céder à la raison, Promise poussa un petit grognement irrésistible, qui s'éleva de sa poitrine pour venir résonner dans la bouche d'Ivar.

Tous les nerfs du Viking s'enflammèrent en une faim ravageuse qui annihila la voix de la raison. Il ne restait plus que la créature qu'il était vraiment. Qu'il serait toujours. Il releva la tête et constata avec plaisir que le regard de Promise était flou et débordant de désir.

— Tu aimes la routine et les règles claires. On va faire une petite mise au point tout de suite.

Promise cligna des yeux, confuse.

— Oui. Des règles pour toi. En tant que compagne.

Elle était peut-être indépendante depuis des années, mais il s'en moquait totalement. La vie de Promise venait de basculer.

— Tu n'as plus le droit de te téléporter sans moi, et encore moins dans une autre dimension tant je n'ai pas vérifié que cela ne présente aucun danger. Et même dans ce cas, je passerai toujours devant toi.

Promise inspira et une veine se mit à palpiter sur son long cou si sexy.

— Ivar…

— Dans le cas fort probable où je prendrai la place de Quade, je reviendrai. Je ne sais ni quand, ni comment, mais tu peux en être sûre. (Il serra les doigts sur ses poignets et elle écarquilla les yeux.) Pendant mon absence, tu respecteras ces règles. Tu auras le droit de travailler à tes théories, mais pas de te téléporter tant que je ne serai pas de retour. C'est la voie que tu as choisie et tu la respecteras.

Cela lui permettrait au moins de mettre Promise à l'abri du danger. S'ils s'unissaient, c'était à la fois son devoir et son droit. Il s'attendait à ce qu'elle discute. À ce qu'elle lui explique, plus ou moins calmement, pourquoi il avait tort.

— Sinon quoi ? murmura-t-elle, le regard sombre.

C'était un véritable défi qu'elle lançait à son âme fragilisée. Il connaissait cette femme. Elle faisait toujours passer la logique avant sa propre sécurité. L'expérimentation avant la prudence. Mais, et cela ne faisait aucun doute, elle était intrinsèquement loyale et honnête. C'était pour cela qu'il savait comment la faire céder. Il se pencha vers elle et Promise se figea.

— Il n'y a pas de « sinon quoi ». Tu m'obéiras parce que tu choisiras de le faire.

Promise lui déchira la peau avec les ongles, juste au-dessus du bouclier de son torse, comme si elle savait où elle pouvait lui faire mal.

— Les humains ont évolué depuis l'âge de pierre, murmura-t-elle en regardant les lèvres.

— Les humains, peut-être. Nous, non.

Il appuya son érection contre son ventre et la sentit frissonner.

— On entre ? demanda-t-elle en rougissant.

— Oui.

Il ouvrit la porte sans la lâcher des mains ou des yeux. Il avait tenté de suivre sa logique, essayé de préserver son innocence par rapport à sa propre nature et à celle de son peuple, mais ce n'était pas possible. Pas s'il voulait la protéger du danger, en tout cas. Il la fit reculer dans le salon, puis inspira à fond, à la recherche de menaces éventuelles.

Promise lui agrippa les hanches pour ne pas tomber. Ils s'arrêtèrent au milieu de la pièce et elle passa les mains sur ses abdos.

— Alors ? Tu repères un danger ?

Elle semblait savoir d'instinct ce qu'il pensait. Cela lui plaisait. Mais malheureusement pour elle, Promise n'allait pas tarder à tout savoir de lui.

— Oui. Moi.

La fraîcheur de la nuit envahissait la pièce sombre, mais Promise savait qu'elle ne risquait rien. Elle avait profité de ces quelques secondes de calme pour se détendre et pour aborder leur union avec la logique nécessaire. Elle s'efforça de ne pas prendre une expression triomphante, mais en voyant les narines dilatées et les épaules crispées d'Ivar, elle comprit qu'elle avait échoué.

Il la lâcha néanmoins et repartit vers la porte, qu'il ferma d'un coup de pied. Son claquement fit sursauter Promise. Sans la lâcher des yeux, il poussa le verrou et ce simple geste la fit frissonner.

Elle se força à détourner le regard pour étudier l'unique pièce. L'extérieur du chalet était rustique, mais l'intérieur était luxueux. Deux fauteuils faisaient face à la magnifique cheminée en pierre. Sur la droite, elle aperçut un immense lit ainsi qu'une porte qui devait mener à la salle de bains. Du coin de l'œil, elle le vit s'approcher de la cheminée contre laquelle étaient empilés du petit bois et des bûches. Le frottement de l'allumette sur la pierre avait un écho érotique qu'elle ne pouvait s'expliquer et qui la fit vaciller.

Ivar se redressa, puis, avec lenteur, ôta son tee-shirt et le jeta sur l'un des fauteuils. La lueur des flammes soulignait la dureté de son torse, illuminait sa peau lisse et soulignait les creux sombres sous ses muscles saillants.

Promise voulut respirer, mais ses poumons semblaient aussi hypnotisés que ses yeux.

— Dis-moi que tu comprends ce que j'ai dit.

Il commença à déboucler sa ceinture et Promise sentit un frisson lui parcourir l'entrejambe. Elle dut s'y reprendre à deux reprises pour répondre.

— Comprendre, cela ne veut pas forcément dire être d'accord.

— Très juste, murmura-t-il en libérant la ceinture pour la jeter sur l'autre fauteuil.

Pourquoi pas sur le même ? Elle inclina la tête sur le côté avec l'air d'une biche prise dans les phares d'une voiture. Elle banda les muscles de ses jambes, prête à s'enfuir, mais elle n'avait nulle part où aller. D'ailleurs, si elle devait bouger, elle sentait que ce serait pour lui sauter dessus, même si elle ne comprenait pas vraiment ce qui était en train de se passer.

Sous la lueur vive des flammes, les mèches noires qui striaient la chevelure blonde d'Ivar ressortaient et lui donnaient encore plus l'aspect d'un guerrier des temps anciens. Un côté de sa personnalité qui échappait à sa compréhension.

Cette pensée la ramena enfin à la prudence. Elle se redressa et, sans écouter le désir qui la tiraillait, se tourna vers la porte.

— Je crois qu'on ferait mieux de remettre ça à un autre jour.

Sa voix était presque aussi rauque que celle d'Ivar. Elle se dirigea vers la sortie, chancelante comme un poulain venant de naître.

Ivar ne protesta pas. Promise en ressentit une pointe de déception inattendue. Soudain, il la saisit par-derrière et la plaqua contre la porte. Le corps d'Ivar était dur comme la pierre. Très masculin. Et il la dépassait d'une bonne tête.

— J'ai essayé de te laisser être logique, grogna-t-il en lui serrant le cou d'une seule main tout en frottant les hanches contre ses fesses. De t'introduire en douceur dans notre existence. Mais ce temps est passé. Tu as dit oui.

Il plongea l'autre main dans son pantalon et trouva aussitôt son clitoris, qu'il caressa. Les jambes de Promise cédèrent, mais il la maintint debout et enfonça un doigt en elle.

— Jouis.

Le temps se figea. Le contact du métal froid contre ses tétons, le corps d'Ivar derrière elle, encore plus dur que l'acier, l'insistance implacable de ses doigts, tout cela la submergea pour la pousser à l'orgasme, qui s'empara d'elle dans un tourbillon de chaleur et d'électricité. Elle rejeta la tête en arrière, contre son torse, ferma les yeux et cria, le corps cambré, puis revint à la réalité avec un petit gémissement de contentement, les membres toujours agités de frissons.

Du bout du doigt, Ivar la força à relever le menton.

— Tu es prête à obéir ? demanda-t-il en lui léchant le cou avant de lui mordiller le lobe de l'oreille.

Elle ouvrit les yeux et se retrouva face à la porte métallique.

— Non, répondit-elle avant de retenir son souffle.

Ivar s'immobilisa, un doigt toujours en elle.

— Tu veux partir ?

Elle sentait son souffle chaud contre son oreille.

— Non.

Ce mot sortit avant qu'elle ait eu le temps de réfléchir. Son désir ne laissait plus place à rien d'autre.

— Tant mieux.

Il la souleva et fit quelques pas dans la pièce pour la plaquer contre le haut dossier d'un fauteuil, face au feu. Il avait encore son pantalon, mais à travers le tissu, elle sentait son sexe palpiter contre son dos, ce qui lui donnait des frissons jusqu'aux orteils. Il écarta les doigts entre ses cuisses.

— Écarte encore plus les jambes.

Il lui mordilla une nouvelle fois l'oreille et elle sursauta en crispant les doigts sur le fauteuil.

— Je…

Il lui ôta son tee-shirt d'un geste brusque et Promise baissa la tête, incapable de parler. Il passa le bout d'une canine sur son épaule, puis sur l'autre, pour déchirer les bretelles de son soutien-gorge, dont il se débarrassa sans attendre.

— Je t'ai dit d'écarter les jambes.

Il lui tritura le téton, comme pour lui démontrer combien sa position était précaire. Les jambes de Promise se mirent à trembler. Un nouvel orgasme s'annonçait. Ivar retira un peu ses doigts.

— Pas encore. Tu jouiras quand je te le dirai.

Promise émit un bruit de frustration, mais le contact de son érection contre son dos était trop délicieux pour qu'elle désobéisse. Elle ferma les yeux et il se frotta contre elle.

Soudain, il lui pinça la cuisse et elle se redressa d'un bond, les yeux écarquillés.

— Si je dois te le répéter une troisième fois, je te pincerai à un endroit encore plus douloureux, lui murmura-t-il à l'oreille tout en lui tapotant le clitoris avec le petit doigt.

Promise écarta les jambes si précipitamment qu'elle bascula en avant sur le dossier du fauteuil. Ivar réagit avec un petit rire rauque et dominateur.

— C'est mieux.

Il la lâcha et lui ôta son jean, sa petite culotte et ses chaussures à une vitesse fulgurante. Puis il se redressa et prit ses seins entre ses mains.

— Accroche-toi au fauteuil, ma puce.

Promise obéit instinctivement. Il la poussa en avant, ce qui la força à se dresser sur la pointe des pieds, dans un équilibre précaire, submergée par un désir qui lui coupait le souffle. Qu'allait-il faire ?

Ivar passa la langue le long de sa colonne vertébrale, sur ses côtes, puis arriva dans le creux de son dos. Elle sentit ses canines glisser sur ses fesses… puis il la mordit. Promise poussa un cri de douleur et voulut se retourner pour le repousser, mais il reposa la main sur son entrejambe et lui caressa le clitoris avec le pouce. Les sensations étaient insoutenables. Le feu, la glace, le désir, l'excitation… elle se détendit et se laissa faire.

Ivar la souleva un peu plus et elle s'agrippa de toutes ses forces au dossier. La bouche d'Ivar prit le relais de ses doigts, qu'il enfonça dans ses fesses pour l'immobiliser tandis que ses canines glissaient le long de son sexe.

Elle paniqua, paralysée. Ivar commença à la lécher, enchaînant les cercles autour de son clitoris. Jamais Promise ne s'était sentie à ce point exposée. Sa langue ne montrait aucune pitié et bientôt, elle se laissa aller aux sensations de sa bouche et de ses doigts.

Ses jambes tremblaient tant qu'elles lui faisaient mal, mais elle s'en fichait. Tout son corps était crispé et l'orgasme semblait si proche qu'elle laissa échapper un gémissement. Plus. Elle en voulait plus. Un frisson naquit en elle et elle s'y accrocha…

Aussitôt, Ivar ralentit.

— Noooon ! protesta-t-elle en secouant la tête.

Le rire d'Ivar résonna dans son entrejambe et envoya des vibrations dans tout son corps, comme pour lui montrer de quoi il était capable.

— Tu veux jouir ?

Elle cligna plusieurs fois des yeux, incapable de maîtriser ses paupières.

— Oui.

— Supplie-moi.

Sur ces mots, il recommença à la torturer avec sa bouche. Le supplier ? Promise hésita, indécise.

— S'il te plaît ?

Il s'interrompit et elle faillit pousser un cri de protestation.

— C'est mieux, mais ce n'est pas encore ça.

Mais je rêve…

— Je t'en conjure, Ô Ivar, maître de tout l'univers ?

Cette fois, son petit rire faillit la faire basculer.

— Ça me plaît. Beaucoup. Et en effet, j'ai bien l'intention de devenir ton maître. (Il lui accorda un long et lent coup de langue.) À qui vas-tu obéir, ma jolie ?

Malgré les risques qu'elle faisait courir à son corps en le privant de cet orgasme, elle refusa de répondre, mais son désir prit vite le dessus sur sa volonté.

— J'essaierai.

C'était le mieux qu'elle pouvait faire.

Ivar lui infligea une petite tape sur le clitoris et elle se dressa sur la pointe des pieds, ce qui manqua de la faire basculer par-dessus le fauteuil.

— Mieux que ça, ordonna-t-il d'une voix sombre.

— Bon, d'accord, tu as gagné. J'obéirai.

Les mots sortirent si vite qu'ils étaient à peine compréhensibles. Ivar la caressa, puis replongea la tête entre ses jambes.

— Jouis.

Elle explosa aussitôt, le cerveau déconnecté, des millions d'étoiles derrière ses paupières fermées. Lorsque son corps redescendit de la vague, Ivar se redressa et la pénétra d'un coup sec. Promise se figea. Quand avait-il ôté son pantalon ?

Il effectua de vigoureux et rapides va-et-vient, allant plus profondément qu'aucun humain n'aurait pu le faire.

Contre toute attente, un nouvel orgasme se préparait. Son cerveau était aux abonnés absents et seul son corps était encore conscient.

— Bon sang, ce que je te veux, souffla-t-il contre son cou.

Elle frissonna et bougea pour mieux l'accueillir. Ivar accentua ses mouvements et lui tira la tête en arrière. Le cœur de Promise s'arrêta, puis repartit de plus belle.

— Jouis.

Le corps de Promise obéit et explosa en un million de fragments. Elle sentit une douleur vive à la nuque, là où Ivar enfonça les canines, suivie d'une brûlure au-dessus de la fesse droite qui se répercuta jusqu'à son âme. Ivar éjacula en tremblant, puis retira ses canines et lécha la double plaie.

Promise cligna des yeux. Son corps cédait à l'épuisement. C'était fait. Leur union était consommée.

Chapitre 30

Ivar retourna se coucher aussitôt après avoir alimenté le feu et serra sa femme contre lui pour la protéger du froid. Les gazouillements des oiseaux annonçaient l'aube. Il passa la main sur son bras et l'emmitoufla sous la couette. Promise bougea et ses fesses lui frôlèrent l'entrejambe.

— On est où, au fait ?

— Dans le Colorado, au milieu de nulle part. Ma retraite quand j'ai besoin de solitude.

Ce qui avait souvent été le cas au cours des trois derniers mois, même s'il y était toujours venu seul jusque-là.

— Tu te sens bien ? demanda-t-il, car il savait qu'il ne s'était pas montré très doux avec elle.

Elle s'étira contre lui.

— Oui. Mais je ne me sens pas immortelle.

— Ça prend du temps et je ne suis pas sûr que tu remarqueras la différence. Enfin, pas avant que tu te blesses et que tu apprennes à te guérir toi-même.

Elle posa ses pieds froids sur sa cuisse et remua le derrière.

— C'est bien ma fesse droite que tu as marquée ?

— Oui, entre fesse et le bas du dos.

En effet, il avait une grande main.

— J'avais dit au milieu du dos. Pourquoi est-ce que tu l'as mise là ?

— Parce que c'est là que je voulais la mettre.

Il lui lécha le cou jusqu'à l'épaule. Lorsqu'il arriva à l'endroit où il l'avait mordue, Promise frissonna.

— Je crois que nous étions d'accord sur ce point, d'ailleurs : c'est moi qui commande.

Au moins jusqu'à ce qu'il sauve Quade et que les Sept éliminent la menace que représentait Ulric. Promise secoua la tête et son épaisse chevelure frotta sur l'oreiller.

— Un accord passé sous la contrainte n'a aucune valeur.

— Tu as joui cinq fois. Je n'appellerais pas ça de la contrainte.

Il savait ce qu'elle voulait dire, mais cela ne changeait pas la réalité des faits.

— Notre vie est risquée. Dès que les dangers auront été écartés, tu pourras redevenir aussi indépendante que tu le souhaites.

Tant qu'elle ne se mettait pas en danger, bien entendu. Cette condition n'avait rien de déraisonnable. Ou cette exigence, plutôt.

— Une union immortelle entraîne des conséquences que je t'ai décrites en détail.

Il ne voyait pas son visage, mais il était prêt à parier qu'elle levait les yeux au ciel.

— Bien, je crois que ce n'est pas le bon jour pour aborder le sujet, répliqua-t-elle. Parle-moi plutôt d'Ulric. Qu'est-ce qu'il a fait de si terrible ?

Cela s'était passé avant qu'il prenne la place de son grand frère parmi les Sept, mais il connaissait l'histoire par cœur.

— Ulric est un Cyst qui a tué une centaine d'humaines aux capacités améliorées pour prendre leur sang au cours d'une cérémonie qui a probablement violé toutes les lois de la physique. Son corps est désormais complètement protégé et il ne peut pas être tué de l'extérieur.

— Comme toi ?

— Non, je peux être décapité. Seul notre torse est blindé. Lui, c'est le corps tout entier et le seul moyen de le tuer, c'est d'agir de l'intérieur, avec le sang de ses victimes.

— C'est dingue !

— La réalité dépasse souvent la fiction, murmura-t-il. L'une de ses victimes était une sorcière très puissante qui a réussi à introduire un poison dans le sang de ses triplées. Un poison susceptible de tuer Ulric si leurs trois sangs sont mêlés. Ces trois femmes étaient les premières Clés. Lorsqu'une Clé meurt, une autre naît quelque part sur Terre pour prendre sa place. (Il lui embrassa le cou et sourit en entendant son petit soupir de contentement.) Grace et Mercy sont des Clés, mais nous devons encore identifier la troisième.

Promise déglutit bruyamment.

— Et si Ulric regrettait ses actes ? Une éternité en enfer, ça peut pousser à la contrition, même pour un monstre.

Ivar réfléchit un instant.

— Pour moi, l'enfer ne réforme pas les monstres. Au contraire, il en crée de nouveaux. Les Cysts se préparent au retour d'Ulric depuis des années. La fusion de son corps n'était que la première étape du rituel. La seconde moitié reste inachevée. S'il la termine, il aura le pouvoir de tuer toutes les humaines aux dons spéciaux. Jusqu'à la dernière.

— Des humaines comme moi ? demanda Promise après quelques secondes de silence.

— Oui, même celles qui sont en couple avec un immortel. (Il la serra plus fort contre lui. La vérité était cruelle à entendre, mais elle devait savoir quel danger elle courait.) Les Sept ont rédigé des notes sur les rituels et sur les principes scientifiques qui entrent en jeu. Si tu veux les consulter, tu es la bienvenue.

Il savait que Promise sauterait sur cette occasion de résoudre un problème. C'était positif. Il était plus que temps que quelqu'un trouve la solution.

— Un autre mystère scientifique… ils sont si nombreux que j'ai du mal à y croire.

Il posa la main sur son cœur, qui battait avec force et régularité et qu'il sentit s'accélérer sous ses doigts.

— Tu as désormais toute l'éternité pour résoudre toutes les équations que tu souhaites. Enfin, tu l'auras très bientôt, plutôt.

Il ne savait pas combien de temps il faudrait à Promise pour que les nouvelles paires de chromosomes apparaissent. Selon la dernière théorie en date, le délai était différent pour chaque personne, ce qui semblait logique.

— Ça va être long, tu penses ?

— Entre deux ou trois jours et une semaine, je crois. Tu devrais poser la question à la reine. Elle est généticienne et c'est un sujet qu'elle étudie depuis longtemps.

— D'accord, dit Promise avant de se retourner face à lui. Cette nuit, c'était indescriptible.

— Pareil pour moi.

Avec ses cheveux ébouriffés et ses yeux bouffis de sommeil, Ivar la trouvait parfaite au réveil.

— Il faut que je retourne à mes équations, Ivar. Les tableaux m'appellent.

Il sourit. Ce qu'elle pouvait être mignonne ! Il l'avait trouvée adorable dès leur première rencontre. Il se souleva et se coucha sur elle.

— D'accord. Tout à l'heure.

Puis il l'embrassa.

Malgré les bienfaits de la douche et du petit déjeuner, Promise se sentait plus nerveuse que le jour où elle avait soutenu son premier mémoire lorsque Logan arriva pour les téléporter jusqu'au QG des démons. L'accouplement avait largement dépassé le simple plan physique.

— Tu es quelqu'un d'assez spécial, Ivar, dit-elle en le suivant au-delà des rochers.

— Je suis moi, c'est tout.

Il avait tout à fait raison. Le véritable Ivar était bien plus que l'homme à la fois grognon et détendu qui avait fait la cuisine chez elle, lors de ce premier soir. Sa personnalité était constituée de diverses facettes qui étaient loin d'être toutes humaines. La réaction viscérale que son instinct de domination éveillait en elle l'étonnait et l'inquiétait. C'était la première fois de sa vie qu'elle avait autant de mal à aborder un problème de manière rationnelle.

Logan les attendait un peu plus loin. Il portait un tee-shirt déchiré et un jean noir et il avait un bandage sur l'avant-bras droit.

— Qu'est-ce qui t'est arrivé ?

Il ôta la gaze pour lui montrer une entaille de dix centimètres, rouge et gonflée.

— Je m'entraînais avec Garrett et il m'a surpris avec une très bonne feinte. Comme je passais vous chercher, je me suis dit que ça te plairait de voir les cellules thérapeutiques en action.

Elle s'arrêta, surprise, puis se précipita vers lui, dévorée par la curiosité.

— Oh, c'est gentil !

— De rien.

Il regarda sa blessure, puis commença à respirer avec régularité. La plaie se referma et disparut. Les muscles et les tendons se reformèrent, puis la peau redevint toute lisse.

— Ce que c'est rapide ! s'étonna-t-elle tout en passant les doigts sur son bras sans trouver le moindre défaut. C'est parfait.

Ivar la prit par la taille et la ramena contre son corps musclé. Le cœur de Promise bondit et elle sentit une bouffée de désir l'envahir.

— Ne songe même pas à essayer avant un bon moment, ma jolie.

Elle rougit, car elle y avait pensé, en effet. Mais elle convenait que cette capacité ne se développerait probablement pas du jour au lendemain.

— On verra, répondit-elle pour ne pas qu'il s'habitue à ce qu'elle soit trop docile.

Il se tourna vers son ami.

— Quoi de neuf?

— La reine est prête à faire passer des IRM à tout le monde, si tu veux commencer tes expériences dès aujourd'hui.

Promise sautilla de joie. Son excitation prenait enfin le dessus sur sa méfiance.

— Formidable. Bien sûr que je veux commencer ! (Elle réfléchit à tout ce qu'elle savait sur la royauté.) Euh, avec votre reine, là, il y a un protocole à suivre ?

Elle ne voulait surtout pas partir du mauvais pied avec la femme la plus puissante du Royaume.

— Pardon ? demanda Logan.

Les hommes, toujours à côté de la plaque…

— Je dois lui faire la révérence ? Dire « Longue vie à la reine » ou un truc de ce genre ?

Logan se frotta le bras à l'endroit de sa blessure disparue.

— Euh non, on se contente généralement de lui tendre le bras.

Promise le regarda, décontenancée. Devait-elle lui faire la bise ?

— Euh, je ne comprends pas bien. La reine aime étreindre les gens, c'est ça ?

Cela fit rire Logan.

— Non, mais la plupart du temps, elle a une seringue entre les mains. Si elle demande à te faire une prise de sang, accepte.

— Je confirme, maugréa Ivar. Benny a passé une semaine au QG le mois dernier et il était bien décidé à ne pas donner une goutte de sang. Emma a attendu qu'il dorme pour lui sauter dessus.

— Elle a bien réussi son coup, renchérit Logan. Il n'a pas osé résister.

Promise ne savait comment réagir. Soudain, elle eut une idée. Elle avait automatiquement dressé ses boucliers en voyant Logan. Résisterait-elle si elle l'abaissait ? Elle se concentra et l'entrouvrit un peu. Aussitôt, des glaçons perçants lui assaillirent les tempes et elle s'écroula sur Ivar, haletante.

— Qu'est-ce qui t'arrive ? demanda-t-il.

— Rien. Juste une petite expérience.

Elle remit sa muraille de diamants en place et poussa un soupir d'aise en sentant la douleur s'évaporer.

— La prochaine fois, préviens-moi, si tu veux bien, la rabroua Ivar avant de se tourner vers Logan. Avant qu'on parte, dis-moi où on en est avec le petit Kurjan.

— On le garde bien au chaud. Zane ne l'a toujours pas renvoyé chez lui.

Promise était atterrée. Prendre un enfant en otage… ce n'était pas digne des démons.

— Vous devriez être au-dessus de ça.

— Eh non, tu vois, rétorqua sèchement Ivar. On y va ?

Logan hocha la tête et leur sauta dessus. Cette fois, le voyage s'avéra plus fluide que la dernière fois. Promise garda les yeux ouverts, mais ne vit que l'obscurité absolue du vide. Ils réapparurent sur la pelouse d'un chalet en bois. Des soldats patrouillaient entre les rosiers et les dernières fleurs qui résistaient aux premières offensives de l'hiver. Une femme sortit du chalet. Elle portait une blouse blanche déboutonnée sur un jean et un pull jaune. Ses cheveux noirs étaient attachés en une queue-de-cheval et ses yeux bleus pétillaient d'intelligence. Elle s'approcha d'eux, faisant raquer les petits cailloux sous ses baskets blanches, et prit la main de Promise.

— Ravie de faire ta connaissance. Cette capacité à détecter les personnes capables de se téléporter, tu l'as toujours eue ?

Elle entraîna Promise vers la maison, mais Ivar rattrapa sa compagne par le bras.

— Missy ? Je te présente Emma Kayrs, la monarque du Royaume.

C'était donc elle, la reine ? Promise se tourna vers elle et trébucha. Personne ne lui avait dit si elle devait faire la révérence ou pas. Savait-elle seulement le faire, d'ailleurs ? Mais Emma la tira de son dilemme en lui serrant vigoureusement la main.

— Emma, voici Promise Williams, ma compagne.

— « Compagne » ? répéta Emma, les yeux ronds. Depuis quand ?

— La nuit dernière, répondit Promise, qui ne savait que penser de la reine.

Emma sourit, ce qui apporta de la couleur à son visage.

— Parfait. Excellent. Ça ne pouvait pas mieux tomber. (Elle repartit vers le chalet en traînant presque Promise derrière elle.) Voici notre centre médical, à mi-chemin entre le QG du Royaume et celui des démons. (Elle passa le bras autour des épaules de Promise pour l'arracher à Ivar.) On va commencer par des prises de sang et ensuite, on passera aux IRM. C'est super, l'accouplement doit juste commencer à faire effet.

Les deux hommes grognèrent dans leur dos et Promise laissa la reine l'entraîner dans son labo.

Chapitre 31

Comme l'avait subodoré Ivar, les deux jeunes femmes s'entendaient à merveille. Lorsque Faith les rejoignit, elles se mirent à discuter des résultats des examens avec un tel entrain qu'elles lui donnèrent envie de s'arracher la tête.

Son tour arriva enfin. La machine d'imagerie médicale était d'un blanc brillant. Il n'avait qu'à s'allonger sur la couchette que l'on pousserait ensuite dans le tube. Les mains moites, le ventre serré, il s'avança vers la machine, vêtu d'un pantalon et d'un tee-shirt en coton blanc, sans le moindre morceau de métal sur lui.

Promise tapota la couchette.

—Allonge-toi. Il y a un micro et on va prendre quelques clichés avant de te demander de te téléporter quelque part et de revenir une minute après. Je sais que tu n'y arrives toujours pas, mais ce n'est pas grave. Ce qui nous intéresse, c'est ce que fera ton cerveau quand tu essaieras. (Il déglutit, mais sa gorge était sèche. Promise le regarda de ses beaux yeux miel chocolaté.) Tu te sens bien ?

—Ça va aller.

Il se rappelait avoir affronté un monstre mi-dragon, mi-loup dans une dimension lointaine, mais même lors de ce combat, il ne s'était pas senti aussi mal à l'aise. Après avoir été traîné à travers tant de portails dans des endroits où la pesanteur irréelle avait tout fait pour l'écraser, avoir peur de s'enfoncer dans un appareil médical qu'il ne lui faudrait que quelques secondes pour démolir si nécessaire était complètement fou.

Elle passa la main sur son bras nu.

— Rien ne t'oblige à le faire, tu sais.

Il enfouit sa panique tout au fond de lui, dans un endroit qu'elle n'aurait jamais dû quitter, et parvint à lui sourire. Il était hors de question qu'il dévoile ses faiblesses à sa compagne.

— Tout va bien.

Il s'allongea, le cœur tambourinant contre ses côtes fusionnées. Un hybride pouvait-il être victime d'une crise cardiaque ? Jamais il n'en avait entendu parler, mais il fallait un début à tout. Si son cœur explosait, il lui faudrait des siècles pour le réparer.

Promise passa dans la salle de contrôle et tamisa la lumière. La machine commença à ronronner et la couchette avança dans le tube. Ivar crispa les doigts sur les draps, le torse en sueur. La couchette s'arrêta brusquement et il ferma les yeux pour ne pas voir qu'il était pris au piège.

Les souvenirs l'assaillaient, l'entraînaient dans l'abîme. Sang, mort, peur qui paralyse… ses canines s'allongèrent et il s'entailla la lèvre. Son sang avait un goût métallique, familier.

La voix d'Emma sortit d'un haut-parleur au-dessus de sa tête.

— Ivar ? Ton rythme cardiaque s'affole. Tu veux sortir ?

— Non, grogna-t-il.

Bien sûr qu'il voulait sortir !

— Hé, Viking, dit alors Promise, la voix aussi douce que la fourrure d'un monstre qu'il se rappelait avoir écorché. Respire à fond. (Il obéit et sentit que son cœur ralentissait un peu.) Parfait. Ça va aller. Bon, on a les données de référence pour ton activité cérébrale. Essaie de te téléporter n'importe où. Si tu ne veux pas revenir dans la machine, rematérialise-toi où tu veux. Tout va bien, Ivar. Si ça ne va pas, on te fait sortir sur-le-champ.

La gentillesse de Promise l'aidait comme rien d'autre n'aurait pu le faire. Il mobilisa les forces qui l'entouraient pour lutter contre sa propre faiblesse. La puissance le traversa comme un éclair, puis disparut sans que rien ne se passe. Plein d'appréhension, il se redressa et se cogna la tête contre le plafond. Comme il avait les épaules coincées, il agita les jambes. Ses yeux s'ouvrirent dans le noir et son instinct prit le dessus. Il sentit des griffes invisibles le déchirer et poussa un rugissement en se débattant de toutes ses forces.

Puis il perdit la tête.

Il faisait tout pour sortir de ce tombeau, fendant le métal, le plastique et même le drap sur lequel il était couché.

Des voix féminines l'appelaient par le haut-parleur, mais les flammes qui vrombissaient dans sa tête l'empêchaient de comprendre ce qu'elles disaient. D'un coup de poing, il perça la paroi et la couchette se mit à bouger, emportant tout sur son passage.

Des bras musclés le saisirent et le plaquèrent au sol.

— Tout va bien, Viking, le rassura Adare en passant le bras autour de ses épaules pour l'immobiliser. Respire, mon frère.

Ivar tenta de lui donner un coup de poing et frissonna. Il avait les veines en feu.

— Tout va bien. (Adare le serra contre lui puis le relâcha, ses yeux noirs comme la nuit.) Je suis là.

Ivar, pantelant, sentait la rage diminuer dans sa tête.

— Ivar ? l'appela Promise depuis la porte.

Adare l'arrêta d'un geste de la main.

— Attends une seconde, Prof. (Il reporta son attention sur Ivar.) Tu te sens mieux ?

Ivar respira plusieurs fois en frissonnant puis s'assit sur le carrelage froid. Il cessa de trembler et pâlit en voyant l'appareil qu'il avait démoli. Adare lui tapa dans le dos et l'aida à se relever.

— Ouais, la reine va être furax. Et là, pas question que j'assume pour toi.

Il soutint Ivar jusqu'à ce que le Viking parvienne à tenir debout seul, lui apportant le soutien silencieux d'un frère. Promise se précipita vers lui pour se blottir contre son torse.

— Je suis désolée. Je ne pensais pas que ta claustrophobie était aussi grave. (Elle le serra dans ses bras, puis passa les mains sur sa taille.) Je ne savais même pas que tu étais claustrophobe, d'ailleurs.

Il leva la tête et constata avec surprise qu'elle pleurait. Des larmes ? Pour lui ? Cela lui faisait mal et plaisir à la fois.

— Tout va bien, ma belle.

Il se pencha pour s'enivrer de son parfum si apaisant. Promise lui caressait le dos en poussant des petits gémissements. Ivar regarda par-dessus sa tête et vit que la reine constatait les dégâts, ses beaux traits crispés par l'inquiétude.

— Je suis désolé, Emma.

Le visage de la reine, naturellement aimable, s'adoucit encore.

— Je ne savais pas, Ivar. C'est moi qui suis désolée.

Il observa les ruines de l'appareil. C'était encore pire que ce qu'il avait cru.

— Et merde. J'ai de quoi t'en racheter un. Mercy fera un virement dans la journée.

Emma haussa les épaules.

— Ne t'en fais pas pour ça, on en a trois autres. Mais je crois qu'avec toi, on va s'en tenir aux prises de sang et aux tests d'intensité physique.

Sur ces mots, elle ressortit et Ivar essuya les larmes sur les joues de Promise.

— Tu pleures souvent pour tes cobayes ?

— Tu es le premier, admit-elle en reniflant.

C'était bien ce qu'il pensait. Des émotions étaient apparues entre eux, ce qui était logique après leur union. Comment allait-il réussir à quitter cet être si doux pour replonger en enfer ?

Mais cette question n'avait aucun sens. Il n'avait pas le choix. Sa voie était tracée depuis le jour où il avait survécu au rituel des Sept, et plus encore depuis le moment où il avait survécu à son périple entre les dimensions.

La vie était parfois bien cruelle.

— Ta salle de jeu est géniale, déclara Drake, assis en tailleur devant la console. Ces jeux ne sont pas censés sortir avant six mois. Comment est-ce que tu les as eus ?

Hope haussa les épaules et s'assit à côté de lui, sa manette violette entre les mains.

— Mon oncle Kane participe à la création de beaucoup de ces jeux. Il dit que c'est comme ça qu'il gagne de l'argent pour me faire des cadeaux.

Ils se sourirent et elle constata que les yeux de Drake étaient d'un vert plus clair que la veille.

— J'ai entendu parler de lui. Il paraît que c'est un génie.

— Ouais, il est super intelligent, s'extasia Hope.

Et Kane faisait aussi les meilleures glaces du monde.

— Il ne travaille pas avec les Sept ?

Drake s'acharnait sur sa manette et sur l'écran, son ours sauta par-dessus une armée de tortues prêtes à le manger.

— Non. Mais les Sept sont gentils. Il ne faut pas que tu aies peur d'eux, le rassura-t-elle tandis que son propre ours, d'un flip avant, bondissait par-dessus une rivière pleine de crocodiles affamés.

— Joli.

Hope se redressa. Il la trouvait douée pour ce jeu. C'était génial.

— Merci. Tu es super toi aussi.

— Pas autant que toi. Et tu te trompes sur les Sept. Ils ont fait des trucs horribles il y a longtemps et ils ont exilé un homme qui est une sorte de grand prêtre pour nous, en violant pas mal de lois.

— Mais non, protesta Hope en rougissant. Jamais mon tonton Garrett ne ferait un truc malhonnête. Mon tonton Logan, peut-être, mais c'était il y a longtemps, quand il ne faisait pas partie des Sept.

Ses deux oncles étaient entrés dans la confrérie quelques mois plus tôt. On avait menti à Drake et elle tenait à rétablir la vérité.

Paxton entra, un hématome violet sur la joue droite. Hope se précipita vers lui.

— Pax ? Qu'est-ce qui t'est arrivé ?

Le petit garçon rougit.

— Je m'entraînais avec deux démons et je me suis laissé surprendre.

Même ses oreilles étaient rouges. Drake se leva à son tour et s'approcha pour examiner le bleu.

— On voit même la marque des phalanges. Ça fait vraiment mal, je connais.

— Pourquoi t'es encore là, toi ?

— Aucune idée, répondit Drake avec un haussement d'épaules. J'ai parlé à mon père hier et il veut que je rentre, mais les démons me gardent ici. Je savais pas que vous kidnappiez des enfants.

Hope sentait la panique lui monter dans la gorge.

— Ils te laisseront bientôt rentrer chez toi, assura-t-elle.

Il fallait qu'elle parle à son père. La nuit précédente, il était rentré tard, alors qu'elle était déjà couchée. Drake dormait dans la chambre d'amis. Sa mère passa la tête par la porte.

— Vous avez faim, les enfants ?

Paxton et Drake se mirent à danser d'un pied sur l'autre et la regardèrent bizarrement, à la fois curieux et pleins d'espoir, puis hochèrent la tête. Janie sourit, ce qui fit pétiller ses yeux.

— Venez, alors. Au menu, il y a des cheeseburgers, des frites et des nouilles. Et pour le dessert, de la glace ou des cookies.

Hope se mordit la lèvre. Drake et Paxton avaient l'un comme l'autre perdu leur maman. Elle pouvait partager la leur avec eux, ce qu'elle faisait souvent pour Pax, mais Drake ne serait bientôt plus là. Elle aurait voulu qu'il trouve une nouvelle maman, mais les immortels ne pouvaient généralement pas se remarier. Peut-être pourrait-elle lui parler du virus, si jamais les Kurjans n'étaient pas au courant ?

— Hope ? l'interpella Janie.

Elle sursauta.

— Ah, oui, pardon. On a tous faim. Pax s'est fait mal à l'entraînement tout à l'heure.

Janie s'approcha de lui et lui souleva le menton.

— Oh, mon pauvre poussin, je ne savais pas qu'il y avait entraînement ce matin.

Il se pencha contre elle.

— Je me suis incrusté dans un cours pour métamorphes.

— Tu avais dit que c'était des démons, répliqua Hope en fronçant les sourcils.

Il sursauta.

— C'était les deux. Les métamorphes, euh, s'entraînaient et deux petits démons se sont joints à eux. C'est un démon qui a réussi à me surprendre.

Janie inclina la tête.

— Tu as mal ailleurs qu'à la joue ?

— Non, répondit Pax en faisant un pas en arrière. Je vais bien, madame Kyllwood, je vous jure.

— Je t'ai dit mille fois de m'appeler par mon prénom.

Elle passa le bras autour de ses épaules, puis se tourna vers Drake et lui fit signe d'approcher. Le jeune Kurjan avança lentement, puis lui prit la main.

— Toi aussi, mon poulet.

Drake sourit et se serra contre elle.

— D'accord. Janie.

Paxton le regarda, le visage neutre. Hope les observait. S'ils prenaient ce repas ensemble, peut-être Drake et Pax deviendraient-ils enfin amis. Elle cherchait le moyen de faire venir Pax dans leur monde onirique, mais sans succès pour l'instant.

— Viens, Hope, dit sa mère. Après le repas, on essaiera de faire rentrer Drake chez lui. On a attendu assez longtemps que papa le fasse.

C'était une excellente nouvelle. Quand sa maman prenait la situation en main, les résultats ne tardaient jamais. Son père était un excellent leader, mais sa mère ferait en sorte que Drake rentre chez lui.

— D'accord, Maman.

Elle suivit sa mère et ses deux meilleurs amis.

Tout allait s'arranger.

Son père apparut au bout du couloir et marcha vers eux. Ses grosses chaussures claquaient fort sur le carrelage.

— Janie Belle ?

— Tu as fait le nécessaire ? demanda-t-elle d'une voix sans réplique.

Les yeux de Zane brillèrent. Il avait déjà posé toutes ses armes.

— Oui, répondit-il avant de regarder Paxton. Qu'est-ce qui t'est arrivé ?

— Je me suis pris un coup à l'entraînement, expliqua le petit garçon en se collant encore davantage à Janie. Je ferai mieux la prochaine fois, Zane.

Le grand guerrier lui ébouriffa les cheveux.

— Tu te débrouilles très bien. On en parlera plus tard. Dis-moi, Drake, tu t'es déjà téléporté ?

Le jeune Kurjan fit un signe de tête négatif et Zane sourit.

— Ce n'est pas si terrible. Je te tiendrai le bras, on volera à travers un petit tunnel et tu retrouveras ton papa. Ça te dit ?

Janie eut un mouvement de recul.

— C'est toi qui vas l'emmener ?

— Oui. Toutes nos demandes ont été satisfaites. (Il tendit la main vers Drake, qui lui présenta son bras.) Je reviens tout de suite.

Sur ces mots, ils disparurent. Et en effet, quelques secondes plus tard, Zane revint seul et se pencha pour embrasser Janie sur le bout du nez.

— Tout va bien. On s'était donné rendez-vous dans un endroit public. On s'est rematérialisés derrière un bouquet d'arbres, Drake a couru vers son père et je suis reparti avant qu'on puisse me tirer dessus. (Il se tourna vers Hope.) Bon, maintenant, mademoiselle, je crois qu'il serait temps d'aborder le sujet de votre punition pour vous être sauvée en ville sans avoir demandé la permission.

Elle qui espérait qu'il aurait oublié... après tout, il avait tant de soucis avec les Sept. Elle le savait car cette nuit, elle avait rêvé des Sept et de son tonton Ivar. Il allait de nouveau souffrir et elle n'avait pas trouvé comment le sauver.

Mais cela ne tarderait pas.

Chapitre 32

Promise ne vit pas la semaine passer. Ses journées étaient rythmées par les expériences qu'elle enchaînait avec Faith et Emma. Grace, de son côté, filmait tout. Elle voulait participer, mais s'endormait avec des grognements irrités à chaque fois que Promise tentait de lui expliquer la théorie des cordes. Les trois jeunes femmes n'avaient pas tardé à localiser les zones du cerveau qui s'activaient lors de la téléportation. Comme elle le subodorait, ces zones étaient différentes selon si le sujet était un démon ou une fée.

Les recherches pour localiser l'hybride femelle démon-fae s'étaient intensifiées. Les experts informatiques du Royaume et des démons y travaillaient sans relâche. Mais pour la trouver, encore fallait-il qu'elle ait survécu jusqu'à l'âge adulte.

Promise passait toutes ses nuits avec Ivar Kjeidsen et découvrait que son corps pouvait lui apporter autant de plaisir que son cerveau. L'urgence qui entourait leurs recherches ne faisait qu'ajouter à son bien-être général.

Observer Ivar tenter de récupérer sa capacité de téléportation était aussi fascinant que le reste. Puisqu'elle avait pu identifier quelle zone du cerveau commandait ce phénomène, elle pouvait guider ses efforts. Au bout d'une journée, il constatait déjà une amélioration.

Un soir, elle était en train de travailler sur son ordinateur en attendant le retour d'Ivar. Il s'entraînait avec les démons, qui avaient de nouvelles tactiques à lui enseigner.

Promise marmonnait dans sa barbe. Ses calculs prenaient une direction qui ne lui plaisait pas et qui contrarieraient encore plus Ivar. Elle en avait mal au ventre, mais elle n'en continua pas moins son travail.

Son ordinateur sonna et elle appuya sur une touche. Le visage de Mark Brookes apparut à l'écran.

— Salut, Mark, dit-elle, heureuse de cette pause inattendue. Tu vas bien ?

Ses cheveux, qui se faisaient rares, étaient coiffés en arrière et ses yeux brillaient d'excitation.

— Super. Je travaille sur ma demande de subvention et j'ai réussi à intégrer deux de tes articles dans mes théories. Je pense que mes calculs pourraient t'aider dans ton travail sur le voyage interdimensionnel. Peut-être. En tout cas, ce serait sympa qu'on entame une nouvelle collaboration.

Promise se força à garder son sourire. Elle ne demandait qu'à lui détailler ses véritables expériences de téléportation, mais elle refusait de trahir le monde immortel. Ivar s'était montré aussi clair qu'inflexible sur ce point. À plusieurs reprises. Elle tenta de se remémorer le contenu des deux articles en question. Ils parlaient de la théorie des cordes et de la matière noire, si ses souvenirs étaient exacts.

— C'est génial. Peu de mathématiciens pensent que la gravitation pourrait être utilisée pour influer sur le temps.

Il s'approcha de la caméra.

— M'en parle pas… alors, qu'est-ce que tu en dis ? Tu veux bien revenir à la fac pour qu'on collabore ? Personne ne t'oblige à travailler de chez toi, après tout.

— Je ne suis pas chez moi, répondit-elle en écartant une boucle rebelle de son visage. J'en profite pour voyager un peu tout en continuant mes recherches.

Mark fronça les sourcils.

— Je te connais. Quand tu t'attaques à un problème, tu ne penses plus qu'à ça. Tu es en train de me dire que tu fais du tourisme et que tu calcules quelques petites équations pour passer le temps ?

Cela la fit sourire.

— Bien sûr que non. J'ai loué un chalet à la montagne pour travailler dans le calme et la solitude, c'est tout. Et j'adorerais collaborer avec toi, si c'est possible.

Mark était un grand mathématicien et son aide lui serait précieuse. Malheureusement, elle ne pouvait encore lui révéler aucun résultat à ce stade.

— Mais tu sais, je commence à peine et je n'ai rien à te mettre sous la dent.

— Où ça, à la montagne ?

— Dans l'État de Washington.

Ce mensonge lui vint presque naturellement. Elle prenait le pli de ses nouveaux amis immortels, qui vivaient dans le secret. Au moins, la reine était dans son camp, prête à partager leurs résultats avec les humains si nécessaire. Cette pensée en amena une autre, beaucoup plus inattendue. Elle n'était plus humaine. Qu'était-elle donc, alors ? Immortelle, mais sans l'être vraiment. Cette question était fascinante.

— Promise ? Tu m'écoutes ?

— Mais oui. (Un nouveau mensonge…) Euh, Mark ? dit-elle précipitamment en entendant la porte s'ouvrir. Il faut que j'y aille. Je te recontacte.

Elle coupa la communication au moment où Ivar entrait. Il posa ses armes à côté de la fenêtre et délaça ses chaussures.

— C'était qui ?

Ses yeux étaient vert foncé. Ses épaules étaient tendues et il semblait épuisé.

— Mark Brookes. Qu'est-ce qui ne va pas ?

Il s'assit sur le lit et posa l'ordinateur portable sur la table de nuit.

— Rien du tout. Je suis fatigué, c'est tout. Les cellules thérapeutiques travaillent en permanence sur mon cerveau et elles me demandent énormément d'énergie. Si tu ajoutes à ça l'entraînement à l'arme blanche et les facéties de Benny, tu peux comprendre que j'ai besoin de dormir. (Il l'attira sur ses genoux et l'embrassa tendrement.) Et Brookes, qu'est-ce qu'il voulait ?

— Qu'on collabore pour les subventions, expliqua-t-elle d'une voix distraite.

Ivar embrassait comme un dieu et lui faisait oublier sa propre fatigue. Il déposa un baiser sur son nez.

— Ah oui, c'est vrai, on devrait annoncer les noms des lauréats pour que les autres arrêtent de se fatiguer pour rien. Félicitations, au fait. Tu as gagné un financement pour tes recherches.

Cela la fit sourire. Depuis leur union, elle bénéficiait probablement de fonds illimités.

— Sans blague. L'argent ira à la fac ?

— Oui, mais toi, tu n'y retourneras pas, répondit-il en frottant le menton sur ses cheveux. À moins que tu veuilles vraiment enseigner pendant quelques années. Mais ensuite, il faudra que tu disparaisses.

— Non. Je travaille sur cette histoire de téléportation et tant que je ne l'aurai pas résolue, je ne pourrai même pas envisager d'enseigner. Mais je suis contente que la bourse aille à mon université.

Elle était satisfaite d'avoir pu aider son *alma mater*, mais elle n'avait pas le temps de se reposer sur ses lauriers. Son ordinateur, fermé sur la table de nuit, exerçait un attrait irrésistible.

— J'ai regardé les infos. Personne ne parle des physiciens qui ont été enlevés.

Ivar lui caressa les cheveux.

— Nous surveillons de près tous les spécialistes que nous pensons en danger. Il y a eu quelques tentatives d'enlèvement, mais on a fait le nécessaire.

C'était très prévenant de leur part. Elle déglutit.

— Il faut que je te parle.

— Moi aussi, répondit-il avec un grand sourire. Je me suis téléporté tout à l'heure.

— Arrête !

— Je te jure.

Ravie, elle le serra dans ses bras, autant que le lui permettait sa position.

— C'est génial. Tu m'emmènes quelque part ?

Mieux valait le faire avant qu'elle lui annonce les mauvaises nouvelles.

— Pas encore, refusa-t-il en bâillant. Je ne contrôlais pas grand-chose. Il me faut encore quelques jours, mais je ne suis pas loin. Ensuite, on ira où tu voudras. (Il baissa la tête pour l'observer.) Tu as l'air tendue. Qu'est-ce qu'il y a ?

Les revers étaient le quotidien des physiciens, mais elle n'en était pas moins mal à l'aise.

— Les calculs ne collent pas, Ivar.

Elle l'avait appelé par son prénom pour bien lui faire comprendre combien elle était sérieuse.

— Je retourne les équations dans tous les sens et j'utilise toutes les données que nous avons recueillies.

Ainsi que des théories échafaudées avec l'aide de Kayne Kayrs sur l'application du voyage interdimensionnel par les trous de ver.

— Le résultat est clair : tu ne peux ni prendre la place de Quade Kayrs, ni le libérer. Ces deux événements entraîneraient des répercussions potentiellement catastrophiques. Je suis désolée.

Ivar reposa Promise sur le lit et recula pour mieux la regarder, incrédule.

— Tu as dû faire une erreur quelque part.

— Non. Kane et moi, chacun de notre côté, avons tenté de contourner la première loi de Newton, mais sans résultat. Les bulles, si on peut les appeler ainsi, ont trouvé un équilibre précaire. Lorsque celle de Ronan a explosé, les deux autres, selon notre théorie, ont profité de l'attraction gravitationnelle pour retrouver une certaine stabilité. Chaque monde est connecté aux autres. Sans cela, tu n'aurais pas pu t'y rendre. Il suffit qu'un seul monde se brise pour que tous les autres changent. (Elle se redressa, la voix de plus en plus assurée.) Tu ne comprends pas ? C'est l'explosion de la bulle de Ronan qui a généré ces mondes cauchemardesques, ou plutôt qui les a révélés, ou fait apparaître de l'endroit où ils se trouvaient avant. On ne sait pas exactement comment c'est arrivé.

— Mais Quade est dans l'un de ces enfers, répliqua Ivar.

— Aujourd'hui, oui, mais ce n'était probablement pas le cas avant la destruction de la bulle de Ronan. C'est ce qu'on pense, en tout cas. Et comme le temps est différent selon la dimension, trois mois sur Terre équivalent peut-être à une éternité là-bas.

Il se leva et se dirigea vers ses armes.

— Non. Vous devez trouver une solution, dit-il d'une voix rauque qui lui brûlait sa gorge déjà endommagée. Je me fiche des réactions en chaîne que ça peut entraîner, tant qu'on récupère Quade. En quoi est-ce que ça peut compter ?

Elle haussa les sourcils, stupéfaite.

— En quoi est-ce que ça peut compter ? Premièrement, ça risquerait de détruire notre monde. Ensuite, ce n'est pas parce que tu n'y as croisé aucune forme de vie intelligente que ces autres mondes n'en abritent pas. Si les bulles sont infinies, alors tu n'en as visité qu'un milliardième de milliardième de pour cent à la puissance infinie.

Il se moquait de tout cela. De tout son être.

— Merci d'avoir fait le calcul. Sincèrement.

Il glissa son couteau dans son fourreau. Adare serait certainement partant pour quelques heures d'entraînement.

— De rien.

— Mais tu dois aller encore plus loin et trouver un moyen pour que je retourne auprès de Quade. (Il aurait voulu que cela sonne comme une demande, mais c'était un ordre pur et dur.) Que les résultats te plaisent ou non, c'est ton boulot. C'est pour ça que tu as reçu la subvention.

— Tu ne me crois pas ? Tu penses que je mens ?

Promise était persuadée d'être une personne purement rationnelle, mais en réalité, elle fonctionnait à l'affectif.

— Je pense que tu baisses les bras. Au fond de toi, tu n'as pas envie que je parte et je pense que tu ne cherches pas à approfondir tes calculs.

— Tu es d'une arrogance à couper le souffle, répliqua-t-elle, la tête haute. Mes calculs sont très rigoureux et je travaille sans relâche depuis qu'on s'est rencontrés.

Comment pouvait-il lui faire voir au-delà des chiffres ?

— Ton boulot, c'est de faire les calculs. Alors fais-les.

— C'est pour ça que tu as accepté notre union ? demanda-t-elle d'une voix douce. Tu voulais mes compétences professionnelles et tu n'obtiens pas les réponses que tu désirais. Tu as commis une erreur.

— N'inverse pas les choses. Cette union, c'est toi qui nous y as poussés parce que tu voulais avoir accès à notre monde et à ses avancées scientifiques, rétorqua-t-il, peu enclin à se laisser faire. J'ai accepté uniquement parce que c'était ce que tu voulais. (Les mots semblaient bloqués dans sa poitrine et il déglutit. Sa gorge était aussi râpeuse que du papier de verre.) Mais tu sais aussi bien que moi qu'il y a autre chose entre nous.

À cet instant, il était si furieux qu'il valait mieux qu'il parte. Ils avaient joué au couple sans histoire pendant quelques jours et cela lui avait beaucoup plu, mais il avait une mission à accomplir et un serment à respecter.

— Et n'imagine pas une seule seconde que tu pourras te dépatouiller de notre union.

— Mon travail passe avant tes désirs, assena-t-elle, le regard sombre.

Ivar s'efforça de contrôler sa colère.

— Peut-être, mais tu feras ce qu'on te dit. Les répercussions ne regardent que moi.

Promise leva le menton.

— C'est là que tu te trompes. J'ai un devoir envers la science et la préservation de la vie, un devoir qui a la priorité sur tes besoins. Ne t'oppose pas à moi sur ce sujet. C'est un conseil.

Avait-il bien entendu ? Promise venait de le menacer ? Il ne pouvait s'empêcher de l'admirer pour son courage, mais il savait qu'il devait prendre le contrôle de la situation, d'une manière qui ne plairait pas à Promise.

— Tiens-t'en aux théories, Professeur. La pratique, c'est moi qui m'en charge.

Il se dirigea vers la porte d'un pas décidé, sa fatigue oubliée.

— Je t'en empêcherai, Ivar, murmura-t-elle.

Le Viking s'arrêta devant la porte et ferma les yeux. Il n'en croyait pas ses oreilles. Il tourna la tête pour la regarder, faisant de son mieux pour oublier à quel point elle paraissait douce et vulnérable sur le lit, même si ses yeux lançaient des éclairs.

— Oh, ma puce… essaie pour voir.

Il sortit et referma la porte sans le moindre bruit. Le sang bouillonnant, il traversa le couloir et s'engagea dans un escalier. Le sous-sol du QG abritait une excellente salle d'entraînement, où il espérait trouver Adare. Mais il ne vit que Garrett, qui terminait une séance de musculation dans un coin.

Le jeune homme se redressa et le regarda approcher. Comme toujours, rien ne semblait échapper aux yeux gris métallisé du jeune homme.

— Salut, gamin. Quoi de neuf?

— Je cherchais Adare pour une petite séance.

Garrett regarda autour de lui. La pièce, matelassée de gros tapis, était déserte.

— Ben, il est pas là, mais je suis disponible, si tu veux.

— Je suis super énervé, l'avertit le Viking.

— Tu sais, je m'entraîne souvent avec mon père, ça ne peut pas être pire.

Talen Kayrs était le leader stratégique du Royaume et son caractère de chien était légendaire.

— Et arrête de m'appeler « gamin ».

— C'est que t'en es un.

Il était âgé de vingt-cinq ans, mais il avait participé à la dernière guerre et avait survécu au rituel des Sept...

— Bon, d'accord, je le ferai plus.

En effet, il n'y avait plus rien d'enfantin chez Garrett Kayrs. Pour le mettre à l'épreuve, Ivar lui balança un coup de poing qu'il esquiva sans mal.

— Alors, qu'est-ce qu'elle t'a fait pour te mettre dans cet état? demanda Garrett en sautillant sur le tapis.

Ivar le toucha au menton avec le pied.

— Qu'est-ce qui te dit que mon énervement est lié à ma compagne?

— Ça saute aux yeux, répondit Garrett en ripostant par un coup de poing dans le cou.

Soit...

— Selon ses calculs, il est impossible de sauver Quade.

Garrett exécuta un salto arrière, retomba sur ses pieds et balaya les jambes d'Ivar.

— Et donc, tu te sens trahi.

Ivar chuta lourdement, se releva d'une roulade, puis enchaîna un coup dans le ventre et un autre derrière le genou.

— En gros, ouais.

Ils se turent, concentrés sur leurs coups de plus en plus intenses. Une heure s'écoula, puis deux. Enfin, ils s'allongèrent sur le dos, à bout de souffle et sanguinolents, vidés de leurs forces.

— Tu te sens mieux ? grogna Garrett.

— Ouais, merci. Je te revaudrai ça.

Garrett ricana, le visage ruisselant de sang.

— Tu veux me rendre service ? Ne me laisse jamais m'unir. Jamais.

Ivar sourit et sa langue se glissa à l'endroit où il venait de perdre une dent.

— Tu peux pas savoir comme je suis impatient de rencontrer ta future moitié.

Ce moment promettait d'être passionnant, en effet. Mais pour l'heure, Ivar devait trouver le moyen de résoudre le problème présenté par sa propre compagne.

Chapitre 33

Promise se réveilla en sursaut. Elle venait de faire un cauchemar dans lequel l'univers explosait et revenait au big bang, à l'instant où le temps s'arrêtait pour rester figé à jamais. Elle cligna des yeux et le matelas remua. Dans une bouffée de chaleur, Ivar l'attira contre elle. Il était nu et elle sentait son érection monumentale dans son dos.

— Tu as eu le temps de réfléchir à ta position ?

Sa position actuelle, en culotte et tee-shirt, était très vulnérable. Elle fit de son mieux pour ne pas frissonner de désir. En vain. Le petit rire d'Ivar la fit trembler encore davantage et il posa sa vaste main sur son sein pour le caresser à travers le tee-shirt.

— Même si je n'ai aucun effet sur ton cerveau, ton corps sait à qui il appartient.

Les tétons de Promise durcirent instantanément et elle agrippa le drap pour se retenir de toucher Ivar.

— Je pensais que tu étais parti bouder dans un coin.

Il la pinça et elle poussa un gémissement. Des flammes délicieuses couraient de ses seins à son clitoris.

— C'est pas juste.

— Je n'ai jamais dit que j'étais juste, répliqua-t-il en lui mordillant le lobe de l'oreille en guise de menace.

Le bas-ventre de Promise se convulsa. Comment faisait-il cela ?

Il lui lécha le contour de l'oreille, puis lui ôta son tee-shirt qu'il jeta au loin avant de poser la main sur son autre sein, aussi palpitant que le premier.

— Je me suis battu avec Garrett. Une fois notre entraînement terminé, j'ai compris plusieurs trucs.

— Que tu as besoin qu'on te tape dessus pour que ton cerveau percute ?

Il la pinça une nouvelle fois et elle se cambra contre lui en serrant les cuisses pour éteindre les flammes de son entrejambe.

— Non. Que tu m'appartiens. De ta tête de mule à tes jolis petits pieds.

Promise ouvrit les yeux. Elle ne s'était même pas aperçue qu'elle les avait fermés.

— Dit le type qui est déterminé à disparaître en enfer sans moi.

— C'est une mission.

Il passa la pointe des canines le long de son cou, comme pour lui rappeler combien il était dangereux. Dans le même temps, il tira sur sa petite culotte et elle leva les fesses pour lui faciliter la tâche.

— J'aurai toujours des missions à accomplir. C'est la nature du métier de soldat. Et je reviendrai. Je ne le savais pas avant de te rencontrer, mais je reviendrai.

Promise se recoucha, le corps tiraillé par le désir. Comme elle ne voulait surtout pas qu'il s'arrête, ils continueraient cette discussion pendant qu'il la mènerait à l'orgasme. Après tout, peut-être était-il possible de parvenir à un accord pendant l'acte sexuel ? Cela valait la peine d'essayer, en tout cas.

Il posa la main sur son ventre et la fit glisser vers le bas. Promise retint son souffle. Comme il était lent ! Pourquoi ne descendait-il pas plus vite ?

— S'il te plaît.

— Ah, comme c'est mignon.

Il lui souleva la cuisse, la posa sur la sienne et repoussa les draps. L'air frais qui lui toucha l'entrejambe la fit frissonner. Elle était ouverte, exposée, entièrement nue. Ils s'étaient disputés et devaient parler, mais aucun mot ne sortait. Son corps prenait le contrôle. Elle le désirait. C'était même plus qu'une simple envie, c'était un besoin. Une sensation si vive qu'elle en était douloureuse. Elle essaya de bouger pour se protéger, mais il la maintint en place.

— Ivar, murmura-t-elle en frissonnant.

Il la frôla et Promise sursauta.

— Oui. Serait-il possible, Professeur, que vous ne vouliez pas que je retourne en enfer ?

Promise remua les hanches pour tenter de se rapprocher de la main d'Ivar, à la fois si loin et si proche.

— Pour l'instant, je te veux exactement là où tu es. Mais plus près.

Elle posa la tête sur son torse et se cambra vers lui.

— Est-ce que ça pourrait influer sur tes calculs ?

L'un après l'autre, il passa les doigts sur son clitoris, générant des ondes de choc qui se répercutaient jusque dans ses extrémités.

Des calculs ? C'était à peine si elle se rappelait la définition de ce mot. Elle souffla et retrouva un peu ses esprits.

— Non.

— Bien sûr que si.

Il lui souleva la cuisse et la pénétra lentement par-derrière tout en jouant avec son clitoris pour l'encourager à l'accueillir en elle. La douleur et le plaisir se mêlèrent, au point qu'elle ne parvenait plus à les distinguer et n'en avait d'ailleurs même pas envie, tant qu'il ne s'arrêtait pas.

— Les calculs sont immuables, haleta-t-elle.

— Ah, mon petit lapin théorique.

Il la força à tourner la tête et lui mordilla le cou avec assez de force pour faire accélérer ses battements de cœur.

— Parfois, tu commences par la conclusion. Tu te fixes sur une hypothèse et tu fais tous les calculs possibles pour la rendre viable.

Promise déglutit, submergée par les sensations.

— Tu viens de m'appeler « mon petit lapin » ?

Le rire d'Ivar vibra contre son dos et se répercuta le long de sa colonne vertébrale jusqu'à ses fesses.

— J'étais parti sur tête de mule, mais je me suis dit que ça ne te plairait pas, vu que je m'apprêtais à faire ça.

D'un dernier coup de reins, il s'enfonça profondément en elle avec une force qui la poussa jusqu'à la tête de lit. Il la retint pour éviter qu'elle se cogne le crâne. Elle poussa un cri, emportée par un orgasme si soudain qu'elle n'eut même pas le temps de l'identifier. Ivar la tenait toujours aussi fermement. Après quelques secondes de frémissements et de gémissements, les épaules de la jeune femme se détendirent et elle se fondit dans la chaleur rassurante de son compagnon. Il attendait, silencieux et immobile, et Promise finit par comprendre qu'ils n'en avaient pas terminé. Elle se crispa.

— Ivar.

Sans un bruit, il la força à s'allonger à plat ventre et l'écrasa de tout son poids jusqu'à ce qu'elle se retrouve avec la tête enfoncée dans l'oreiller, incapable de respirer. Cela ne dura qu'une seconde et il la souleva, toujours incrusté en elle. Son sexe lui dilatait le vagin au-delà de toute possibilité mathématique. Peut-être devait-elle revoir ses calculs sur ce sujet.

Elle se hissa sur les coudes pour ne pas s'étouffer dans l'oreiller. Derrière elle, Ivar la saisit par les hanches et effectua des va-et-vient sans relâche, sans pitié, énorme, brûlant, implacable.

Il se pencha et glissa les canines sur son omoplate. Promise ferma les yeux, incapable de bouger. Les sensations étaient plus puissantes qu'elle aurait jamais pu l'imaginer. Ce n'était pas un rapport amoureux ou sexuel. Ivar prenait possession d'elle comme aucun être humain n'aurait pu le faire. Il la mettait devant le fait accompli : ils étaient liés par une connexion qui défiait toute compréhension, générée par son pouvoir immortel et par sa férocité animale. Elle devinait ce lien, même si elle était incapable de le définir.

Même si elle l'avait voulu, Promise aurait été incapable de l'arrêter. Cette idée, simple et primitive, mit le feu à ses sens et déclencha un deuxième orgasme qui, loin de la satisfaire, la laissa haletante et frustrée. Elle préférait mourir plutôt que d'essayer de le stopper. Et elle le tuerait s'il cessait de bouger.

Soudain, il la mordit. Ses canines traversèrent les muscles et les os pour s'enfoncer profondément en elle. Promise poussa un hurlement de douleur et rejeta la tête en arrière. Ivar fit glisser la main sur ses côtes et ses seins pour s'accrocher à son épaule et l'immobiliser. Totalement maître du corps de sa compagne, il continuait sans relâche ses va-et-vient. Le brasier se raviva en elle, cette fois avec un soupçon de douleur.

Ivar retira les dents de son cou, mais elle savait que leur marque resterait à jamais incrustée en elle. Il le lui lécha et glissa la bouche jusqu'à son oreille.

— Dis que tu es à moi, grogna-t-il de sa voix endommagée.

Ce n'était pas une demande. C'était un ordre, clair et menaçant, prononcé sur un ton sans appel.

Elle lui appartenait corps et âme et le savait, mais ce fait, tout comme la manière dont Ivar l'exprimait, lui donnait envie de se rebeller. Elle était une enfant du XXIe siècle, une femme indépendante avec une belle carrière. Mais en ce moment, avec Ivar enfoui en elle, réclamant ce qu'il voulait en s'appuyant sur toute sa force et sur toute sa puissance, Promise sentait qu'il serait vain de nier la vérité.

— Je suis à toi, murmura-t-elle avec une sincérité totale.

Les coups de reins d'Ivar devinrent frénétiques. Il générait une chaleur insoutenable, parfaite illustration de sa puissance et de son contrôle. Le mouvement suivant entraîna Promise dans un orgasme si violent qu'elle ne put que fermer les yeux en tremblant.

Ivar la mordit une nouvelle fois et ses frissons s'accentuèrent. Enfin, au moment où elle redescendait du septième ciel, il se crispa et jouit à son tour avec un grognement rauque.

Promise tenta de reprendre son souffle, terrassée par les répliques de son orgasme. Elle se sentait très vulnérable. Une nouvelle fois, elle se retrouvait complètement déstabilisée.

Ivar ne comprenait pas comment son cœur pouvait encore battre avec une telle violence dans son torse fusionné par les flammes, les os et le sang. Son cœur n'avait plus rien à craindre des menaces externes, mais sa puissance était hallucinante. Ivar se retira de sa femme, la tourna sur le flanc et l'attira contre lui. Comme elle était encore secouée de petits tremblements, il tira la couverture pour la protéger du froid.

Elle bâilla, s'étira, puis se cala contre lui avec un soupir de chaton satisfait.

— Petit lapin, ricana-t-elle.

Il sourit et se détendit. Il s'était montré brutal dans leurs ébats, peut-être encore plus que lors de leur accouplement, mais il avait mis les choses au point. Il venait de prouver qu'il était un salopard sans pitié et cela ne le contrariait pas le moins du monde.

Promise ne semblait pas s'en plaindre elle non plus. Il lui caressa l'intérieur du poignet, là où sa peau était si douce. Les os de sa compagne étaient délicats, fragiles, même. Comment pourrait-il assurer sa sécurité lorsqu'il partirait à la rescousse de Quade ? Avec un peu de chance, les équations l'immobiliseraient au QG des démons jusqu'à ce qu'il revienne. Elle disposait de dons spéciaux et était la compagne d'un membre des Sept. Ces deux caractéristiques l'exposaient à un danger dont elle ne percevait probablement pas la gravité.

— À propos de ce que tu disais tout à l'heure sur les calculs… je ne sais plus trop, dit-elle d'une voix douce dans le noir.

Ivar inclina la tête vers elle sur l'oreiller.

— Comment ça ?

Elle réfléchit pendant quelques secondes au cours desquelles il pouvait presque entendre tourner les rouages de son cerveau.

— Mon objectif principal, c'est toujours de protéger la Terre et ses habitants. Tu le sais.

En effet. C'était même ce qu'il préférait chez elle… tout en l'agaçant au plus haut point.

— Oui. Continue.

Promise baissa un peu la tête.

— J'ai abordé ma théorie avec prudence, ce qui est toujours le plus sage, dit-elle sur un ton assez défensif. Il s'agit de physique théorique, ne l'oublions pas.

— Trouves-en une autre, alors.

Elle soupira et Ivar sentit ses épaules frotter contre son torse.

— Tu ne comprends pas. Le seul moyen d'aboutir à une conclusion, c'est de réaliser des expériences. Dans ce cas précis, elles risqueraient de détruire le monde tel que nous le connaissons, ainsi que beaucoup d'autres. Comment pourrions-nous faire courir ce risque à tant de gens ? Ce serait irresponsable.

— Tu n'as donc pas la foi ? demanda-t-il avec une curiosité sincère.

— Qu'est-ce que la foi a à voir là-dedans ?

Il lui caressa les bras et la sentit se détendre sous ses doigts.

— Tout, justement. La foi, c'est sentir qu'il y a quelque chose au-delà de ce que l'on perçoit dans sa vie quotidienne. Que nous faisons partie d'un tout et que rien n'arrive sans raison, même si cela dépasse tes calculs, ta théorie et la réalité qui nous entoure.

Elle déglutit.

— La foi, c'est bon pour les enfants.

— Et quelque chose me dit que même toute petite, tu ne l'avais pas.

— Non. Un jour, j'ai abordé le sujet de Dieu et mon père m'a forcée à lire Darwin pendant une semaine.

Ivar aurait voulu pouvoir remonter le temps pour mettre un peu de plomb dans la tête au père de Promise.

— Les chercheurs ne sont-ils pas censés être ouverts à toutes les possibilités ?

— Euh, si.

— Il y a une semaine, est-ce que tu pensais que les vampires existaient ? Ou bien tu les mettais dans la même catégorie que Dieu et le père Noël ?

— Oh, le père Noël existe ! (Elle attendit quelques instants et reprit avec un petit rire.) Bon, d'accord. Mais une chose m'intrigue. Toi qui es vieux de plusieurs siècles, est-ce que tu crois vraiment en Dieu ?

— Oui. Enfin, je sais que le Destin existe, alors pourquoi pas Dieu ? Il est possible que le véritable concept de Dieu nous échappe, tout comme nous ne comprenons pas vraiment ce qui dépasse nos trois dimensions. D'ailleurs même les physiciens les plus obtus admettent qu'il doit en exister plus que trois. Sans cela, rien ne tiendrait debout. Il y avait forcément une entité au départ, et cette entité ne pouvait être qu'omnipotente.

— J'en sais rien, mais ce qui est sûr, c'est que ces derniers jours ont ébranlé toutes mes certitudes et cela me force à envisager d'autres possibilités.

C'était tout ce qu'il pouvait lui demander pour l'instant.

— C'est comme le sexe et ton vibromasseur, murmura-t-il.

— Pardon ?

Il sourit.

— Il y a quelques jours, tu ne te doutais pas qu'un tel plaisir pouvait exister. Maintenant, tu le sais. Tu l'as admis toi-même, expliqua-t-il d'une voix douce. On peut en dire autant des calculs que tu réalises pour moi. Tu t'imposes peut-être des limites à cause d'idées préconçues dont tu n'es même pas consciente.

Promise réfléchit un instant.

— Tu sais que c'est peut-être génial, ce que tu viens de dire ? Je n'ai jamais vu le lien entre les aspects physiques, émotionnels et cérébraux d'un problème.

En d'autres termes, elle commençait à se rendre compte que les émotions avaient une puissance propre et pouvaient l'aider dans ses calculs. Il allait la laisser réfléchir à tout cela.

— Va dormir, mon poussin.

Elle éclata d'un rire qui eut un effet apaisant sur son âme.

— Je crois que tu devrais t'en tenir à Missy.

Ivar sourit et l'embrassa sur les cheveux.

— Tu as peut-être raison. Je suis heureux qu'on soit tombés d'accord.

— Attends, je ne suis pas d'accord avec toi en ce qui concerne les expérimentations. Je veux bien réexaminer mes hypothèses et réfléchir à des alternatives, mais rien de plus. Mes parents ont fait de leur mieux, mais je commence à comprendre que l'émotion peut se placer au même plan que l'intelligence et que même si je leur en veux, ça n'enlève rien à l'amour que je leur porte.

Cela voulait-il dire qu'elle pouvait l'aimer tout en étant consciente du monstre en lui ? Peut-être. Il sentit l'espoir renaître.

— Dors, murmura-t-il.

Elle se colla à lui et s'endormit en quelques secondes. Sa fatigue était-elle causée par les changements de son ADN ou par l'épuisement ?

Un éclair zébra le ciel et une pluie froide d'automne se mit à tomber. La neige ne tarderait pas. Ivar serrait Promise contre lui et, les yeux fermés, tentait de se remémorer le chemin qu'il avait emprunté pour se rendre de ce monde à la boucle infernale. Car il s'agissait bien d'une boucle. Plus il étudiait les calculs de Promise et plus un motif se dégageait. Il pourrait le reproduire avec les capacités nécessaires. Des capacités qui dépassaient celles d'un démon normal.

Il trouverait le moyen de les obtenir. Son dernier IRM montrait de l'activité dans des zones du cerveau que les fées utilisaient plus fréquemment que les démons. Son union avec Promise entraînait-elle des modifications dans son propre ADN ? Sa capacité à identifier les personnes capables de se téléporter générerait peut-être de nouveaux pouvoirs en lui.

Ivar se sentait plein d'espoir. Il commençait à s'intéresser aux fractales et avait même passé une demi-heure à jouer au Sudoku. Il n'en revenait pas lui-même.

Pendant des heures, il flotta entre le rêve et la réalité, entre les souvenirs et les espoirs, jusqu'à ce qu'un coup frappé à la porte le fasse sursauter.

— Quoi ? cria-t-il.

— On pense avoir trouvé l'hybride démon-fae ! lui annonça Logan. Réunion dans dix minutes.

Ivar s'éveilla immédiatement et embrassa la nuque de Promise.

— Debout, Missy. C'est l'heure de se mettre au boulot.

Chapitre 34

Promise sirotait le café qu'Ivar lui avait tendu comme s'il s'agissait d'un élixir de jouvence. Elle avait bien dormi, mais elle était percluse de douleurs délectables et ne rêvait que d'un bon bain bien chaud. Toutefois ce n'était pas le moment. Ivar la mena jusqu'à la salle de conférences, où Logan et Garrett les attendaient déjà.

Un écran occupait tout un mur. Dans le coin gauche, une petite fenêtre montrait Faith, Emma, Mercy et Grace dans une salle du centre médical.

— Ça fait déjà deux heures qu'on est au boulot, la taquina Mercy avec un grand sourire. Où tu étais, Promise ?

— Je dormais, répondit-elle en rougissant. Désolée. (Elle ferma les pans de son gilet en entendant la pluie battre sur les carreaux.) Qu'est-ce que vous avez trouvé ?

Elle avait constaté avec surprise que Garrett et Logan étaient aussi doués en informatique que sur le champ de bataille. Cela faisait une semaine qu'ils remuaient ciel et terre pour localiser l'hybride.

Garrett était assis dans un fauteuil en cuir. Sa joue portait quelques hématomes qu'il n'avait même pas cherché à guérir. Ces marques étaient-elles le fait des poings d'Ivar ? Les deux hommes avaient dû se battre sans retenue.

— Asseyez-vous.

Ivar lui tira une chaise et elle s'installa en prenant garde de ne pas renverser son café. Il s'assit à côté d'elle. Logan se trouvait près de l'écran, l'air sérieux, vêtu d'un tee-shirt déchiré et d'un jean gris. L'ambiance était lourde, comme si la pesanteur attirait tout le monde vers le sol. Comment les immortels parvenaient-ils à avoir un tel effet sur l'atmosphère d'une pièce ?

Garrett prit une télécommande et appuya sur un bouton.

— Je vous présente Haven Daly, anciennement connue sous le nom de Mary Agnes Lockship.

Un permis de conduire californien apparut à l'écran. Haven était une jeune femme d'une vingtaine d'années, aux cheveux d'un blond très clair, avec un œil noir et un autre vert. Sa peau était pâle et son expression renfrognée.

— Waouh, commenta Ivar. Les cheveux blancs des démons et les yeux multicolores des Faes. Ça a dû lui valoir plein de questions dans son enfance. Elle mesure à peine un mètre cinquante et elle est très mince. Les femelles des deux espèces sont de petite taille. Ça colle parfaitement.

Garrett acquiesça d'un hochement de tête.

— Ouais, elle en a bavé, dit-il en actionnant une nouvelle fois la télécommande. Juste après sa naissance, on l'a trouvée sur les marches d'une église du Minnesota. Elle a été confiée aux services de protection de l'enfance, puis adoptée à trois mois par un pasteur et sa femme. (Les dossiers s'enchaînaient sur l'écran.) Une enquête, réalisée des années plus tard, a dévoilé de nombreuses tentatives d'exorcisme de la part du pasteur et de ses ouailles.

Promise sentit la bile lui monter dans la gorge.

— J'imagine que ça n'avait rien d'agréable.

— Non, répondit Garrett, le regard dur. Loin de là, même. Elle a passé plusieurs années dans diverses institutions psychiatriques, certaines correctes, d'autres atroces. Trois de ces hôpitaux ont depuis été fermés pour maltraitance. (Il poussa un grognement sourd, qu'il camoufla sous une toux.) On a réussi à retrouver certains de ses dossiers psychiatriques. Elle pensait que les démons existaient, que ses rêves et les créatures qui les peuplaient étaient réels. Les médecins ont essayé de la guérir de ses illusions grâce à des thérapies et à divers traitements médicamenteux. Ne le prends pas mal, Mercy, mais les leaders des Faes en seront tenus pour responsables.

Dans sa fenêtre, Mercy était très pâle.

— Soit, mais la plupart de nos anciens leaders sont morts. Faites comme bon vous semble.

Promise prit la main d'Ivar sous la table. Son compagnon était tendu et silencieux. Ne lui avait-il pas dit que ce qui était arrivé à sa sœur le rendait très sensible au sort des femmes ? Il devait être en train de planifier le meurtre de tous les Faes responsables et elle n'était même pas certaine d'avoir envie de l'en empêcher. Il lui serra fermement les doigts.

Garrett fit apparaître la photo d'une petite fille maigrichonne.

— Là, elle a douze ans et elle s'appelle toujours Mary Agnes. C'est à l'époque où elle quitte son dernier hôpital psychiatrique pour retourner chez ses parents, expliqua-t-il d'une voix presque aussi rauque que celle d'Ivar. Deux ans plus tard, les services sociaux interviennent C'est un voisin inquiet qui les a alertés après un nouvel exorcisme. On l'a ôtée à ses parents adoptifs et placée en famille d'accueil pendant deux ans.

Promise posa la main sur son ventre. Cette histoire la bouleversait.

— Dis-moi qu'elle y était bien.

Je n'en sais rien, mais j'en doute, dit Logan. Elle s'est enfuie à seize ans et elle a disparu des écrans radars pendant cinq ans. Plus aucune trace d'elle. Elle vivait peut-être dans la rue, mais depuis sa réapparition, elle envoie de l'argent chaque mois à une communauté autarcique, Mark's Mountain, dans le nord de la Californie. Peut-être qu'elle y avait trouvé un abri.

La photo suivante était celle d'une rue bordée de petites maisons bien tenues.

— Elle est réapparue à vingt et un ans sous le nom de Haven Daly. Elle a entamé des études dans une petite fac, mais a abandonné juste avant la fin de la première année.

La tension avait encore monté d'un cran. Promise sirotait son café et tenta de se protéger du stress comme elle le faisait pour son cerveau, mais sans résultat. Sa peau la picotait et elle se reconcentra.

— Et aujourd'hui, elle fait quoi ?

— Elle est serveuse. Et elle peint.

— Où ça ? demanda Ivar.

— Elle vend ses œuvres sur Internet et sa première exposition aura lieu la semaine prochaine dans l'Oregon.

Plusieurs tableaux défilèrent à l'écran. Ils étaient tous déstabilisants, des paysages sombres et infernaux débordants de colère.

— Arrête, intervint Ivar. Recule de deux images.

Garrett revint à un monde violet, avec des montagnes noires et un ciel gris. La puissance de ce tableau, aussi beau que terrifiant, coupa le souffle de Promise.

— J'y suis allé. Cet endroit existe.

— C'est bien ce qu'on se disait, acquiesça Garrett, parce qu'on est aussi tombés sur celui-ci.

Sur ce nouveau tableau, un homme se tenait devant des rochers déchirés. Son visage était dur et son corps couvert de cicatrices. Quant à ses yeux d'un vert-bleu, ils rappelaient ceux de Ronan, tout comme la ligne de sa mâchoire. Ivar lâcha la main de Promise.

— Nom de Dieu. C'est Quade.

Ivar recula sa chaise.

— Il faut qu'on la mette en lieu sûr. Elle a des capacités spéciales, ça ne fait aucun doute.

Promise se tourna vers lui.

— Attends. Elle n'a probablement pas la moindre idée de ses dons. Jusqu'ici, sa vie a été un enfer. Avons-nous le droit de la faire souffrir encore plus ?

Ivar essaya de comprendre sa logique. Malgré les souffrances qu'elle avait subies, Haven semblait avoir trouvé un certain équilibre. En quoi lui feraient-ils du mal ?

Ronan entra en trombe, son téléphone à la main.

— Il faut qu'on aille la chercher. Tout de suite.

— Tout à fait d'accord. Allons à l'hélico.

Ivar se leva et lui assena une tape dans le dos. Ils protégeraient cette femme, mais en retour, elle devrait les aider à sauver Quade. Il ferait tout pour la mettre à l'abri.

— Une minute, intervint Promise en se levant d'un bond. Arrêtez tous les deux. Réfléchissez un peu.

Ivar s'apprêtait à exploser, mais Ronan le devança.

— Comment ça, une minute ? Tu rêves ! Elle a vu mon frère. Elle lui a peut-être même rendu visite. Une chose est certaine, elle sait quelque chose et elle va tout me dire.

— Exactement, renchérit Ivar.

Promise posa les mains sur ses yeux pour contenir sa colère.

— Écoutez-moi. On ne sait pas comment elle va réagir en vous voyant. Elle a rêvé de Quade, ou elle l'a vraiment rencontré. Il est tout à fait possible qu'elle ait aussi déjà rêvé de vous. On parle d'une femme qui a passé des années en hôpital psychiatrique, où on l'a bourrée de médicaments et où elle a peut-être subi une électrothérapie.

— Sans parler des exorcismes, sur lesquels nous n'avons aucun détail, ajouta Faith. Si vous vous pointez, elle risque de faire une crise. Elle est peut-être déjà à moitié folle, si ça se trouve.

— Regardez ce qu'elle peint, dit Garrett d'une voix pensive. Elle est torturée, c'est évident.

Ivar se tourna vers son jeune frère d'armes.

— Tu es de leur côté ?

Garrett se rassit, pas le moins du monde impressionné.

— Non. On doit entrer en contact avec elle, mais il ne faut pas que ce soit un membre des Sept qui le fasse. Ou personne de qui elle peut avoir rêvé.

Il gratta une plaie à peine refermée sur son avant-bras, vestige de son entraînement avec Ivar.

— Les immortels se reconnaissent entre eux. On devrait envoyer une humaine, conclut-il en regardant Promise.

Cette dernière hocha vigoureusement la tête.

— Oui, tout à fait. Je vais y aller, juste pour établir le contact.

— Je t'accompagne, proposa Faith. Je suis neurologue, mes connaissances seront peut-être utiles.

— Je viens aussi, ajouta Grace, dont la voix était un peu plus aiguë que celle de sa sœur. Je suis la seule artiste parmi vous, ça créera un lien entre nous.

— À quoi vous jouez, là ? grogna Ronan en crispant les poings. Vous voulez faire une sortie entre filles ?

Promise prit la main d'Ivar.

— Oui. Jusqu'ici, cette femme est passée inaperçue. On ne doit surtout pas attirer l'attention sur elle. C'est la meilleure solution Ivar, alors respire à fond et concocte-nous un plan d'approche.

Ivar regarda les yeux intelligents de sa compagne, puis respira, comme elle le lui avait conseillé.

— Ronan ?

Les narines du vampire se gonflèrent, mais ses épaules se détendirent.

— Soit, mais on sécurise toute la zone avant votre arrivée.

— Avec trois hélicoptères qui n'apparaîtront pas sur les radars, ajouta Ivar.

La stratégie et l'organisation. Ses spécialités avant qu'il se rende en enfer.

— Nous sommes surveillés par des satellites, mais la couverture nuageuse nous protège. Les hélicos partiront vers le Pacifique. Comme ça, s'ils sont repérés, les Kurjans penseront qu'ils partent en manœuvre.

Il avait tellement envie de prendre les commandes de l'un des appareils que ses doigts picotaient.

— Deux pilotes dans chaque hélico, continua Ronan en ouvrant la porte. Les appareils de tête et de queue emporteront six soldats chacun. On sera dans celui du milieu.

— On va sécuriser les deux bouts de la rue, déclara Ivar en se tournant vers Garrett. Tu peux nous montrer un plan du quartier ?

La carte apparut à l'écran. Il s'agissait d'une rue paisible, dans une petite ville au bord du Pacifique. Les soldats démons et vampires ne parviendraient jamais à se fondre dans la foule.

— Bon, on atterrira à la nuit tombée, en espérant que la couverture nuageuse persiste.

— On ne pourrait pas l'enlever, tout bêtement ? suggéra Logan.

— Non, répondit Promise. Si elle ne sait rien, ça lui ferait du mal et jamais elle ne pourrait reprendre sa vie. Et cela dévoilerait son existence aux Kurjans.

Ivar avait l'impression qu'une main géante lui comprimait la gorge.

— Elle sait quelque chose.

— Pas sûr, le contredit Promise avec douceur. Ses œuvres sont peut-être inspirées par ses rêves. Ou ce qu'elle prend pour des rêves, plutôt. On ne doit surtout pas lui faire de mal, Ivar. Elle a assez souffert comme ça.

C'était un bon argument. Mais si cette jeune femme savait quoi que ce soit qui puisse servir à sauver Quade, Ivar agirait sans hésiter.

— Très bien, mesdames. À vous de trouver comment faire pour la rencontrer.

Promise se tapota les lèvres d'un ongle dénué de vernis.

— Je crois que j'ai bien envie de m'offrir un tableau ou deux.

Chapitre 35

Promise se recoiffa et ajusta son chemisier à fleurs, s'assurant que la caméra miniature était bien pointée sur la porte verte.

— Arrête de tripoter le bouton, grogna Ivar dans son oreillette.

Elle se figea. Quel tyran ! Autour d'elle, Faith et Grace portaient également une caméra cachée. Promise avait l'impression de jouer le rôle d'un flic infiltré d'une série télé. Malgré la gravité de la situation, elle ne pouvait retenir un petit frisson d'excitation. Ses amies avaient elles aussi les joues roses et les yeux qui pétillaient.

Ivar avait sécurisé tout le quartier et s'était installé dans une maison déserte, un peu plus loin, avec Ronan et Adare. Des soldats étaient stationnés un peu partout, bien cachés, et les trois hélicos étaient partis vers le Pacifique pour simuler des manœuvres, au cas où les Kurjans les avaient vus quitter le QG du Royaume. Étant donné la pluie battante et la nuit noire, cette précaution était probablement superflue.

Le cœur battant, Promise frappa à la porte. Elle entendit Haven approcher et s'appuyer contre la porte pour regarder par le judas. La lumière du porche s'alluma et Haven désenclencha les nombreux verrous un par un.

— Docteur Williams ? dit la jeune hybride en ouvrant la porte.

— Oui. Bonsoir.

Elle ressentit une douleur vive au niveau des tempes. Le souffle coupé, elle dressa hâtivement ses boucliers.

— Promise ? s'affola Ivar dans un bruit de chaises bousculées.

Elle toussa pour masquer son malaise.

— Pardon, désolée. Allergie. (Les larmes aux yeux, elle doubla l'épaisseur de son bouclier et parvint à repousser la douleur.) Tout va bien.

Haven devait être très puissante, car la migraine restait présente malgré tous ses efforts. Elle tendit la main à la jeune femme blonde, si menue qu'elle en paraissait fragile. Ses yeux étaient vert foncé, ce qui voulait dire qu'elle portait au moins une lentille de contact. Osait-elle parfois montrer son iris noir ?

— Enchantée. J'imagine que vous aviez vérifié mon identité ?

— Sinon, je n'aurais pas ouvert la porte. (Sa voix était rauque, mais moins que celle d'un démon masculin.) Je suis Haven. Je peux savoir qui sont vos amies ?

Le fait que Faith soit elle aussi docteur la rassurerait peut-être, ou l'impressionnerait. Faith fit donc un pas vers elle.

— Faith Cooper. Je suis neurologue et je suis curieuse de savoir où vous trouvez l'inspiration pour vos œuvres.

Les deux femmes se serrèrent la main.

— J'aime pas trop les toubibs. Je peins, c'est tout. (Elle se tourna vers Grace.) Et vous, vous êtes qui ?

Grace changea son appareil photo de main pour se présenter.

— Oh. Grace Cooper. J'adore ce que vous faites.

— Grace Cooper la photographe ?

— Euh, oui, confirma Grace en se tenant plus droite, un sourire aux lèvres. Vous avez entendu parler de moi ?

— Je suis une grande fan ! s'extasia Haven, qui semblait enfin prendre vie. Qu'est-ce qui vous est arrivé ? Vos photos étaient partout et vous avez disparu du jour au lendemain.

— J'ai passé deux ans dans le coma et je suis en convalescence, expliqua Grace avec un petit geste de la main, comme si ce n'était rien.

— Je vois. (Haven recula pour les observer.) Promise, Grace et Faith. Mouais. Cocasse, non ? Il ne manque plus qu'une Hope pour que le tableau soit complet.

Promise toussota. Si elle savait…

— C'est drôle, ça.

— N'est-ce pas ? (Haven ouvrit grand la porte et les invita à entrer.) Suivez-moi. J'ai installé mon atelier dans le grenier. Enfin, ce qui servait autrefois de grenier.

Les trois femmes entrèrent dans un petit salon aux murs décorés d'éclats de couleurs vives. Un chat noir au poitrail blanc, couché sur le canapé les regarda un instant, puis retourna à sa sieste.

Haven attendit qu'elles aient franchi la porte pour réenclencher les verrous les uns après les autres avant de vérifier qu'ils étaient bien fermés. Elle passa ensuite plusieurs secondes à regarder par le judas avant d'éteindre la lumière extérieure.

— Il y a beaucoup de délinquance dans le quartier ? demanda Faith avec nonchalance.

— Non. (Haven se retourna, tapota la tête du chat, puis passa dans la cuisine.) Venez.

La cuisine comportait une table de café des années cinquante, des appareils âgés, mais en bon état, ainsi que des comptoirs jaunes en Formica. Haven traversa la petite pièce et s'engagea dans un escalier abrupt caché par une petite porte. Elle gravit les marches d'un pas léger, allumant des lampes sur son passage. Une odeur de peinture et de térébenthine saturait le petit espace.

Promise la suivit en s'agrippant à la rampe rigide et prit soin de rester de face pour que sa caméra filme bien tout. L'escalier débouchait sur un vaste espace. Le plancher et les murs étaient maculés de taches de peinture. L'un des murs était entièrement vitré, probablement pour apporter une meilleure luminosité.

— Waouh, murmura-t-elle.

Haven ôtait les bâches qui protégeaient plusieurs tableaux.

— La plupart de mes peintures sont à Northtown, pour une exposition qui doit ouvrir dans deux semaines, mais comme je vous l'ai dit au téléphone, il me reste quelques toiles, si vous êtes intéressées.

Grace s'approcha du premier tableau, fascinée.

— Magnifique. Le mouvement sur la toile est presque douloureux.

Les couleurs étaient un mélange de violet foncé et de rouge à peine orangé. Des rochers très découpés émergeaient d'un océan améthyste d'où jaillissait une écume violente qui se mêlait aux nuages noirs du ciel. Les coups de pinceaux hachés étaient si violents que l'on entendait presque le bruit de la tempête.

— Merde, je connais cet endroit, commenta Ivar.

Haven leur présenta plusieurs œuvres, toutes d'une beauté sauvage et brutale. Promise s'approcha d'une vaste toile, dont le vortex tourbillonnant semblait vouloir l'avaler.

— C'est époustouflant. Où trouvez-vous votre inspiration ?

Elle prenait soin de s'arrêter quelques secondes devant chaque tableau pour les filmer.

— Dans mes rêves, en règle générale, répondit Haven tout en grattant un reste de peinture séchée sur son ongle. J'ai l'obsession de la précision, au point que mes tableaux sont presque des photos.

— Cet endroit a l'air réel, dit Faith en se penchant pour observer des chaînes montagneuses dont les pics rougeoyaient sous les rayons de trois soleils. Le contraste entre l'imagination débridée des sujets et le dynamisme du style génère une impression de puissance hallucinante.

Haven s'adossa au seul endroit du mur encore vide.

— C'est le but.

Elle n'était pas très loquace. Promise inspira à fond et se tourna vers elle. La situation défiait l'entendement. La précision ultime des coups de pinceaux était mathématique par nature, tout comme la manière dont les ciels déchirés suggéraient la présence de matière noire, ou de trous noirs tout proches. Elle mourait d'envie de repartir au QG pour se replonger dans ses équations.

— Sur votre site, j'ai vu le portrait d'un homme aux yeux bleu-vert. Il était si fascinant que je n'arrivais pas à m'en détacher. Vous l'avez ici ?

— Non, répondit Haven en lissant son pantalon de yoga noir, qu'elle avait assorti à un tee-shirt rose maculé de peinture. Je n'aime pas faire de portraits. Ils se vendent toujours très vite, pourtant.

— Oh, zut, soupira Promise avec un sourire forcé. Il me faisait très envie, celui-là. Vous ne vous rappelez pas qui vous l'a acheté, par hasard ?

Haven se redressa et la regarda droit dans les yeux.

— Non.

Si elle mentait, elle était très douée. D'un autre côté, toute personne ayant vécu une enfance aussi cruelle que la sienne devait, pour survivre, avoir appris à masquer ses émotions et à dissimuler la vérité.

— Vous vous rappelez ce tableau ? insista Promise avec curiosité.

— Je n'oublie aucun de mes tableaux. Le type que j'ai peint est inventé. Je crois que j'ai vu un film, une histoire d'horreur, en fait, et il ressemblait à son héros. Ou à une combinaison de plusieurs acteurs. Désolée.

L'homme sur le tableau était bien Quade, sans l'ombre d'un doute. Cela confirmait donc que Haven mentait très bien.

— Je vois.

Grace souleva une toile de taille moyenne, sur laquelle un camaïeu de verts, de jaunes et d'orange semblait prendre la fuite en direction d'un point de lumière.

— Celle-ci me plaît. Combien ?

Elles discutèrent du prix, puis Grace sortit la liasse de billets que lui avait donnée Adare. Haven prit l'argent en haussant les sourcils.

— Vous vous baladez avec une telle fortune sur vous ?

— Je savais que je vous achèterais un tableau, répondit Grace, les yeux pétillants.

— Vous n'auriez pas quelque chose de plus calme ? Toutes ces œuvres me plaisent beaucoup, mais je travaille avec des patients dans le coma, et des toiles apaisantes feraient mieux l'affaire pour les proches qui viennent leur rendre visite.

Haven l'observa pendant plusieurs secondes.

— Ouais, j'ai un truc récent que j'ai fini la semaine dernière. (Elle traversa la pièce et écarta plusieurs toiles.) C'est un peu ridicule et le thème est si différent des autres que j'ai préféré ne pas la présenter à l'exposition.

Promise poussa un cri de surprise qui dirigea tous les regards sur elle.

— Oh, j'adore, se rattrapa-t-elle de son mieux, les jambes flageolantes.

Haven avait reproduit le Pré aux Ruisseaux de Mercy au détail près, jusqu'aux ruisseaux bouillonnants et aux prairies verdoyantes. Les trois soleils scintillaient sur les herbes ondoyantes.

— Vous dites que vous avez rêvé de cet endroit ?

— Non, pas cette fois, répondit Haven en sortant le canevas. Je me suis juste amusée à peindre un thème plus léger. Je sentais même une odeur de cookies en peignant.

Elle sourit pour la première fois, ce qui la rajeunit et lui donna un air bien plus sympathique. Promise aurait tout donné pour lui faire passer une IRM. S'était-elle rendue dans ce monde ? Il paraissait improbable qu'elle ait pu survivre aux enfers qu'elle avait peints.

Qu'est-ce que tout cela voulait dire, alors ? Et le rituel des Sept ? D'après ce qu'elle avait compris, seule leur conscience avait quitté la Terre. Et si c'était faux ? Une gerbe d'équations éclata dans son cerveau, comme un feu d'artifice. Et si…

— Promise ? l'appela Faith. Tu vas bien ?

Grace soupira.

— Elle vient de se lancer à l'assaut d'un problème de maths. Regarde comme ses yeux brillent. (Elle se tourna vers Haven.) Notre amie fait partie de ces génies qui oublient tout ce qui les entoure quand ils se mettent à réfléchir. J'imagine que votre peinture l'inspire.

Promise secoua la tête pour revenir à la réalité.

— Désolée. C'est la précision des lignes et la profondeur des traits. J'étais perdue dans les calculs. (Elle sourit et prit un air mélancolique.) J'imagine que vous quittez aussi ce monde quand vous peignez, non ?

Haven hocha la tête, rêveuse.

— Oui. Je peux passer des heures à peindre et oublier de manger.

Promise espérait qu'elle leur faisait confiance. Elle avait tant de questions à lui poser, mais il ne fallait surtout pas la forcer. Elle sentait que ce serait une erreur. Ils devaient avancer avec précaution et ne pas révéler l'existence de Haven, ni aux Kurjans, ni aux autres espèces immortelles.

— J'ai très envie d'acheter ce tableau.

Ce serait un cadeau idéal pour Mercy.

— Faith, tu peux discuter du prix pour moi ?

Avec un sourire innocent, elle se tourna à nouveau vers Haven.

— Vous permettez que j'aille au petit coin ?

Haven hésita, puis haussa les épaules.

— Pas de problème. Première porte sur la gauche après la cuisine.

Promise s'engagea dans l'escalier tandis que Faith entamait les négociations. Elle espérait que cela occuperait Haven pendant quelques minutes. Elle traversa la cuisine et passa la tête dans une petite salle de bains aux couleurs vibrantes. Sans un bruit, elle avança jusqu'à la seule autre porte et l'ouvrit en retenant son souffle.

La petite chambre de Haven était meublée d'un lit recouvert d'une couette violette ainsi que d'une table de nuit et d'une commode recouvertes de bibelots, mais il n'y avait pas une seule photo. La porte du placard était ouverte sur sa garde-robe, qui comptait un nombre impressionnant de baskets.

Promise était déçue, mais, pressée par le temps, elle retourna dans la cuisine. Une petite pièce sombre se trouvait à côté de l'escalier. Elle se mordit la lèvre et ouvrit la porte, là elle vit une machine à laver et un banc sous lequel d'autres paires de chaussures étaient alignées. Elle alluma la lumière, traversa la pièce et ouvrit un placard, dans lequel elle s'attendait à trouver d'autres vêtements d'extérieur. Mais le petit espace était rempli de tableaux. L'un d'entre eux tomba et elle attrapa la toile avant qu'elle heurte le sol. Elle en sortit plusieurs autres et les fit défiler devant la caméra.

Toutes les toiles dépeignaient Quade Kayrs dans son enfer.

CHAPITRE 36

Ivar ne commença à se détendre que lorsque l'hélicoptère quitta la ville et prit la direction du QG. Ils restèrent sous les nuages malgré la pluie battante. Les hélicos d'attaque, améliorés par le Royaume, volaient dans un silence absolu.

Promise attendit qu'ils atteignent leur altitude de croisière avant de parler.

— Pourquoi vous ne m'avez pas dit à quoi ressemblaient ces mondes ? J'avais regardé ces toiles sur Internet, mais les voir en vrai, avec la précision des coups de pinceaux, ça change tout. Je vous ai dit que j'ai besoin de me rendre dans ces dimensions infernales pour obtenir les données dont j'ai besoin. Toutes ces scènes comportent des équations très complexes. Inédites, même.

Ivar haussa les sourcils, intrigué. Promise se tourna vers lui.

— Donne-moi de quoi écrire, exigea-t-elle, tendue par l'excitation.

— Je n'ai rien sur moi, ma puce, désolé.

Elle poussa un véritable grognement et regarda les autres.

— Personne n'a de quoi écrire ?

Ronan, qui était aux commandes, se retourna et lui lança un marqueur noir mâchonné. Promise regarda ensuite Grace.

— Donne-moi ton chemisier.

— Pardon ? dit Grace, éberluée.

Promise tira sur le tee-shirt d'Ivar, qui baissa la tête pour ne pas qu'elle le déchire. Elle le lança à Grace.

— Enfile ça.

Adare, qui était assis à côté de sa compagne, haussa les sourcils et, sans un mot, se tourna pour la cacher à la vue des autres. Grace lança son chemisier par-dessus la tête de l'hybride et Promise l'attrapa au vol, puis le posa à plat par terre et commença à y composer des équations.

— Oui, c'est ça, marmonna-t-elle, les épaules tremblantes.

Faith se pencha pour mieux voir.

— Fascinant. Si seulement je pouvais lui faire passer une IRM, là !

Les équations étaient très complexes, mais Ronan avait l'impression d'y reconnaître des éléments de la théorie des cordes. Promise s'en éloignait de plus en plus et écrivait fiévreusement en se parlant à elle-même.

Ivar la trouvait impressionnante. Adorable et fascinante. Maintenant qu'ils étaient à peu près en sécurité, il se détendit et admira le spectacle de l'intelligence de Promise au travail.

— Non, non. (Elle raya une partie de l'équation en enfonçant le marqueur dans le tissu.) Oui, voilà.

Elle traça une petite marque de validation, puis enchaîna de nouveaux calculs pleins de signes et de parenthèses.

Faith se gratta la tête et regarda Ivar, qui haussa les épaules. Ces mathématiques le dépassaient complètement.

Une rafale bouscula l'appareil et renversa Promise. Ivar glissa par terre, la saisit par les épaules et l'installa entre ses genoux, puis étala le chemisier devant elle en posant un talon de chaque côté pour qu'il ne bouge plus.

— Merci.

Elle se pencha, les épaules protégées par les mollets d'Ivar, et reprit ses calculs. L'appareil atterrit en douceur et il la souleva du sol sans écouter ses protestations. Il baissa la tête pour la protéger de la pluie et entra en courant dans le QG des démons pour se rendre directement à la pièce dans laquelle il avait fait installer ses tableaux. Plusieurs ordinateurs étaient aussi alignés sur une vaste table contre l'un des murs.

Avec un soupir de soulagement, Promise sauta de ses bras et se jeta sur le premier marqueur qu'elle vit. Faith, qui les avait suivis, secoua ses longs cheveux châtains.

— Bon sang, ce que j'ai envie d'entrer dans sa tête !

— Ce ne serait pas très confortable, plaisanta Ronan en passant le bras autour des épaules de sa compagne. Faith ? Tu peux prendre la minicaméra de Promise ?

— Moi ? Pas question.

— Je m'en occupe, intervint Ivar.

Il s'approcha de sa compagne et décrocha la caméra sans que Promise cesse d'écrire à toute vitesse. Il la lança à Ronan, qui l'attrapa au vol.

— Télécharge les images, s'il te plaît, et imprime une photo de Haven.

— Pourquoi ?

Ivar se tourna vers le tableau pour étudier les équations.

— J'ai l'impression qu'on pourra bientôt rendre visite à notre frère.

L'homme sur ces tableaux était forcément Quade. Promise arrêta d'écrire et tout le monde se tourna vers elle.

— Faith ? J'ai besoin de tous les résultats des IRM.

Faith hocha la tête et s'assit devant l'un des ordinateurs. Quelques secondes plus tard, l'imprimante se mit à cracher des feuilles. Promise les attrapa et les aligna par terre.

— C'est ça, maugréa-t-elle.

Elle prit l'une des feuilles et reprit ses équations. Ronan secoua la tête.

— Je n'ai jamais vu ça.

— Moi non plus, acquiesça Faith. Elle risque d'en avoir pour un bout de temps. Et si on allait manger un morceau ? Je meurs de faim.

Promise poussa un gémissement de frustration, fouilla derrière elle pour trouver un marqueur jaune, courut à un autre tableau et dessina un nouveau diagramme au-dessus duquel elle écrivit le nom de Hope.

— Plus tard. Je verrai ça plus tard.

Elle jeta le marqueur jaune par-dessus son épaule et revint à son premier tableau. Ivar la regardait faire, abasourdi.

— Tu viens manger ? lui proposa Ronan sans quitter Promise des yeux.

— Allez-y sans moi. Je ne veux pas louper ça.

Il ne parvenait pas à détourner les yeux. Pire encore, le simple fait de penser qu'il devrait bientôt la quitter lui causait une tristesse inattendue. Promise était si absorbée par ses calculs qu'elle ne se rendait même pas compte de sa présence, mais il refusait de partir. Pas encore, en tout cas.

Hope détestait être punie de sortie. Elle boudait dans son lit en serrant son dragon en peluche contre elle. Cela faisait déjà une journée qu'elle était privée de ses amis et de télévision. Ce n'était pas juste. Le ciel pleurait à chaudes larmes pour elle. Ça leur apprendrait, tiens. Le ciel était de son côté et la pluie durerait jusqu'à ce qu'elle ne soit plus triste.

Quelqu'un tapota à sa fenêtre et elle se redressa. Il faisait nuit. Elle regarda la porte de sa chambre, mais personne n'entra. Sans lâcher son dragon, elle se leva et marcha à pas de loup jusqu'à la fenêtre.

Pax se trouvait de l'autre côté, le nez écrasé contre la vitre. Non sans mal, elle souleva le lourd panneau.

— Paxton Phoenix, murmura-t-elle, qu'est-ce que tu fais là ?

— Recule.

Des gouttes coulaient de ses cheveux trop longs sur ses épaules. Protégeant sa peluche de la pluie, Hope recula.

Paxton posa ses mains potelées sur le rebord, sauta à l'intérieur et atterrit sans un bruit. Quand avait-il appris à être aussi silencieux ? Il referma la fenêtre d'une seule main.

— Je voulais juste voir comment tu allais.

À la lumière de sa lampe de chevet papillon, l'hématome qu'il portait au visage ressortait encore plus. Elle se précipita pour le serrer dans ses bras.

— Tu m'as manqué.

Il lui tapota le dos et recula pour l'observer.

— Tu vas bien, hein ? Ils étaient tous en colère, surtout ton père.

— Non, je ne vais pas bien, avoua-t-elle, la lèvre tremblante.

Pax se redressa.

— Qu'est-ce qu'il t'a fait ?

— Hein ?

— Ton père. Qu'est-ce qu'il t'a fait ? répéta Paxton, dont les yeux bleu argenté luisaient dans l'obscurité.

Elle renifla.

— Il m'a punie. Je suis privée de télé et de jouets.

Pax se détendit.

— C'est tout ?

Comment ça, c'est tout ? Ce n'était pas assez cruel à son goût ?

— Oui.

Elle renifla une nouvelle fois et lui tendit le dragon vert, que Paxton aimait beaucoup. Son père lui interdisait les peluches et il jouait donc avec celles de Hope.

— Et toi, tu as eu des ennuis ?

— Euh, ouais, je suis puni de sortie moi aussi, mais j'ai filé en douce. (Il baissa les yeux pour regarder ses chaussures trempées qui mouillaient le tapis.) Mon père est de garde, il ne rentrera pas avant demain après-midi.

— Qui te surveille, alors ?

— Personne. J'ai huit ans, répondit-il, les épaules basses.

La maman de Promise ne savait pas qu'il dormait seul chez lui. Elle frissonna.

— Tu veux passer la nuit ici ?

Il hocha la tête sans la regarder dans les yeux. Hope ouvrit son placard et prit le tee-shirt de son papa qui était en boule par terre. Elle l'avait porté pour dormir quelques nuits plus tôt.

— Tiens. Fais sécher tes habits sur une chaise, murmura-t-elle en se retournant.

Une fois Pax changé, ils sautèrent sur le lit en gloussant de rire. Pax tenait toujours le dragon et Hope choisit le nounours que Logan lui avait donné la semaine précédente. Pax lui prit la main et enfonça la tête dans son oreiller.

— Hope ? Si tu vas voir Drake, essaie de m'emmener, d'accord ?

— OK.

Elle avait toujours su qu'ils deviendraient amis s'ils se rencontraient. Les choses se déroulaient exactement comme elle le souhaitait.

— Bonne nuit, Pax.

— Bonne nuit, Hope.

Il s'endormit aussitôt et elle écouta sa respiration régulière en se demandant s'il ne ferait pas mieux de s'installer chez eux à demeure. Il ne semblait pas beaucoup aimer son père et passait beaucoup de temps chez elle. Pax deviendrait son frère, ce serait sympa ! Elle serra son nounours contre elle sans lâcher la main de Pax. L'heure était venue de voir si elle était capable de l'emmener dans son monde onirique.

Mais pour cela, elle devait commencer par s'endormir

Elle marchait sur un sable rose pâle qui était chaud sous ses pieds, entre une belle mer bleue et une forêt luxuriante. Un oiseau volait dans le ciel en étendant ses ailes violettes pour profiter au maximum du vent presque inexistant.

Hope marcha pendant quelques minutes en profitant de la chaleur. Elle entendit Drake avant de le voir sortir des arbres, vêtu d'un jean noir et d'un tee-shirt rouge.

Bien. Il était là. Elle ferma les yeux et pensa à Paxton de toutes ses forces, puis les rouvrit. Rien. Il ne se trouvait pas dans le monde onirique. Zut.

Drake s'approcha d'elle et ôta ses chaussures et ses chaussettes pour marcher pieds nus sur le sable.

— T'as eu beaucoup d'ennuis ?

Elle grimaça.

— Je suis privée de sortie, et toi ?

— Pareil, et on m'a fait la leçon pendant des heures.

— Oui, à moi aussi.

Sur le danger en général, sur les Kurjans, sur leurs adversaires et sur plein d'autres sujets.

— Je leur ai dit que tu ne me ferais aucun mal.

— Ils m'ont enlevé, quand même, répliqua-t-il en ouvrant de gros yeux.

Hope se mordit la lèvre.

— Ouais, désolée.

Drake agita les pieds dans le sable.

— J'ai dû tout dire à mon père. Je n'ai pas vu grand-chose de votre base, mais je lui ai décrit ce que je savais.

Hope fit tomber le sable collé à sa jambe.

— J'aurais fait la même chose. Ne t'en fais pas pour ça.

S'ils voulaient rester amis, ils devaient toujours être francs l'un envers l'autre.

— Tu as essayé d'expliquer à ton père que les Sept étaient gentils ?

Il regarda l'océan qui s'étendait à perte de vue.

— Ils ne peuvent pas être gentils vu qu'ils veulent du mal à Ulric. C'est notre leader religieux, un peu comme vos prophètes. (Il se tourna vers elle et fixa les yeux sur la marque bleue qu'elle portait sur le cou.) Tu en es une. Tu peux contacter les autres

prophètes ? Tu peux peut-être même contacter Ulric, si ça se trouve.

Elle haussa les épaules.

— Je ne vois pas souvent les autres prophètes.

Lily et Caleb étaient très gentils, mais comme elle était encore très jeune, son père ne l'autorisait pas à les fréquenter, sous prétexte qu'il voulait la laisser libre de choisir sa propre voie, ou quelque chose comme ça.

— Non, je ne pense pas en être capable. C'est le seul monde onirique auquel j'ai accès.

Pour l'instant, en tout cas. Cela devenait plus facile chaque année et elle espérait un jour être en mesure de se rendre sur d'autres mondes et, pourquoi pas, de parler à Ulric. Mais ce jour-là, elle pouvait s'attendre à la punition du siècle.

— Paxton et toi êtes très proches, non ?

— Si. Libby et lui sont mes meilleurs amis. Avec toi, bien sûr.

— Hum. (Il s'intéressa quelques instants au vol de l'oiseau.) Est-ce que tu peux voir l'avenir ?

L'oiseau revint vers eux et elle lui fit un signe de la main.

— Ça m'arrive, mais je ne choisis pas ce que je vois. Et toi ?

— Pareil. Je vois certains trucs, mais pas d'autres. En tout cas, je suis sûr que Pax et moi, on ne sera pas copains. Je nous ai vus en train de nous battre quand on sera grands. (Il soupira.) Je ne vois pas qui meurt, mais l'un des deux va y rester, c'est certain.

Le ventre de Hope se crispa. Drake ne voyait pas la situation dans sa totalité.

— Personne ne mourra. On va tout arranger.

Il tourna la tête vers elle.

— Il faut que j'y aille. À bientôt sur cette plage.

Il sourit, mais ses yeux verts ne pétillaient pas.

Elle avait envie de lui dire que tout se passerait bien, qu'il devait lui faire confiance, mais elle se réveilla dans sa chambre. La pluie battait sur les vitres et elle tenait toujours la main de Paxton. Elle se tourna pour le regarder dormir.

Comment allait-elle faire pour sauver ses deux amis ?

Chapitre 37

Promise se réveilla et s'étira contre un corps mâle et musclé. Elle grimaça lorsque ses fesses lui cognèrent la hanche et les souvenirs de la nuit précédente lui revinrent en cascade. Elle travaillait à ses équations lorsque sa vision s'était brouillée. La tête lui tournait tant qu'elle avait dû s'asseoir. Ivar avait insisté pour qu'elle dorme, mais elle avait protesté en disant qu'elle avait juste besoin de plus de café. Il lui avait pris le bras avec fermeté. Hors d'elle, Promise l'avait frappé à la cuisse. Aussitôt, il l'avait retournée face à l'ordinateur pour lui appliquer une claque sonore sur les fesses.

—J'arrive pas à croire que tu m'as donné une fessée, marmonna-t-elle, encore à moitié endormie.

—C'est toi qui as commencé. Tu as eu de la chance d'être aussi épuisée, d'ailleurs. Recommence et je te donne une vraie fessée déculottée.

Il n'oserait pas… certes, elle l'avait frappé la première, mais ce n'était pas la peine de jouer les mâles alpha à une heure aussi indue.

—Je n'avais pas toute ma tête.

—Moi, si, et c'est pour ça que tu peux encore marcher ce matin.

Mouais… elle se glissa hors du lit et entra dans la salle de bains pour se doucher et se remaquiller. Une fois rafraîchie, elle revint dans la chambre, prit son ordinateur portable et le terrassa d'un regard hautain.

Ivar s'assit, la couverture descendue jusqu'à la taille révélant son torse magnifique. Ce matin, ses yeux étaient d'un bleu plus clair et il la regardait comme un faucon qui aurait repéré un lapin.

— Tu devrais manger quelque chose.

Elle leva les yeux au ciel.

— Je passerai à la cuisine pour prendre un bagel. Bon, je crois que je suis prête à parler à tout le monde. (Des chiffres et des solutions s'enchaînaient dans sa tête et elle les ajoutait à ceux qui s'y trouvaient déjà.) Je n'ai pas le choix, d'ailleurs. La Terre est dans la position idéale pour le trajet.

Ivar étira son corps de colosse.

— Tu peux me ramener à Quade ?

Elle déglutit.

— Oui, je pense, mais j'ai besoin de données supplémentaires.

Et elle ne savait toujours pas ce qu'il aurait à faire une fois là-bas.

— Tu ne peux pas briser la bulle ?

— Non, pas encore.

Et même si elle le pouvait, elle ne savait pas si elle le ferait. Elle n'avait pas assez d'informations pour cela.

— Il faut que tu m'emmènes à au moins un des points de transit.

Mais elle ne pourrait pas l'accompagner jusqu'aux mondes infernaux, parce que le trou de ver se refermait trop vite.

Ivar, qui était en train d'enfiler son jean, se figea.

— Pas question.

Promise fit de son mieux pour prendre une voix conciliante.

— Si. Je dois voir ce qui se passe.

Elle devait surtout le percevoir. Sa faculté à détecter les êtres capables de se téléporter était idéale pour ses théories.

— Tu n'as pas le choix.

Il lui adressa un sourire qui aurait eu de quoi faire frissonner les plus courageux.

—Ce n'est pas le genre de phrase à utiliser avec moi, Professeur.

Promise ne put retenir un frisson.

—C'est moi ou tes tendances autoritaires commencent à tendre vers la tyrannie?

—Peut-être que tu ne l'avais pas remarqué jusque-là?

Elle le regarda dans les yeux, agacée.

—Tu te rends compte, j'espère, que je suis sur le point de t'offrir la possibilité d'entrer dans le monde de Quade?

—Oui, répondit-il en attrapant sa chemise.

—Dans ce cas, je te conseille de ne pas oublier que tu auras besoin de mon aide pour revenir, conclut-elle en se dirigeant vers la porte. Il vaudrait mieux pour toi que je ne décide pas de t'abandonner sur place.

Sans un bruit, il se précipita sur elle et la plaqua contre la porte.

—Je crois qu'on devrait mettre les choses au point, murmura-t-il.

Une seconde plus tard, le tee-shirt de Promise vola à travers la pièce.

Ivar remuait le sucre dans son café, le corps rassasié après la conversation qu'il avait eue avec Promise. Enfin, ils n'avaient pas beaucoup parlé, mais entre deux orgasmes, il pensait l'avoir persuadée d'arrêter de le harceler au sujet de la téléportation. Il en était sûr. Plus ou moins. Plutôt moins que plus, après réflexion.

Tous les membres des Sept, à part Quade, étaient réunis auprès de Zane Kyllwood, de Kane Kayrs, d'Emma Kayrs et de Dage Kayrs, le roi en personne. Faith, Grace et Mercy étaient là également et accompagnaient leur café de donuts et de bagels. Le groupe était au complet. Promise se leva devant un grand écran relié à son ordinateur et noirci d'équations.

— La vache, s'exclama Kane Kayrs, c'est magnifique.

— N'est-ce pas ? renchérit Promise, pour qui les équations étaient plus belles que le plus pur des diamants.

Ivar, en revanche, ne voyait qu'une suite de calculs sans aucun sens.

— Et si tu nous expliquais, ma belle ?

— Je suis sûre que nous pouvons nous rendre sur le monde de Quade.

Ivar se figea. Il allait enfin atteindre son but.

— Alors, écoutez bien. (Elle fit glisser son pointeur laser sur les équations, se tourna vers son public, réfléchit un instant, puis l'éteignit.) Euh, d'accord. Je vais simplifier les choses. Je pense que le rituel des Sept est la clé du problème.

Ivar fronça les sourcils. Qu'est-ce que cela avait à voir avec Quade ?

— Les démons se téléportent sur Terre et les Faes peuvent aller où ils veulent, mais le rituel des Sept entraîne un phénomène différent. Selon mes calculs, pendant la cérémonie, le candidat existe en deux endroits distincts, le premier pour son corps et le second pour sa conscience, sans que les deux soient séparés.

Ivar but une gorgée de son café trop fort.

— Comment ça ?

— Vous êtes entrés dans une autre dimension. Enfin, je crois, ajouta-t-elle avec un sourire malicieux. Oui, je sais, je viens de dire que vous étiez à une sorte de croisement entre dimensions. (Elle montra la solution sur le tableau.) Ce n'est qu'une hypothèse, mais c'est la seule solution qui m'est venue pour expliquer votre existence sur deux plans différents. (Elle fit une pause pour leur permettre de poser des questions, mais aucune ne vint. Elle était si animée qu'Ivar la trouvait plus adorable que jamais.) Et je pense aussi que les chemins de téléportation fonctionnent comme des ondes cérébrales.

Faith se redressa et poussa un petit sifflement.

— Bien sûr, ça tombe sous le sens.

Ivar se gratta le dos. Il percevait vaguement où elle voulait en venir. Promise disait avoir résolu l'équation ?

— Continue.

Promise sourit.

— Premièrement, les démons ne peuvent se téléporter que dans un endroit où ils sont déjà allés ou qu'on leur a décrit. Il y a forcément un lien. (Elle se tourna vers Mercy.) Les Faes disposent d'un spectre plus large, mais ils suivent généralement toujours les mêmes chemins, d'un point de transit à l'autre, sans jamais tomber dans la boucle infernale.

— Moi, en revanche, je m'y suis retrouvé, intervint Ivar.

— Oui, parce que Niall t'y a poussé. Peut-être parce que c'était le seul monde infernal qu'il connaissait et une fois sur place, tu as traversé.

— Il est passé dans une autre dimension ? demanda Ronan.

— Il s'est plutôt retrouvé entre deux dimensions, murmura Kane. C'est bien ça ?

— Oui ! se réjouit Promise en assenant une tape sur l'épaule de Kane. Exactement. Je pense que tu combinais les deux, ce qui a généré un flux temporel, le seul moyen pour que tu te trouves en deux endroits à la fois. C'est ce que fait votre rituel : vous avez interféré avec le temps. Et même bien pire en créant vos trois bulles. (Elle hésita un instant.) Non, je me trompe. Vous n'avez pas créé trois mondes. Vous avez trouvé le chemin pour vous y rendre et vous les avez liés entre eux en combinant la gravité et le temps. Ces aimants dont tu me parlais, Ronan, ceux que tu devais recalibrer régulièrement pour que ton monde reste stable. Ils affectent la gravité. Vous ne comprenez pas ?

— Non, admit Ivar.

Promise posa son pointeur.

— D'accord. Les études du cerveau ont mis en évidence l'existence de réseaux cérébraux, générés par les habitudes, bonnes ou mauvaises, de chaque individu. L'anxiété peut aussi avoir le même effet.

En clair, Promise comparait les réseaux cérébraux aux chemins de téléportation.

— D'accord, dit Ivar.

— Tu as suivi ce chemin et maintenant que tu peux à nouveau te téléporter, tu devrais pouvoir retourner aux endroits que tu as visités en recréant les itinéraires dans ton cerveau. Autrefois, tu te téléportais instinctivement et tu vas pouvoir recommencer maintenant que ton cerveau est guéri. (Promise serra les lèvres et inspira à fond, comme si elle rechignait à continuer.) Mais quelle que soit la manière dont tu le feras, je pense que tu es le seul à pouvoir te rendre dans ce monde.

Et cela uniquement parce qu'elle avait pu identifier la zone endommagée de son cerveau.

— Et je pourrai prendre la place de Quade ?

Promise prit un air encore plus grave.

— Pas dans la fenêtre temporelle dont nous disposons pour l'instant, mais s'il existe un moyen de le faire, on le trouvera et on fera tout pour le matérialiser. Pour l'instant, tu dois déjà amasser des données qui nous permettront de déterminer si les bulles s'apprêtent à céder. Tu es le seul à pouvoir y aller et en revenir.

— Bref, résuma Garrett, tu as un abonnement privilège pour les allers-retours vers l'enfer.

Promise se racla la gorge.

— Je sais que Quade est important, mais une multitude d'univers risquent de disparaître, dit-elle avant de regarder Ronan. Je pense que c'est la catastrophe qui a détruit ta bulle qui a généré ces mondes infernaux. Et selon moi, la réaction a failli détruire aussi celui de Quade.

— Donc si le monde de Quade lâche…

— D'autres suivront. Toute action entraîne une réaction. En détournant les lois de la nature pour combiner vos trois bulles, vous avez créé des vides dans l'univers et certains de ces vides se sont remplis. Les modifications que vous avez entraînées dépassent notre niveau de connaissances. (Comme ils semblaient tous perdus, elle poussa un soupir de frustration.) Bon. Imaginez que la Terre disparaisse. Qu'arriverait-il à la Lune ?

Comme seule l'attraction gravitationnelle de la Terre permettait à son satellite de converser son orbite, la Lune… malgré tous ses efforts, Ivar ne trouvait aucune réponse à cette question. Promise tapota son écran.

— Trois hypothèses : la Lune continuerait de tourner autour du Soleil, elle finirait par tomber dans le Soleil ou elle partirait tout droit jusqu'à ce qu'elle soit à nouveau capturée par l'attraction gravitationnelle d'une autre planète ou d'une étoile. Personne ne sait exactement.

— Oui, c'est tout à fait ça, acquiesça Kane.

— Bref, avant de faire quoi que ce soit aux mondes de Quade ou d'Ulric, il nous faut plus de données. Beaucoup plus. Tu es le seul à pouvoir nous les fournir, dit-elle à Ivar. Si tu acceptes cette mission, tu devras effectuer deux allers et retours. Le premier est faisable, selon mes calculs. Le deuxième en revanche, est plus douteux. Tu es sûr d'être volontaire ?

— Oui.

Promise le regarda pendant quelques secondes puis hocha la tête, les yeux sombres.

— J'ai demandé aux équipes d'Emma de te fabriquer des instruments en matériaux non métalliques à l'aide d'imprimantes 3D. Si tu retournes au monde de Quade, tu devras chercher les différences par rapport à ta dernière visite, faire des mesures et y laisser plusieurs instruments, si possible. Ces données nous serviront à déterminer le danger que court son monde. Ou tous les mondes, plutôt.

Ivar termina son café, nerveux.

— Est-il possible que je ne trouve pas le monde de Quade, même en suivant le chemin ?

— Tout à fait, murmura Promise. Nous avons trois mondes qui s'équilibrent mutuellement grâce à l'inertie, à la gravitation, au temps et à Dieu sait quoi d'autre. Le premier a déjà explosé et les deux autres ont dû bouger et se transformer. Et à moins que l'un des deux soit beaucoup plus puissant que l'autre, la collision est inévitable. (Elle soupira.) Cela peut prendre mille ans… ou deux jours. Tant qu'on en reste aux théories, il n'y a aucun moyen de le savoir.

Ivar se leva.

— Il est plus que temps qu'on commence les expériences, alors. Plus vite on s'y met, mieux ça vaut, non ?

— Tout à fait, mais le problème est encore plus complexe que ça. Nous avons analysé tes souvenirs et toutes les données fournies par les Faes. Tout porte à croire que chaque voyage a un point de départ précis.

Ivar se demanda comment il n'y avait pas pensé plus tôt.

— La Terre, n'est-ce pas ?

— Plus exactement, la Terre à certaines périodes de l'année, ou plutôt selon sa position dans l'espace à un moment donné. Cette semaine est l'une des périodes les plus favorables.

— D'accord.

C'était logique. Ivar, qui se sentait parfaitement guéri, invoqua la puissance de l'univers jusqu'à ce qu'il la sente vibrer dans ses veines, puis sauta dans le vide et réapparut dans son chalet. Tout était redevenu normal. Il prit une pomme de pin et retourna dans la salle de réunion.

— Frimeur, plaisanta Mercy en léchant le sirop d'érable qui lui collait aux doigts. Alors, Professeur, ça va être très dangereux ? Vous ne devriez pas passer encore quelques nuits ensemble, juste au cas où ?

— Non, répondit Promise, le regard plein de regrets. Le plus vite sera le mieux. Le temps est compté.

— On va même le faire tout de suite, ajouta Ivar.

Mercy hocha la tête.

— Promise, je pense que ton homme aura besoin d'aide pour arriver au premier point de transit. Je me trompe ?

— Pas du tout. Il pourrait le faire seul, mais il n'a pas l'habitude des sauts interdimensionnels et je préférerais qu'il conserve son énergie pour le saut qui le mènera jusqu'à Quade. (Un éclair d'inquiétude traversa son regard.) Et j'aimerais beaucoup me rendre moi-même au moins jusqu'à ce premier point.

— Je me charge d'Ivar, proposa Logan Kyllwood en regardant sa compagne. Je connais très bien le Pré aux Ruisseaux.

Ivar lança la pomme de pin à Promise.

— Bien joué, Professeur. Je savais que tu y arriverais.

Mais elle resterait en sécurité au QG, que cela lui plaise ou non. Promise, debout à l'autre bout de la pièce, le regarda droit dans les yeux.

— C'est juste un aller-retour. Tu as intérêt de revenir.

Et merde. Elle le connaissait trop bien. Il n'avait aucune intention de laisser Quade dans son enfer et si quelqu'un devait rester, ce serait lui.

— Allons nous préparer, dit-il.

Il était plus que temps de partir. S'il hésitait, elle ferait tout pour le convaincre de rester. Après quelques minutes de discussion, d'ordres à distribuer et d'encouragements, il se retrouva enfin seul avec Promise et Logan à la porte du QG. Il serra sa compagne contre lui.

— Je veux aller au premier point de transit, insista-t-elle, au cas où il y aurait quelque chose à observer.

Il n'avait pas le temps de prendre des gants.

— Non. Reste ici, à l'abri, pour que je puisse faire correctement mon travail.

Il se pencha et l'embrassa sur la bouche. Ce moment était en suspens depuis la seconde où ils s'étaient rencontrés. Promise souleva le sac à dos posé à leurs pieds.

— Tu n'as pas beaucoup de temps devant toi. Je ne sais pas si tu arriveras à passer avec les instruments fabriqués par Emma, mais on peut prendre le risque de les perdre. Ils sont tous équipés d'un mode d'emploi. Ramène les données atmosphériques. Tu sais ce qu'est l'effet Doppler, n'est-ce pas ? (Il acquiesça d'un signe de tête et passa le sac sur son épaule. Promise posa la main sur ses côtes fusionnées.) Promets-moi que tu reviendras.

— C'est promis.

Il ne savait ni quand, ni comment, mais il reviendrait. Il tenait à elle plus qu'il n'aurait pu le dire. Promise, à la fois cérébrale et sensuelle, était la compagne parfaite pour lui. Elle lui donna une photo de Haven.

— Demande à Quade s'il l'a déjà vue.

— D'accord.

Logan lui prit le bras. Laisser son ami prendre la tête allait contre sa nature, mais il savait qu'il avait besoin de conserver son énergie.

Le saut jusqu'au Pré aux Ruisseaux se déroula sans encombre. Ivar atterrit dans l'herbe et lâcha le bras de Logan. Il observa la prairie paisible, puis se tourna vers le soleil le plus lointain.

— On est passés par là.

Il inspira à fond, tenta de se remémorer le chemin qu'il avait suivi pour se rendre sur le monde de Quade et finit par localiser la bulle. Les démons allaient toujours droit au but et c'était ce qu'il comptait faire.

— Prends soin de Promise. Au cas où.

— Tu sais que tu peux compter sur moi, mon frère. (Logan le serra contre lui, assez fort pour lui casser les côtes, si cela avait encore été possible.) Elle a raison sur un point : tu dois nous ramener des données avant qu'on fasse quoi que ce soit d'autre. Beaucoup de mondes sont en jeu.

— Je sais.

C'était la vérité, mais s'il existait un moyen de ramener Quade, il tenterait sa chance.

— Salut, Logan.

Il ferma les yeux et se focalisa sur la trajectoire qu'il avait empruntée la première fois. Son instinct et sa mémoire subconsciente suffiraient-ils ? Il mobilisa l'énergie des ruisseaux, la douceur de l'herbe, la puissance de son frère à ses côtés.

Puis il sauta.

CHAPITRE 38

Le trajet s'avéra aussi long que complexe. Il vira à angle droit sur la gauche, puis s'engouffra dans le dernier vortex, qui le secoua tant qu'il se mordit les lèvres. Le passage était plus étroit que dans ses souvenirs. Il atterrit sur la glace et glissa sur plusieurs mètres. Il parvint à se protéger la tête, mais des éclats de glace lui déchirèrent les cuisses. Il s'arrêta enfin, gelé jusqu'aux os, puis se releva, en déséquilibre entre deux affleurements de glace tranchants comme des lames. Un hurlement retentit au loin. S'était-il trompé de monde ?

La bulle de Quade était constituée de rochers déchiquetés entourés de mares de lave, dans une atmosphère saturée de soufre brûlé. Ivar leva les yeux. Le ciel était violet foncé et l'atmosphère d'une lourdeur insoutenable. Cela lui rappelait quelque chose, tout comme les arbres couleur caramel, dont les branches pliaient désormais sous le poids des glaçons.

Où était la lave ?

Il patina jusqu'à la forêt en zigzaguant entre les pointes. Soit il s'agissait d'un monde jumeau au climat inversé, soit tout avait changé. Cela faisait trois mois qu'il était revenu sur Terre, mais ici, combien de temps s'était-il écoulé ? Il s'enfonça entre les arbres en évitant les branches acérées.

Dans un craquement assourdissant, le ciel s'ouvrit et rougeoya. Il avait déjà assisté à ce phénomène, mais la dernière fois, la couleur était argentée. La fente était plus large et resta en place pendant plus longtemps, puis se referma enfin.

Un corps humain, comme sorti de nulle part, atterrit devant lui. La silhouette était recouverte de fourrure de la tête aux pieds, même le visage, qui portait un masque. Ivar, malgré ses blessures aux jambes, se mit en garde.

— Ivar ?

Quade arracha son masque et étudia Ivar de son regard bleu-vert.

— Vike ?

— Oui. Tu es encore en vie. Où est la lave ?

— Monde a changé.

Quade secoua la tête, agitant ses longs cheveux noirs collés en grappes.

— Qu'est-ce que tu fais là ? Je t'ai sauvé. Renvoyé chez toi.

Le hurlement retentit une nouvelle fois, plus près d'eux. Ivar se crispa.

— Je suis rentré, mais je suis de retour. Je suis venu te chercher.

— Peux pas partir. (Il lui fit signe de le suivre.) Vite. Le feu arrive.

Le feu ? Ce monde était tout en glace, mais il se rappelait la tempête de flammes qu'il avait subie et baissa la tête pour suivre Quade sur la banquise. Ils arrivèrent à une autre forêt d'arbres carbonisés, à l'écorce aussi acérée qu'un rasoir. Les branches scintillaient et la glace qui les recouvrait rendait l'écorce encore plus coupante. Quade suivit plusieurs pistes tournoyantes pour parvenir à une falaise, qu'ils escaladèrent avant d'émerger devant sa grotte.

Ivar, à bout de souffle, essaya de refermer ses plaies. Il posa son sac à dos, installa les boîtes contre le mur du fond pour mesurer les données réclamées par Promise.

Quade s'assit et s'adossa à la paroi lisse.

— Tu peux me dire ce que tu fous là ?

Une phrase complète. L'aîné des Kayrs savait encore parler. Ivar, lui, avait du mal à respirer. Il avait oublié la différence de pesanteur et d'altitude, et même à peu près tout le reste. Il récupéra quelques appareils pour les remettre dans son sac.

— Je suis parti pendant trois mois. Ça a duré combien de temps pour toi ?

— Des siècles ? Assez pour que la lave durcisse et se recouvre de glace. Mais les créatures ont survécu. Tu as faim ? demanda-t-il en attrapant ce qui ressemblait à des lanières de viande séchée.

— Non. Quand la bulle de Ronan a explosé, ça a modifié la tienne et celle d'Ulric.

Quade mâchonnait, l'air pensif, et ressemblait plus à un barbare qu'à un vampire.

— Ouais. Les fentes dans le ciel durent plus longtemps et j'ai vu Ulric. Nous nous rapprochons l'un de l'autre. La collision est proche. (Il se gratta le cou.) Est-ce qu'on aura l'occasion de se battre ou est-ce qu'on mourra tout de suite ?

— Tu préférerais quoi ?

— M'en fous, tant qu'Ulric meurt, répondit Quade en mordant dans un autre bout de viande, dont les miettes tombaient dans sa longue barbe. Ça fait longtemps que je ne sens plus rien. Mille ans, ou deux mille. Ou encore plus.

Ses yeux ressemblaient tant à ceux de Ronan qu'Ivar avait du mal à soutenir son regard.

— Ronan va bien ?

— Il a une compagne et il est heureux, mais il veut que tu rentres chez toi.

— C'est ici, chez moi.

Une flamme passa devant l'entrée, générant une chaleur qui leur fit fondre la peau. Ivar se mordit la lèvre pour ne pas crier. Une fois le phénomène passé, il dirigea en urgence des cellules thérapeutiques vers sa peau déchirée.

— Ça arrive souvent ?

— Trois fois par cycle, dit Quade, dont la peau du visage faisait des bulles. Il me faut de plus en plus longtemps pour me remettre. (Il traça une marque dans la poussière, à côté d'une première.) Après le troisième feu, je dois courir pour réaligner les aimants. (Il poussa un soupir à fendre les pierres.) Ils faiblissent. Je sais pas ce qui s'est passé quand les mondes ont changé, mais ils ont perdu leur charge. Tu sais comment les recharger ?

— Non, mais je trouverai.

— Ce sera trop tard. Moins ils chargent, plus vite ils lâchent. C'est peut-être une bonne nouvelle. Plus la collision sera violente et plus on aura de chances qu'elle tue Ulric.

— Il faut que tu partes. Dis-moi ce que je dois faire pour protéger ce monde et moi, je t'expliquerai comment retourner sur Terre, insista Ivar.

C'était à son tour de servir. De protéger Quade.

— Impossible. Chaque jour, je me rapproche d'Ulric et de son monde. Je peux contenir brièvement la marée grâce aux aimants, mais ce serait trop long à t'expliquer. Si j'étais sûr que la collision va nous tuer, je laisserais tomber, mais son monde est plus gros que le mien. Plus puissant. Je risque d'être le seul à mourir et lui sera libre. Je ne peux pas courir ce risque.

— Explique-moi. J'apprends vite.

Il n'hésiterait pas à pousser Quade dans le portail, mais comment réussirait-il à le mettre sur la bonne voie ? Seuls les Faes détenaient cette capacité et il n'avait pas eu le temps de la maîtriser.

— Non. Il faut que tu partes. L'équilibre passe avant tout le reste, dit Quade en tirant sur la fourrure de sa botte. À chaque modification, la lave devient plus violente. Quand un animal naît, un autre doit mourir, mais pas deux. Tu comprends ?

Il se pencha vers Ivar. Avec ses joues creuses et ses yeux fiévreux, il avait l'air d'un fou. Et ses bras étaient encore plus maigres que la dernière fois. Squelettiques, même.

— Je n'ai pas souvent l'occasion de tuer pour manger.

— Je n'ai pas besoin de nourriture, répliqua Ivar. Dis-moi seulement ce que je dois faire.

— Pas le temps. Tu dois partir après le deuxième feu, sinon, tu accéléreras la chute. Il ne faut pas que ça arrive. (Un éclair de lucidité traversa son regard.) Trouve ce qui se produira pendant la collision. Pour que je sache si je dois la laisser arriver ou pas.

Le feu revint, bleu électrique cette fois, et brûla même les murs. Ivar baissa la tête et laissa la douleur le submerger. Elle était insoutenable.

— Laisse-moi t'aider, je t'en supplie.

Quade se releva d'un bond et saisit le bras d'Ivar d'une poigne de fer.

— Pas le temps. Fais-moi confiance. De toute façon, c'est mon sang que ce monde veut. Si tu ne pars pas, la destruction arrivera plus vite. Trouve toutes les réponses possibles. Pour que je sache ce que je dois faire.

Au fond de lui, Ivar avait toujours su que Quade ne pourrait pas déjà partir. Ivar lui tendit un paquet.

— Tu sais encore lire ?

— Oui, dit Quade en prenant la boîte.

— Suis les instructions. Je pense que tu dois les placer près des aimants et aux points les plus éloignés possible. Quand ils cesseront de fonctionner, ramène-les ici.

Et cela arriverait forcément avant qu'Ivar revienne.

— Ils te donneront les réponses dont tu as besoin.

— D'accord. Il faut que tu partes. Tout de suite.

Ivar tira la photo de sa poche.

— Tu la connais ?

Ivar prit la photo et se figea.

— Où tu as trouvé ça ?

— On l'a rencontrée. On la cherchait, en fait. Elle a les capacités pour…

Quade pivota et plaqua Ivar contre le mur, puis colla le visage contre le sien, l'haleine fétide.

— Ne la mêlez pas à tout ça. Elle n'existe pas. Compris, mon frère ?

Ivar se laissa faire.

— Elle est moitié démone et moitié Fae. Si quelqu'un peut t'aider à rentrer, c'est elle.

Surtout si le chemin était en train de se refermer, comme le soupçonnait Ivar. Il ne lui restait probablement plus qu'une seule chance de revenir maintenant qu'il savait comment faire.

— On a besoin d'elle.

— Promets-le-moi, grogna Quade. Je n'ai jamais rien demandé. Pendant des siècles, pendant une éternité, je n'ai rien demandé. À part ça. Laissez cette femme tranquille.

Ivar n'avait pas le choix.

— Je te le promets.

Quade le lâcha, mais garda la photo.

— Si tu peux trouver des réponses, fais-le. Sinon, j'essaierai d'éviter la collision jusqu'à mon dernier souffle. Et si j'en ai l'occasion, je l'attaquerai et je le tuerai.

— Je trouverai les réponses et je reviendrai, ne serait-ce que pour prendre ta place, alors prépare-toi à tout m'expliquer. (Ivar lui serra le bras entre les doigts.) En attendant, reste en vie. On te rendra ta liberté.

Quade souleva sa lèvre déchiquetée.

— Je veux pas de la liberté. Je veux juste que ça finisse et qu'Ulric meure. C'est tout.

Le vent se mit à souffler violemment. D'un coup de dent, Ivar s'entailla le poignet et le plaça de force devant la bouche de Quade.

— Bois. Tu en as plus besoin que moi.

Quade résista un instant, puis grogna et se mit à boire à longues gorgées. Il avala assez de sang pour que son visage retrouve des couleurs, puis recula brutalement la tête, haletant. Ivar lui laissa une seconde pour se reprendre, puis le serra dans ses bras. Il ne pouvait pas jeter Quade dans le vide parce qu'il ne savait pas encore comment protéger ce monde.

— Je reviendrai, mon frère.

— N'oublie pas ta promesse pour cette femme. Ne la mêlez pas à tout ça.

Quade s'éloigna de lui et Ivar mobilisa la puissance du vent, puis se tourna et sauta dans le vide en espérant réapparaître au Pré aux Ruisseaux.

Il fut avalé par une masse d'air tourbillonnante.

Promise tournait en rond dans la salle de physique en marmonnant. Comment avait-elle pu être assez bête pour laisser Ivar partir seul ?

Mercy, une sucette dans la bouche, passa la tête par la porte.

— Tu bosses ?

— Oui, j'arrête pas. Logan est revenu sain et sauf, j'imagine ?

— Ouaip. On va faire un tour en bateau et je venais te proposer de nous accompagner. Ça te changerait les idées.

Mais Promise ne pouvait abandonner ses calculs.

— Non, mais merci quand même. (Elle s'arrêta et détendit la nuque.) Je perçois Ivar. Je ne sais pas comment, mais je sens qu'il est présent.

Ce qui n'avait aucun sens.

— C'est votre union. Tant que la connexion reste possible, tu la sentiras. Elle devrait t'aider à te détendre, d'ailleurs.

Promise tenta de calculer les données de sa nouvelle réalité, mais y renonça.

— Je verrai ça plus tard. Ce soir, il faut que je travaille.

Mercy, qui avait fini sa sucette, entra dans la pièce.

— Comme tu veux. Logan est en train de préparer le bateau. Dis donc, t'as vachement avancé ! s'écria-t-elle en admirant les tableaux.

Promise s'apprêtait à répondre lorsque son ordinateur portable sonna. Mark apparut à l'écran.

— Salut, dit-elle. Alors, tu en es où ?

— C'est quoi, tous ces tableaux ?

Promise s'assit devant l'ordinateur.

— Je bosse dur, comme tu vois.

— Et c'est quoi, cet endroit, d'ailleurs ? demanda-t-il en remontant ses lunettes sur son nez.

Elle lui sourit.

— Une salle de recherche très agréable.

— Au QG des démons ?

Mercy, stupéfaite, s'approcha de l'ordinateur.

— Tu as mis un humain au courant ? murmura-t-elle sèchement.

— Mais non ! Mark, comment est-ce que tu peux savoir que…

Il secoua la tête.

— Tu étais tellement obsédée par tes calculs que tu as perdu de vue la réalité. Ton innocence et le dévouement dont tu fais preuve pour sauver la planète sont admirables, mais tu dois bien te rendre compte que tes recherches et cette découverte sont bien trop importantes pour que tu les gardes pour toi. Tes équations te vaudront le prix Nobel.

Soudain, elle comprit. L'ordinateur dont elle se servait venait de l'université. Elle n'avait jamais envisagé que Mark puisse chercher à accéder à ses dossiers. Elle avait toujours eu confiance en lui. Mais cela n'expliquait pas comment il connaissait l'existence des démons.

— Mark ? Pour qui travailles-tu ?

— Pour nous, répondit une voix masculine… derrière elle.

Au cœur du QG. Paniquée, il lui fallut plusieurs secondes pour réagir. Un homme blond et deux soldats cysts gigantesques s'étaient matérialisés dans sa salle de recherche. Comment avaient-ils réussi à se téléporter, vu que les Cysts ne disposaient pas de cette capacité ?

— Niall, dit Mercy, les mains sur les hanches. T'es vraiment le roi des cons.

Elle s'adressait au type blond, bien moins colossal que les Cysts. Elle sauta sur Mercy, mais Niall sortit un pistolet et lui tira dessus, la touchant en plein vol. Mercy poussa un cri de douleur et percuta Promise. Les deux jeunes femmes s'écroulèrent sur le bureau.

— Téléporte-toi, souffla Promise, crispée par une douleur qui lui prenait tout le bras.

Mercy se releva, tremblant de la tête aux pieds.

— Je peux pas. Il m'a touché avec une arme spéciale. Putain, c'est la merde. Appelle à l'aide !

Le premier Cyst pointa une arme verte sur elle.

— Un bruit et je t'abats.

Mercy se plaça devant Promise.

— Niall, c'est moi que tu veux, pas l'humaine.

Niall lui adressa un sourire effrayant.

— Oh oui, je te veux, mais les Kurjans, eux, veulent la physicienne. Plus que tout. Ton copain Mark nous a montré tes recherches et on a besoin de ton aide. Non, on l'exige, en fait.

Mercy tremblait toujours après l'impact du laser.

— J'aurais dû laisser Logan te tuer.

— Oh, on s'occupera bientôt de son sort. Avancez.

Pourquoi n'y avait-il pas d'alarme qui se déclenchait lorsqu'un ennemi se téléportait dans les locaux ? Mais pour venir jusqu'ici, ils devaient déjà connaître l'endroit au préalable. Comment avaient-ils su où la trouver ? L'un des soldats tendit la main pour l'attraper, mais elle le repoussa.

— Drake. Il a dû faire un peu d'exploration quand il était là.

Si l'on ajoutait à cela la vue de la pièce qui était apparue sur l'ordinateur de Mark quand ce dernier avait établi la connexion vidéo, les Cysts avaient eu toutes les informations nécessaires.

Une alarme se déclencha

— Enfin, maugréa Mercy.

Elle frappa le second soldat à coups de pied, mais il l'attrapa sans mal et la souleva du sol. Le premier emprisonna les poignets de Mercy et la colla contre son torse. Niall poussa un rugissement et se jeta sur eux. L'impact coupa le souffle de Promise et le monde disparut.

Chapitre 39

Ivar atterrit au Pré aux Ruisseaux, mais de justesse. Le vortex, ou le trou de ver, il ne savait comment l'appeler, semblait décidé à lui arracher les jambes et à ne pas le relâcher. À plat ventre dans l'herbe, le souffle court, il voyait son sang rougir les ruisseaux. Enfin, ce qui lui en restait. Il s'était presque vidé les veines pour Quade. Son corps n'était que douleur, au point qu'il ne parvenait pas à se concentrer sur une zone en particulier.

Devait-il s'asseoir pour se téléporter ? Probablement pas.

Il tourna le visage, souffla pour évacuer les brins d'herbes enfoncés dans ses narines, ferma les yeux et essaya de mobiliser l'énergie des ruisseaux qui coulaient autour de lui. Il imagina le QG des démons et l'air se mit à crépiter autour de lui. Il pensa ensuite au visage de Promise, à ses yeux pétillant d'intelligence, à son excitation lorsqu'elle parlait des équations. Cela fonctionna.

Il traversa le temps et l'espace, presque au ralenti, et se rematérialisa à plat ventre sur Adare. Ce dernier toussa et tomba à la renverse en attrapant Ivar par la taille.

— Merde, tu te vides de ton sang !

Les yeux d'un noir brillant, il força Ivar à s'asseoir, s'entailla le poignet et le colla contre les lèvres de son ami. Sans protester, Ivar en but assez pour mettre ses cellules thérapeutiques en action, puis repoussa le bras d'Adare.

— Merci, vieux.

Il avait mal partout. Autour de lui, des soldats armés couraient dans tous les sens et poussaient les tableaux contre les murs de la salle de recherche. Le cœur battant, il se leva et chercha Promise du regard. Si des ennemis avaient pénétré dans le QG, on avait dû la mettre en sécurité.

Où est Promise ?

Adare se releva et lui posa la main sur l'épaule.

— Mercy et elle ont été enlevées il y a une heure. Sur les vidéos, on voit deux soldats cysts et l'ex-roi des Faes que Mercy a fait destituer. Ils se sont téléportés dans la pièce et ils les ont emmenées. Il faut absolument qu'on renforce nos défenses face à ce genre de menaces.

La colère submergea Ivar avec une telle violence que ses plaies se rouvrirent.

— Où sont-elles ?

Il jeta sur la table les deux appareils qu'il avait ramenés à Promise, puis ouvrit la porte et l'arracha de ses gonds. Ronan et Logan, en tenue de combat, arrivèrent en courant, l'air aussi furieux l'un que l'autre.

— C'est ma faute, s'accusa Logan. Je pensais que Niall n'était qu'un abruti inoffensif et je l'ai épargné. Jamais j'aurais cru que cet enfoiré s'associerait aux Kurjans. (Sa voix était aussi rauque que celle d'Ivar.) Cette fois-ci, je lui arracherai la tête.

— Oh non, ce connard est à moi, répliqua Ivar.

L'envie de tuer lui mettait les nerfs à vif. C'était Niall qui l'avait plongé dans la boucle infernale et Ivar avait prévu de se venger une fois Quade en sécurité. S'il touchait ne serait-ce qu'à un cheveu de Promise, il mourrait. Dans d'atroces souffrances.

Ivar ne parvenait pas à avoir une pensée cohérente. L'ennemi tenait Promise. Il était déchiré par la rage et l'impuissance, et il savait qu'il devait bannir toutes ces sensations s'il voulait retrouver ses facultés, mais son ventre était si crispé qu'il lui faisait encore plus mal que ses plaies.

— Bon, quel est le topo ?

Logan sortit de sa poche un étrange scanner noir. Un petit point vert clignotait sur l'écran.

— Ils sont réapparus à côté de Seattle.

— C'est quoi, ce truc ?

— Un scanner en plastique. Ma compagne n'en fait qu'à sa tête et elle peut se téléporter où elle veut, sur Terre ou dans d'autres dimensions. Je lui ai posé un mouchard à la première occasion. Tu n'as pas fait pareil avec Promise ? Je te le recommande fortement.

Le ton était léger, mais la peur qu'il lisait dans les yeux de Logan promettait la mort. Ivar se dirigea vers la sortie, décidé malgré son état physique. Il dirigea le plus de cellules thérapeutiques possible vers ses jambes.

— Comme tu es le compagnon de Mercy, tu es le seul à pouvoir te téléporter avec du métal. On va partir les premiers et les renforts arriveront plus tard en hélico.

Logan le regarda.

— Tu es brûlé et tu saignes de partout.

Ivar lui prit le bras.

— J'en ai rien à foutre. En route.

Ronan le poussa vers la salle de réunion.

— Une minute. On a des données satellites pour toute la zone. Venez au moins les étudier avant de partir. Et prends deux minutes pour soigner tes jambes. Et ton visage. Tu fais peur à voir.

Cela ne lui plaisait pas du tout, mais Ronan avait raison.

— D'accord. Deux minutes, mais pas plus.

— OK, acquiesça Logan en le suivant dans la pièce.

Zane arriva alors, accompagné de Benny.

— On vous accompagne.

Ivar regarda le leader des démons. Alors qu'il s'apprêtait à répondre, le roi Dage Kayrs entra par la porte du fond, les cheveux noués sur la nuque et ses yeux argentés remplis de colère. De rage, même.

— Moi aussi. Les renforts prendront l'hélico, mais tous ceux qui peuvent se téléporter le font.

Logan hocha la tête.

— Très bien, mais je préfère vous dire que je ne sais pas encore téléporter les armes, donc pas de métal, messieurs.

— Tant mieux, répondit Benny avec un sourire carnassier. Comme ça, le combat sera plus égal.

Ivar était ému. Il avait une famille et des amis. Il avait été perdu et presque détruit, mais ces hommes formaient sa famille. Ils l'avaient aidé à protéger Promise.

— En route, dit-il, la gorge serrée.

Il tentait de se persuader que sa compagne était saine et sauve. Les Kurjans ne la démembreraient pas, contrairement aux autres physiciens, tant qu'ils ne comprendraient pas tout ce qu'elle savait sur la téléportation.

Il devait s'en persuader. Il n'avait pas le choix.

Promise était dans l'obscurité complète et le temps semblait ralentir et lui comprimer les côtes. Enfin, la lumière apparut. Ils atterrirent et Niall roula jusqu'à un mur avec un grognement. Téléporter quatre autres personnes l'avait vidé de ses forces.

Ils se trouvaient dans une salle de classe abandonnée. Le soldat la reposa et recula. Promise, hors d'haleine, ne pouvait le quitter des yeux. Le Cyst mesurait deux mètres dix de haut et presque autant de large. Il avait les yeux d'un violet rougeâtre et une étrange bande de cheveux blancs qui lui descendait dans le dos. Sa peau était rêche et blanche, ses lèvres d'un rouge très marqué. Évitant la lumière qui filtrait par la fenêtre, il se dirigea vers la porte. Promise savait qu'elle n'avait pas la force de le pousser vers la fenêtre et que si elle essayait, elle ne récolterait que des bleus.

Mercy, elle, n'avait pas de telles hésitations. Au moment où elle posa le pied par terre, elle se retourna et décocha un coup de pied sous le menton du soldat. Il recula et riposta en lançant son poing monstrueux. Promise se précipita pour aider son amie, mais Mercy s'était baissée et avait enchaîné avec un coup de pied dans l'entrejambe.

Le Cyst grogna et se plia en deux. Vive comme l'éclair, Mercy glissa à genoux jusqu'à Niall et lui substitua son pistolet. Elle se releva aussitôt et tira un rayon laser dans sa nuque. Niall encaissa le cou avec un soubresaut. Elle jeta ensuite l'arme sur un vieux bureau poussé dans un coin.

— Ha. Comme ça, plus personne ne peut se téléporter, connard.

Niall toussa plusieurs fois, mais ne se retourna pas.

— Suffit, tonna une voix masculine. Général ? Poursuivez les préparatifs pour notre départ à la tombée de la nuit.

Promise connaissait cette voix. Elle se retourna, forçant ses poumons comprimés à expulser de l'oxygène jusqu'à ses extrémités.

— Dayne.

Le leader kurjan la salua en inclinant le buste.

— C'est un honneur pour moi de vous revoir, docteur Williams. (Il entra dans la pièce, impressionnant dans son uniforme militaire orné de médailles argentées.) Et Mercy O'Malley. Ma première fée.

— Fae, corrigea Mercy, les dents serrées. Et toi, tu es mon premier trou du cul.

Promise la fusilla du regard. Contrarier le chef de ses ravisseurs était stupide. Elle regarda dehors. Le soleil était pour le moment leur seule chance de s'en tirer. Si Mercy et elle parvenaient à sortir…

— Je m'abstiendrais, à votre place, commenta tranquillement Dayne en s'appuyant contre le tableau. Je n'ai aucune envie de vous faire du mal, mais mes hommes ont reçu l'ordre de vous abattre si vous quittez le bâtiment avant la nuit. Ils sont postés sur tout le périmètre de la propriété, dans des endroits abrités du soleil. La fenêtre que vous regardiez a cinq fusils pointés sur elle. (Il se tourna vers Niall, qui gisait toujours au sol.) Hé, majesté. T'es mort ?

De toute évidence, les immortels avaient tous le même sens de l'humour macabre. Niall s'assit avec un grognement, le visage pâle et le corps pris de tremblements.

— J'avais bien dit que les soldats étaient trop lourds pour être transportés ensemble.

Mercy s'avança vers lui, l'air menaçant.

— Je vais te faire bouffer tes couilles.

— Mercy, la gronda Promise.

Si elles voulaient s'échapper, elles devaient garder les idées claires et découvrir pourquoi on les avait enlevées. Elle maîtrisa les tremblements de ses jambes et se tourna vers Dayne.

— Vous dites que vous ne nous voulez aucun mal, mais dans ce cas, pourquoi avez-vous tué les docteurs Rashad et Fissure ?

Il étendit ses grandes mains.

— Personnellement, je n'ai tué personne. C'est mon général qui s'en est chargé, et ce uniquement parce qu'ils ne m'ont pas donné ce que je voulais. Mais vous, docteur Promise, vous allez vous montrer plus raisonnable, n'est-ce pas ?

Il prononça ses mots d'une manière terrifiante. Ces personnes avaient été démembrées. Quel monstre était capable d'une telle atrocité ? Comme s'il lisait dans ses pensées, le soldat le plus proche d'elle se lécha les lèvres.

— Qu'est-ce que vous voulez ? demanda-t-elle, l'estomac retourné.

Dayne désigna les tableaux d'un signe de tête.

— Votre génie. Aidez mes physiciens à trouver le moyen de ramener Ulric. Je sais que vous êtes près de percer les mystères de la téléportation.

Promise leva les mains au ciel. La situation était aberrante. Les Kurjans ne comprenaient rien aux mystères de l'univers.

— J'en suis très loin, au contraire. Les calculs dont vous parlez et les avancées nécessaires en physique théorique prendront des siècles, voire plus.

Il leva la tête et… inspira ? Un tourbillon violet apparut dans le rouge de ses yeux.

— Vous vous êtes unie à un démon. Non, pardon, à un hybride, ajouta-t-il avec un sourire avant d'éclater de rire.

— Comment le savez-vous ?

— N'importe quel immortel pourrait le sentir. Vous portez l'odeur de votre compagnon. Qu'est-ce qui peut bien pousser les humaines aux dons amplifiés à se faire mordre et à se retrouver pieds et poings liés pour l'éternité ? Ça nous facilite tellement la tâche.

— Comment ça ?

Dayne retrouva son sérieux.

— Vous avez toujours été leur point faible. À votre avis, qu'est-ce qui est en train de se passer au QG des démons en ce moment ?

En toute logique, ils essayaient de faire revenir Ivar de sa dimension infernale. Était-il rentré ? Sain et sauf ?

— Euh, je n'en sais rien.

— Je vais vous le dire. Ils se préparent à voler à votre rescousse, ce qui prendra un peu de temps, vu qu'on vous a téléportée jusqu'ici. Il n'y avait aucun témoin, pas de caméra, pas de satellite. Ils ne savent pas où vous êtes. (Il sourit de toutes ses dents acérées.) Et même s'ils parviennent à trouver cet endroit, nous serons partis depuis longtemps et jamais ils ne pourront nous suivre.

— Pourquoi ? demanda Promise d'une voix tremblante.

Dayne la regarda avec une surprise non feinte.

— Nous sommes en guerre. Le conflit n'a jamais vraiment cessé, vous savez.

— Nous avons pris soin de votre fils ! protesta-t-elle tandis que Mercy s'approchait discrètement de Niall.

— Et je vous en remercie.

Elle l'observa de plus près et vit qu'il portait plusieurs armes sur lui.

— Comment avez-vous pu le laisser partir, d'ailleurs ?

Drake n'avait que huit ans. Dayne l'avait-il fait délibérément ? Quel genre d'homme était-il pour utiliser son propre enfant de cette manière ? Dayne ne répondit pas. Il tourna la tête pour regarder derrière lui, puis s'écarta pour laisser passer Mark Brookes.

— Je suis vraiment désolé, annonça-t-il, l'air sérieux, mais on avait besoin de toi. Certaines de tes équations me dépassent.

Elle lui décocha une gifle sonore dont le claquement résonna dans la pièce.

— Tu n'as aucune idée de ce que tu as fait, répliqua-t-elle, le visage déformé par le dégoût.

Mark recula aussitôt. La marque rouge des doigts de Promise était visible sur sa joue.

— Toi qui étais si douce, je ne te reconnais plus. Bon, tu vas m'aider avec les calculs, on donnera les infos à ces braves gens, et ensuite on rentrera à la fac pour profiter de nos subventions et continuer le travail qui nous vaudra un prix Nobel.

— J'ai l'impression qu'elle n'a pas besoin de vous, Brookes.

Promise frissonna.

— Au contraire, son aide me sera indispensable.

— Dommage.

En un mouvement trop rapide pour l'œil nu, il brisa la nuque de Mark dans un craquement assourdissant. Mark s'écroula, les yeux toujours ouverts.

— Vous avez trois heures pour me donner des résultats satisfaisants. Sinon, la jolie petite Fae sera la prochaine sur la liste. (Il s'inclina une nouvelle fois et sortit.) Niall ? Emporte le corps. Il risquerait de déconcentrer ces dames.

Chapitre 40

Ivar, qui avait appris les images satellites par cœur, atterrit sur le toit de l'école abandonnée et neutralisa le garde sans lui laisser le temps de réagir. Le soldat était caché sous une bâche et Ivar le tira au soleil en étouffant ses cris avec l'avant-bras. Le Kurjan résista de son mieux, mais son corps prit feu et il ne resta bientôt plus de lui que des os carbonisés, au milieu desquels étaient tombées ses armes. Pour éviter que le feu prenne, il étouffa les flammes avec le bras et grimaça de douleur. Il ramassa les armes puis, courbé, courut jusqu'à l'autre côté du toit, où devait se trouver la porte. Un autre garde la surveillait, abrité sous un store.

Ivar lui sauta dessus avant qu'il ait eu le temps de bouger et lui enfonça son poignard dans la gorge profondément. Le Kurjan s'écroula et il le suivit au sol pour lui trancher la tête, qui roula au soleil et s'enflamma.

L'odeur de chair brûlée et de mort le prit à la gorge. Il était encore épuisé par son voyage et il avait perdu tellement de sang qu'il se sentait toujours très faible.

Il essuya sa lame, ouvrit la porte et plongea à l'intérieur. Son seul objectif était de trouver Promise. Les démons avaient toujours été les seuls à pouvoir se téléporter et voir leurs ennemis utiliser cette capacité grâce à leur collaboration avec les Faes avait été une mauvaise surprise. Mais Ivar ne pouvait s'empêcher de s'en vouloir pour n'avoir même pas envisagé cette possibilité.

Il descendit l'escalier en boitant et y trouva Adare aux prises avec un Kurjan aux cheveux rouges. Le monstre tira un couteau de sa ceinture et Ivar lança le sien à son ami, qui l'attrapa au vol. Les lames s'entrechoquèrent et le sang jaillit. Ivar en reçu quelques gouttes sur le bras et grimaça. Il avait oublié à quel point le sang de Kurjan était corrosif.

Voyant qu'Adare prenait le dessus, Ivar descendit quelques marches supplémentaires et se retrouva face à un Cyst qui le dépassait de dix bons centimètres. Ils se figèrent, puis Ivar baissa la tête et lui fonça dessus, le poussant dans l'escalier en ciment qu'ils dégringolèrent.

Malgré la douleur intense qui lui vrillait les jambes et la tête, Ivar s'accrocha. Il exécuta une roulade sur le palier et, avec le pistolet qu'il avait substitué au garde sur le toit, tira à plusieurs reprises dans l'œil du Cyst pour atteindre son cerveau. Le soldat s'écroula, inconscient, le sang jaillissant de ses oreilles et de ses yeux. Cette blessure ne le tuerait pas, mais il lui faudrait longtemps pour s'en remettre.

Il n'avait pas le temps de le décapiter.

Ivar sentait son corps sur le point de lâcher et mobilisa toutes ses cellules thérapeutiques. Il descendit tant bien que mal les dernières marches et déboucha dans un couloir en même temps que Logan, qui entrait par la porte principale. À l'autre bout du couloir, Benny se battait, presque joyeux, avec deux Cysts. Dage Kayrs émergea d'une salle de classe pour venir à son secours. Les deux hommes faisaient preuve d'une brutalité fluide et gracieuse.

— Par là, dit Logan en regardant son scanner.

Il partit en trottinant dans un autre couloir pour suivre le point vert qui clignotait sur l'écran. Ivar s'évertuait à garder son calme face aux souvenirs qui l'assaillaient. Souvenirs de Quade, qu'il avait abandonné une deuxième fois. Souvenirs de Promise riant sur leur lit. Il n'avait jamais pris le temps de lui dire ce qu'il ressentait pour elle. Il savait qu'il allait partir pour une mission dont il ne reviendrait pas avant des siècles, mais ce n'était pas une excuse. Il aurait dû sauver Quade, tout comme il aurait dû dire à Promise combien il l'aimait.

Le bruit de ses pas résonnait sur les vieux planchers poussiéreux. La panique lui enflammait les poumons et lui crispait les poings. Où était sa compagne ?

Ils s'engagèrent dans un autre couloir bordé de casiers bleus défoncés. Certains s'étaient renversés sur le sol. Il bondit pour en franchir deux et poussa un grognement. Où étaient Promise et Mercy ? Logan s'arrêta devant des salles de classe et balaya le périmètre avec son scanner.

Dehors, un hélicoptère décolla et Ivar tourna la tête dans la direction du bruit. Et si Promise se trouvait dans l'appareil ? Il mourait d'envie de sortir pour vérifier, mais si jamais elle était toujours dans les locaux de l'école ? Il ouvrit la bouche pour dire quelque chose à Logan mais au même moment, la porte la plus proche explosa. La puissance de l'impact le souleva du sol pour le projeter contre le mur. Sa tête percuta le ciment et il retomba à genoux, à côté de Logan, qui tira son arme.

Une fumée âcre envahit le couloir. Deux torches brûlantes percèrent le brouillard, pointées sur leurs visages. Ivar exécuta une roulade et se redressa tout en tirant sur le manche en bois. À sa grande surprise, ce fut Promise qui apparut, résistant de toutes ses forces.

— Qu'est-ce que tu fous ?

Elle le regarda en clignant des yeux.

— Ivar ?

Elle lâcha la torche et Ivar la prit. C'était un simple balai dont elle avait enflammé les brins. Il l'attira contre lui et inspira son odeur à pleins poumons. Logan en faisait de même avec Mercy, qui tenait elle aussi un balai. Promise toussa et se mit à trembler de la tête aux pieds. Ivar la poussa derrière lui pour regarder la salle de classe enfumée.

— Y a quoi, là-dedans ?

— Rien, répondit-elle d'une voix sifflante. On a fabriqué une bombe avec des produits d'entretien.

L'admiration et la fierté remplaçaient petit à petit sa peur.

— Tu as fabriqué une bombe ?

L'arrière de son crâne saignait toujours à cause de la puissance de l'impact. Leur engin improvisé s'était avéré très efficace.

Elle se redressa et lui prit le bras.

— Oui. Mercy a reçu une décharge de blaster. Elle ne peut plus se téléporter.

Cela expliquait tout. Ivar se tourna vers Logan, qui tenait sa compagne par la taille.

— Barrons-nous d'ici, grogna Logan en jetant le balai toujours enflammé dans la salle de classe.

— Je ne crois pas, non.

Un soldat Kurjan, pistolet à la main, émergea d'une autre salle de classe, Niall sur ses talons. Ivar se figea, puis plaça Promise derrière lui. Il pouvait se téléporter, mais la balle risquait de les toucher avant qu'ils disparaissent. Si elle le touchait ailleurs qu'au torse, parviendrait-elle aussi à atteindre Promise ?

Deux Cysts traversèrent alors le plafond dans une pluie de débris. Promise hurla et se colla contre Ivar pour éviter les éclats pointus.

Logan le regarda et Ivar hocha la tête. Il tenta d'oublier la faiblesse qui le paralysait… et chargea.

Ils se jetèrent chacun sur l'un des nouveaux venus pour tenter d'en finir aussi vite que possible. Niall s'écarta et Promise en profita pour le rouer de coups de balai. Mercy récupéra le sien et l'imita tandis que le roi fae déchu tentait de se protéger le visage des flammes.

D'un coup de pied au menton, Ivar fit reculer son adversaire de plusieurs mètres, mais le soldat brandit un couteau et revint sur lui. Ivar constata qu'il s'agissait de l'une de ces armes spécialement conçues pour tuer les Sept, en frappant juste au-dessus de leur torse blindé. Il tourna autour de son ennemi, attendant qu'il attaque. Il devait mettre Promise à l'abri.

Derrière lui, le combat faisait rage et Logan frappait l'autre Cyst à la tête et au cou. Un autre Kurjan apparut au bout du couloir et tira plusieurs rayons laser verts. Logan, touché aux jambes, s'écroula en criant. Mercy se précipita vers lui et essaya d'endiguer les différentes hémorragies avec les mains.

— Logan, téléporte-toi, putain ! hurla Ivar en enfonçant son couteau dans la tête de son adversaire, qui s'écroula contre le mur, momentanément hors de combat.

Il se tourna ensuite vers Promise, mais elle était trop loin pour qu'il puisse l'attraper.

— Et emmène ta compagne, vu qu'elle ne peut plus se téléporter. Va te faire soigner. Je gère la situation.

Le Kurjan toucha Logan à la gorge. Les yeux écarquillés, l'hybride porta la main à son cou. Mercy cria et posa sa propre main par-dessus celle de son compagnon, mais le sang filtrait à travers ses doigts. Il parvint tout de même à fermer les yeux. L'air se brouilla autour d'eux et ils disparurent.

Ivar espérait qu'il aurait assez de force pour se rematérialiser directement au centre médical du Royaume. Il subtilisa le pistolet de son adversaire évanoui et tira sur l'agresseur de Logan. Le Kurjan s'arrêta net, les joues et le cou criblés d'impacts de balles, puis tomba en avant. Ses jambes s'agitèrent deux fois, puis il cessa de bouger.

Ivar reçut alors le poing du dernier Cyst en plein dans le front. Le choc l'envoya dans la rangée de casiers, qu'il renversa.

Promise poussa un cri et sa voix l'aida à se reconcentrer. Il se releva d'un bond d'acrobate, atterrit sur le dos du Kurjan et enfonça de toutes ses forces les doigts dans sa gorge pour lui briser le larynx. Le sang se mit à couler sur ses doigts et à le brûler jusqu'à l'os.

Niall subtilisa son balai à Promise, le jeta au loin et lui sauta dessus. Il la saisit par le cou et la fit tomber, puis commença à l'étrangler malgré sa résistance acharnée. Ivar poussa un rugissement et fit sortir ses canines. Il immobilisa sa proie, frappa et arracha la moitié du cou du Cyst en une seule morsure. Le soldat tomba à genoux, puis s'écroula, inconscient. Ivar se redressa et sauta sur Niall, qu'il força à lâcher Promise avant de le projeter au loin. Ils se relevèrent en même temps, à bout de souffle et dégoulinants de sang. Promise toussa, se remit tant bien que mal sur ses pieds et s'approcha d'Ivar.

— Allons-nous-en.

Niall sourit, les dents rouges de sang.

— Tu as apprécié ton petit séjour en enfer ?

— Un peu trop chaud à mon goût, répondit Ivar en faisant un pas vers le roi fae qui avait failli le détruire à jamais. Mais ça m'a permis de voir mon frère, donc le bilan n'est pas totalement négatif.

Niall leva les mains.

— Je ne suis pas armé et je ne peux pas me téléporter. Emmène-la loin d'ici avant que d'autres Kurjans arrivent. Ils ont vraiment besoin de ses connaissances.

Ivar sentait sa rage retomber. Niall n'avait pas d'armes et le combat était déséquilibré. D'un autre côté, s'il le laissait vivre, il finirait par retrouver sa capacité de téléportation. Et ensuite, comment l'utiliserait-il ? Il fit un autre pas vers lui.

— Es-tu le seul Fae à collaborer avec les Kurjans ?

Niall soupira et essuya le sang sur son menton.

— Oui. La plupart des Faes ne s'intéressent pas à la politique. Vous devriez vraiment y aller.

Ivar sourit et se réjouit de voir son interlocuteur pâlir.

— Je ne crois pas, non.

Niall hésita et ses yeux bicolores se tournèrent vers Promise avant de revenir vers lui.

— Tu ne ferais quand même pas de mal à un homme désarmé devant ta compagne ? Je ne suis pas une menace pour toi, tu le sais.

— Pour l'instant, non, mais à l'avenir ?

Il décocha un coup de poing fulgurant dans le torse de l'ancien roi et lui arracha le cœur, qu'il réduisit en bouillie entre ses doigts. Niall s'écroula et Ivar jeta le cœur vers les casiers avant de se diriger vers le Cyst, dont il retira le couteau planté dans le cou. La décapitation était le seul moyen de tuer Niall.

— Promise ? Tu ferais mieux de ne pas regarder, ma puce.

Chapitre 41

Promise fut prise par la nausée dès qu'Ivar la toucha. Il avait le visage et le cou maculés de sang et elle tenta de se détourner, mais ils étaient déjà partis dans l'espace et le temps. Tout se figea, elle y compris. La lumière réapparut et Ivar la lâcha. Elle se plia en deux et vomit sur l'herbe, au bord du lac.

La pluie rafraîchit ses joues en feu. Un dernier spasme acheva de lui vider l'estomac. Ivar s'agenouilla à côté de l'eau pour se nettoyer les mains, puis se tourna vers elle, le torse toujours rouge de sang. Le bleu sauvage de ses yeux ressortait dans le gris de la tempête. Jamais il n'avait autant ressemblé au Viking ancestral qu'il était au fond de lui. Primitif et sans pitié.

— Tu vas mieux ?

Elle se tenait le ventre, secouée par des haut-le-cœur.

— Oui.

Elle fit quelques pas pour éviter sa flaque de vomi, puis se lava les mains dans l'eau froide avant de s'en asperger les bras et le visage. La pluie rebondissait sur la surface et l'éclaboussait.

— C'était vraiment nécessaire ?

Il l'aida à se relever avec douceur.

— Oui. Je regrette que tu aies dû assister à ça.

Elle n'avait pas regardé. En le voyant avancer vers Niall, son couteau à la main, elle avait suivi son conseil et détourné les yeux, mais jamais elle n'oublierait le craquement des os et du cartilage. Même si elle comprenait le raisonnement d'Ivar, elle était incapable de le regarder.

— Il faut que je me brosse les dents, dit-elle en se dirigeant vers l'entrée secondaire du QG des démons.

Zane Kyllwood ouvrit les portes et s'approcha d'eux, la main sur une coupure le long de la nuque. S'était-il battu à leurs côtés dans l'école ? Elle ne l'avait pas vu. Son œil gauche, orné d'un coquard, lui donnait l'air encore plus dangereux.

— Logan est au centre médical, on est en train de le soigner, dit-il à Ivar. J'ai déjà fait savoir à tout le monde que tu étais indemne. Et Dayne ?

— Je ne l'ai pas vu.

Zane crispa les lèvres.

— Un hélico a réussi à nous échapper. Cet enfoiré devait être à bord. Et Niall ?

— Mort. Je l'ai décapité.

Zane regarda furtivement Promise.

— Merci. Il aurait toujours représenté un danger pour les démons, d'autant plus qu'il connaissait notre QG.

Ivar prit la main de Promise et l'entraîna vers la porte.

— Je sais. Promise doit se rafraîchir un peu et ensuite, elle retournera à ses calculs pour que je puisse libérer Quade aussi vite que possible. Demain, j'espère, puisque la configuration de la Terre est encore idéale. Son monde s'est horriblement détérioré et il ne doit plus avoir beaucoup de temps devant lui. C'est ma dernière chance de le ramener.

Il l'aida à entrer. Promise, qui clignait des yeux à cause de la pluie, se tut pendant quelques secondes.

— Vous avez les résultats des instruments qu'Ivar a ramenés ? finit-elle par demander.

— Le chargement n'est pas terminé, mais je peux déjà te dire que les mondes de Quade et d'Ulric sont en train de se rapprocher. C'est inévitable.

Les équations se bousculaient dans la tête de Promise et elle avait peut-être une solution pour contourner le problème des aimants, mais pour l'instant, elle ne rêvait que d'une bonne douche bien chaude et d'une brosse à dents. Comme elle traînait les pieds, Ivar finit par la soulever sans même ralentir. Il entra dans sa suite et la reposa dans la salle de bains. Promise commença par se brosser les dents, ce qui lui fit beaucoup de bien, puis regarda ses vêtements rouges de sang et vacilla.

— Waouh. (Ivar la serra contre lui et tendit le bras dans la cabine de douche en pierre naturelle pour enclencher l'eau chaude.) On va te réchauffer, ma belle. Tu vas entrer en état de choc.

Il la dévêtit avec douceur, ôta ses propres vêtements, puis la plaça dans la cabine et referma la porte en verre derrière eux. Promise resta un instant sous le jet, puis s'écarta de lui. Les yeux d'Ivar s'assombrirent.

— Si je t'ai fait peur, je m'en excuse.

Promise savait qu'il ne lui ferait jamais aucun mal. Elle le sentait dans sa tête et dans son cœur.

— Je n'ai pas peur de toi, murmura-t-elle. Je sais que Niall représentait une menace que tu devais éliminer. Du point de vue intellectuel, je comprends ce que tu as fait, mais ça a été un gros choc.

Elle frissonna en repensant à la facilité avec laquelle il avait eu recours à la violence. Ivar augmenta l'intensité des jets et lava le sang qu'ils avaient sur eux. L'eau rougie s'accumula à leurs pieds avant de disparaître dans le siphon.

— Je sais.

Sa carrure d'armoire à glace et ses fesses musclées faisaient monter l'eau à la bouche de Promise. Il s'appuya contre la paroi et baissa la tête pour laisser l'eau couler sur le bouclier impressionnant qui lui couvrait le dos. Était-ce dû à l'état de choc, ou peut-être aux sauts interdimensionnels qu'elle venait d'enchaîner ? En tout cas, elle percevait sa douleur. Sa culpabilité. Ses motivations. Elle fit un pas vers lui et posa la main en bas de sa taille.

— Tu dois arrêter de t'en vouloir.

Il se retourna, les yeux presque noirs dans la vapeur. Son corps nu était un véritable modèle de perfection masculine.

— La mort de Niall ne me laisse aucun remords.

— Je sais.

Elle se colla contre lui, suivant son instinct pour la première fois de sa vie. Ivar l'acceptait entièrement, même les pans de sa personnalité qu'elle n'avait jamais aimés. Il désirait autant son imagination que son intelligence. Elle sentait son pénis déjà durci contre son ventre. Elle écarta les cheveux trempés du visage de son compagnon, intriguée par les mèches plus sombres dans sa tignasse blonde.

— Tu es obnubilé par la libération de Quade. Ce n'est pas ta faute si tu as dû repartir sans lui. Tu dois te débarrasser de ce fardeau.

Sa culpabilité finirait par le détruire et Promise était bien déterminée à empêcher cela. Il regarda la porte de la cabine, puis reporta les yeux sur elle. Promise caressa son menton mal rasé.

— Ce n'était pas ta faute. Accorde-toi le pardon avant de remettre ta vie en danger.

Il la regardait, les yeux mi-clos.

— Promise, je, euh, non… (Il secoua la tête pour déloger sa main, puis fixa les yeux sur son épaule.) Je ne peux pas parler de ça.

Sa douleur brisait le cœur de Promise.

— Je sais. Mais quand tu t'en sentiras capable, je serai là pour t'aider.

Ils étaient unis. Il ne devait jamais l'oublier. Promise se demandait pourquoi elle avait choisi ce moment pour exprimer tout cela, mais c'était un problème sur lequel elle se pencherait plus tard.

Il hocha la tête et elle se hissa sur la pointe des pieds pour l'embrasser. Il ouvrit de grands yeux et la regarda à nouveau.

— Promise ?

— Tu m'as sauvée.

Cette pensée lui apportait un plaisir inattendu. Il avait risqué sa vie pour voler à sa rescousse et la ramener chez eux, en sécurité. Il avait l'intention de se remettre en danger pour sauver Quade et ils devaient profiter de ce court instant qui s'offrait à eux.

— Tu es venu à mon secours.

Il lui saisit le menton et se baissa pour l'embrasser, prenant les choses en main comme elle était sûre qu'il le ferait.

— Et je le ferai toujours. Quand j'ai appris ton enlèvement, j'ai failli perdre la tête. Je t'aime, Promise. C'est bien réel et c'est uniquement pour toi.

Il l'embrassa avec ardeur et la plaqua contre la paroi carrelée.

— J'accepte tout ce que tu es, Ivar.

Elle lui rendit son baiser et passa les mains sur le relief rigide de son torse incroyable. Il l'aimait ? Cela éveillait en elle des sentiments qu'elle était bien incapable d'identifier. S'agissait-il de simples réactions chimiques, d'un impératif biologique la poussant à trouver le compagnon le plus fort possible pour assurer sa protection ? Cela allait forcément au-delà de tout cela. Ivar lui avait appris que combiner les émotions et la raison pouvait la rendre plus forte. Plus intelligente.

— Ivar, murmura-t-elle.

Il la souleva par les fesses et ils s'embrassèrent avec passion. Promise lui donna tout ce qu'elle ne pouvait traduire par des mots.

Ivar plaqua Promise contre la paroi de la cabine de douche. Jamais il n'avait ressenti un tel désir, un tel besoin. Il avait failli la perdre et ce souvenir enflammait son sang et son âme jusqu'à l'entraîner aux frontières mêmes de la folie. Seul le présent existait encore, dominé par une voracité qu'elle seule pouvait satisfaire.

Promise gémit son nom et enfonça les ongles dans ses épaules. Ses cuisses lui enserraient les hanches comme un étau. Comme le seul piège auquel il n'avait aucune envie d'échapper. Il s'enfonça lentement en elle et elle écarquilla les yeux. Il la positionna de manière à pouvoir entrer encore plus profondément.

— Ivar.

Il lui lécha les lèvres et accentua son baiser.

— Je veux que tu le saches. Ma loyauté est absolue.

Il accéléra la cadence et admira le spectacle de ses seins qui remuaient à son rythme. Ses mamelons sombres étaient une friandise dont il ne se lasserait jamais.

— Quand je donne mon cœur, c'est définitif. Il est à toi. Rien qu'à toi.

Il voulait absolument qu'elle comprenne.

— Ivar, je t'aime.

Elle semblait presque étonnée d'avoir prononcé ces mots. Il avait envie de crier, de rire, de l'embrasser encore plus.

— Tu es tout pour moi, ma belle, insista-t-il.

Il était enfoncé en elle profondément et les sensations que cela éveillait en lui avaient de quoi le rendre fou. Il enfonça les doigts dans ses fesses et tenta de ralentir, mais Promise crispa les muscles de son vagin autour de lui, décuplant la passion qui le dévorait.

Promise poussa un cri et l'agrippa encore plus fort. Il sentait ses cuisses trembler contre ses hanches. Ivar intensifia encore ses coups de reins. Jamais il n'aurait cru possible de s'enfoncer aussi loin. Il voulait se fondre en elle pour qu'ils ne fassent plus qu'un. Pour qu'ils ne se quittent plus jamais. Quel qu'en soit le coût, il reviendrait auprès d'elle. Ses canines s'allongèrent.

Promise écarquilla les yeux et tourna la tête pour lui donner accès à son cou délicat. Ce moment était marqué du sceau de la confiance la plus absolue. Elle l'avait vu arracher la tête d'un adversaire, mais elle s'exposait volontairement.

Il passa ses dents acérées sous son oreille, puis le long de son cou. Le corps plantureux de Promise frissonnait sous le sien. Elle était vulnérable et avait confiance en lui. Elle lui apportait tout ce qu'il avait jamais désiré. Lentement, il enfonça les canines dans sa peau pour la marquer une nouvelle fois.

Elle se crispa et poussa un cri, en proie à un orgasme qui l'emporta avec une puissance qui les dépassait l'un comme l'autre. Ivar accéléra le rythme, les canines enfoncées en elle, et jouit en une explosion chauffée à blanc qui lui coupa le souffle. Pour la première fois de sa vie, il se sentait à sa place.

Complet.

Il referma la plaie d'un coup de langue et Promise, la tête contre les carreaux et les yeux fermés, marmonna quelques mots incompréhensibles. La vue de sa marque sur sa peau immaculée emplissait Ivar d'une satisfaction incommensurable.

Il entendait la pluie battre sur les vitres de la chambre et ce bruit lui donnait l'impression qu'ils étaient dans un cocon, même s'il savait que ce moment serait très éphémère.

Promise rouvrit les yeux et sourit avec contentement.

— Mon amour pour toi décuple mes capacités. Il a libéré mon imagination.

Le pénis d'Ivar, toujours en elle, se remit à durcir. Il embrassa sa bouche soyeuse, s'enivrant de son goût dans l'espoir de ne pas sombrer dans la folie au cours de la mission qui l'attendait.

— Je dois partir demain à l'aube.

Elle sursauta et le lâcha.

— Je comprends que c'est une question de timing, mais il faut d'abord que je finalise mes équations.

Il la reposa par terre et la soutint jusqu'à ce qu'elle ait trouvé l'équilibre, puis la dévora des yeux.

— D'accord.

Il passa sa main sur le « K » magnifique qui ornait désormais le bas de son dos et Promise émit un bruit de contentement qui avait tout du ronronnement.

— Tu es dans mon cœur. Dans mon âme.

Il voulait qu'elle le sache. Au cas où il ne reviendrait pas.

Chapitre 42

Promise faisait les cent pas dans la salle de recherches en marmonnant. Ce n'était pas bon. C'était même atroce. Pire encore : insoluble. Depuis quand n'avait-elle plus dormi ? Elle prit un cookie sur le plateau posé sur son bureau. L'apport de glucose lui ferait peut-être du bien. Le QG des démons grouillait d'activité. Tout le monde se préparait pour le lever du soleil.

Ivar et Adare, vêtus très simplement, entrèrent et s'assirent.

— On venait voir où tu en es, dit Ivar.

Son regard intense la perça jusqu'au cœur. Elle déglutit et leur montra sa dernière équation. Elle avait mal au ventre et sa gorge la picotait.

— Les résultats des instruments sont intéressants, mais inutilisables tant que tu ne nous auras pas rapporté d'autres données pour comparaison.

D'un autre côté, Ivar disait avoir remarqué un changement dans le monde de Quade, qui était en cours de désintégration.

— Et ? insista-t-il.

Il commençait à bien la connaître. Elle se massa la tempe.

— Grâce aux données de ton dernier voyage chez Quade, j'ai pu extrapoler le temps qu'il reste au trou de ver, si on peut l'appeler comme ça. Tu ne peux pas secourir Quade. Le trou de ver est en train de se fermer et il n'y aura pas assez de place pour deux personnes.

Ivar se redressa sur sa chaise. Il ressemblait à un tigre prêt à bondir.

— Non. Je dois au moins essayer de le sauver.

— Si, crois-moi, insista-t-elle avec un vaste geste de la main, dans laquelle elle tenait toujours un marqueur bleu. Je pense que tu as le temps d'y aller, mais le passage se ferme et tu le sais. Et tu ne pourras pas le ramener.

Elle avait beau tourner le problème dans tous les sens, la solution restait toujours la même.

— Et si l'on croit ce que Quade disait sur la notion d'équilibre, vous ne pouvez pas rester à deux sur son monde. Je ne peux pas l'expliquer, mais on doit lui faire confiance.

Son cœur lui faisait mal comme si elle avait reçu un coup en plein torse.

— C'est une mission suicide. Le chemin, ou le trou de ver, ou je ne sais pas quoi, risque de ne même pas laisser passer une personne seule pour le retour.

Après un moment de silence, Ivar soupira.

— Je n'ai pas envie de te quitter, mais je dois le sauver. Je ne peux pas le laisser mourir.

Grace entra à son tour, le bras bandé, et s'assit à côté d'Adare, qui la regarda.

— Dis-moi que tu n'as pas donné ton sang.

— Ben si, pas toi ?

Un éclair noir traversa les yeux du Highlander.

— Tu es encore en convalescence. Mais bon sang, il faut que je t'enferme pour que tu sois raisonnable ?

Grace leva les yeux au ciel.

— Non. Et puisque tu abordes le sujet, dès que cette mission sera terminée, je partirai. Ronan dit qu'il peut me fournir une nouvelle identité pour que je commence une nouvelle vie. Je n'ai aucune envie de rester, conclut-elle, pâle mais déterminée.

Adare, le visage crispé, ressemblait à un guerrier des temps anciens. Ivar reporta son attention sur Promise.

— Bon, oublions un instant le trou de ver. Parle-moi des aimants.

Promise aurait souhaité avoir un peu plus de temps pour faire les calculs. Un siècle ou deux, au moins.

— Si je comprends bien, les aimants polarisent les bulles et contiennent celle d'Ulric. Ou c'est ce qu'ils faisaient, en tout cas.

Elle chercha comment mieux expliquer sa pensée.

— Les pôles semblables se repoussent et les pôles contraires s'attirent. Imagine des aimants qui fonctionnent grâce à la gravité ou même grâce au temps, reprit-elle en regrettant de ne pas avoir le temps de tracer un diagramme. Quand la bulle de Ronan a éclaté, la destruction a peut-être généré un champ de démagnétisation.

— Et merde, jura Adare. Ce n'est qu'une théorie, n'est-ce pas ?

— Oui, fondée sur les données rapportées par Ivar après sa dernière visite. (Elle regarda les schémas qu'elle avait tracés sur les tableaux.) Je pense que les aimants du monde de Quade étaient permanents. C'est ce qu'on appelle des aimants en terres rares.

— Est-ce qu'on peut les remagnétiser ? demanda Grace, concentrée sur les formules.

— Bien sûr.

C'était même le plus simple.

— Il faut utiliser de la magnétite, qui peut être téléportée, parce qu'elle ne contient pas de métal mais la question ne se pose pas. Tu ne peux pas partir, Ivar. Ce serait un aller sans retour. Personne, ni Quade, ni toi, ne reviendra.

Adare regarda Ivar, puis se leva en entraînant Grace avec lui.

— Je vais voir si on peut trouver rapidement de la magnétite.

Il salua Promise d'un hochement de tête, prit la main de Grace et sortit. Ivar se leva à son tour et s'approcha d'elle, tout en délicatesse et en muscles.

—Fais-moi confiance.

Promise leva la tête et le regarda calmement.

—C'est le cas.

—Alors dis-moi comment rejoindre Quade. J'ai senti le trou de ver bouger pendant que je l'empruntais et je vois que tu as calculé la variation exacte avec tes équations. (Il lui saisit le menton.) Aide-moi, je t'en supplie. Je dois essayer de le sauver. J'en ai fait le serment.

Le cœur de Promise se serra et la douleur se diffusa dans tout son corps.

—Tu ne peux pas le ramener par le trou de ver.

—Je te demande de me faire confiance. Je trouverai le moyen de ramener les instruments. Pense à la masse de données qu'ils contiendront, vu la vitesse à laquelle le temps passe dans cette dimension. (L'intensité de ses yeux bleus était presque aveuglante.) Fais-moi confiance. Je reviendrai.

—Les calculs affirment le contraire, rétorqua-t-elle avec un geste de la main en direction du tableau.

Toute sa vie, elle s'était reposée sur la science. Sur des calculs solides qu'elle pouvait démontrer, comme ceux qu'elle avait rédigés sur ces tableaux.

Il se pencha vers elle, l'enivrant de son parfum masculin.

—Je sais ce que disent les calculs, mais c'est moi que tu dois croire, pas eux.

Promise leva les yeux vers lui. Avait-il la moindre idée de ce qu'il lui demandait ? Oui, à en croire l'expression de son visage. Son cœur se mit à tambouriner. Il lui avait dit qu'il s'offrait à elle corps et âme. Aurait-elle elle aussi cette force ?

—Je t'aime, Ivar.

—Je sais, murmura-t-il avant un nouveau baiser.

Cela acheva de la faire craquer. Elle avait confiance en lui. Plus qu'en la science.

— Très bien. Je vais te dire comment te rendre là-bas en prenant les changements en compte.

Elle prit un marqueur et lui dessina la solution.

Le ciel était encore noir, mais l'aube s'esquissait déjà en reflets roses et dorés. Ivar termina d'enfiler sa tenue de protection et prit un moment pour regarder ses frères tour à tour. Logan et Ronan avaient trouvé l'âme sœur. Garrett et Benny, eux, étaient tout aussi satisfaits de leur état de célibataires. Adare, enfin, était dans une situation peu enviable avec Grace. Face aux cinq guerriers qui se tenaient devant lui sous la pluie, il chercha les mots adéquats.

— Je…, balbutia-t-il, très ému.

— Pareil ! s'exclama Benny en lui donnant une vigoureuse tape dans le dos.

Ronan fit un pas vers lui. Ses yeux ressemblaient tant à ceux de Quade qu'Ivar avait du mal à les regarder.

— Si je pouvais prendre ta place, je le ferais.

— Je sais. J'ai fait une promesse à Quade et je dois la tenir.

Ils étaient liés par le sang et par les os, jusqu'au fond de l'âme. Ivar avait confiance en sa compagne et se reposait sur ses connaissances scientifiques pour trouver la bonne solution. Pour l'heure, ils devaient juste s'assurer que Quade pouvait encore survivre quelques années. Si Ivar trouvait le moyen de prendre sa place, il le ferait. Mais pour cela, il lui fallait la coopération de Quade.

Logan et Garrett l'étreignirent et il prit soin de ne pas trop serrer le cou de Logan, toujours convalescent. Ils s'écartèrent et Adare avança.

— Tu m'as tiré de toutes les conneries que j'ai faites ces derniers siècles, dit-il avec sérieux. Merci.

— Tu es mon meilleur ami, répondit Ivar. Depuis toujours. Je vais revenir. En attendant, prends soin de Promise.

— Tu sais que tu peux compter sur moi, le rassura Adare, plus ému qu'il voulait le laisser paraître.

— Et donne une chance à ton couple. Arrête de jouer les tyrans et intéresse-toi plus à Grace. C'est une femme très spéciale.

Ce qui était probablement la raison pour laquelle Adare faisait tout le contraire.

— Quand tu seras revenu, tu auras le droit de jouer les psychologues de comptoir autant que ça te chantera. Bon, j'ai trouvé tout ce que tu voulais.

Adare le serra dans ses bras puis s'écarta en lui tendant plusieurs sacs à dos. Le dernier, bleu clair, resterait dans ce monde. Promise sortit du bâtiment en courant et se jeta sur lui, les yeux embrumés.

— Ne prends pas de risques. Souviens-toi de ton itinéraire.

Il avait appris son équation par cœur. Un virage à gauche, un peu plus marqué que la dernière fois, et, avec un peu de chance, il arriverait à bon port, en espérant que le chemin ne soit pas déjà refermé.

— Je t'aime.

Il était flatté qu'elle le croie lui plutôt que les calculs, qui disaient l'inverse de ce qu'il avançait. Qu'elle n'ait pas résisté lorsqu'il lui avait répété qu'il devait respecter la promesse qu'il avait faite à Quade. Il appartenait à la jolie scientifique, corps et âme.

— Moi aussi, je t'aime. (Elle déglutit et lui présenta un carnet.) Si possible, ramène tous les instruments qui ont tenu le choc. Et n'oublie pas que j'existe.

Elle recula, les larmes aux yeux. Ivar était terrassé par l'émotion. Sa compagne était d'une intelligence titanesque, mais son cœur était encore plus exceptionnel que son cerveau. Il se racla la gorge et lui tendit le sac bleu, qui gigotait.

Promise le prit et un adorable chiot avec de grands yeux marron s'en extirpa et se mit aussitôt à lui lécher le visage. Ravie, elle l'aida à sortir complètement du sac.

— Ivar.

Il avait trouvé ce chiot sur Internet et avait demandé à Adare d'aller le chercher pour l'offrir à Promise.

— Il est en partie golden retriever et en partie… plein d'autres trucs. Je me disais qu'il te tiendrait chaud jusqu'à mon retour.

Les yeux écarquillés, elle serra la petite boule de poils contre elle.

— Tu me donnes un chien ?

Oui. Celui que ses parents auraient dû lui offrir quand elle était petite.

Logan et Garrett le chargèrent d'autres sacs qui menacèrent de le faire crouler sous leur poids. Il abaissa la visière, regarda une dernière fois sa famille et mobilisa la puissance qui était en lui et en eux pour s'élancer.

Malgré la douleur qui s'abattit aussitôt sur lui, il tenta de suivre la route tracée par Promise. Le trou de ver se refermait sur lui et lui cisaillait les cuisses. Il poussa un hurlement, mais le vide avalait tous les sons. Enfin, il atterrit sur la glace dure et glissa vers la forêt.

Il faisait nuit et le ciel scintillait d'étoiles. La forêt orange luisait vaguement, comme pour l'inviter à y pénétrer. Couché sur le dos, il observa un instant les nouvelles configurations des constellations, que personne, à part Quade et lui, n'avait jamais vues.

Il baissa ensuite la tête pour vérifier que ses jambes étaient toujours là. Oui, Dieu merci. Il en avait perdu une un jour et elle avait mis des siècles à repousser. Il se releva tant bien que mal, glissa jusqu'aux sacs, les ramassa, puis se mit en route vers la forêt en évitant de son mieux les pics de glace.

Il faisait plus froid que la dernière fois et la forêt était moins dense. La moitié des arbres avait disparu, enfouis sous la glace. Le silence était effrayant. Combien d'années s'étaient écoulées pendant son absence ?

Une fente s'ouvrit dans le ciel et il aperçut un océan violet palpitant contre une gigantesque montagne. La fente se maintint et son monde s'inclina tant qu'il tomba, déséquilibré. Un éclat de glace lui entailla la lèvre jusqu'au sang.

Quelques secondes plus tard, une créature hurla. Avait-elle repéré l'odeur de son sang ? Il se figea, paniqué, puis la fente se referma. Un autre cri résonna, plus près que le premier. Il se releva, baissa la tête et se mit à courir en espérant que le chemin n'ait pas changé. Grâce à sa tenue de protection, il résista plus longtemps à l'écorce abrasive, mais bien trop vite à son goût, ses vêtements se retrouvèrent en lambeaux. Il s'élança sur la dernière paroi et prit une seconde pour souffler.

Au même instant, le feuillage remua en dessous de lui. Il reprit aussitôt son escalade et rampa jusqu'à la grotte. Il enflamma une allumette pour percer l'obscurité.

— Quade ?

Son ami était couché sur le flanc, le visage contre le mur.

Ivar refusait de croire qu'il était mort. Il se précipita vers lui et Quade roula sur le dos. Son visage n'était plus qu'une plaie.

— Quade !

Ivar ôta sa veste, s'entailla le poignet et le colla à la bouche du blessé, qui aspira avec force. Très vite, son visage reprit des couleurs et ses cloques commencèrent à s'estomper. Il parvint à s'asseoir, le dos contre le mur.

— Et merde, Viking. Tu es revenu. Crétin.

Ivar ricana et se délesta des sacs à dos.

— J'ai amené du sang, de la nourriture, des armes non métalliques et de la magnétite pour remagnétiser ce qui a besoin de l'être, dit-il en poussant le tout vers Quade. Dis-moi comment placer les aimants réparés pour que je le fasse à ta place. Toi, tu peux rentrer sur Terre.

Il écarta une pierre pour s'asseoir et aperçut un bout de papier. Il s'agissait de la photo de Haven Daly qu'il avait amenée lors de sa dernière visite, ou plutôt de ce qu'il en restait. Combien de temps s'était écoulé depuis ce jour ? La feuille était jaunie, les couleurs passées, comme si elle était vieille de plusieurs siècles. La barbe de Quade était encore plus longue et il y discernait des bandes grises.

— Je bouge les pierres entre le dernier feu et le premier, mais ce monde ne peut pas accueillir deux personnes pendant très longtemps. L'équilibre, tu te rappelles ? J'ai vu à quoi ressemblait cet endroit quand il est déstabilisé. C'est la mort assurée. Tu as résolu le problème ?

— Pas encore, je ne suis parti que pendant une journée. Il nous faut plus de temps.

— Du temps, j'en ai à revendre, ironisa Quade en sortant un sac à dos déchiré de derrière une pierre. Les appareils ne clignotaient plus et je les ai ramenés à l'abri. J'espère qu'ils ont fonctionné comme tu le voulais.

— Merci, répondit Ivar en prenant le sac. Les données devraient nous permettre de déterminer si les mondes vont entrer en collision, et peut-être même de calculer quand ça arrivera.

— Tant mieux. (Quade ouvrit le deuxième sac et en sortit une barre chocolatée.) C'est quoi, ça ?

— Ma compagne m'a dit qu'un seul d'entre nous pourra rentrer par le trou de ver. J'ai amené des provisions pour celui de nous deux qui restera. Je la crois.

Au fond de lui, il savait que Quade et Promise avaient raison sur un point : il ne pouvait pas prendre la place de Quade. Pas cette fois.

— D'accord. C'est quoi, donc ?

— De la nourriture. J'en ai amené le plus possible. Il y a aussi du sang en sachets étiquetés. Commence par le sang humain.

Il devait tout faire pour que Quade reste en vie jusqu'à ce qu'ils parviennent à comprendre ce qui arrivait aux bulles.

— Les armes en plastique devraient t'être utiles. (Il tira un album du sac.) Ça, c'est une histoire du monde et des photos de ta famille.

Quade l'ouvrit, les mains tremblantes. Ivar alluma une lanterne en céramique et la lui tendit.

— Sur cette photo, à côté de Ronan, c'est sa compagne.

Quade hocha la tête, regarda les photos et en sortit une de Haven Daly.

— Ça fait longtemps que je ne lui ai pas parlé. On le faisait, avant. Vous l'avez laissée tranquille ?

— Oui.

Une lumière aveuglante pénétra dans la caverne. Ivar sursauta et se retourna pour faire face à la menace.

— C'est le matin, soupira Quade en se levant. Je dois y aller. Et toi aussi. La prochaine tempête de feu ne va pas tarder. Sors le premier. (Il serra Ivar contre lui.) Prends soin de toi, Viking.

— On te sauvera, jura Ivar.

Maintenant qu'il avait apporté à Quade de quoi survivre, il trouverait un moyen de repartir à deux. Ou Promise le trouverait, plutôt, grâce aux données qu'il lui rapportait.

— Tu es sûr que tu dois rester ?

— Oui. C'est le seul moyen. Je suis content que tu sois venu, mon frère.

Il posa délicatement la photo et bondit hors de la caverne. Ivar regarda la grotte déserte. Il avait des informations à fournir à Promise, ainsi que les données récoltées par les appareils qui, avec un peu de chance, n'étaient pas hors d'usage. La forêt avait perdu la moitié de ses arbres en son absence. Le ciel était resté ouvert plus longtemps et l'océan semblait plus proche. Mais pour l'heure, Quade ne risquait rien. Ivar savait aussi que Haven avait trouvé le moyen de communiquer avec lui. Peut-être était-elle la solution à ce problème ?

Ivar s'approcha du rebord et regarda dans le vide. Deux animaux à la fourrure bleue et aux dents jaunes trépignaient au pied de la falaise. L'un d'entre eux le repéra et poussa un hurlement lugubre. Même ses yeux violets semblaient affamés. Ivar ôta sa tenue de protection pour la laisser à la disposition de Quade. Il réfléchit un instant, puis lui abandonna aussi ses bottes et ses chaussettes. Son jean et son tee-shirt lui suffiraient.

Il réfléchit à son itinéraire de retour et aux changements qu'il allait peut-être devoir apporter, puis sauta dans le trou de ver.

Il percuta un mur qui le renvoya dans la caverne, les oreilles bourdonnantes. Le trou de ver s'était refermé. Il avait disparu. Ivar poussa un petit rire et une bulle de sang se forma entre ses lèvres. Promise ne s'était pas trompée dans ses calculs. Mais heureusement pour lui, ils étaient en couple et ces calculs, il pouvait désormais les faire lui-même. Il baissa la tête, réfléchit à l'équation et sauta dans une autre direction.

Chapitre 43

Promise faisait les cent pas sur la rive du lac malgré la pluie battante qui détrempait ses vêtements. Ivar ne reviendrait pas. Ses calculs étaient corrects, elle le savait. Le trou de ver allait se refermer. Mais elle savait aussi qu'il trouverait le moyen de rentrer, parce qu'il lui en avait fait le serment. Elle se mordit la lèvre et marmonna, parfaitement consciente que Faith et Emma l'observaient par une fenêtre. Elle avait l'air d'une folle, oui, et alors ?

Si le trou de ver était fermé, comment ferait-il pour revenir ? Son attention se focalisa sur la surface du lac. Chaque goutte générait une multitude d'ondulations. Les équations commencèrent à s'enchaîner dans sa tête. La solution était là.

Elle pivota et percuta Mercy, qu'elle n'avait pas entendue approcher, de plein fouet. Paniquée, elle lui agrippa les bras.

— Je ne perçois pas Ivar. Nulle part. Je ne sens plus sa présence, Mercy.

Mercy, trempée, était si pâle que ses taches de rousseur ressortaient.

— Je suis désolée.

— Je n'arrête pas d'essayer. Je vise le point par où il est parti, mais le trou de ver s'est refermé. Comme je l'avais calculé. (Elle lâcha son amie et s'essuya les joues ruisselantes de pluie.) Mais quand Niall a abandonné Ivar dans sa boucle infernale, il n'est pas revenu par le même point, dit-elle en regardant à nouveau les ondes concentriques de l'eau. Il y a un autre chemin.

Mercy hocha la tête.

— D'accord. Je n'y ai jamais fait très attention, mais il m'est déjà arrivé de me rendre au Pré aux Ruisseaux depuis d'autres mondes que la Terre. Qu'est-ce qu'on peut en conclure ?

Le Pré aux Ruisseaux était un point de transit pour les dimensions infernales. C'était de là que Niall y avait précipité Ivar. Promise se tourna vers la Fae en faisant gicler de l'eau partout.

— Emmène-moi là-bas.

— Impossible. Je ne pourrai pas me téléporter avant une bonne semaine. Niall m'a tiré dessus, tu te rappelles ? Mes capacités sont neutralisées.

— Mais pas les miennes, les interrompit Logan.

Promise se tourna vers lui.

— Tu veux bien m'emmener ? (Logan braqua ses yeux si verts sur elle et les deux femmes s'approchèrent de lui.) S'il te plaît. Si j'arrive à le percevoir depuis là-bas, il devrait pouvoir sentir ma présence aussi, non ? Il existe peut-être un moyen d'attirer son attention. Je n'en sais rien, mais il faut au moins essayer.

Contrairement à ses habitudes, elle se fiait à son intuition. Pour Ivar. Elle n'avait pas le temps de vérifier que son hypothèse était viable.

— Très bien, dit-il en lui tendant la main. En route.

Elle l'agrippa et ferma les yeux. L'atterrissage s'avéra plus violent qu'avec Mercy et il lui fallut une bonne minute pour que sa tête cesse de tourner et qu'elle puisse rouvrir les yeux.

— Et maintenant ? demanda-t-il.

— Aucune idée.

Elle fit le tour de la prairie pour essayer de percevoir l'essence d'Ivar. Elle se concentra sur un point précis, ouvrit tous ses sens, puis, comme elle ne recevait rien, pivota de quelques degrés, comme l'aiguille d'une montre.

Logan s'écarta pour l'observer, mais Promise avait oublié sa présence. Un petit bourdonnement attira l'attention de la jeune femme et elle se tourna aussitôt vers l'ouest. Son esprit s'ouvrit et la marque de son compagnon palpita.

— Ivar, murmura-t-elle.

Il était là. Elle le sentait. Elle ferma les yeux, mobilisant des sens qu'elle n'aurait pu décrire. Elle le cherchait avec tous les sentiments qu'elle éprouvait pour lui, les disséminant dans des univers plus vastes qu'elle pouvait l'imaginer.

Le ciel s'ouvrit et Ivar en tomba. Il rebondit violemment sur le sol, le corps ravagé par les flammes. Promise hurla son nom et se précipita vers lui. Elle se jeta à genoux et étouffa les flammes sur son torse. Logan prit son ami par les épaules, le retourna et le plongea dans le ruisseau le plus proche. Un nuage de vapeur s'en échappa aussitôt.

Ivar sortit de l'eau en grimaçant, le visage et les bras couverts de brûlures.

— La vache ! J'ai complètement réussi mon calcul. La classe !

Logan s'entailla le poignet et le colla aux lèvres d'Ivar, qui but jusqu'à ce que ses brûlures commencent à s'estomper.

— Merci, mon pote.

Logan s'assit lourdement, le souffle court.

— De rien.

— Comment tu as réussi à revenir ? s'exclama Promise.

— Grâce à la science, ma puce, répondit Ivar avec un grand sourire. Je me suis inspiré des équations que tu as réalisées dans l'hélicoptère pour projeter une nouvelle trajectoire et j'en ai enchaîné les changements de direction jusqu'à ce que je perçoive ta présence. Tu avais raison. La science, c'est cool !

Elle renifla et sourit elle aussi.

— Oui, c'est notre planche de salut. Et Quade ?

— Il est en vie. J'espère qu'il survivra jusqu'à ce qu'on trouve comment le sauver sans avoir à libérer Ulric. Je lui ai laissé beaucoup de provisions et je pense qu'il tiendra le coup jusqu'à ce qu'on revienne. Très bientôt.

Promise rampa jusqu'à lui et le serra contre elle.

— Par contre, certains détails des calculs m'échappent encore, admit-elle.

Cela le fit rire et il l'attira sur ses genoux, puis la berça comme un bébé et l'embrassa dans le cou.

— On a toute l'éternité pour régler ça, mon cœur. Et je compte bien te rendre très heureuse. Au fait, je t'ai ramené les appareils de mesure.

Elle renifla et s'accrocha à lui de toutes ses forces. Il avait promis qu'il reviendrait et il avait tenu parole. Certes, ils avaient du pain sur la planche et ils n'avaient pas une minute à perdre, mais pour l'instant, elle ne désirait qu'une seule chose : le serrer contre son cœur. Il était en sécurité et il était à elle. Pour toujours.

Logan toussota pour leur rappeler son existence.

— Euh, et si on rentrait chez nous ?

Ivar embrassa Promise sur le nez.

— Excellente idée.

Ivar posa sa bière et regarda les jeunes qui s'amusaient de l'autre côté de la table de billard. C'était la première fois qu'il visitait la salle de repos adulte du QG des démons et l'endroit lui plaisait beaucoup. Des tables de billard, des cibles de fléchettes, des consoles de jeux, un écran géant où était diffusé un match de foot américain… sans même parler du bar, dans lequel rien ne semblait manquer.

C'était l'anniversaire d'un copain de Hope, un adorable petit garçon du nom de Paxton. Les enfants jouaient à côté de la fenêtre et les adultes discutaient près de la télé. Hunter, le fils du roi, dirigeait les jeux des petits. Des jumeaux blonds semblaient gagner, lorsqu'ils ne se chamaillaient pas, encouragés par un sosie miniature de Jase Kayrs.

Promise s'approcha en souriant et se colla contre lui. Elle avait une margarita à la main. Son regard était un peu flou et elle paraissait très détendue.

— C'est très sympa, cette fête. On devrait faire ça plus souvent.

Et lui devait la faire boire plus souvent. Elle tenait mal l'alcool, qui la rendait hilarante. Le débat qu'elle avait eu avec Kane à propos de la dixième dimension dans le cadre de la théorie des cordes avait été un régal.

Adare lui tendit une autre bière, puis jeta la bouteille vide dans la poubelle, de l'autre côté de la pièce.

— Mauvaises nouvelles, mon pote. (Il but une longue gorgée avant de continuer.) Après ton rapport, on a envoyé une équipe récupérer Haven Daly, mais elle a disparu. Elle a quitté son domicile sans laisser le moindre indice.

Promise poussa un cri de surprise et retrouva toute sa concentration.

— Tu penses qu'elle a été enlevée ?

— Non. Elle a vidé son compte en banque et on la voit quitter la ville sur les caméras municipales, mais elle a disparu dans les environs de San Francisco. Depuis, plus une seule trace. Elle a dit à la galerie d'ouvrir l'exposition en les prévenant qu'elle ne serait pas là. Elle joue à l'artiste déjantée et mystérieuse et elle y arrive très bien, visiblement.

Promise regarda Ivar et posa la main sur son cœur. Là où était sa place.

— Quade lui aurait conseillé de s'enfuir, alors ?

— Peut-être, répondit Ivar en se remémorant sa dernière conversation avec Quade. Il n'avait pas l'air d'avoir toute sa tête, donc c'est tout à fait possible. Je ne suis même pas sûr qu'ils communiquent. Si ça se trouve, il a déjà complètement sombré dans la folie.

Mais cela ne changeait rien. Ils ramèneraient Quade sur Terre et feraient tout le nécessaire pour l'aider à se remettre. Les frères étaient là pour cela. Il en était la preuve vivante.

Promise but une gorgée de margarita.

— Je n'ai rien de neuf à vous dire. Les ordinateurs sont en train de charger toutes les données des instruments. On devrait avoir les résultats préliminaires demain matin. J'adore les résultats. Même préliminaires.

Cela confirmait ce que pensait Ivar. Promise était adorablement décalée. Comme il l'aimait !

Grace s'approcha d'eux, guillerette, deux queues de billard à la main. Elle avait relevé ses cheveux et cette coiffure mettait ses beaux yeux noisette en valeur. Comme toujours, elle portait son appareil photo à son cou, au cas où une occasion se présenterait.

— Adare, ça te dirait de te faire botter le cul ?

Le Highlander se redressa et regarda sa compagne, qui paraissait deux fois plus petite que lui.

— Ça fait longtemps que j'ai envie de te donner une bonne leçon, dit-il en la suivant.

Promise les regarda s'éloigner et se nicha encore plus contre Ivar.

— Tu crois que ça va se terminer comment pour eux ?

Ivar s'adossa au mur. Il tenait Promise dans ses bras et son parfum de bruyère sauvage l'aidait à oublier sa culpabilité par rapport à Quade. Momentanément, tout du moins.

— Aucune idée. Il y a quelque chose entre eux, mais ils se chamaillent beaucoup.

Promise leva la tête et lui embrassa la joue.

— Contrairement à nous, qui sommes guidés par la logique et la science.

Ivar intercepta sa bouche au passage pour un long baiser.

— Et l'amour et la confiance.

Quoi qu'elle puisse en dire, Promise avait fait preuve d'une foi absolue en lui lorsqu'elle avait choisi de croire en lui plus qu'en ses calculs. Jamais il ne l'oublierait. Demain, ils allaient devoir se remettre au travail, mais ce soir, il comptait bien profiter de chaque seconde passée avec elle. Ils ne tarderaient d'ailleurs pas à quitter la fête pour s'enfermer dans l'intimité. Jusqu'au bout de la nuit.

Promise se cala contre lui avec un soupir satisfait.

— Tu es revenu. Je savais que tu tiendrais parole.

Elle paraissait si sûre d'elle qu'Ivar sourit.

— Bien sûr. Je reviendrai toujours. Et tu sais quoi ? Même dans mes heures les plus sombres, j'ai toujours su que lorsque cela compterait le plus, je réussirais à tenir ma promesse.

Remerciements

Un grand merci à vous tous qui vous êtes lancés dans cette nouvelle ère des vampires du Royaume. J'ai beaucoup de personnes à remercier et je m'excuse auprès de celles et ceux que j'aurais oubliés.

Merci à Big Tone, Gabe et Karlina : pour leur amour, leur soutien et la manière dont ils rendent chaque jour ma vie plus belle.

Merci à mon exceptionnelle éditrice, Alicia Condon, ainsi qu'à l'équipe inventive de Kensington Publishing : Alexandra Nicolajsen, Steven Zacharius, Adam Zacharius, Vida Engstrand, Jane Nutter, Lauren Jernigan. Elizabeth Trout, Samantha McVeigh, Lynn Cully, Kimberly Richardson, Arthur Maisel, Renee Rocco, Rebecca Cremonese, April LeHoullier.

Merci à Caitlin Blasdell, mon merveilleux agent, ainsi qu'à Liza Dawson et à toute l'équipe de la Liza Dawson Agency.

Merci à Jillian Stein pour le travail fantastique qu'elle accomplit, mais aussi pour son amitié.

Merci à ma *street team*, les Rebecca's Rebels, et plus particulièrement à Minga Portillo, leur infatigable chef.

Merci également à mes soutiens permanents : Gail et Jim English, Debbie et Travis Smith, Stephanie et Don West, Jessica et Jonah Namson, Kathy et Herb Zanetti et Liz et Steve Berry.

Enfin, merci à tous les lecteurs et lectrices grâce à qui les Dark Protectors vivent depuis tant d'années. C'est grâce à vous que nous avons décidé de revenir dans le monde du Royaume.

Achevé d'imprimer en septembre 2022
Par CPI Brodard & Taupin à La Flèche
N° d'impression : 3049394
Dépôt légal : octobre 2022
Imprimé en France
81122994-1